D1930806

Michael Molsner
Der Sohn der Zeugin

Michael Molsner

Der Sohn der Zeugin

Krimi

C. Bertelsmann

MM-Krimis schildern Fälle,
die sich tatsächlich ereignet haben.
Aus Gründen des Datenschutzes
wurden Namen und Schauplätze
verändert.

Umwelthinweis:
Dieses Buch und der Schutzumschlag
wurden auf chlorfrei gebleichtem Papier gedruckt.
Die Einschrumpffolie (zum Schutz vor Verschmutzung) ist aus
umweltschonender und recyclingfähiger PE-Folie.

1. Auflage
© 1995 C. Bertelsmann Verlag GmbH, München
Alle Rechte vorbehalten
Umschlaggestaltung: Klaus Renner unter Verwendung
eines Fotos von Brent Peterson © ZEFA – Stockmarket
Satz: Uhl & Massopust GmbH, Aalen
Druck: Graphischer Großbetrieb Pößneck
ISBN 3-570-02436-9 · Printed in Germany

Inhalt

Vorspiel in der Zweigstelle

Überfall

1 Jo wollte Geld von seinem Jugendgirokonto abheben. Er füllte das Formular aus, unterschrieb und schob es Fräulein Lehr hin.

Ein schmerzhafter Stoß beförderte ihn seitwärts. Er wäre gegen die Wand gekracht, hätte nicht ein Kundensessel im Weg gestanden. Auf dem landete er weich.

Empört und benommen blickte er zu der Gestalt auf, die seinen Platz am Schalter eingenommen hatte. Ein großer Kerl in einem dunklen Overall. Der Overall sah aus wie mit Kissen gepolstert.

Fasching war nicht. Für witzig brauchte er die Grobheit nicht zu halten.

Der Typ trug einen Sturzhelm wie ein Motorradfahrer. Instinktiv suchte Jo nach dem Gesicht unter dem Visier.

Was er sah, war eine dunkle Maske. Sie bedeckte alles, ließ nur Mund und Augen frei.

Jo regte sich nicht mehr. Er hatte einen heftigen Protest auf der Zunge – und sagte nichts.

Von seinem Mut hatte Jo eine hohe Meinung. Aber wenn der Puls in den Ohren zu dröhnen beginnt, daß man außer diesem Dröhnen nichts mehr hört, ist man taub.

Wenn sich das Blut in heiße Soße verwandelt, die durch den Körper flutet, ist man geschwächt.

Wenn klebriger Schweiß einen plötzlich von oben bis unten bedeckt und man meint, daß man nicht in Schuhen steht, sondern in Wasser, wird man unsicher.

Eine schrille Stimme von der Tür her brüllte laut genug, das Dröhnen in seinen Ohren zu übertönen: »Das ist ein Überfall! Jeder bleibt, wo er ist. Oder wir schießen!«

Die Gestalt am Eingang glich der am Schalter. Ausgestopfter Overall. Helm statt Kopf. Visier statt Gesicht.

In weit ausgestreckter Hand hielt der Komplize eine Pistole. Es überraschte Jo nicht.

Er wandte sich wieder dem Bankräuber zu, der ihn so brutal weggestoßen hatte. Unklar empfand Jo eine Art Verpflichtung, die Beleidigung zu vergelten – sich auf diesen Verbrecher zu stürzen, egal was passierte.

Er empfand zugleich seine eigene Schwäche als tief beschämend – das Dröhnen in den Ohren, den Schweiß auf der Haut, die heiße Soße in den Adern.

Fräulein Lehr stand mit der Hand vor dem Mund und starrte den Verbrecher an. Auch er – selbstverständlich – hielt eine Waffe in der Faust.

Jo wollte sich zwischen die Waffe und die Angestellte werfen, die er kannte, die er freundlich grüßte, wenn er sie sah.

Er war schockgefroren.

Er ahnte, daß er später bekümmert und bestürzt sein würde, weil er sich nicht wehrte. Trotzdem unternahm er nichts.

»Mach die Tasche voll!«

Fräulein Lehr griff nach einem Beutel aus Stoff, den der Bankräuber ihr hinwarf. Ihre Bewegungen wirkten so hilfsbedürftig, daß der Impuls, etwas für sie zu tun, in Jo übermächtig wurde.

Er wollte aufschreien: »Erst mußt du mit mir fertigwerden!« Doch er brachte nichts heraus.

Vielleicht waren es bloß Gaspistolen. Jeder konnte für hundert, zweihundert Mark eine Gaspistole kaufen. Sahen aus wie echt. Oft hörte oder las man, bei Bankräubern seien solche echt aussehenden, aber im Grunde harmlosen Möchtegernwaffen gefunden worden.

Er riskierte wohl gar nichts, wenn er sich jetzt zusammenriß und sich mit aller Kraft auf den Typen warf...

Warm und freundlich klang ein Gong durch den Raum. Er zeigte den Geschäftsschluß an, und wie jeden Abend erschien Herr Hartmann aus seinem Büro.

Der Zweigstellenleiter trug heute ein kanariengelbes Sakko. Er kleidete sich stets sehr bunt. Herr Hartmann hörte auf zu lächeln und wich hastig zurück.

Der Typ an der Tür schoß mehrmals auf ihn. Eine Serie von Knall-Lauten, bei jedem fuhr Jo heftig zusammen.

Herr Hartmann sagte in mäkeligem Ton: »War das wirklich nötig?« und kippte vornüber.

Jo rang nach Luft. Er hörte eine Frau wimmern und sah vor sich einen alten Mann nach einem Halt rudern.

Er wußte, daß dies ein ernster, ein sehr ernster Vorfall war. Er wußte auch – er fühlte jedenfalls, daß dies eine Situation war, die ihn sozusagen prüfte.

Es sind solche Situationen, in denen wir erfahren, wer wir sind. Das war ihm ganz klar.

Stürzte er sich jetzt auf den Typ, der geschossen hatte, war er ein Held. Tat er es nicht, würde er für immer den Verdacht haben müssen, ein Feigling zu sein.

Zugleich öffnete sich in seinem Kopf eine Kammer. Darin war es ganz still. Er wohnte darin und hatte mit der Situation absolut nichts zu tun. Er konnte in Ruhe nachdenken und sagte sich ohne jede Aufregung: Sogar die Polizei rät davon ab, bewaffneten Bankräubern Widerstand zu leisten. Mach dich nicht lächerlich, indem du dich wie ein Blöder aufopferst!

Der am Schalter schien etwas zu sagen, sein Mund bewegte sich.

Fräulein Lehr stopfte Geld in den Beutel. Sie tat es mechanisch, wie aufgezogen. Sie wußte nicht, was sie tat. Jo sah es ihren Augen an.

Mit dem vollen Beutel in der Hand wich der Bankräuber zu seinem Komplizen an der Tür zurück.

Sie schrien etwas Drohendes. Noch immer hörte Jo schlecht. Es klang wie man solle sich ja nicht rühren, sie würden sofort schießen.

Dann liefen sie raus.

Im Augenblick, als sie sich umdrehten, brach der Bann.

Jo fühlte sich wieder frei und war wieder er selbst.

Er hatte keine Angst mehr. Wer wegrennen muß, jagt keine Angst ein.

Jo rannte hinterher.

Er war jetzt der Starke. Denn er verfolgte sie.

Er brüllte aus voller Lunge. »Haltet sie! Haltet die Diebe! Mörder! Räuber!« schrie er und stürzte vorwärts.

Herrgott, es tat wohl, keine Angst mehr zu haben!

Eine Wut hatte er jetzt. Er hätte die Angstmacher mit Händen und Zähnen anfallen mögen und können. Ihre Pistolen schreckten ihn nicht, er war kugelfest.

2

Für Bonnie Güttner war der tägliche Einkauf ein Erlebnis, ein Fest. Wer sie begleitete, durfte den Genuß mit ihr teilen. Wenn er Pech hatte, allerdings auch die Rechnung bezahlen. Bonnie und das Geld, das war ein Roman, dem immer noch eine Fortsetzung folgte. Er bot Höhen und Tiefen, komische und tragische Kapitel, und irgendwie dramatisch waren sie alle. Darüber war sich Torsten Wiebert längst klar geworden. Jo Güttner war sein bester Freund. Es blieb nicht aus, daß sich Torsten intensiv mit Jos Mutter befassen mußte.

Er begleitete sie ins Delikatessengeschäft, wo Bonnie mit sicherem Blick einen französischen Weißwein entdeckte, der – ihrer Behauptung nach, Torsten konnte es nicht beurteilen – staubtrocken war, leicht wie die Mädchen vom Piräus und dazu noch preisgünstig.

»Torsten, mein Lieber«, sagte Bonnie, »du legst es doch kurz mal aus, bis Jo mich wieder auftankt?«

Torsten war immer ein wenig verwirrt von dieser Frau, ihren schnellen, witzigen Bemerkungen und Gedankensprüngen.

Seine eigene Mutter war ganz anders. Wenn sie einkaufte, dann war ihr das kein Vergnügen, es war lästige Pflicht. Deshalb fuhr sie nur einmal die Woche zu einem Supermarkt, wo sie die sogenannte Basisversorgung der Familie bezog. Brot in mehreren Laiben, sie fror es ein und taute es auf, bevor es gegessen wurde. Viele Konserven, Haltbarkeit war für Torstens Mutter ein Qualitätsmerkmal; selbst bei Fleisch, auch das wurde tiefgefroren und erst aufgetaut, wenn es mittags auf dem Tisch stehen sollte.

Da man Salat nicht einfrieren kann, gab es im Hause Wiebert »Grünfutter« nur ausnahmsweise. Salat, das war eine Beilage für Sonn- und Feiertage oder wenn Besuch kam.

Niemals wäre es Torstens Mutter eingefallen, sich für Weinsorten zu interessieren. Das war im Hause Wiebert Sache von Vater. Er verschwand – sofern der Anlaß es rechtfertigte, alltags nicht – mit pfiffiger Miene im Keller und tauchte nach gebührend langer Zeit wieder daraus auf. Die Weine, die er mitbrachte, waren deutsch oder allenfalls aus Südtirol. Einen staubtrockenen Franzosen, leicht wie die Mädchen vom Piräus, hatte Torsten daheim noch nie gesehen.

Wer waren das, die Mädchen vom Piräus? Es waren Nutten. Also leichte Mädchen. Immer wieder machte Bonnie Scherze dieser Art, die Torsten erst verstand, wenn er einige Zeit darüber nachgegrübelt hatte.

»Bei mir fällt der Groschen heute pfennigweise«, entschuldigte er sich, als er – verspätet auflachend – seinen Geldbeutel zückte und Bonnie einen Zwanzigmarkschein in die Hand drückte.

Mit dem Wein in einer Tüte spazierten sie zur Buchhandlung. Bonnie hatte dort mehrere Bestellungen aufgegeben. Torsten erfuhr – während er neben ihr Schritt zu halten versuchte –, um was es sich handelte.

In London war ein neuer Roman des Inders Naipaul erschienen und in New York eine Biographie des John Foster Dulles. Der Inder war ein Genie, Dulles ein Ekel gewesen. Deshalb mußte Bonnie beide Werke lesen, sie konnte nicht auf die Übersetzung warten – warum auch? Englisch las sie wie Deutsch.

Torsten sagte nicht piep. Von dem Inder hörte er zum erstenmal in seinem Leben, und der Name Dulles wurde zuhause, wenn überhaupt, dann mit größter Ehrerbietung erwähnt. Trotzdem wäre es seinen Eltern im Traum nicht eingefallen, eine Biographie des Mannes zu lesen.

Bonnie war eben anders. Sie war *ganz* anders als andere Mütter.

Während die Buchhändlerin den Roman des Inders

einpackte – das Werk über Dulles war noch unterwegs –, verwickelte Bonnie die Frau in ein Gespräch, das trotz bündiger Kürze eine Fülle von Themen streifte.

Die Popsängerin Madonna bewies, daß Marketing sehr wohl Talent zu ersetzen vermochte. Jesus lebte, aber Marx auch. Deshalb war der kleine Minister, der das bestritt, leider auch geistig zu kurz geraten.

Und so weiter und so fort. Bonnie hüpfte von einer Erfahrungsebene auf die andere, flink wie ein Eichhörnchen von Ast zu Ast. Dabei häkelte sie Argumente zusammen, von denen Torsten ahnte, daß sie nichts miteinander zu tun haben konnten. Doch Bonnie vertrat ihre jeweilige Meinung mit größtem Nachdruck und hatte für Menschen abweichender Ansicht nur Hohn und Spott übrig.

»Torsten, mein Lieber«, sagte sie zum Schluß, »Jo läßt sich heute Zeit... Würdest du bitte noch mal in deine Schatztruhe greifen?«

Torsten brachte einen Fünfziger zum Vorschein und hielt es für nötig, Bonnie diesmal zu warnen: »Jetzt hab' ich nichts mehr... So viel Taschengeld«, fügte er hinzu, »krieg ich nun auch wieder nicht.«

»Du mußt deine Eltern eben stärker unter Druck setzen«, riet ihm Bonnie kühl und schritt mit Weintüte und Buchtüte zur Tür.

Torsten wetzte an ihr vorbei, um wie ein Kavalier zu öffnen. In diesem Augenblick hörte er den häßlichen Ton der Sirene. Auf und ab jaulte die Alarmanlage, daß es einem durch die Nerven fuhr und den schönen Tag vergällte wie eine Stinkbombe.

Kurz nach halb fünf war die Innenstadt verstopft von Autos und Fußgängern.

Jo fegte aus der Filiale, über der die Sirene ihren Höllenlärm abließ, und wandte sich zunächst nach links. Dort lag, in nur wenigen Metern Entfernung, der Delikatessenladen. Eigentlich nahm Jo an, daß sich seine Mutter noch drinnen aufhielt. Sie stellte sich gern an die improvisierte Theke und erklärte sich bereit, einen neuen Wein zu kosten, falls er nicht zu teuer wäre.

Mit einem Blick erkannte Jo, daß vor diesem Geschäft alles ruhig war. Dorthin hatten sich die Bankräuber nicht gewandt.

Er startete nach rechts und sah vor sich heftige Bewegung. Zwei Helme drängten sich zwischen vielen Köpfen durch. Jo folgte ihnen, den Blick starr auf den Eingang zur Buchhandlung gerichtet.

Er hörte Proteste von Passanten, an denen die Täter vorbeirannten. Die Tür der Buchhandlung ging auf, und Bonnie erschien. Jo wollte ihr eine Warnung zubrüllen, doch die Sirene war zu laut.

Vor Jo schienen die Menschen zusammenzuklumpen. Er nahm keine Rücksicht darauf und kämpfte sich heftig durch. Plötzlich stand er in geringer Entfernung hinter den beiden Bankräubern.

Einer mußte gestürzt sein. Er rappelte sich eben auf und riß sich dabei den Helm vom Kopf. Die Maske ging mit ab und flog beiseite – der Bankräuber beachtete es nicht, vielleicht bemerkte er es in der Hektik nicht mal. Er ließ sich von seinem Komplizen in eine Passage zerren, die an der Buchhandlung vorbeiführte.

Jo sah, daß die beiden Täter in der Passage verschwanden, und wandte sich wieder seiner Mutter zu. Bonnie hatte eben etwas gesagt und schüttelte belustigt den Kopf. Es sah fast so aus, als habe sie den Mann unterm Helm ansprechen wollen.

Jo lief auf sie zu und rief laut: »Banküberfall! Das waren die Täter!«

Bonnie wirkte bestürzt, nicht mehr belustigt. Hinter ihr tauchte Torsten auf und rief: »Wo sind sie hin?«

»Durch die Passage!«

»Warum halten wir sie nicht auf?«

»Sie haben Herrn Hartmann niedergeschossen!«

Torsten zögerte kurz, dann lief er trotzdem hinter ihnen her.

Jo fiel es ein, sich nach der weggeworfenen oder auch ohne Absicht weggeflogenen Schutzmaske zu bücken. Er zeigte sie seiner Mutter, indem er sie mit zwei Händen ausspannte.

Beeindruckt und betroffen musterte Bonnie das makabre Beweisstück. »Wie geht es Herrn Hartmann?« wollte sie wissen.

Jo hob die Schultern.

»Ich schau' mich bei der Bank um!« kündigte Bonnie an und setzte sich dorthin in Bewegung.

Jo rannte in die Passage, um Torsten einzuholen. Die Bankräuber schossen scharf. Hatte der Freund das richtig verstanden? Außerdem, bei Alarm erschien die Polizei ... Jo wurde ruhiger. Nur nichts riskieren.

Die Polizei! schoß es Torsten durch den Kopf. Er stand keuchend auf dem Platz, in den die Passage mündete, und schaute sich um. Es kam ihm völlig sinnlos vor, den Tätern von hier aus zu folgen – außer er hätte sie durch Zufall gleich entdeckt, und das war nicht der Fall.

Zunächst richtete er seine Aufmerksamkeit auf das Straßencafé. Unter Sonnenschirmen saßen die Gäste bei Eis und kalten Getränken. Zwei Gestalten in dunklen Overalls, mit Helmen auf den Knien, waren nicht dabei.

Torsten wurde klar, daß in wenigen hundert Metern die Polizeiwache zu finden war. Wenn er jetzt dorthin rannte, so schnell er konnte, würden Streifenwagen sofort die Verfolgung aufnehmen...

Er verwarf diesen Gedanken als unsinnig. Die Alarmsirene hatte er gehört. Auch in der Polizeiwache mußte längst Alarm ausgelöst sein, auf ihn wartete man dort nicht.

Er zögerte noch, als Jo neben ihm auftauchte. Torsten hob die Schultern und breitete die Hände aus: Keine Ahnung, wo die hin sind, hieß das.

Jo nickte und schaute sich seinerseits auf dem Platz um. »Da steht das rasende Feuerzeug«, stellte er fest.

So nannten sie einen kleinen Motorroller – ein Mofa mit Rücksitz –, mit dem Tina de Padova durch die Stadt knatterte. Das Fahrzeug war unverkennbar, knallrot und mit Silberbeschlägen verziert. Am Rückspiegel flatterte als Talisman ein buntes, schmales Tuch. Das rasende Feuerzeug war auf einem Stellplatz des Cafés geparkt.

»Sie muß hier irgendwo sitzen«, sagte Torsten. Seine Stimme nahm einen begierigen Klang an, Tina war eine der Traumfrauen in seinem Leben.

Er folgte Jo, der eilig durch die Tischreihen streifte und nach ihr Ausschau hielt.

Tina saß jedoch nicht, wie die meisten Gäste, im Freien. Sie hatte im kühleren Innenraum ein besseres Plätzchen gefunden, nicht weit entfernt vom Ventilator.

Aufmerksam und ein wenig verwundert schaute Tina ihnen entgegen. Sie rührte in einem Espresso und sah nicht besonders zugänglich aus. Torsten hatte den Eindruck, sie wartete auf jemand.

Jo sagte: »Wir haben deinen Roller draußen stehen sehen... Ich komm gerade von der Bank. Wollte Geld abheben. Da haben zwei Typen die Filiale überfallen und den Filialleiter angeschossen.«

Tinas Hand flog an ihren Mund.

»Sie hatten Motorradhelme auf«, fuhr Jo eilig fort. »Ich dachte, wenn du mich mit deinem Roller mal rund um die Innenstadt fährst... Ich hab' die Kerle immerhin mit eigenen Augen gesehen! Vielleicht sind sie mit einem Motorrad auf der Flucht, wenn sie schon Helme tragen. Kann ja sein! Und wir nehmen ihre Spur auf?« schloß er in fragendem Ton. Ihm wurde selbst bewußt, wie unwahrscheinlich es war, daß zwei Bankräuber in der Innenstadt noch Runden drehten, statt sich sofort in Sicherheit zu bringen.

Doch Tina fiel dieser Einwand nicht ein. Sie stand auf und sagte: »Bezahlt hab' ich schon.« Zu dritt liefen sie hinaus.

3

Bonnie hatte den vor ihren Füßen kauernden Bankräuber erkannt. Sie wußte seinen Namen und wo er erreichbar war.

Jetzt stand sie vor der schweren Entscheidung, ob sie es der Polizei sagen oder verschweigen wollte.

Vor der Zweigstelle war ein kleiner Menschenauflauf entstanden. Fünfzig oder gar hundert Personen. Als sich der Krankenwagen näherte, wichen sie nur zögernd aus. Als wolle man sie aus einem Logenplatz direkt an der Zirkusarena verdrängen, für den sie bezahlt hatten.

Bereits vor der Bank geparkt war ein Streifenwagen. Neben ihm bremste die Ambulanz. Ein Notarzt – erkennbar an seiner Ordinationstasche – sprang heraus und verschwand in der Zweigstelle. Ihm folgten zwei Sanitäter mit einer Trage.

Er ist tot, hörte Bonnie aus der Menge. Die Salve aus der Maschinenpistole habe ihn praktisch in der Mitte auseinandergeschnitten. Die arme Frau. Er hat Kinder, was die jetzt empfinden? Ach Gott, ach Gott.

Bonnie achtete nicht weiter darauf. Sie mußte sich unbedingt selbst überzeugen, was passiert war.

Sie drängte sich bis zum Eingang der Zweigstelle vor. Ein Polizist in Uniform – einer von der Streife – schob dort Wache und war dafür verantwortlich, daß sich Unbefugte, wie Bonnie Güttner, nicht reindrängelten und die Arbeit behinderten.

Bonnie lächelte den jungen Beamten strahlend an. »Mein Junge ist da drin«, sagte sie und brach in Tränen aus.

»Was?« Der Polizist war erschrocken.

»Er hat hier sein Taschengeldkonto. Er muß noch drin sein. Ich will zu ihm!«

Der Streifenbeamte hatte von seinem Vorgesetzten, dem Streifenführer, strikte Order, niemanden hereinzulassen. Er zögerte.

Das Stimmengewirr hinter Bonnie schwoll an. Das Gerücht pflanzte sich blitzartig durch die Menge fort.

Es sind Kinder drin. Sie haben Kinder als Geiseln genommen. Man hört da drinnen Kinder weinen. Sie haben Hunger. Sie verdursten.

»Großer Gott«, sagte der Polizist, der unentwegt in Bonnies tränenüberströmtes Gesicht geblickt hatte und nun diese Entstellungen der Wahrheit mit anhören mußte. Ihm wurde mulmig. Eine Menschenmenge reagiert unberechenbar.

»Das ist eine Mutter, die Angst um ihr Kind hat. Laßt sie rein!« brüllte ein Mann.

»Reinlassen!« stimmten andere zu.

Jo Güttner schwang sich hinter Tina in den Sattel. Er suchte noch strampelnd nach Stützen für seine Füße, als das rasende Feuerzeug bereits losknatterte.

Benommen schaute Torsten seinem Freund nach, den die Fliehkraft dazu zwang, nicht nur Stützen für seine Füße zu suchen, sondern auch Halt, indem er seine Hände an Tinas Hüften legte.

Darum beneidete ihn Torsten. Erst allmählich wurde ihm klar, daß ihm Jo die Schau gestohlen hatte.

Torsten trug ein T-Shirt, von dem er erwarten durfte, daß es gefiel. Auf der Brust standen untereinander drei Worte:

HELD
DER
ARBEIT

Mädchen lachten gern. Und diese Aufschrift gab ihnen Anlaß dazu. Doch Tina hatte nicht einen Blick darauf verschwendet. Jos Banküberfall hatte ihre gesamte Aufmerksamkeit auf sich gezogen, für Torsten war nichts übriggeblieben.

Er hatte kein Laster, sagte er immer. Außer einem, Mädchen. Drogen brauchte er keine, er rauchte nicht und verschmähte Alkohol. Seine Droge waren die Frauen. Nun hatte seine Droge einen neuen Namen, Tina de Padova. Und sie war mit Jo davongefahren, dem falschen Mann!

Keinesfalls durfte sie allein mit ihm bleiben.

Torsten rannte einem Taxi entgegen, das den Platz überquerte und zu bremsen begonnen hatte, weil eine ferne Ampel auf Gelb sprang.

Er stieg ein, sowie es anhielt.

»Ja?« fragte der Fahrer.

»Scheiße, ich hab' kein Geld mehr«, war das erste, was Torsten einfiel. Es war ausgesprochen, ehe ihm bewußt wurde, was es bedeutete.

Der Fahrer dagegen kapierte augenblicklich. »Dann raus«, sagte er barsch. »Aber dalli, wenn ich bitten darf.«

»Nein!« protestierte Torsten. »Hören Sie, ich bin Torsten Wiebert von der Großzimmerei mit dem Sägewerk. Wir sind wohlhabende Leute. Sie kriegen Ihr Geld. Machen Sie jetzt keinen Ärger!«

»Wer macht Ärger? Du machst Ärger.«

»Nein«, sagte Torsten. »Ich gebe Ihnen als Pfand meine Armbanduhr. Ich habe Geld!«

»Nur nicht dabei, das kennen wir«, höhnte der Fahrer. »Raus, sage ich zum letztenmal.«

»Kommt nicht in Frage.« Torsten war entschlossen, nicht nachzugeben. »Die Bank da vorn an der Alten Straße ist überfallen worden. Freunde von mir verfolgen die Täter auf einem Mofa. Ich will ihnen helfen!«

»Überlassen Sie das der Polizei, junger Mann.«

»Mein Mädchen fährt das Mofa«, log Torsten hoffnungsvoll. Eigentlich war es keine Lüge. In seiner Vorstellung hatte er Tina bereits für sich gewonnen.

Der Fahrer legte den Gang ein und startete. »Und wohin fliehen die Täter?« fragte er mit müder Stimme.

Torsten mußte zugeben, daß er es nicht wußte.

»Er hat kein Geld«, sagte der Fahrer laut in einem ratlosen Ton, »und er weiß auch nicht, wo er hin will. Fasse ich die Lage treffend zusammen, Herr Wiebert?«

Torsten überlief es heiß und kalt. »Es sind zwei Männer in dunklen Overalls. Sie tragen Sturzhelme. Sind vielleicht mit einem Motorrad unterwegs. Ich hab' sie selber gesehen, wenn auch nur flüchtig. Umkreisen wir erst mal die Innenstadt, vielleicht finden wir sie irgendwo.«

»Und wenn nicht?«

»Ihnen kann es egal sein, Sie kriegen Ihr Geld so oder so.«

»Wollen es hoffen«, sagte der Fahrer grimmig und stellte sein Sprechfunkgerät an. »Passagier meldet Banküberfall«, gab er seiner Zentrale durch.

Das abgehackte Quäken am andern Ende war für Torsten kaum zu verstehen. Es hörte sich an wie: »Richtig. Überfall auf Filiale ä-ä-ä der Stadtsparkasse in der Alten Straße. Fahndung läuft. Ist der Passagier Zeuge?«

»Ob Sie Zeuge sind?« fragte der Fahrer.

»Na ja, wie gesagt, ich hab' sie an mir vorbeirennen sehen!«

»Er ist Zeuge.«

»Notieren Sie Namen und Adresse«, klang es ruhiger zurück. »Die Polizei braucht jeden Hinweis.«

Torsten strahlte. »Was heißt Hinweis? Wir verfolgen und fangen die Lumpen. Auf, dritter Gang, nicht so müde, Mann!«

Die Stille in der Schalterhalle wurde nur von den leisen Anweisungen des Arztes unterbrochen, der Herrn Hartmann versorgte.

Bonnie wandte sich Fräulein Lehr zu, die mit einigen Kollegen abseits stand. Alle starrten fassungslos ihren am Boden liegenden Chef an, um den sich eine Blutlache ausbreitete.

Der Fotograf bewegte sich um das Opfer und seine Helfer und schoß Fotos. Blitzlichter erhellten den Raum immer wieder für Sekundenbruchteile.

»Sie Ärmste«, sagte Bonnie zu Fräulein Lehr.

»Das dürfen Sie laut sagen«, flüsterte Fräulein Lehr.

»Ich bin fix und foxi, Frau Güttner. Ich raste aus. Ich zittere und frier'. Der dritte Überfall in fünf Jahren. Ich pack' das nicht mehr. Ich möchte schreien. Laut schreien!«

»Ich verstehe«, versicherte ihr Bonnie.

Der Arzt kümmerte sich um den Verletzten. Die Sanitäter mit ihrer Bahre standen dabei und warteten auf ihren Einsatz.

Bonnie näherte sich ihnen unauffällig und sprach sie an. Wie es Herrn Hartmann gehe.

Die Sanitäter hielten sie für eine Bankangestellte.

»Er kommt durch«, hörte sie. Es sei ein Durchschuß, ein einziger, und der habe kein lebenswichtiges Organ verletzt.

Operiert werden müsse aber trotzdem sofort, fügte der Kollege hinzu.

Bonnie fragte: »Wieso ist er bewußtlos, wenn die Verletzung nicht schwer ist?«

»Schock«, erhielt sie als Antwort.

Dann waren sie dran – empfingen vom Arzt das Stichwort und bereiteten den Patienten für den Abtransport vor.

Bonnie schloß sich Fräulein Lehr wieder an. »Wieviel ist mitgenommen worden?«

»Weiß noch nicht.«

Am Ende hatten die Täter nicht mal großen Schaden angerichtet! Die Verantwortung, einen jungen Menschen anzuzeigen und damit für Jahre in den Knast zu schicken, erschien Bonnie immer schwerer.

Jo trug keine Schutzbrille. Er duckte sich hinter Tinas Rücken, um sich nicht Staubpartikel in die Augen wehen zu lassen. Er sah kaum etwas, als Tina das rasende Feuerzeug sehr plötzlich abbremste.

Jo stieg ab und schaute sich um.

Streifenwagen blockierten die Zufahrt zum Innenstadtring.

Polizeibeamte standen hinter ihren Wagen in Deckung. Sie trugen kugelsichere Westen und hatten Maschinenpistolen im Anschlag. So etwas kannte Jo bisher nur aus dem Fernsehen, wenn aus Bürgerkriegsländern berichtet wurde.

Tina fing an zu reden, bevor Jo ein Wort äußern konnte. »Mein Freund hat die Täter gesehen. Er war in der Bank, als sie überfallen wurde.«

»Ja ja, erst mal vorsichtig mit den Patschhändchen. Am besten hochnehmen, bevor ein Unglück passiert!«

»Wo habt ihr den roten Stoffbeutel mit dem Geld gelassen?« fragte ein Mann mit harten Augen.

»Der Beutel ist nicht rot, er ist grau«, sagte Jo.

»Wo ist er?«

»Ich hab' ihn dann nicht mehr gesehen. Der Größere wird ihn vorn in seinen Overall geschoben haben.«

»Wo sind die Overalls und der Beutel?«

»Sie haben wohl über Funk gehört, es sind zwei Täter, und sie sind mit einem Motorrad unterwegs?« erkundigte sich Jo verärgert. »Und jetzt denken Sie, wir sind es?«

»Ich fahre kein Motorrad«, protestierte Tina. »Das ist ein Mofa.«

»Wir nennen es das rasende Feuerzeug«, erläuterte Jo. »Also, ein geeignetes Fluchtfahrzeug für Verbrecher ist es nicht. Wie schnell bist du, Tina?«

»Vierzig Ka-emm-haa.«

»Na gut«, sagte ein Polizeioffizier, der bisher stumm zugehört hatte. »Ich glaube euch. Aber legt trotzdem mal eure Hände hier auf das Wagendach, spreizt eure Beine und laßt euch durchsuchen.«

Sie gehorchten, was blieb ihnen übrig?

Jo fühlte, wie aus der Brusttasche seines Hemds etwas herausgezogen wurde.

»Und was ist das?« fragte die eben noch recht freundliche Stimme des Polizeioffiziers in einem plötzlich schneidenden Ton.

Jo wurde herumgerissen. Er sah ein dunkles Stück Stoff. Es wurde vor seinen Augen hin und her gewedelt. Ihm wurde heiß und kalt.

Die Maske!

Erster Teil

Bonnies Aussage

4 Für Bonnie ging alles sehr schnell. Die Untersuchung hatte kaum angefangen, da wandte sich der Kommissar an alle Anwesenden mit der Frage: Wer zum Personal der Bank gehöre und wer nicht.

Bonnie mußte sich als betriebsfremd melden.

Sofort schoß der Kommissar auf sie zu. Warum sie dann hier sei?

»Mein Sohn wollte Geld abheben. Ich muß wissen, ob er das getan hat.«

»Warum?«

»Na, ich bin die Mutter«, erwiderte Bonnie mit großer Würde. »Ich habe meine Familie zu versorgen. Ohne Geld kann ich nicht einkaufen.«

»Wer stand an der Kasse?« fragte der Kommissar ungeduldig.

»Hier«, sagte Fräulein Lehr wie in der Schule.

»Sie waren das. Haben Sie dem Sohn dieser Frau Geld ausbezahlt?«

»Ich kann mich nicht besinnen.«

»Jo Güttner«, sagte Bonnie. »Sie kennen ihn, Fräulein Lehr. Er hat hier sein Taschengeldkonto.«

Der Kommissar wurde aufmerksam. »Da stimmt doch was nicht«, befand er in barschem Ton. »Ihr Sohn ist noch Schüler und hat ein Taschengeldkonto, ist das korrekt?«

»Ja, und?« fragte Bonnie patzig. Wenn sie etwas nicht ertragen konnte, war es der Ton der Obrigkeit.

Der Kommissar spürte den rebellischen Geist und wurde noch ungehaltener: »Sie geben Ihrem Sohn Taschengeld und lassen es sich anschließend fürs Haushaltskonto wieder zurückgeben?«

»Ich bin in einer zufälligen, vorübergehenden Verlegenheit«, blaffte Bonnie ihn an. »Im übrigen geht Sie das meines Erachtens nichts an.«

»So«, äußerte der Kommissar nur. Er winkte einer Beamtin. Nachdem sie eilig herbeigetrabt war, flüsterte er ihr Anweisungen ins Ohr.

Der Kommissar ging grußlos davon. Die Beamtin bat Bonnie – ohne jede Freundlichkeit – an einen Tisch abseits. Sie stellte ein kleines Tonbandgerät auf und fragte, ob sie Bonnies Aussage aufnehmen dürfe.

»Was für eine Aussage, ich habe nichts auszusagen«, erklärte Bonnie rabiat.

Der Auftrieb der staatserhaltenden Autoritäten hatte ihren Widerstandswillen mobilisiert.

»Das werden wir ja schnell merken, nicht?« äußerte die Beamtin kalt und begann mit den Personalien.

Bonnie nannte ihren Namen und ihre Adresse, ihr Alter und den Personenstand: ledig.

»Kinder?« fragte die Beamtin.

»Acht, aber ich weiß nicht, was Sie das angeht.«

»Acht Kinder? Sie leben mit *acht* Kindern alleinerziehend?«

»Nein. Ich lebe als alleinerziehende Mutter mit meinem Sohn Jo.«

»Jo – Abkürzung von Johannes?«

»Sehr scharfsinnig«, lobte Bonnie und lächelte nachsichtig.

Die Beamtin sah auf. Sie wollte etwas erwidern, schluckte es aber runter. Nachdem sie sich kurz gesammelt hatte, fragte sie weiter: »Wo sind die sieben anderen Kinder, beim Vater?«

»Es gibt mehrere Väter«, klotzte Bonnie ihr hin.

»Wirklich«, sagte die Beamtin tonlos. Sie räusperte sich. »Die anderen Kinder sind untergebracht bei...?«

»Ich habe keine Lust, Ihnen Auskünfte über mein Privatleben zu geben!« wies Bonnie sie zurecht.

Die Kommissarin schluckte den Tadel ohne weiteres. »Was hat Sie veranlaßt, Ihren Sohn Jo hier in der Bank zu vermuten?«

»Das sagte ich bereits Ihrem Kollegen. Jo wollte von seinem Konto Geld abheben. Es ist ein Girokonto für Jugendliche. Ich hörte den Alarm und ging mit vielen anderen Menschen zur Bank, um mich zu vergewissern...«

»Sie waren zunächst aus Neugier hier, ja?«

»Aus Sorge um meinen Jungen!« erwiderte Bonnie wütend.

»Sie wollten sich nur vergewissern, daß Ihrem Sohn nichts passiert ist?«

Bonnie erschrak. Sie war dabei, sich böse zu vergaloppieren. Wenn sie bei dieser Aussage blieb, konnte man sie leicht widerlegen und ihr daraus Vorwürfe machen. Sie zwang sich zu mehr Ruhe: »Entschuldigen Sie, ich habe mich mißverständlich ausgedrückt. Zwei Männer mit Sturzhelmen auf dem Kopf rannten an mir vorbei...«

»Speziell an Ihnen?« Die Beamtin blickte rasch auf.

»An vielen anderen Passanten selbstverständlich auch... Mein Sohn verfolgte sie.«

»Verfolgte sie?«

»Ja, er rannte hinter ihnen her. Als er an mir vorbeilief, rief er mir zu, es seien Bankräuber. Zugleich heulte die Alarmsirene der Bank, ich glaubte ihm also ohne weiteres.«

»Warum haben Sie Ihren Sohn nicht zurückgehalten? Bankräuber zu verfolgen, ist sehr gefährlich.«

»Es ging alles sehr schnell. Jedenfalls, er hätte von seinem Konto Geld abheben sollen. Ob er das getan hat, wußte ich nicht. Deshalb verschaffte ich mir Zutritt zum Schalterraum, um Fräulein Lehr zu fragen. Aber sie ist ziemlich konfus.«

»Ihr Sohn sollte Geld abheben«, wiederholte die Beamtin. »Wieviel?«

»Zweihundert Mark, und ich meine, auch das geht Sie einen feuchten Kehricht...« Bonnie hielt inne und lächelte höflich.

»Ja. Es ist nur so«, meinte die Beamtin. Sie sah Bonnie nicht an. Ihr Gesicht hatte sich ein wenig gerötet. »Zwei bewaffnete Bankräuber sind auf der Flucht. Ihr Sohn verfolgt sie. Er ist unbewaffnet, in jugendlichem Alter. Und alles, was Sie bewegt, ist die Frage, ob er von seinem Taschengeldkonto zweihundert Mark abgehoben hat! Klingt, ich bitte um Verzeihung, klingt unglaubhaft.«

»Wenn Sie das unglaubhaft finden, ist das Ihr Problem. So war es jedenfalls.«

»Frau Güttner, wir werden Sie vorladen und Ihre Aussage zu Protokoll nehmen.«

»Wann?«

»Wir schicken Ihnen Bescheid oder telefonieren.«

Zwei Beamte der uniformierten Schutzpolizei fuhren Jo, Tina und Torsten ins Polizeipräsidium zum Verhör. Sie nahmen die Sonderrechte in Anspruch, die einem Streifenwagen im Einsatz zustehen: ließen ihre Sirene jaulen und das Blaulicht flackern. Es half nicht viel.

Wie an jedem Werktag gegen fünf Uhr abends bewegten sich lange Autoschlangen durch die Innenstadt. Dem Stau zu entrinnen, war nicht immer möglich. Dann fluchte der uniformierte Fahrer vor sich hin – leise, um die Gemüter seiner jugendlichen Fahrgäste nicht zu strapazieren.

Jo saß neben ihm auf dem Vordersitz. Er beachtete die gemurmelten Kraftausdrücke des Fahrers nicht. Seine Gedanken waren mit dem Bankräuber beschäftigt, der vor Bonnies Füßen hingefallen war ... Oder vielleicht hatte er sich hingekauert, um den Helm abzunehmen, der ihn irgendwie behinderte.

Jedenfalls hatte Bonnie den Typen ohne Maske gesehen. Demnach konnte sie sein Gesicht beschreiben! Für die Polizei sicher sehr wertvoll.

Noch etwas beschäftigte Jo. Bonnie hatte mehr Fehler, als ihm lieb war. Aber es gehörte nicht zu ihren Gewohnheiten, Fremde auf der Straße anzuquatschen. Dafür war sie sich denn doch zu gut.

Kannte sie den Bankräuber, der vor ihr zu Boden gegangen war? Sie hatte ihn angesprochen. Jo war ganz sicher, daß die Erinnerung ihn nicht täuschte.

Er sah Bonnies Gesicht klar vor sich. Sie hatte auf den Schwerverbrecher hinuntergelächelt wie auf einen Bekannten.

Falls sie ihn kannte, ergab sich daraus die nächste Frage: woher? In der Unterwelt verkehrte Bonnie nicht. Und wenn sie auch manchen Freak beim Vornamen rief, Verbrecher waren bisher nicht darunter gewesen.

Torsten saß mit der schönsten Italienerin der Welt auf dem Rücksitz. Zwar thronte zwischen ihnen ein Polizist, doch der döste vor sich hin.

Torsten war entschlossen, die Gelegenheit zu nutzen. Vielleicht ergab es sich nie wieder, daß er mit Tina allein war. Dann mußte er sich sein Leben lang vorwerfen, daß er die Chance verstreichen ließ, auch diese Frau glücklich zu machen.

Sie sah ernst aus. Verbissen geradezu. Schon im Café hatte sie irgendwie abwesend gewirkt und es damit begründet, daß sie auf jemand warte.

Er konnte daran anknüpfen und sie jetzt verspätet fragen, auf wen sie denn gewartet habe. Damit zeigte er ihr, wie aufmerksam er war. Nichts schätzt eine

Frau so wie die Beachtung, die man ihr schenkt, und daß ganz genau wahrgenommen wird, was sie fühlt, sagt und tut.

Nichts – außer wenn man es fertigbringt, sie zu erheitern. Für Situationen wie diese sammelte Torsten, der Kenner des weiblichen Herzens... nicht Witze, das wäre ihm plump erschienen. Kleine, unterhaltsame Alltäglichkeiten!

»Ich war neulich mit meinem Vater in Kaufbeuren«, fing er an. »Da kamen wir an einem Bäckermeister SCHLACHTER vorbei. Und davor war gerade ein Fahrschüler dabei, in einen Stellplatz einzuparken. Der Wagen hatte auf dem Dach ein Schild, darauf stand FAHRSCHULE FOLTER. Also stell dir das mal vor. Vor dem Laden des Bäckermeisters SCHLACHTER parkt ein Wagen der Fahrschule FOLTER ein!«

»Kaum zu glauben. Du hättest es fotografieren sollen«, sagte Tina. Sie schien aus einer Überlegung aufzutauchen, die sie weit weggeführt hatte.

»Ja. Ich hatte leider keine Kamera dabei. Solche Bilder druckt die Zeitung unter der Überschrift WIDERSINNIG.«

»Fahrschule FOLTER.« Sie lachte auf. »Die Fahrschüler wissen wenigstens gleich, was sie erwartet.«

»Genau. Oder nimm eine Hausfrau. Sie sagt, ich geh' jetzt zum Schlachter. Wenn ihr Mann sie dort abholen will, geht er zum Bäcker!«

»Warum fällt dir das jetzt gerade ein?«

»Ich dachte, es belustigt dich vielleicht. Und dann – wir sind selbst in so einer widersinnigen Situation. Ich hab' Bankräuber verfolgen wollen. Du hast sogar dein

Mofa dafür hergegeben. Und statt daß man dich lobt, wirst du mit uns ins Präsidium verschleppt.«

»He!« sagte der Beamte zwischen ihnen. Er schreckte auf. »Keine Unterhaltungen über den Fall.«

Torsten lächelte Tina an. Er erlebte eine große Freude: Sie lächelte zurück.

Das Präsidium war ein fast hundert Jahre alter Riesenbau aus der Zeit, als Deutschland noch von Kaisern regiert wurde. Jemand hätte mal einen Schwamm nehmen und das Gemäuer abwaschen sollen. Es war schwarz von den Abgasen des Straßenverkehrs und der Schornsteine.

Sie parkten im Innenhof. Obgleich Jo und Torsten sagten, sie seien hier bekannt und wüßten den Weg, wurden sie und Tina von beiden Polizisten begleitet.

Man ging entweder eine Treppe hoch, die so breit und licht war wie ein Tennisplatz. Oder man stellte sich in einen Paternoster, dessen Kabinen eng waren wie Hundezwinger.

Die Polizisten strebten dem Lift zu. Nur keinen überflüssigen Schritt tun, schien das Motto der Beamten zu sein.

Das Büro des Jugendkriminalkommissars Tschugg war ein schlauchartiger Raum. Man legte von der Tür bis zum Schreibtisch, der am Fenster stand, einen verhältnismäßig weiten Weg zurück. Dabei streifte man nicht gerade die Wände mit beiden Schultern, aber man konnte sie mit nur halb ausgestreckten Armen links und rechts mit den Händen berühren.

Tschugg erhielt an seinem Schreibtisch Rückenlicht. Da das Fenster nach Westen ging, vergoldete die Abendsonne seine Glatze. Sie wirkte noch röter als sonst und schien zu strahlen.

Es war ein sonderbarer Anblick, nicht ohne Komik. Tina verbiß sich ein Kichern. Aber vielleicht war sie nur nervös.

Der Streifenführer schilderte die Festnahme der drei und legte das Beweisstück auf den Tisch: die Maske.

Jo erläuterte, wie er an die Maske gelangt war.

Tschugg hörte sich beide Schilderungen schweigend mit mahlenden Kinnbacken an. Dann sagte er: »Ein Mißverständnis. Warum soll ich nicht wegen eines blöden Mißverständnisses meinen Feierabend opfern? Ich hätte ihn sowieso bloß mit Biertrinken und Gartenarbeit vergeudet. Ich muß Ihnen allen noch dankbar sein.« Finster glotzte er die Polizisten an.

Der Streifenführer verteidigte sich. »Es ist laut Geständnis von Güttner die Maske eines Bankräubers. Ob das so stimmt und Güttner nicht selber Bankräuber ist, konnten wir vor Ort nicht überprüfen! Das ist Ihre Aufgabe. Sie sind der Jugendkriminalkommissar!«

»Selbstredend. Ich sage ja, ich bin Ihnen zu tiefem Dank verpflichtet. Vom Bier, das ich in den nächsten zwei Stunden nicht trinke, kann ich nicht fett werden.«

Die Uniformierten – bambusfarbenes Hemd, khakifarbene Hose – schoben erbittert ab. Sie mußten zurück auf die Straße, die wirklichen Bankräuber suchen – falls sie zu blöd zum Untertauchen waren und noch durch die Stadt kurvten.

»Jetzt zu euch. Und da muß ich sagen, Mißverständnis hin oder her. Aber es sind immer dieselben, die in Mißverständnisse verwickelt sind. Kann mir das mal jemand erklären? Nein, niemand! Danke für die Auskunft.«

Tschugg wurde immer sonderbarer. Er war erst vierzig und hatte schon Eigenheiten, die seiner Tochter Charlotte – Charly genannt – Kummer und Sorgen bereiteten.

Jo wußte das. Charly war seine Freundin, und sie klagte ihm nicht selten ihr Leid.

Eine besonders auffällige Macke, die Tschugg sich neuerdings zulegte, war es, daß er Fragen, die er stellte, auch selbst beantwortete.

Ist das Wetter schön? Natürlich wieder nicht, es ist beschissen wie jeden Tag.

Das ging ja noch, aber neulich hatte er folgendermaßen vor sich hin gebrabbelt:

Du, Lottchen – er nannte seine Tochter nicht Charly, wie ihre Freunde es taten –, sag einmal, du bist abends jetzt so oft weg. Du wirst dich doch nicht rumtreiben, noch dazu mit zweifelhaften Typen? Natürlich nicht, mein Lottchen nimmt Rücksicht auf ihren geplagten Vater, so etwas würde sie ihm nicht antun. Ich meine, du kommst doch nicht eines Tages zu zweit nach Hause? Nein, mein Lottchen paßt auf. Mein Lottchen weiß, was ein Kondom ist, richtig? Richtig. Und warum macht sie sich immer so schön, bevor sie weggeht? Na, weil sie ein hübsches Kind ist und sich daran freut. Für einen Mann macht sie sich nicht schön. Dafür ist sie zu jung. Das brauche ich ihr nicht zu erzählen, das weiß sie allein ...

Du, Väterchen, hatte Charly ihn unterbrochen, könntest du die Beantwortung deiner Fragen auch mal mir überlassen?

Ungern, Lottchen.

Ja, willst du denn nicht wissen, was ich zu sagen habe?

Vielleicht hab' ich Angst davor.

Aber Väterchen! Vertraust du mir nicht mehr?

Vertrauen ist gut, Kontrolle ist besser.

Seither war Charly recht besorgt. Sie fragte sich, was mit ihrem Väterchen los sein mochte. Daß etwas mit ihm nicht stimmte, lag auf der Hand. Brauchte er eine Freundin? Oder bloß eine Kur im Schwarzwald?

Das alles war Jo bewußt, während er vor dem Schreibtisch des Kommissars stand und die im Abendlicht schimmernde Glatze wie eine schöne Lampe bewunderte.

Torsten riß – da Jo sich nicht wehrte – das Gespräch an sich. Er wußte, daß Tschugg ihn – wenn auch neidisch und widerwillig – respektierte, weil er reiche Eltern hatte.

»Herr Kommissar«, fing er mit fester Stimme an, »mein Vater wird sich sorgen, wenn ich nicht bald heimfahre.« Nachdem er in dieser taktvollen Weise darauf hingewiesen hatte, daß Tschugg nicht mit ihm allein umging, sondern mit Torstens gesamter, einflußreicher Familie, fügte er freundlich hinzu: »Ich glaube nicht, daß ich unseren Firmenanwalt einschalten muß. Das Mißverständnis – wie Sie es richtig nennen – ist wirklich zu läppisch.«

»Wie schade«, murmelte Tschugg.

»Wie bitte?«

»Ich sage, es ist schade, daß nicht auch noch einer von den überbezahlten Rechtsverdrehern aufkreuzt. Der Abend ist sowieso kaputt. Ich kann heute meine Tomaten nicht mehr ernten! Warum nicht noch die halbe Nacht massakrieren, damit es sich lohnt?«

Torsten hatte von seinem Vater gelernt, wie man mit schwierigen Verhandlungspartnern umgeht: verständnisvoll.

»Herr Kommissar, ich kann mir vorstellen, wie lästig wir Ihnen fallen. Aber das muß gar nicht sein! Tina hat überhaupt nichts vom Banküberfall gesehen, auch die Täter nicht. Sie saß lediglich im Café, als wir einen fahrbaren Untersatz brauchten, um hinter den Gangstern herzuflitzen. Lassen Sie Tina gehen, ich bitte Sie.«

Tschugg gab ein Grunzen von sich und betrachtete widerwillig den Stift, den er in die Hand genommen hatte, und den Notizblock, der in Reichweite lag.

»Tina und wie weiter?«

»Tina de Padova.«

»De Padova. Wohnsitz, Adresse, Name der Eltern und so weiter...«

Tina gab alles an, was er wissen wollte, und verfolgte stirnrunzelnd, wie Tschugg es in kleine Zahlen und Buchstaben auf seinem Notizblock verwandelte.

»Na gut, Sie sind entlassen«, sagte Tschugg endlich.

»Falls wir Sie noch mal brauchen, melden wir uns«, fügte er hinzu. »Arrivederci oder so ähnlich.«

»Ciao«, sagte Tina erstaunt. »Kann ich auf Torsten warten? Er hat nämlich auch nichts gesehen, so gut wie nichts.«

»Sie können auf dem Flur draußen ein Zelt aufschlagen. *Ich* hab' nichts dagegen, Signorina. *Mein* Flur ist es nicht!«

Sie nickte Torsten und Jo zu und verschwand.

»Also, der zweite Fall, der mich nichts angeht, aber meine Zeit kostet, Herr Torsten Wiebert. In welcher Weise darf ich mich für Sie aufopfern?«

»Herr Kommissar!« Torsten wählte den verbindlichsten Ton, den er auf Lager hatte. »Ich hatte Frau Güttner – also Jos Mutter – in den Buchladen an der Einmündung der Passage an der Alten Straße begleitet...«

»Muß ich jetzt den Stadtplan auskramen, oder geht es auch so?«

Torsten ließ sich nicht beirren. »Ich sah wohl – allerdings ganz unklar – zwei Gestalten vorbeirennen. Eine stolperte und fiel, was weiß ich, und nahm den Sturzhelm ab. Aber verstehen Sie, ich wußte ja nicht, wie wichtig es gewesen wäre, mir das Gesicht von dem Typen genau anzusehen. Ich hab' einfach nicht drauf geachtet. Wenn Sie mich jetzt fragen, blaue Augen oder dunkle, ich weiß es nicht.«

»Die Alarmanlage heulte!« stellte der Kommissar mäkelig fest. »Da ahnt man doch, daß etwas nicht stimmt, und nimmt seine Umwelt mit erhöhter Aufmerksamkeit...«

»Herr Kommissar, ich habe einfach nicht geschaltet.«

»Lange Leitung? Eine Sirene jault. Leute bleiben stehn und wundern sich. Zwei Männer rennen vorbei. Einer fällt hin und nimmt seinen Helm ab ... Aber Ihre werte Aufmerksamkeit ist mitnichten geweckt?«

»Wenn Sie es so ausdrücken«, sagte Torsten in seiner nachgiebigsten Art, »steh' ich als ein kompletter Trottel da. Deshalb meine ich eher, ich war mit meinen Gedanken woanders.«

»Ich frage nicht, wo, Herr Wiebert. Denn das geht mich nichts an«, entgegnete Tschugg höflich.

»Danke. Kann ich jetzt auch ...?«

»Aber gewiß doch.«

»Meinen Namen und Adresse und so weiter ...«

»Habe ich, habe ich. Nur keine Sorge. Gruß an den werten Herrn Papa. Wieder irgendwelche Großaufträge in Aussicht?«

»Wir liefern jetzt viel in die neuen Bundesländer. Dort herrscht eine sehr lebhafte Konjunktur – ich meine, auf dem Bausektor.«

»Genau. Auf den anderen Sektoren läuft gar nichts. Drum wird mir ja soviel vom Gehalt abgezogen. Wie schön, daß es Leute gibt, die davon profitieren.«

»Das finde ich auch«, sagte Torsten und vollzog seinen Abgang. Als er an Jo vorbeiging, verdrehte er die Augen.

Jo verschluckte ein Grinsen. »Wie geht's Charly?« fragte er, nachdem die Tür hinter seinem Freund zugefallen war.

»Komm mir nicht so!« fuhr Tschugg hoch. »Komm

mir ja nicht plumpvertraulich!« verwahrte er sich erregt. Dann ging er sogar zum förmlichen »Sie« über: »Noch sind Sie nicht mein Schwiegersohn, Herr Güttner! Wenn es nach mir geht, werden Sie es auch nie!«

Da seine Glatze tiefrot wurde, war es eine eindrucksvolle Verlautbarung – oder hätte es sein können, wäre der Effekt nicht durch Charly verdorben worden. Sie betrat das Amtszimmer ihres Vaters und strahlte gute Laune aus. Nachdem sie Jo begrüßt hatte, drückte sie Tschugg einen Kuß auf die Glatze.

Man kann nicht seriös wirken, wenn man auf die Glatze geküßt wird.

»Meine zwei Männer streiten sich also schon wieder!« sagte Charly vergnügt und setzte sich auf den Schoß ihres Vaters.

»Ich bin im Dienst!« jaulte er sie an.

»Reg dich ab, du hast seit einer Minute Feierabend.«

»Das glaubst du! Dein Herr Freund hat einen Bankraub mit entbunden... Wie kommst du überhaupt hierher?«

»Einen Bankraub? Wie entbunden, was heißt das?«

»Ich frage dich etwas. Gib deinem Vater gefälligst Antwort, Charlotte.«

»Aye, aye, Sir.« Sie salutierte. »Ich hatte in der Stadt zu tun und meinte, du freust dich, wenn ich dich abhole. Essen wir zusammen?«

»Ich hab' kein Geld.«

»In der Kantine, dachte ich.«

»Zeit hab' ich auch keine. Außerdem willst du bloß

nicht kochen ... Und laß diese Faxen mit ›Aye, aye, Sir‹. Ich bin nicht der Vorgesetztentyp, im Gegenteil, ich bin noch viel zu gut und kumpelig.«

»Zu Befehl, Chef.«

»Charlotte, ich warne dich!«

»Manchmal mag er es nicht, wenn ich ihm zu nah komme«, sagte Charly zu Jo. Sie stand von Papas Schoß auf und setzte sich auf die Schreibtischkante.

»Was ist das überhaupt für ein Parfüm?«

»Hast du selbst mir geschenkt!«

»Aber nicht, damit du dich unentwegt außer Haus damit produzierst!«

»Soll ich es daheim zum Geschirrspülen auflegen, Väterchen?«

Tschugg erhob einen Zeigefinger: »Wir haben einen Geschirrspülautomaten. Sie lügt, um mich als Buhmann hinzustellen«, informierte er Jo.

»Es wird immer schlimmer mit ihm«, lautete Charlys Kommentar.

Sie entfernte sich vom Schreibtisch und setzte sich abseits. »Was ist das für eine Geschichte mit einer Entbindung beim Bankraub?«

»Lotte! Nimm deine Gedanken in Zucht! Du verstehst alles verkehrt!«

Jo berichtete ...

Charly faßte zusammen, was sie Jos Schilderung entnahm: »Dann bist du kein bedeutender Zeuge. Du hast nicht mehr mitgekriegt als die Überwachungskameras. Wichtig ist das, was deine Mutter aussagt! Sie hat einen Täter gesehen und kann sein Gesicht beschreiben – wenn sie ihn nicht sogar erkannt hat!«

»Ich meine, sie hat ihn erkannt«, wiederholte Jo. Es entsprach seinem Eindruck.

»Ich könnte bereits in meinem Garten stehen«, sagte der Kommissar. »Die Rosen müssen entlaust werden. Die Tomaten werden reif. Ich hätte ein Bier in der Hand und keine Sorgen außer den üblichen... Statt dessen ruft man mich an. Drei jugendliche Rumtreiber seien bei einer Fahndung nach Bankräubern aufgegriffen worden, und könnte ich nicht und würde ich nicht. Ich bleibe also sitzen und schwitze meine Socken voll. Endlich geruhen die Herrschaften einzutreffen, und was stellt sich heraus? Zwei kann ich gleich wieder wegschicken, und der dritte weiß auch nicht viel. Glückauf, kann ich nur sagen. Der Tag geht zu Ende, wie er angefangen hat.«

Er stand auf und nahm die Maske des Bankräubers an sich. Sie steckte in einem Klarsichtbeutel, einer sogenannten Asservatentüte – Behältnis für Beweismittel.

»Bis demnächst«, grüßte der Kommissar und stapfte hinaus.

»Wohin geht er damit?« fragte Jo.

»Zum Raubdezernat, nehme ich an. Da laufen die Ermittlungen zusammen.«

»Vielleicht wissen sie schon etwas.« Jo hatte die ganze Zeit über gestanden, da Tschugg sich nicht bemüßigt gefühlt hatte, ihm Platz anzubieten.

Nun setzte er sich neben Charly und legte den Arm um ihre Schultern. Sie ließ sich bereitwillig küssen. Das war nicht immer so. Dankbar verstärkte Jo seine Zärtlichkeiten.

Schwere Schritte auf dem Flur – unverkennbar Tschuggs Trampeltritt – warnten die beiden rechtzeitig. Sie rückten auseinander und saßen, als der Kommissar eintrat, nebeneinander wie im Kindergarten.

Tschuggs Miene wirkte nicht mürrisch, wie sonst oft. Er schien in sich hineinzuhorchen, irgendeiner inneren Stimme zu lauschen. Etwas gab ihm zu denken. Was es war, verriet er nicht.

»Ich hätte Ihre Aussage gern in schriftlicher Form, Herr Zeuge«, sagte er, nachdem er Platz genommen hatte.

»Klar, fertigen wir ein Protokoll an.«

»Warum so förmlich? Wenn Sie mir einen Gefallen tun wollen, dann tippen sie alles so in die Maschine, wie Sie es uns erzählt haben. War sehr plastisch. Sobald ich zurückkomme, lese ich es durch. Falls ich keine Irrtümer oder Leichtsinnsfehler finde, dürfen Sie unterschreiben und sind entlassen. Wie klingt das?«

»Nicht schwieriger als ein Schulaufsatz.«

»Gut. Lottchen, wir gehn solange in die Kantine. Ich spendiere dir ...«

»Und Jo, was ißt der?«

»Ich wäre froh, wenn das meine einzige Sorge wäre. Du kannst ihm 'n belegtes Brötchen mitbringen. Wäre das recht, Herr Zeuge?«

»Sehr recht. Bitte zwei Brötchen, Charly, beide mit Käse. Und einen Becher Kaffee, schwarz, mit Zukker.«

Er setzte sich an den Schreibmaschinentisch. »Bezahlen müssen Sie es, Herr Tschugg – auf der Bank konnte ich kein Geld mehr abheben und hab' nichts mehr. Durchschläge?«

»Nein. Wir fertigen Kopien an, wenn die Endfassung feststeht.« Der Kommissar und seine Tochter verließen das Zimmer.

Wenn die Endfassung feststeht ...

Kam es denn auf jedes Wort an? In Jo keimte der Verdacht auf, daß Tschugg im Raubdezernat etwas gehört haben mußte. Etwas, das auf Jos Version der Ereignisse ein schiefes Licht warf.

Doch er hatte ein gutes Gewissen. Ohne weiter darüber nachzudenken, begann er zu tippen.

5

Torsten hatte die aufregendste Viertelstunde seines Lebens hinter sich.

Um nicht jedesmal, wenn Tina Gas gab, aus dem Sattel gehoben zu werden, mußte er sich festhalten. Einen Griff gab es nicht. Er konnte Halt nur an Tina selber finden.

Sie sollte ihn nicht mit den Kerlen verwechseln, die derart gierig sind, daß sie nach jeder Frau grapschen. Vorsorglich hielt er seine Hände leicht wie Schmetterlinge.

Doch wenn sie an einer Ampel startete oder in eine Kurve ging, mußte er schon zugreifen. Der Stromstoß, der dann durch seine Nervenbahnen zuckte, war fast beängstigend.

Als sie sich der Alten Fabrik näherten, war Torsten geschafft. Die Luft flimmerte wie der Sichtschirm eines defekten Fernsehgeräts.

Er schloß, um sich zu beruhigen, die Augen – und öffnete sie erst wieder, als Tina scharf stoppte.

Das Internationale Jugendzentrum (IJZ) hieß in der Stadt nur »Die Alte Fabrik«. Es war in den aufgelassenen Hallen eines ehemaligen Aluminiumwerks untergebracht. Man erreichte es durch eine überdachte Einfahrt, die in einen Innenhof mündete.

Wer mit einem Fahrzeug kam, stellte es auf dem Hof ab. Tina stand nicht auf dem Hof – sie hatte in der überdachten Einfahrt angehalten, vor einem Mann.

Es war ein dunkelhaariger Typ, der einen leichten, hellgrauen Anzug mit Nadelstreifen trug. Die Falten waren scharf gebügelt und fielen auf Schuhe, die mit Lochmuster versehen und auf Hochglanz poliert waren. Zum weißen Hemd trug er eine breite, rotblau gestreifte Seidenkrawatte. Auf dem Kopf saß ein weicher Filzhut mit scharf geknickter Krempe.

Torsten fand diesen Aufzug schrill. In der Alten Fabrik sonderte sich niemand durch teure Kleidung ab. Es galt als schlechter Stil, und das – fand Torsten – mit Recht: Dies war der Treffpunkt von Jugendlichen, die aus wenig begüterten Familien stammten, milde gesagt.

Auch Torsten zog sich gern elegant an, aber nicht hier. Man trug, was alle sich leisten konnten. Im Sommer Jeans und T-Shirt. Im Winter zusätzlich Sweatshirt und Parka. Bei Eiseskälte wurde in den Parka noch ein Futter eingeknöpft.

Noch nie, seit Torsten hier aufkreuzte, hatte er in der Einfahrt einen Typen stehen sehen, der angekleidet war wie zur Vorstandskonferenz von Siemens.

»Hallo«, sagte er trotzdem höflich.

Der Mann nahm den Hut ab und sagte zu Tina einige italienische Sätze.

Ihre Antwort war kurz und scharf, auch auf italienisch, aber international verständlich: »No!« sagte sie.

Der Mann wurde lauter und sprach noch mehr.

Es war Zeit einzugreifen, fand Torsten. Er stieg von dem Mofa ab und wiederholte seinen Gruß: »Hallo!«

Der Mann beging einen Fehler. Statt den Gruß zu erwidern, wie sich das gehörte, und wenigstens ein »Hi« zu äußern, vollführte er lediglich eine einzige Handbewegung.

Sie stellte eine Art Wegwischen dar und ist, wie das Wörtchen »No«, auf der ganzen Welt gebräuchlich. Verpiß dich, bedeutete die Geste.

Torsten fühlte Zorn in sich aufsteigen. Er bezähmte sich jedoch. Sein Vater war Geschäftsmann. Von ihm hatte Torsten gelernt, wie Auseinandersetzungen geführt werden müssen – so nämlich, daß man hinterher mit seinem Gegner immer noch reden, auf deutsch: gute Geschäfte tätigen kann.

Unversöhnlichkeit ist manchmal befriedigend, lohnt sich aber meist nicht. Das jedenfalls hatte Herr Wiebert seinem Sohn stets einzuschärfen versucht.

Mit dieser Lehre hatte Torsten immer beste Erfahrungen gesammelt. Wich er davon ab, fiel er meist auf die Nase.

Er sagte also in seiner manierlichsten Art: »Hallo!« Es war das dritte Mal, daß er diesen Gruß anbot. Er fügte hinzu: »Mein Name ist Torsten Wiebert.« Sein Vater beendete jeden lauten Streit, indem er sich erst einmal vorstellte. Dabei überreichte er gleich auch seine Karte, auf der sein Name, die Adresse und Telefonnummer sowie natürlich die Firma verzeichnet standen.

Torsten hatte keine solche Karte. Womöglich war das der Grund, daß der Typ ihn nur stumm anglotzte.

»Ich bin ein Freund von Tina«, fügte Torsten hinzu.

Der Italiener wandte sich an das Mädchen und fragte scharf: »Was heißt das, Freund?«

Wir können also ganz gut Deutsch, dachte Torsten beifällig.

Tina antwortete scharf und unfreundlich auf italienisch. Die Antwort dauerte ziemlich lange. Der Mann lächelte. Während Tina sprach, nahm sein Lächeln einen immer schmerzlicheren Ausdruck an.

Auffällig fand Torsten, daß zugleich die Augen des Typs schmaler wurden – und kälter. Der Bursche hatte einen ausgesprochen bedrohlichen Blick.

Dreiundzwanzig Jahre mochte er alt sein. Es war schwer zu schätzen. Alles an ihm wirkte kostspielig, nicht nur die Kleidung. Er trug einen Siegelring mit blauem Stein, eine Uhr, die golden glänzte, und eine Krawattennadel, in der eine Perle schimmerte.

Wahnsinn! dachte Torsten. Ein Kavalier alter Schule offenbar. Er hatte gemeint, sie seien ausgestorben. In Opa-Filmen sah man sie manchmal und mußte lachen.

Torsten räusperte sich: »Ich möchte nicht stören ...«, fing er an und besann sich. Wer störte, war der Kavalier alter Schule mit den bösen Augen ... »Aber ich mag es auch nicht, wenn man mich stört«, fuhr er fort. »Ich komme eben mit Tina an und möchte ihr einiges von mir erzählen. Haben Sie ein Recht, dagegen zu sein?«

Der andere vollführte eine kurze, ruckartige Handbewegung. Aus seiner geschlossenen Faust – so schien es – schnappte eine Stahlklinge.

Der Mann hielt sie unter Torstens Kinn.

Torsten trat einen Schritt zurück. Dadurch brachte er sich außer Reichweite.

Der Mann lächelte verächtlich und vollführte eine zweite Bewegung, ebenso schnell wie die vorige. Die Stahlklinge verschwand.

Der Mann wiederholte die Handbewegung des Wegwischens. Verpiß dich.

Torstens Herz klopfte.

Der andere war älter. Aber nicht größer oder breiter. Unterlegen fühlte sich Torsten nicht.

Er verlagerte sein Gewicht auf den linken Fuß und sagte: »Würden Sie mir das Messer noch mal zeigen? Ich interessiere mich für Waffen.«

»Hör auf«, warnte ihn Tina leise.

Der Mann entblößte seine Zähne ein wenig und sagte ein Wort, das Torsten nicht verstand. Porco – irgendwas.

Er ließ die Klinge wieder hervorspringen.

Nun streckte Torsten seinerseits die Hand aus. Der Mann legte das Messer nicht hinein. Noch immer sah man seine Zähne durch die halbgeöffneten Lippen schimmern, ohne daß ein Lächeln daraus wurde.

»Ohne Messer hätten Sie Angst vor mir«, sagte Torsten. »Ich dachte es mir.«

Er wollte seine Hand zurückziehen.

Das Messer zuckte auf ihn zu, und Torsten fühlte die Klinge über seine Hand fahren wie eine schmale, scharfe Flamme.

Torsten blickte in seine Hand. Es war zunächst nichts Ungewöhnliches zu erkennen.

Erst allmählich trat – vom Daumenballen bis zur Wurzel des kleinen Fingers – schräg über den Handteller ein Blutfaden an die Oberfläche der Haut.

»Sie sind sehr tapfer!« lobte Torsten höhnisch. Seine Stimme erkannte er selbst nicht wieder.

Er trat mit dem rechten Schuh kräftig und ohne Vorwarnung gegen die Kniescheibe des Messerhelden. Der gab einen dumpfen Laut von sich und ließ das Messer fallen.

Torsten stieß es mit dem Schuh weg. Es klirrte durch die Einfahrt auf einige Jugendliche zu. Die hatten sich aus dem Innenhof eingefunden.

Eisenkreuz war dabei, der Leitbulle der nationalen Clique. Seinen Namen verdankte er dem Eisernen Kreuz, das er an der Jacke trug. Er hatte es im Nachlaß seines Großvaters auf dem Speicher gefunden.

Eisenkreuz hob das Messer auf. Er wog es in der Hand und lächelte ein wenig. Er gab es an seinen Kumpel Wurfstern weiter – der hieß so, weil er ein solches Ding hatte und damit im Wald gern Sträucher abrasierte.

Die Sträucher hatten es im sauren Boden des Stadtwalds schwer genug, auch ohne daß man Wurfsterne an ihnen ausprobierte.

Torsten war kein Freund dieser Clique.

»Du kotzt mich an«, sagte Wurfstern zu dem Italiener. Er nahm das Messer, als wolle er es werfen, und der Mann im Nadelstreifengrau vollführte eine abwehrende Bewegung. Die Nationalen freuten sich darüber und lachten.

Torsten wurde fuchsteufelswild. Es gab genug Probleme in der Alten Fabrik. Wenn jetzt noch ein ausländischer Erwachsener von der Naziclique in die Mangel genommen wurde, konnte es leicht passieren, daß das Zentrum geschlossen wurde!

Er sagte sauer: »Wer mir in die Quere gerät, hat ein Problem.«

»Mit der kaputten Hand will er uns Ärger machen«, teilte Eisenkreuz seinen Kumpels mit.

»Die andere ist gesund. Für einen von euch reicht sie.«

»Wer will überhaupt was von ihm?« erkundigte sich Eisenkreuz bei seiner Clique. »Deutsche Zuerst« nannte sich die Gruppe, abgekürzt: DZ.

»Er labert uns an, dabei helfen wir ihm«, stimmte Wurfstern zu.

»Er hat mit *mir* Streit angefangen«, bekräftigte Torsten, »nicht mit euch. Ich werde allein mit ihm fertig.«

»Kann sein«, räumte Eisenkreuz ein.

»Bis jetzt«, sagte Wurfstern.

Tina bockte ihr rasendes Feuerzeug auf. Sie trat zu

ihrem Landsmann und wies mit der Hand auf ihn: »Ich möchte euch vorstellen: Mein Verlobter Alessandro.«

Torsten wollte es nicht glauben. »Soll das ein Witz sein?« Tina war sechzehn.

»Wir sind seit zwei Jahren verlobt«, wiederholte sie.

»Da warst du ein Kind.«

»Es ist zwischen unseren Eltern vereinbart worden.«

»Ja, und? Willst du den heiraten?«

»Nein«, sagte sie wütend. »Aber er mich!«

Hungrig aß Jo seine Käsebrötchen und trank den Kaffee. Der Kommissar las den schriftlichen Bericht, und Charly schaute ihrem Vater dabei über die Schulter.

Tschugg nickte, als er fertig war. Er notierte unter der letzten Zeile das Datum und die Uhrzeit. Dann reichte er Jo den Stift. »Unterschrift.«

Jo setzte seinen Namen aufs Papier.

»Lotte, du unterzeichnest als Zeugin.«

»Und du?«

»Ich quittiere die Entgegennahme.« Das tat er, nachdem er einen Amtsstempel aufgedrückt hatte.

Jo erschien das alles etwas sonderbar. »Ein offizielles Protokoll setzen Sie sonst anders auf.«

»Es ist halboffiziell«, sagte der Kommissar. Das Telefon summte, und er nahm ab.

Er hörte eine Weile zu. »Ich komme«, sagte er schließlich und legte grußlos auf.

»Wieso halboffiziell und nicht offiziell, Herr Kommissar?«

Auch Charly wirkte verwundert. Sie sagte: »Sonst,

wenn du ein Protokoll aufsetzt, befragst du den Zeugen ausführlich. Was er sagt, formulierst du selber, um ganz sicher zu sein, daß es auch den Sachverhalt trifft. Am Ende wird es vorgelesen, vom Zeugen genehmigt und unterschrieben. Was ist diesmal anders?«

»Dieses Papier ist noch kein Protokoll. Ich lasse es so nicht an die Staatsanwaltschaft gehen, besonders nicht an den Richter. Oder nur dann, wenn Jo ausdrücklich einverstanden ist.«

Jo warf Charly einen ratlosen Blick zu.

Charly gab ihn an ihren Vater weiter, indem sie die Brauen hochzog.

»Dieses Papier«, gab Tschugg Auskunft, »ist lediglich als Gedächtnisstütze gedacht. Bevor wir ein offizielles Protokoll ausfertigen, muß sich Jo genau überlegen, wie er es formulieren will.«

Ein Schrecken durchfuhr Jo. »Ist Herr Hartmann... Ist er tot? Mein Gott!«

»Der Filialleiter ist nicht das Problem«, widersprach Tschugg wuchtig. »Sondern, wie wohl nicht zum erstenmal in deinem Leben, deine Mutter!«

»Bonnie? Aber der Überfall war längst vorbei, als sie zur Bank ging. Sie wollte doch nur nachsehen, ob Hartmann verletzt war!«

»Herr Güttner. Ihre Mutter hat ausgesagt. Sie behauptet, die Bankräuber seien an ihr vorbeigerannt, ohne daß sie einem von ihnen Beachtung schenkte. Frau Güttner will gar nichts bezeugen können!«

»Das ist...«, fing Jo an. Ein Irrtum, wollte er sagen. Doch wie war es möglich, daß Bonnie sich irrte?

»Willst du deine Mutter sprechen?«

»Unbedingt. Ist sie denn hier?«

»Es bestand keine Notwendigkeit, sie herzubringen.«

»Ja... Gut, dann wird sie zu Hause auf mich warten. Ich fahre also gleich heim.« Er stand auf. »Sowie ich mit ihr gesprochen hab', gebe ich Ihnen Bescheid.«

»Besser nicht«, meinte Tschugg.

»Ich versteh' Sie nicht, Herr Kommissar.«

»Bei der Einvernahme von Zeugen, die in noch jugendlichem Alter sind, ist Takt mit Einfühlsamkeit zu verbinden«, stellte Tschugg selbstgefällig fest.

»Ja, und?«

»Als Jugendkriminalist vermeide ich prinzipiell, Zeugen in die Zwangslage zu bringen, daß Sie gegen ihre Eltern aussagen müssen.«

»Ich sage die Wahrheit. Wie könnte sich das gegen meine Mutter richten?« Jo wurde aufgeregt. »Wie kommen Sie auf so eine Idee?«

»Deine Mutter wird Gelegenheit erhalten, ihre Aussage nachzubessern. Im Moment sieht es so aus: Sie könnte einen Täter beschreiben, sie hat ihm ins Gesicht gesehen. Aber sie verweigert die Mitarbeit.«

»Bonnie wird dumm angeredet worden sein. Sie kann es nicht leiden, wenn man ihr gegenüber autoritär auftritt. Jetzt rede ich mit ihr. Da wird sie schon zugeben...« Er brach ab.

Zugeben. Seine Mutter wurde nicht beschuldigt. Sie brauchte gar nichts zuzugeben.

»Sie müßten Bonnie kennen«, sagte er, als er Tschuggs ablehnendes Gesicht sah. »Sie ist schwierig.«

»Das ist sie wirklich, Väterchen.«

»Wer Bankräuber begünstigt, könnte Mittäter sein«, knurrte der Kommissar seine Tochter an.

»Bonnie als Kriminelle?« Jo fand die Idee belustigend. »Wäre ihr viel zu anstrengend!«

»Sie pumpt Leute an und gibt das Geld nicht zurück. Das nenne ich Betrug.«

»Das wissen Sie von mir!«

»Ich verwende alles, was ich weiß. Auch wenn ich es von privat erfahre. Deshalb bin ich ja gegen eure Freundschaft. *Ich* vermeide Privatbeziehungen zu kriminellen oder halbkriminellen Milieus. Meine Tochter sollte es genauso halten.«

»Vater!« Charly war bleich und wütend.

»Das ist schon lange meine Meinung.«

Jo rief erregt: »Meine Mutter ist an keinem Bankraub beteiligt! Die Idee ist unsinnig. Bonnie ist eine Intellektuelle. Sie lebt eigentlich wie 'ne Künstlerin...«

»Quatsch«, befand Tschugg.

»Ich weiß, was ich sage. Charly kann es bestätigen.«

»Du hast Jo das Protokoll schreiben lassen, obwohl du gewußt hast, die Mutter sagt anders aus!« rief Charly böse. »Du hast ihn ins offene Messer laufen lassen!«

»Es ist kein Protokoll. Sitzt du auf den Ohren?« Zu Jo gewandt, fragte er: »Was gaukelst du dir vor? Deine Mutter lebt disziplinlos. Nicht etwa sinnenfroh – das bin ich selbst!«

Ein seltsamer Laut entrang sich Charly.

Der Kommissar blickte sie prüfend an, fand an ihrer

Miene nichts auszusetzen und fuhr fort: »Aber ich bin mir bewußt, daß ich Vater bin und nicht bloß meinen Gelüsten leben darf. Wer ein Kind zu ernähren hat ...«

»Jetzt sage bloß noch, ich steh' deinem Glück im Weg!« rief Charly aus. »Wenn du morgen mit einer Freundin anrückst, bin ich die erste, die dir gratuliert.«

»Jo, du verstehst mich«, sagte der Kommissar und meinte es todernst. »In der Grauzone zwischen einem bürgerlichen und einem kriminellen Leben kann sich meine Tochter ihre Freunde nicht angeln. Es gibt Grenzen für das, was ich dulde.«

Jo saß wie vom Donner gerührt.

»Ich hör' wohl nicht richtig?« Charly sprang auf.

»Vierzigtausend Mark sind abkassiert worden. Die Bankräuber werden Frau Güttners Schweigen zu würdigen wissen. Womöglich bezahlen sie dafür!«

»Tut mir leid, Charly«, sagte Jo zu seiner Freundin. »Aber dein Alter spinnt.«

Er verließ das Zimmer.

»Du bist unmöglich!« brüllte Charly ihren Vater an. »Wie kannst du ihn so beleidigen?«

»Soll ich mich lieber für dumm verkaufen lassen?«

»Er hat recht, manchmal spinnst du wirklich.«

»So, meinst du ... Begleitest du mich?«

»Wohin?«

»Der Anruf eben war aus der Alten Fabrik. Messerstecherei. Euer Freund Torsten hat was abgekriegt.«

6

Daß seine Mutter ihn zum Außenseiter stempelte, bekam Jo öfters zu spüren. Selten allerdings war es ihm so kalt serviert worden wie heute von Tschugg. Während der Heimfahrt mit der U-Bahn wirkte die Erschütterung in ihm nach. Ihm war zum Heulen oder Zuschlagen.

Die meisten Jugendlichen haben Eltern, von denen sie ausreichend versorgt werden. Nicht nur materiell – Mutter und Vater verteilen, wenn das Familienleben halbwegs stimmt, außer Taschengeld auch Streicheleinheiten.

Von Bonnie durfte er weder das eine noch das andere erwarten.

Jo erhielt kein Geld von seiner Mutter, sie hatte nie welches übrig. Wenn er selbst jobte und etwas auf sein Konto einzahlte, dauerte es nie lange, bis sie ihn bedrängte, ihr »kurzfristig auszuhelfen«. Sie entlieh ständig Geld von anderen, ohne über die Rückgabe viel nachzudenken.

Auch auf Gemütswärme war bei Bonnie kaum zu hoffen. Gedanklichen Austausch, eine zünftige Diskussion zog sie Zärtlichkeiten vor.

Wer Mutterns Hände besang, die sich fürs Kind abarbeiteten oder ihm die Tränen trockneten, kannte mit Sicherheit Bonnie nicht. Sie war stolz darauf, nicht für ihre Kinder zu leben, sondern für sich. Sie fand sich modern, absolut auf der Höhe der Zeit. Daß die Kinder anderswo aufwuchsen als bei natürlichen Eltern oder wenigstens einem Elternteil, war in Kauf zu nehmen. Alles hatte seinen Preis.

Bestimmt leide sie darunter sehr, vermuteten Bekannte gelegentlich wohlmeinend. Sie nahmen es zu Bonnies Gunsten an.

Sie irrten jedoch – nach allem, was Jo wußte. Er war in seinen kindlicheren Jahren von seiner Mutter niemals geküßt worden, außer zur Begrüßung bei ihren höchst seltenen Besuchen oder wieder zum Abschied, wenn sie auf lange Monate verschwand.

Einen Vater gab es in seinem Leben überhaupt nicht. Bonnie hielt es nicht für nötig. Jo brauche keinen, war ihre Auffassung. Oder wenn, solle er eben irgendeinen Mann als Ersatzvater ausspähen, einen Lehrer vielleicht, und sich ihn zum Vorbild nehmen. Ihr erschien das leicht und natürlich, ließ sie durchblicken – während sie ein Gewinsel nach dem richtigen Vater weichlich gefunden hätte. War er ein junger Mann, der sich selbst durchsetzen wollte? Oder ein Weichling, der einen Vater brauchte, um geebnete Wege und gemähte Wieslein vorzufinden?

Jo klagte nicht. Er hatte es sich angewöhnt, seine Gefühle – soweit sie die familiäre Situation betrafen – für sich zu behalten. Heute fiel ihm das allerdings schwer. Er war empört und erbittert.

Bonnie tat wahrlich vieles, um eine Katastrophe nach der anderen über sie beide heraufzubeschwören. Aber diesmal trieb sie es zu weit. Jetzt war der Tiefpunkt erreicht.

Ein leitender Oberkommissar der Kriminalpolizei verdächtigte sie der Mittäterschaft an einem Bankraub.

Wie hatte sie derart hirnrissig lügen können, was,

zum Teufel, hatte sie vor? Genügte es nicht, daß sie beide ständig pleite waren, von Gläubigern gejagt, von Vermietern rausgeworfen, in mehreren Lebensmittelgeschäften wegen überzogener Kredite mit Hausverbot belegt – mußte jetzt auch noch die Kripo über sie hereinbrechen?

Im Flur stand ein Stapel Bücher. Bonnie hatte sie aus verschiedenen Regalen zusammengesucht und drohend neben der Tür aufgetürmt.

Sie habe kein Geld, hatte sie heute früh erklärt, und werde die Bücher verscheuern müssen.

Es waren Bände dabei, die Jo schätzte. Er war weich geworden und hatte sich bereit erklärt, die letzten zweihundert Mark von seinem Konto abzuheben und der Haushaltskasse zuzuschießen.

Als das Telefon schrillte, ging Jo auf den hüfthohen Bücherturm zu, denn darauf stand der Apparat.

»Güttner«, meldete er sich.

Am anderen Ende blieb es still. Jo hörte Atemzüge. Er wiederholte: »Jo Güttner am Apparat, wer ist dort?«

Es wurde aufgelegt.

Jo ging in sein Zimmer. Er wechselte das Hemd und – sozusagen – die Stimmung, bevor er an die Tür zum größeren Zimmer klopfte, das Bonnie bewohnte.

Die Stimmung zu wechseln, war unbedingt nötig, wenn er bei Bonnie etwas erreichen wollte. Wurde sie kritisiert oder spürte sie auch nur Mißbilligung, so nahm sie sofort – steuern konnte sie das nicht, es war ein Reflex – Abwehrhaltung ein.

Bonnie war sich selbst das Maß aller Dinge. Was sie dachte, fühlte und unternahm, konnte nicht falsch sein. Es war vorbildlich. Wer nicht mit ihr einverstanden war, entlarvte sich damit selbst als »Spießer«, Dummkopf oder Ärgeres.

Jo war daher gezwungen, sich taktisch zu verhalten, wenn er seine Mutter dazu bringen wollte, einen Fehler einzusehen.

Manchmal widerte es ihn an. Er empfand es als Lüge, mindestens Unwahrhaftigkeit, wie er mit ihr umging. Eine Wahl hatte er freilich nicht. Entweder so oder gar nicht.

Sie saß am Schreibtisch, rauchte, trank eine Tasse Kaffee. Vor ihr lag ein Block. Sie kaute an einem Bleistift. Manchmal notierte Bonnie ihre Gedanken, um sie zu klären...

Er sagte wohlüberlegt: »Ich brauche deinen Rat. Störe ich?«

Nichts gab Bonnie so gern wie einen guten Rat. Sofort legte sie den Bleistift weg. Was sie schnell ermüdete und wütend stimmte, waren ihre eigenen Probleme. Die anderer Leute diskutierte sie mit Vorliebe.

»Wer war dran?«

»Falsch verbunden, wortlos aufgelegt.«

Vor ihr auf dem Schreibtisch stand auch ein Apparat. Er hing an demselben Anschluß, und Bonnie hätte abnehmen können, ohne einen Schritt zu tun.

»Ich hab' Wein mitgebracht. Er steht im Kühlschrank. Müßte jetzt die richtige Temperatur haben. Bist du ein Schatz und bringst mir ein Glas? Mein Nachmittag war anstrengend.«

Meiner vielleicht nicht? dachte Jo. Laut sagte er: »Gern«, ging in die Küche, entkorkte die Flasche und goß ein Glas voll. Auch einen unbenutzten Aschenbecher nahm er mit.

Sie steckte eben eine neue Zigarette an, als er eintrat.

»Erzähle! Wo brennt es? Ich werde schon damit fertig.«

»Ich war unüberlegt bei meiner Aussage vor der Polizei, Bonnie.«

»Du hast vor der Polizei ausgesagt?«

»Mußte ich doch – als Zeuge des Überfalls. Und dann die Maske... Ich hatte die Maske noch! Ein Beweismittel. Ich mußte sie abliefern.«

»Die sollten dir dankbar sein, wenn du ihnen Beweismittel frei Haus lieferst.«

»Eigentlich schon.«

»Aber?«

»Ich hab' so vor mich hin geplappert, du hättest einen von den Bankräubern ohne Helm gesehen.«

»Hab' ich ja auch.«

»Sicher, es klingt harmlos. Aber Tschugg meinte...«

»Tschugg! Dieser typisch deutsche Beamtenarsch!«

»Manchmal mag ich ihn selber nicht.«

»Du magst seine Tochter!« Bonnie lächelte verständnisvoll. Ihr eigenes Liebesleben war chaotisch. Sie fand es angebracht, die Beziehungen anderer – auch wenn sie ihr seltsam erschienen – zu tolerieren. Charly gefiel ihr nicht: weil sie zu Jo hielt, statt sich mit Bonnie gegen ihn zu verbünden.

Bonnie hatte ihre eigenen Vorstellungen von Frauensolidarität.

»Tschugg meinte, wenn du den Bankräuber ohne Helm und ohne Maske gesehen hast, müßtest du sein Gesicht beschreiben können.«

Bonnies Miene verdunkelte sich etwas, sie wich Jos Blick aus. »Ich hab' den Kerl nicht beachtet«, behauptete sie. »Die Sirene heulte, das lenkte mich ab.«

»Aber Tschugg glaubt – jedenfalls behauptet er, daß er es glaubt –, du würdest die Bankräuber decken. Vierzigtausend Mark sind geraubt worden. Angeblich hoffst du, daß die beiden dich an der Beute beteiligen.«

»Das erzählt er meinem Sohn? Der wird sich wundern, dein Herr Kommissar. Ich formuliere eine Dienstaufsichtsbeschwerde, daß ihm die Ohren klingeln!«

»Ja, sicher.« Bonnie formulierte dauernd Proteste. Abgeschickt wurden sie selten, Jo ersparte sich weitere Gedanken darüber. »Ich hab' natürlich erklärt, es sei eine unmögliche Idee, dich mit einem Bankraub in Verbindung zu bringen... Eine unsinnige Idee, sagte ich.«

»Hervorragend, Großer. Einen Schluck Wein?«

Er hatte ihr Wohlwollen nicht verloren. Mutiger fuhr er fort: »Aber sag einmal, Bonnie, was für einen Grund gibt es wirklich, daß du es der Polizei verschweigst?«

»Ich hab' tatsächlich kaum hingesehen, Jo.«

Daß das nicht stimmte, wußte er. Er fragte: »Noch ein Glas?« Denn sie hatte ausgetrunken, hastiger als gewöhnlich.

»Eigentlich nicht – oder doch, meinetwegen!«

Er hörte, als er in die Küche ging, wieder das Telefon summen. Zweimal, dreimal. Dann entschloß sich Bonnie abzunehmen, er hörte, wie sie sich meldete.

Es war nicht Jos Art, seine Mutter zu belauschen. Im Gegenteil, das hätte er peinlich gefunden.

Doch während einige Augenblicke vergingen, fiel ihm ein, es könne der Bankräuber sein.

Der Verbrecher und seine Mutter waren miteinander bekannt. Das hatte Jo aus dem Gesichtsausdruck geschlossen, mit dem Bonnie auf den Mann ohne Helm und Maske eingesprochen hatte.

Vielleicht wollte er ihr, wie Tschugg vermutete, ein Angebot unterbreiten?

Jo setzte das Weinglas ab und ging in den Flur. Ganz sanft nahm er den Hörer von der Gabel.

Ein Mann sagte: »In der Trattoria von Luigi?«

»Sehr richtig«, erwiderte Bonnie mit einem gewissen Trotz in der Stimme. »Dort bin ich bekannt. Ich bin Stammgast bei Luigi.«

»Um neun?«

»Ich bin dort«, sagte Bonnie.

»Wir müssen uns aussprechen«, sagte der Mann.

»O, ich bin ganz Ihrer Meinung.«

»Also bis heute abend.«

»Bis neun.«

Beide legten auf, und auch Jo ließ den Hörer sanft auf die Gabel zurückgleiten. Er eilte in die Küche, holte das Glas und servierte es Bonnie mit einem »Prost«.

»Danke... War wieder der von vorhin. Falsch verbunden. Ich sagte, nein, ich sei nicht die Roberta, die er sucht. Hatte Mühe, ihn davon zu überzeugen.« Sie lachte auf.

Jo wandte sich ab. Es konnte eine völlig harmlose Verabredung sein. Aber warum log Bonnie dann? Sonst bekannte sie sich unbefangen zu jedem neuen »Bekannten«.

»Zurück zu deinem Problem, mein Großer«, schlug sie vor. »Du machst dir Sorgen, sagst du?«

»Na ja, Tschugg könnte lästig werden. Nimm an, du wirst vorgeladen und mit meiner Aussage konfrontiert...«

»Wenn schon. Deine Aussage ist korrekt. Den Typ hätte ich wohl erkennen können. Ich achtete aber nicht auf ihn.« Sie zuckte mit den Schultern. »Warum auch? Sollen sie ihre Bankräuber selber finden. Dafür werden sie bezahlt, und wie hoch!«

7

Torsten öffnete die Augen. Er lag auf dem Rücken und sah in das Gesicht seiner Traumfrau. »Tina!« rief er.

Sie lächelte erleichtert. »Da bist du ja wieder!«

»Welcome home«, grüßte die Leiterin des Jugendzentrums herüber, Sonja Topp. Sie stand vor dem offenen Medizinschrank.

Torsten begriff: Dies war der Sani-Raum der Alten Fabrik. Wie kam er herein? Durch die Tür vermutlich.

Sie ging eben auf. Eisenkreuz erschien und meldete:

»Ich hab' mit dem Arzt telefoniert. Er wird gleich hier sein.«

»Marco hat dich raufgetragen«, sagte Tina.

»Getragen? War ich weg?« Das letzte, woran er sich erinnerte, waren dicke Blutstropfen, die von seiner Hand auf den Betonboden der Einfahrt klatschten. Und Tinas entsetzter Blick, als sie es sah. Und daß alles sich um ihn zu drehen begonnen hatte.

»Scheiße«, sagte er und setzte sich auf. Er hatte auf dem Bett gelegen. Tina saß auf einem Stuhl daneben.

Torsten schluckte. »Wer, bitte, mußte mich tragen?«

»Ich«, sagte Eisenkreuz. »Marco heiß' ich im zivilen Leben. Marco Koenig. Mit ›oe‹, nicht ›ö‹, bitte.«

Die Dinge komplizierten sich. Eisenkreuz war Deutschtümler. Marco klang italienisch.

Italienisch? »Seid ihr Landsleute, du und dieser ...«

»Alessandro!« ergänzte Tina erbittert.

»Er meint, ich sei Italiener. Ich meine, daß ich Deutscher bin.«

»Was?« Torsten faßte nach seiner Stirn. Sie fühlte sich normal an, nicht überhitzt.

»Ich bin Deutscher und stolz darauf«, sagte Marco-Eisenkreuz.

»Eisenkreuz ist Italiener. Er hat den italienischen Paß – wie ich«, widersprach Tina.

»Großer Manitu! Wo bin ich, im Turm zu Babel, wo keiner sich mit dem anderen verständigen kann?«

»Wenigstens fragst du nicht: Wer bin ich? Das wäre ernster«, stellte Eisenkreuz mit einer gewissen Schwermut fest.

Torsten verstand nur noch Bahnhof. Immerhin kapierte er allmählich eines. Tina und Eisenkreuz kannten sich gut. Sie mußten einiges voneinander wissen. Waren sie befreundet? Hatten sie gar etwas miteinander?

Mit Schrecken begann er zu begreifen: Seine Traumfrau war nicht nur verlobt mit einem Erwachsenen, der grauseidene Nadelstreifenzweireiher und breite Krawatten trug – sie hatte eventuell nebenher noch einen Freund!

Da er Tina liebte und nachher das erste Mal heimbegleiten wollte, mußte er schnell handeln. Er stand von dem Bett auf.

Der Raum drehte sich um ihn, und er setzte sich wieder. »Heiliger Bimbam, bitt' für mich!« entfuhr es ihm. »Was ist mit mir los, soviel Blut kann ich doch nicht verloren haben?«

»Es war nicht wenig«, stellte Sonja klar. »Außerdem hat Eisenkreuz nach dem Arzt telefoniert. Den wartest du bitte ab.«

»Ich brauch' keinen Arzt.«

»Wer soll dann beurteilen, wie schwer du verletzt bist?«

»Das ist bloß ein Kratzer.«

»Deine Eltern finden das sicher nicht. Besonders nicht, wenn sie die Rechnung sehen.«

»Hm ...«, gab Torsten zu. Was eine Schadensersatzforderung ist, wußte er als Sohn eines Unternehmers.

»Du bist schwer angeschlagen, mußt dich langsam erholen«, klang es von der Tür her.

Unwillig sah Torsten den Rabauken an.

Tina konnte wohl unmöglich Gefallen an ihm finden. Hübsch war er ja, mußte Torsten zugeben. Groß und schlank, wie die Mädchen es gern haben, und mit kurzgeschnittenem blondem Haar.

Aber er mußte weich in der Birne sein, wenn er ausgerechnet im Internationalen Jugendzentrum die Parole »Deutschland zuerst« ausgab.

Das Zentrum funktionierte nur, solange die unterschiedlichen Volksgruppen einander als gleichberechtigt gelten ließen.

»Man kriegt einen Schock mit, wenn man mit einem Messer verletzt wird.«

»Du fühlst dich wohl als Spezialist für Messerstechereien, wie?« erkundigte sich Torsten kalt.

»Beim Wehrsport hab' ich gelernt: Du hast ein Trauma weg, wenn dir klar wird, daß du nicht imstande gewesen bist, dich zu schützen.«

»Ich nicht imstande, mich zu schützen?« empörte sich Torsten.

»Ruhig liegen!« fauchte Sonja Topp ihn an.

»Tina, so schlecht hab' ich meine Sache doch gar nicht gemacht.«

»Du warst sehr tapfer«, lobte sie.

»Deine Sache?« fragte gleichzeitig Eisenkreuz und richtete sich hoch auf.

»Selbstverständlich ist das meine Sache gewesen! Wenn Tina mit mir unterwegs ist, dann sorge ich und sonst niemand dafür, daß keiner sie dumm anquatscht.«

»Ich wäre auch noch dagewesen«, sagte Marco düster.

»*Wäre gewesen* reicht nicht.«

»Streiten könnt ihr euch nächste Woche noch«, mahnte Sonja. »Jetzt brauchst du Ruhe. Wie sitzt der Verband?«

»Straff«, knurrte Torsten. Bisher hatte er kaum wahrgenommen, daß seine rechte Hand bandagiert war.

Tina sagte sanft: »Ich möchte mich bei dir bedanken, Torsten.«

Er bekam Oberwasser. »Ich hab' nichts dagegen, tu es.«

»Wie meinst du ...?«

»Na, du sagst, du *möchtest* dich bedanken. Tu es, ich hab' nichts dagegen.«

Sie wurde ein wenig rot. Auch Eisenkreuz an der Tür verfärbte sich, nur sah es nicht so lieblich aus.

Torsten grinste zu dem Berufsdeutschen hinüber. Aber verhalten, er wollte Tina nicht abschrecken – im Gegenteil.

Sonja, mit ihrem üblichen Taktgefühl, schlug in munterem Ton vor: »Ich geh' runter und begrüße die Bullen.«

»Die wen bitte?«

»Kommisar Tschugg!«

»Arzt *und* Kripo? Es hat doch kein Massaker stattgefunden!«

»Ein Erwachsener ist mit einem Messer auf dich losgegangen. Das nehme ich sehr ernst, Torsten.« Sie ging hinaus. »Kommst du mit, Eisenkreuz? Du bist Zeuge, der Kommissar wird dich sprechen wollen!«

Eisenkreuz hatte weder Tina noch Torsten aus den

Augen gelassen. Jetzt sagte er finster: »Bin schon unterwegs« und folgte Sonja.

Flach auf dem Bett in dem Sani-Raum liegend, streckte Torsten die Hand aus.

Tina nahm sie und ließ sich zu ihm herüberziehen, bis sie auf dem Bettrand saß.

Sein Herz schlug einen Trommelwirbel.

Tinas Augen verschleierten sich, und das bedeutete: Ja. Einverstanden.

Er sagte: »Du warst gerade dabei, dich bei mir zu bedanken.«

»Danke«, sagte sie.

»Und das ist alles?« fragte er nach einer Weile.

»Ich liebe einen anderen, weißt du.«

»Dann riskierst du ja nichts, wenn du mir einen Kuß gibst. Was ist ein Kuß? Du merkst ihn kaum, denn du liebst mich ja nicht. Es ist ungefähr so, wie wenn du deinen Tanzstundenpartner nach dem Abschlußball...«

Sie küßte ihn. »Jetzt sind wir aber quitt, Torsten.«

»Jetzt schon?«

»Mamma mia!« rief Tina ganz verzweifelt. »Mein Verlobter läuft mit einem Schnappmesser hinter mir her. Mein Jugendfreund...« Sie brach ab. »Und jetzt du noch!«

»Und jetzt ich noch«, wiederholte Torsten. »Der Jugendfreund, damit meinst du Marco?«

»Klar, wen sonst?«

»Ich weiß ja nichts von dir. Wo hast du ihn kennengelernt?«

»In Bolzano. Er sagt Bozen. Wir sind beide Südtiroler. Mit italienischem Paß. Aber meine Familie kommt aus Süditalien, und seine stammt aus Deutsch-Österreich. Die deutschstämmigen Südtiroler sind sehr... Na ja, volksbewußt. Marco übertreibt es vielleicht ein bißchen.«

»Vielleicht ein bißchen? Der findet Hitler gut!«

»Nein, Torsten. Er lehnt Hitler ab. Der hätte die Südtiroler an Italien verkauft, sagt er.«

»Daß es Leute gibt, denen Hitler nicht nationalistisch genug war, hör' ich zum erstenmal...« Er besann sich. »Oder machst du dich über mich lustig?«

»Warum sollte ich? Nein!«

»Für mich ist Südtirol eine Gegend, aus der mein Vater gern Wein bezieht.«

»Unser Wein ist hervorragend!«

»Sonst weiß ich nichts darüber.«

»Ist ja nicht schlimm.«

»Ich will aber alles von dir wissen.«

»Ich sage doch, ich liebe einen anderen. Hörst du mir denn nicht zu?«

»Ich hab' vorhin um dich gekämpft. Ich kämpfe auch ein zweites Mal um dich.«

»Ja, das glaube ich.«

»Wirklich?«

»Es war Wahnsinn. Als er das Messer herausschnappen ließ – ich dachte, mir steht das Herz still. Er kann damit umgehen, weißt du. Er ist von der 'ndrangheta.«

»Von wem, bitte?«

»Das ist die kalabresische Mafia. Torsten, du mußt dich vor ihm in acht nehmen.«

»Also, zunächst einmal hat sich gezeigt, daß er sich vor mir in acht nehmen muß ... Du meinst das doch nicht ernst?« Verwirrt suchte er ihr Gesicht nach einem Hintersinn ab. Sicher würde sie gleich zu lachen anfangen und sich darüber amüsieren, daß er den Unsinn glaubte.

Doch sie wiederholte kopfschüttelnd: »Der Mann ist gefährlich. Marco liebt mich, seit er vierzehn ist. Und er stand bloß dabei. Warum hat er nicht eingegriffen, was meinst du?«

Große Klappe und nichts dahinter, dachte Torsten. Er schwieg jedoch. Diesen Gedanken für sich zu behalten, schien ihm taktvoller.

»Du nimmst mich nicht ernst«, warf Tina ihm vor, nachdem sie sein Mienenspiel beobachtet hatte.

»Noch nie in meinem Leben hab' ich jemanden so ernst genommen.«

»Sag doch bitte nicht so was!«

»Warum nicht?«

»Du bringst mich total durcheinander!«

»Und ich, was ist mit mir?« fragte Torsten dagegen. »Hab' ich nicht mein Leben für dich riskiert? Das hast du eben selber zugegeben. Es stand offenbar Spitz auf Knopf, und ich wäre umgebracht worden. Wenn er wirklich so ein großer Mafioso ist ... Und was verlange ich von dir? Nichts, nur das Vorrecht, daß ich dich heute abend beschützen darf, bis ich weiß, du bist sicher zu Hause angekommen.«

»Marco bringt mich heim«, widersprach sie.

»Was macht er, wenn Alessandro noch einmal auftaucht? Wieder die Mücke?« Leiser fügte er hinzu:

»Ich hab' keine Angst vor deinem Verlobten. Die andere Hand ist noch intakt.«

»Madonna!« rief Tina aus. Sie geriet sichtlich außer Fassung – Torsten registrierte es mit Befriedigung.

Das Gespräch verlief auf zwei Ebenen. Auf der einen tauschten sie Sätze aus und auf der anderen die Bedeutung dieser Sätze.

Er selbst gab Tina ungefähr zu verstehen: Natürlich übertreibe ich meinen Mut schamlos. Aber der Grund ist nicht Angabe, ich will dir nur gefallen.

Und sie teilte ihm insgeheim mit: Von deiner Entschlossenheit, um mich zu kämpfen, bin ich tief bewegt. Wenn ich nur wüßte, wie ich mich verhalten soll!

Sie hatten ein Problem. Es war quälend, aber es tat auch wohl. Wie wenn man aus der Sauna ins Becken mit dem eiskalten Wasser springt.

Ein Konflikt war es aber doch. Und er peinigte – im Moment jedenfalls – Tina mehr als ihn. Das begriff Torsten sehr genau. Er sagte mit veränderter Stimme: »Daß für dich alles *noch* komplizierter wird, will ich natürlich nicht.«

»Du bist lieb«, sagte sie leise. Sowie es heraus war, erschrak sie über sich.

Zum erstenmal war Torsten ganz sicher, daß er sie nicht weniger beeindruckte als sie ihn.

Er ließ ihre Hand los. Bloß nicht zudringlich erscheinen!

Mädchen sind wie Anlagekapital, sagte sein Vater gelegentlich zu Torsten – sehr scheu. Durch Grobheit vertreibst du sie.

»Was ist das für ein sattes Lächeln?« fragte sie zwischen Entrüstung und Panik.

»Ich hab' auf einmal gemeint ...«, fing er ehrlich an. Dann brach er ab. Man kann auch zu ehrlich sein.

»... jetzt hab' ich die Braut«, ergänzte Tina.

Es hätte bitter klingen können, ärgerlich, abwehrend. Doch sie stellte es nur fest und nickte dazu.

Dann sagte sie: »Verfluchter Angeber!« Und rannte zur Tür hinaus.

Torsten fühlte Bärenkräfte in sich einströmen. Blutverlust und Verletzungstrauma waren vergessen.

Er wollte hinter ihr her – als der Arzt auftauchte. »Schon wieder Mädels scheuchen, wie?« erkundigte er sich in dem jovialen Ton eines Onkels, der nie begreifen wird, daß er dich nicht versteht.

8

Die sogenannte »Bar« in der Alten Fabrik war ein gewöhnlicher Schanktisch. Davor standen Hokker. Wer sich draufsetzte, überblickte einen großen Raum, in dem unregelmäßig Sitzgruppen verteilt waren.

Tische und Stühle hatten die Jugendlichen selbst auf Sperrmüllhalden zusammengesucht und in den Hobbywerkstätten der Alten Fabrik hergerichtet.

Die Wände waren rot gestrichen, Heizkörper und andere Installationen blau. Der Raum wirkte intim, warm und bunt. Man saß gern hier.

Auf Stellagen lagen Bücher für Einsame – ziemlich zerlesen – und Brettspiele für Partner, die unter sich bleiben wollten. Für ganz Einsame oder lärmende Gruppen standen Flipper und Videospiele herum.

Die Beschallung wurde von einer altehrwürdigen WURLITZER besorgt. Sie schaffte es ganz allein, ohne zusätzliche Lautsprecher. Das Glitzerding war aber auch darauf eingerichtet, es hatte das Format eines Kleiderschranks.

Im Rhythmus des aktuellen Sommerhits drehten sich Tina und Eisenkreuz, als Torsten mit seiner verbundenen Hand, der Tetanusspritze in der Blutbahn und dem Blutfleck auf dem T-Shirt hereinkam.

Torsten hatte sich entschlossen, den Fleck nicht zu beachten, er befand sich innerhalb der Aufschrift

HELD
DER
ARBEIT

und sah aus, als gehöre er zum Design. Ein Held, der blutet, ist noch ergreifender.

Der Anblick von Tina in den Armen des völkischen Rabauken war eine böse Überraschung. Ein Schock war es – Torsten wandte sich instinktiv ab.

Er sah Charly Tschugg mit ihrem Vater bei einigen Jugendlichen stehen und ging hinüber.

»Was ist jetzt schon wieder los?« fragte er, um dem schmerzlichen Eindruck zu entgehen.

Charly inspizierte den Verband und befand: »Sitzt straff. War der Arzt schon da?«

»Ist eben wieder abgedampft. Hat mich gegen Wundstarrkrampf gespritzt.«

»Vielleicht solltest du noch liegen?«

»Ist ja gar nichts passiert.«

Er konzentrierte sich auf die Jugendlichen, die aneinandergeraten waren: ein Serbe, zwei Kroaten und drei Muslime.

Der Kommissar war Publikum.

»Wer mir eine Flache reinhaut, kriegt meine Geballte zu kosten!« kündigte der Serbe an. Daß er allein war, mußte er durch besonderen Heroismus ausgleichen.

»Rühr einen von uns Moslems an, und du bist tot!« erfolgte die Antwort.

Ein Kroate trat zu dem Serben und sagte: »Wir Christen halten zusammen – gegen die grüne Fahne des Propheten!«

Der andere Kroate schloß sich den Moslems an: »Ich hasse die Tschetniks aus Belgrad und Bosnien!«

Tschugg hatte sich alles mit größter Ruhe angehört. »Genau«, sagte er nun, »spielt Klein-Balkan und schlachtet euch gegenseitig ab. Die von der DZ freut es, die wiehern vor Vergnügen, wenn die Überlebenden abgeschoben werden.«

»Wer mir eine gibt, kriegt zwei zurück!« rief der Serbe. Beifallheischend blickte er seinen neuen Freund aus Kroatien an, den Christen.

»Mich kratzt das nicht, ein paar Streifenwagen anzufordern«, teilte der Kommissar ihnen friedlich mit. »Aber euch vielleicht. Ihr verbringt dann die Nacht in Arrest.«

Die Zuhörer reagierten stark auf Tschuggs Warnung. »Auseinander... Gleich haben wir wieder die Bullen auf dem Hals« – und Ähnliches.

»Muß was essen«, gab Torsten bekannt, als der Kommissar ihn fragte, wo man sich in Ruhe unterhalten könne.

Sie gingen zur Bar.

Thekendienst hatte Kêko, ein Kurde. Äußerlich unterschied er sich nicht von den Türken, die er aus tiefster Seele haßte. Auch die Snacks, die er mitbrachte, um sie in der Bar des IJZ auf eigene Rechnung zu verkaufen, waren typisch für den türkischen Speisezettel.

Schafskäse. Schwarze Oliven. Grüne, gefüllte Oliven. Gefüllte Weinblätter.

Dazu Fladenbrot.

»Ja wunderbar, ich esse unwahrscheinlich gern griechisch«, äußerte Torsten. Aus Gründen, die ihm selbst unbekannt waren, ließ er seinen Ärger darüber, daß Tina mit ihrem Freund tanzte, an dem Kurden aus – ärgerte ihn absichtlich.

Es gelang. »Das ist echt kurdische Küche!« rief Kêko verletzt.

»Habt ihr nicht Blutsuppe am liebsten?«

»Laß dich nicht provozieren«, warnte Charly den Kurden. »Du bist ein Mann von Welt.«

»Ein Gentleman, sehr richtig«, stimmte er sofort zu und wies ihr seine Schuhe vor. »Was sagst du jetzt, Charly?«

Charly verstand nichts von Herrenschuhen. Ratlos sah sie auf.

»Lackschuhe«, stellte Kommissar Tschugg fest. »Gehst du zum Tanzen?«

»Jawohl, ins Cabrio zu den Stinos.«

»Meinst du 'ne neue Musikgruppe?«

»Stinos sind Stinknormale. Keine Linken mit Irokesenschnitt oder Rechte mit Glatze. Mammis Lieblinge. Weißt schon: Krawatte um den frisch gewaschenen Hals, Bügelfalte, Verbeugung vor der Dame.«

»Stinos«, wiederholte Charly, um sich das Wort merken zu können. Vermutlich war es Kêko in Berlin zugeflogen, er hatte dort Verwandte besucht. Und anzunehmen war, daß es in Berlin bereits außer Kurs geriet, während Kêko es hier erst in Umlauf setzte.

Tschugg bestellte sich ein hartes Ei und ein Pflanzl, wie die Bayern sagen – von Kêko herausfordernd berlinerisch als Bulette bezeichnet. Die Schwaben sagen Küchle dazu, die Ruhrgebietler nennen es Klops. In der Alten Fabrik hörte man alle diese Benennungen.

Torsten ließ sich Schafskäse in dicken Scheiben auf ein Brett schneiden und mit Oliven garnieren.

Tina eilte zu ihnen und beugte sich zu Torstens Ohr: »Bitte nichts essen!«

»Was?« Torsten verstand nicht. Er hielt nach Eisenkreuz Ausschau. Der war mit den Charakterzwergen aus seiner Clique in eine Debatte vertieft.

»Ich lade dich zum Abendessen ein«, flüsterte Tina ihm ins Ohr.

»Du spendierst mir ein Essen?« Torsten war verwirrt. Er hätte alles erwartet, aber das nicht. Sah er verhungert aus? Neigte er nicht eher zur Stämmigkeit?

Eben hatte sie sich an Eisenkreuz hochgerankt wie Efeu. Den Schmerz in seiner Brust fühlte Torsten noch immer. Und nun machte sie ihn an?

»Ich hab' einen Riesenhunger, Tina«, sagte er zurückhaltend.

»Wenn ich unserem Koch erzähle, was du für mich getan hast, ißt du bei uns besser als hier.«

»Unserem« Koch? Ihre Eltern führten ein Speiserestaurant, hieß das wohl. Torsten aß gern beim Italiener. Noch dazu als Vorzugsgast. Klang wirklich verlockend.

»Und dein Freund?« erkundigte er sich in weniger kühlem Ton.

»Kommt auch mit.«

»Ach.«

»Ich hatte Marco den Abend versprochen«, sagte sie mit gesenkter Stimme.

»Das merke ich.«

»Deshalb lade ich dich zum Essen ein. Dagegen kann er nichts einwenden. Versteh doch. Es ist die einzige Art, wie wir heute abend zusammenbleiben können, ohne daß ich Marco demütige.«

Kommissar Tschugg hörte mit ausgefahrenen Antennen zu. Er hoffte, etwas für den Fall Wesentliches zu erfahren.

Torsten achtete nicht auf ihn. Sein Herz hatte einen Sprung vollführt. Was Tina sagte, bedeutete ihm viel. Es war mehr, als er zu hoffen gewagt hatte.

Er schob den Teller von sich. »Kann jetzt nichts essen, so kurz nach der Tetanusspritze«, gab er laut bekannt.

Charly sah, daß ihr Vater einen begehrlichen Blick darauf warf, und nahm das Jausenbrett – österreichischer Sprachgebrauch – an sich. »Das spendet Torsten einem Bedürftigen«, stellte sie klar.

»Ständig erzieht mich das Kind«, sagte Tschugg zu sich selbst. »Es müßte umgekehrt sein!« Er wandte sich an Torsten: »Wie war das mit der Messerstecherei?«

TRATTORIA DA LUIGI stand über dem Eingang. Das Lokal war hell erleuchtet. Drei breite, hohe Fenster gaben den Blick ins Innere frei. Für Holzarbeit war Torsten sachverständig: Diese Innenausstattung war erstklassig.

Seine Traumfrau war nicht auf der Brennsuppe von Italien heraufgeschwommen. Papa verdiente gut.

Weil die Terrasse dicht besetzt war, führte Tina ihre zwei Kämpen an einen Tisch im Inneren. Dort war viel Platz.

»Ich kann euch doch allein lassen?«

»Ich hab' gehofft, du leistest uns Gesellschaft«, äußerte Torsten in seiner diskreten Art.

»Will ja nur kurz mit dem Koch sprechen!«

Schweigend schaute sich Torsten, der nicht als erster den Frieden brechen wollte, im Lokal um.

Alle Tische waren weiß gedeckt, Geschirr und Gläser und Besteck standen in Reih und Glied, wie beim Italiener üblich.

Fotodrucke süditalienischer Küsten brachten Farbe ins Bild.

»Fan von Italien, wie?« erkundigte sich Eisenkreuz in kritikbereitem Ton.

Torsten hätte auf die Tatsache eingehen können, daß der andere – als Südtiroler – etwas gegen die Italiener hatte.

Er entschloß sich statt dessen, den Fascho auf die Palme zu bringen.

»Fan ist überhaupt kein Ausdruck!« erwiderte er. »Schon allein die Sprache! Klang es nicht wie Musik, als Tina vorhin nach meiner Hand schaute und fragte: Come stai? Also, für mich klang es, als würde eine Mandoline gezupft!«

Finster stierte der Nationale ihn an.

»Die Sonne, die Pinien, der Himmel!« schwärmte Torsten. »Die Mode, das Meer, die Rennwagen, der Fußball – sag selber, haben die Turiner eine Mannschaft, oder haben sie keine?«

»Wenn ich hundert Millionen ausgebe, hab' ich auch eine«, sagte Eisenkreuz sauer.

Torsten kam zur Sache: »Ich höre immer, den Südtirolern ist es noch nie so gut gegangen wie jetzt!«

»Wer sagt das? Die Italiener höchstens!«

»Mein Vater. Er kennt Südtirol. Er unternimmt jeden Herbst eine Weinreise da runter.«

»Freilich, wenn er die ganze Zeit besoffen ist!«

»Mein Vater trinkt nur soviel, wie er verträgt«, sagte Torsten und stand auf.

Auch Eisenkreuz rappelte sich hoch.

»Nicht auf der Terrasse«, meinte Torsten.

»Es gibt einen Hinterhof«, versicherte ihm der Rabauke. Er wirkte angespannt vor Wut und Frust.

Torsten grinste. »Eifersucht heißt dein Leiden«, sagte er leise. »Du armer Irrer. Willst du sie anbinden, damit sie nicht wegläuft? Hast du Angst vor der Konkurrenz?«

»Die Nacht verbringst du im Krankenhaus«, versprach ihm Eisenkreuz. Er war heiser und verschluckte sich fast.

»Dir treten ja schon die Augen aus den Höhlen«, sagte Torsten. Er selbst wurde immer ruhiger.

Bevor sie einander wehtun konnten, erschien Tina. Sie brachte den Koch mit – er war ein besorgt dreinblickender, noch recht junger Mann. Die weiße Schürze vor dem Bauch, an der er seine Hände abrieb, bevor er sie Torsten und Eisenkreuz reichte, und die hohe Mütze auf dem Kopf ließen ihn würdig erscheinen.

»Du Gast von Tina?« knurrte er Eisenkreuz an.

»Nee, ich zahle für meinen Verzehr.«

Der Koch wandte sich Torsten zu.

Torsten wurde ein wenig verlegen. »Tina, ich weiß nicht...«

Sie mißverstand ihn oder wollte mißverstehen, daß er es ablehnte, auf Kosten des Hauses zu schlemmen.

»Deshalb bringe ich ja Alfonso mit! Er soll dir das Beste empfehlen, was er heute zu bieten hat. Drei Gänge, Alfonso, Vorspeise, Hauptgang und Dessert.«

»Das ist doch nicht nötig«, wehrte Torsten schamhaft ab.

»Die Verletzung an der rechten Hand hat Torsten sich zugezogen, als er mich heute abend verteidigen mußte.«

Der Koch zeigte ein ratloses Gesicht, und Tina wiederholte ihre Mitteilung auf Italienisch.

»Wer sich an dir vergreifen?« erkundigte sich Alfonso. Er veränderte sich ganz und gar. Seine Gestalt, eben noch schlaff und etwas eingeknickt, straffte sich. Sein Gesicht wurde bleich und nahm ein wildes, finsteres Aussehen an. Seine Lippen hoben sich und gaben die Eckzähne frei – ein sonderbarer Effekt, den Torsten bei einem Menschen noch nie beobachtet hatte. Hunde fletschen die Zähne und ziehen die Lefzen hoch, wenn sie wütend sind – Menschen nicht.

Torsten war beeindruckt.

»Du sage mir Namen von dreckige Lump«, forderte der Koch tonlos.

»Es ist Don Alessandro d'Alessandro!«

»Wird Zeit, daß ich endlich platt mache diese Cavaliere!«

Tina legte ihre Hand auf seinen Arm: »Ich hab' Torsten das beste Essen versprochen, das er je beim Italiener gekostet hat!«

Der Koch fing sich. Er holte tief Luft, überlegte kurz und sagte dann: »Ich dir gebe als antipasto Spaghetti alla siciliana. Liegen an Gemüsesauce und sind al dente, kriegst du sonst nicht in der Stadt. Hauptgang ist Seeteufel vom Grill mit Broccoli. Als Dessert geb' ich ein Mokkamousse, nicht zu süß.«

»Klingt hervorragend«, sagte Torsten. »Und ihr beiden?«

»Tortellini mit Thymianbutter?« fragte Tina ihren Jugendfreund.

Der nickte.

Der Koch schob ab.

Torsten bestand darauf, daß sie von seinen Spaghetti versuchten, und begründete es damit, er wolle von ihren Tortellini probieren. Das war eine Lüge. Er wollte nur vermeiden, daß er am Ende der einzige war, der nach Knoblauch roch – denn er hoffte, Tina zum Abschied zu küssen.

Aus demselben Grund beteiligte er die beiden an seiner Seezunge. Sie waren noch dabei, sich den Fisch schmecken zu lassen, als Torsten zu seiner Überraschung Bonnie Güttner eintreten sah.

Wenn sie abends ausging, putzte sich Bonnie sorgsam auf. Zu Rock, Pulli und einer Ausgehjacke – sie war darauf berechnet, ihre etwas breit gewordenen Hüften zu verdecken – trug sie ein wunderschönes Seidentuch um den Hals. Die Farbe war auf ihren Lippenstift und ihre Augen abgestimmt.

Eisenkreuz wurde aufmerksam.

»Die kommt öfters«, informierte ihn Tina.

»Ich hab' sie noch nie gesehen.«

»Das ist die Mutter von meinem Freund Jo. Ich begrüße sie«, schlug Torsten vor.

Er stand auf und ging Bonnie entgegen.

Sie war überrascht, ihn zu sehen, und auch ein wenig verärgert. Sie fing sich jedoch rechtzeitig und lächelte schon wieder, als sie ihm die Hand reichte. »Bist du mit deinen Eltern hier?«

»Mit Freunden.«

»Ja – das vergesse ich wohl, wie schnell ihr älter werdet und man euch dann bereits abends im Lokal begegnet.«

»Bitte lassen Sie sich nicht stören, Bonnie.«

»Bestimmt nicht, was sollte stören? Ich freue mich, wenn ich bekannte Gesichter um mich sehe!« Strahlend wandte sie sich an den Kellner, begrüßte ihn mit Vornamen und ließ sich an einen Tisch führen.

Torsten stiefelte zu seinem Platz zurück. Es war ein etwas peinliches Zusammentreffen, ging ihm auf. Bonnie war zweifellos mit einem Bekannten verabredet und befürchtete nun, daß Jo davon erfuhr.

Torsten nahm sich vor, in diesem Fall einmal die Diskretion über die Freundschaft zu stellen. Er würde Jo nicht erzählen, daß er Bonnie bei einem Rendezvous beobachtet hatte.

Bisher war sie allerdings noch allein, ihr neuer Freund war anscheinend unhöflich genug, zu spät zu erscheinen.

Der Kellner tauchte auf. »Herr Wiebert?« fragte er an verschiedenen Tischen.

Torsten, der sich eben gesetzt hatte, mußte bereits wieder aufstehen. »Es tut mir leid«, entschuldigte er sich bei Tina.

»Wem hast du erzählt, daß du hier bist?«

»Meinen Eltern.« Er sah das spöttische Lächeln von Eisenkreuz und fügte betont hinzu: »Ich rief zu Hause an, daß ich später komme. Sie wollten den Grund wissen, und ich sagte, ich muß auf eine Freundin aufpassen, die belästigt wird.«

Eisenkreuz grinste nicht mehr.

Torsten fühlte sich gut. Er ging rasch zum Telefon. Der Hörer lag auf dem Querbrett. Er meldete sich: »Wiebert.«

»Wurde auch Zeit... Hier Jo.«

»Was? Ich hab' gedacht, meine Eltern... Wo bist du?«

»Vor deiner Nase. Wenn du zum Eingang gehst und auf den Parkplatz schaust – dort in der Zelle steh' ich.«

»Ich kann jetzt nicht weg, Jo. Was macht das für einen Eindruck? Ich sitze mit Tina beim Essen!«

»Ich hab' nichts dagegen. Es trifft sich sogar hervorragend. Jemand muß nämlich Bonnie überwachen!«

Torsten traute seinen Ohren nicht. »Seit wann spionierst du hinter deiner Mutter her?«

»Sie ist verabredet.«

»Das denke ich mir.«

»Torsten, ich glaube, oder ich fürchte, sie wartet auf den Bankräuber!«

Im ersten Moment war Torsten zu verwirrt, um etwas zu sagen.

»Bist du noch dran?«

»Ja, wie kommst du auf so eine Idee?« Er faßte sich allmählich wieder.

»Meine Mutter hat ihn erkannt. Das weiß er, sie hat ihn ja angesprochen! Er wird von ihr hören wollen, was sie mit ihm vorhat, zum Beispiel, ob sie ihn an die Polizei verrät.«

»Hat er angerufen und gesagt, er wäre der Bankräuber und würde gern Bonnie sprechen?«

»Laß die Witze, es ist mir ernst. Ich muß einfach wissen, mit wem sie sich trifft, Mann.«

»Kruzifix noch mal«, erregte sich Torsten. »Ich würde nicht mal meine eigene Mutter überwachen, geschweige eine andere.«

»Es geht nicht um krankhafte Neugier«, wies Jo ihn scharf zurecht. »Es geht darum, ob Bonnie sich mit Verbrechern einläßt.«

»Wieso, warum sollte sie das tun?«

»Tschugg meint, sie will vielleicht...«

»Was der schon sagt!«

»Sicher. Er kann uns nicht leiden. Das ist mir klar. Aber ich bin einfach unruhig. Die Beute war nicht zu knapp, vierzigtausend Mark. Und dann ist noch Herr Hartmann angeschossen worden! Ich muß wissen, ob Bonnie... Herrgott, versteh mich doch. Darüber darf es keine Unklarheit geben. Ich kann sonst mit meiner Mutter nicht mehr leben, und wo sonst soll ich denn hin?«

Torsten wechselte den Hörer von rechts nach links und zurück. Gedanken schossen in Lichtgeschwindigkeit durch seinen Kopf. Dann war er mit sich selbst im Reinen und sagte: »Was für eine blöde Frage. Du kannst bei uns einziehen. Mit meinen Eltern kriege ich das schon klar.«

»Soweit ist es noch nicht«, sagte Jo nach einer Weile. »Vorerst brauche ich deine Hilfe, nicht euer Gästezimmer, Häuptling. Faß dich. Besinne dich auf deine Belastbarkeit in Krisensituationen!«

Torsten grinste.

Von ihnen beiden war Jo der Klügere, das wußte Torsten wohl. Doch als sie mit zwölf Jahren die Maskenbande gegründet hatten, war Torsten Häuptling geworden und Jo nur Unterhäuptling.

Über die Gründe dafür waren sie sich nie ganz klar geworden.

Jo neigte zu der Auffassung, es sei deshalb so entschieden worden, weil Torsten über das väterliche Holzlager verfügte. Dort konnten sie Zorro spielen und einander auflauern. Und weil ihm das Gartenhaus mit Gelände gehörte – vielmehr seinen Eltern –, wo sie feindlichen Banden Gefechte lieferten.

Aber es war nicht das Vermögen seiner Eltern oder nur indirekt, was Torsten zu Führungsaufgaben befähigte. Es war sein soliderer Gemütszustand.

Jo war intelligenter, ja. Doch er war auch sensibler und rasch Stimmungsumschwüngen unterworfen.

Torsten war der Zuverlässigere.

Sie ahnten beide, daß es sich so verhielt – ohne daß sie es je ausgesprochen hätten.

Torsten übernahm die Führung, indem er nachgab – nur scheinbar ein Widerspruch. »Okay, ich passe hier auf. Geh du nach Hause. Nicht, daß sie dich rumlungern sieht. Könnte peinlich werden.«

»Danke. Bis morgen.«

»Ich laß von mir hören«, versprach Torsten.

Er legte auf, dachte kurz über alles nach, was er gehört hatte, und schüttelte den Kopf. Bonnie im Komplott mit Bankräubern?

Er ging zurück zu seinem fast vertilgten Seeteufel und bemühte sich, keine allzu aufdringlichen Blicke in Bonnies Richtung abzuschießen.

Allein war sie nicht mehr. Ein Mann saß bei ihr. Er drehte Torsten den Rücken zu. Dunkelblaues Sakko. Schwarzes Haar.

Torsten konnte nicht gut hingehen, ihm ins Gesicht starren und dann um seinen Namen bitten.

Etwas ratlos setzte er sich wieder zu Tina und Eisenkreuz, die ihm verwundert entgegenblickten.

»Das war aber ein langes Gespräch mit deinen Eltern«, fand Tina.

»Es waren nicht meine Eltern.«

»Sonst weiß doch niemand, daß du hier bist!«

»Das dachte ich vorhin auch.« Er nahm den restlichen Seeteufel wieder in Angriff und freute sich, daß er noch nicht kalt geworden war.

»Du sagst, du hast Frau Güttner schon öfters hier gesehen?« fragte er Tina.

»Wen meinst du?«

»Na, die Frau, die ich vorhin begrüßt habe. Die Mutter von Jo!«

»Ach so! Ja, sie kommt gern. Wir sind ein beliebtes Lokal«, sagte Tina mit Nachdruck. »Wir bieten eine ausgezeichnete Küche«, fügte sie pikiert hinzu. »Du kannst das natürlich nicht merken, wenn du dauernd wegrennst und deinen Fisch stehen läßt.«

Torsten war verzweifelt. »Wenn ich nur wüßte, wie ich das wieder in Ordnung bringen soll. Tina, es geht Jo um den Mann, der sich mit seiner Mutter trifft!«

Sie sah ihn abweisend an.

»Der Mann bei Bonnie ...«, fing Torsten noch einmal an. »Ich mag nicht aufdringlich hinglotzen. Die Frau mißversteht das ... Kennst du ihn, Tina? Oder kannst du ihn mir wenigstens beschreiben?«

»Das ist mein Verlobter«, antwortete sie steif.

Nun schaute Torsten doch hin. Tatsächlich war es Alessandro, der bei Bonnie Güttner saß. Im Gegensatz zu Torsten, der noch immer in seinem T-Shirt vom

Nachmittag steckte, hatte der andere die Kleidung gewechselt.

Wie aus dem Ei gepellt sah der Mensch aus, von dem Tina behauptet hatte, er sei gefährlich, er habe Beziehungen zur Mafia.

9

Bonnie wurde gewahr, daß Torsten sie beobachtete. Sie erhob grüßend ihr Glas und lächelte kühl und etwas irritiert.

Schuldbewußt wirkte sie nicht. Falls sie tatsächlich Verhandlungen mit einem Bankräuber führte, tat sie es in guter Haltung, sie ließ sich nichts anmerken.

Jetzt wandte sie sich wieder dem eleganten Italiener zu. Wahrhaftig, er hätte einem Modejournal entstiegen sein können, wie sie bei Friseuren rumliegen.

Der Kellner räumte die Reste des Seeteufels weg und brachte die Mokkamousse. Torsten steckte pflichtbewußt den Löffel rein, vergaß das Dessert aber, bevor er gekostet hatte, und seufzte.

»Tina, ich muß dich was fragen. Bitte unter vier Augen.«

Eisenkreuz wirkte verletzt. Auch befremdet. Fragend sah er Tina an.

Sie nickte ihm kurz zu.

Er stand auf und sagte in förmlichem Ton zu Torsten: »Ich bin am Automaten – falls jemand mich sucht.«

»Was meint er, bei welchem Automaten?«

»Ein Münzgerät. Es hängt im Durchgang zu den Toiletten. Von hier aus siehst du es nicht.«

Torsten hatte für Glücksspiele nichts übrig, besonders kein Geld.

»Als wir hinter den Bankräubern her waren«, fing er an, »du und Jo auf deinem niedlichen kleinen Roller und ich im Taxi. Was hast du dir dabei gedacht?«

»Gedacht? Wie meinst du das?«

»Es hätte doch sein können, wir stellen die Bankräuber. Hast du nicht befürchtet, du kennst vielleicht einen von denen?«

»Ich verstehe dich nicht«, antwortete sie erstaunt.

»Vorhin in der Alten Fabrik hast du mich vor deinem Verlobten gewarnt. Er sei gefährlich. Er hätte Verbindungen zur Mafia.«

»Das stimmt. Ach so! Jetzt begreife ich. Du meinst – Alessandro? Aber der hat noch nie etwas mit Banküberfällen zu tun gehabt. Schutzgelder treiben sie ein, er und seine ...« Sie brach ab. »Banken überfallen die nicht.«

»Es kann doch sein, er tut es, und du weißt es nur nicht.«

»Wie kommst du auf die Idee?« Sie wirkte ungeduldig.

Er griff nach Tinas Hand. »Jo befürchtet, daß sich seine Mutter hier mit dem Bankräuber trifft. Sie hat ihn erkannt, meint er. Der Polizei hat sie das aber verschwiegen. Jo hat den Verdacht, sie will sich mit dem Bankräuber einigen ...«

»Wie, einigen?«

»Ich glaube, daß weiß er selbst nicht. Aber er ist natürlich sehr beunruhigt, daß seine Mutter überhaupt so etwas tut.«

»Das kann ich verstehen. Puh!« Tina schüttelte den Kopf.

»Genau«, stimmte Torsten zu. »Also, was jetzt? Er hat mich gebeten, seine Mutter im Auge zu behalten. Ich hab' ihm gesagt, er soll abhauen, damit sie ihn nicht am Ende noch erwischt, wie er sie überwacht. Die haben sowieso ein etwas – sagen wir – gestörtes Familienleben, die Güttners. Muß nicht auch noch ein Krach stattfinden, weil Bonnie meint, ihr eigener Sohn spioniert ihr nach, wenn sie abends in ein Lokal geht.«

»Sie steht auf«, sagte Tina.

Torsten sah nicht hin. Er hatte Bonnie heute abend schon genügend irritiert. »Geht sie heim?«

»Nee. Bloß zur Toilette.«

»Auch im Durchgang könnte sie jemanden treffen. Siehst du bitte nach?«

»Eisenkreuz steht dort am Spielautomaten. Wir fragen ihn nachher, ob sie sich mit jemandem unterhalten hat.«

»Darauf wird er nicht achten, Tina. Mir wäre wohler, du läufst rasch hin. Tu so, als wolltest du nur Eisenkreuz wieder an unseren Tisch holen.«

»Also gut. Und du«, sagte sie mit erhobener Stimme, »iß deine Mokkamousse. Es ist die beste in der ganzen Stadt, Torsten. Weißt du, was ich allmählich befürchte?«

»Was?«

»Du bist kein sinnlicher Mensch.«

Torsten empfand die Äußerung als einen betäubenden Schlag. Sprachlos saß er da.

»Kein Genießer!« fügte Tina hinzu.

Er schnappte nach Luft. Einen Vorwurf dieser Größenordnung hatte er von einer Frau noch niemals gehört.

Es glich praktisch schon einer Mängelrüge!

Eisenkreuz warf eine Münze in den Spielautomaten. Scheiben drehten sich.

Bonnie blieb stehen.

Eisenkreuz sagte, ohne sie direkt anzusehen: »Hier können wir nicht reden.«

»Nein«, stimmte Bonnie zu.

»Gehn Sie in einer halben Stunde heim. Ich erwarte Sie unterwegs.«

»Und dann?«

»Weiß noch nicht. Entscheiden wir nachher.«

»Gut, einverstanden.« Bonnie ging weiter und verschwand in der Toilette.

Der Automat spuckte einiges Kleingeld aus.

Tina erschien. »He, du gewinnst ja! Das passiert selten, daß einer mit diesem Ding Erfolg hat.«

Er sagte kalt: »Ist wenigstens einer nett zu mir in LUIGIs Lokal.«

Tina fragte rasch: »Hat Frau Güttner mit jemandem geredet, als sie eben hier vorbeiging?«

»Mit mir.«

»Ihr kennt euch doch kaum!«

»Sie fragte, wieviel man hier gewinnen kann, und ich sagte, ich hätte bis jetzt immer nur verloren.«

»Mhm.«

»Was hätte sie sagen sollen? Warum fragst du?«

»Nur so. Nun setz dich wieder zu uns an den Tisch! Sei nicht beleidigt, ich bitte dich.«

»Ich bin nicht beleidigt, nur müde. Ich verschwinde und leg' mich aufs Ohr.«

»Also gut. Schlaf wohl. Melde dich morgen.«

»Tu ich.« Er gab ihr einen Kuß.

»Ich störe ungern«, sagte Bonnie.

Tina und Eisenkreuz traten zur Seite. Sie nickte beiden zu und ging zurück ins Lokal. Höflich erhob sich Alessandro und nahm erst wieder Platz, als auch Bonnie saß.

Ein Kavalier alter Schule.

Zweiter Teil

Das Herz aus Diamant

10

Bonnie ging heimwärts. Aufmerksam musterte sie ihre Umgebung. Die Straßen waren in der warmen Nacht nicht weniger belebt als am Tage. Vor Restaurants, Cafés und Bistros standen Tische, an denen gegessen, getrunken und gelacht wurde.

Gelegentlich wurde Bonnie von Bekannten gegrüßt. Dann erhob sie lächelnd die Hand und ging weiter, ohne ihren Schritt zu verlangsamen.

Endlich trat Eisenkreuz aus einem Durchgang vor sie hin. Er trug Jeans und seine Motorradjacke mit dem Eisernen Kreuz.

Bonnie blieb stehen. Sie wartete ab, was Eisenkreuz ihr zu sagen hatte.

Als er das Schweigen nicht mehr aushielt, fragte er: »Warum haben Sie mich nicht der Polizei gemeldet?«

»Wäre Ihnen das lieber gewesen?«

Er holte laut und tief Luft. »Eine Antwort ist das nicht«, sagte er schließlich.

»Warum ist die Banane krumm?« fragte Bonnie ungeduldig. »Ich bin, wie ich bin. Die Polizei hat ihre Fans, ich gehöre nicht dazu. Ich könnte gut ohne Polizei leben. Wenn ich Schutz gebraucht hab', ist sie noch nie dagewesen.«

Eisenkreuz war verwirrt und bemühte sich, es nicht zu zeigen. »Sie gehn also nicht zur Polizei?«

»Ich hab' schon mit denen gesprochen.«

Er erschrak derart, daß Bonnie den Kopf schüttelte. »Hören Sie mal, Sie tapferer Krieger. Wenn ich denen gesagt hätte, er ist der Freund von Tina de Padova, hockt gelegentlich in der Trattoria DA LUIGI rum und hält Händchen mit der jungen Dame – dann wären Sie bereits vorhin von einer Zivilstreife abkassiert worden. Richtig?«

Er versuchte, das zu verdauen. Nachdem er seine Lippen mit der Zunge befeuchtet hatte, fragte er: »Aber... Was haben Sie ausgesagt? Bei Ihrer Vernehmung?«

»An mir sei jemand vorbeigerannt. Ich hätte nicht drauf geachtet. Die Alarmanlage hätte mich abgelenkt.«

»Sie haben mich ja sogar angesprochen.«

Er wußte noch genau, was Bonnie zu ihm gesagt hatte: Sind Sie nicht der Fascho aus der Italokneipe?

»Nur Sie und ich wissen das«, log Bonnie.

»Und alle Augenzeugen«, widersprach er. »Standen einige in der Nähe.«

»Bis jetzt hat sich keiner gemeldet.«

»Bis jetzt nicht. Aber wenn doch einer angekleckert kommt? Wie wollen Sie sich herausreden?«

»Das lassen Sie meine Sorge sein.«

Eisenkreuz schüttelte den Kopf. »Es ist nicht nur Ihr Problem«, stellte er düster richtig.

Insgeheim mußte Bonnie ihm recht geben.

»Guten Abend, Frau Güttner«, sagte eine freundliche Stimme.

Es war – von allen Menschen, die jetzt vorbeigehen mußten – ausgerechnet Fräulein Lehr, die Bankangestellte. Neugierig blieb sie stehen, offensichtlich verdutzt darüber, daß eine Frau wie Bonnie mit einem zehn Jahre jüngeren Rechtsradikalen auf der Straße sprach.

»Das war was heute früh«, fing Fräulein Lehr an. »Der Arzt hat mir 'ne Beruhigungsspritze gegeben. Aber zu Hause fällt mir die Decke auf den Kopf. Ich muß unter Menschen sein, nach diesem Hammer.«

Dabei richtete sie ihren Blick vorwiegend auf den blonden Hünen, der mit kurzgeschorenem Haar und Orden auf der Jacke neben Bonnie stand.

Daß es der Bankräuber war, konnte Fräulein Lehr nicht wissen. Aber er wußte es. Seine Miene erstarrte zur Maske.

»Sie sollten heute nicht allein sein«, meinte Bonnie. Sie nahm Fräulein Lehrs Arm und ging einige Schritte mit ihr. »Sind Sie nicht verabredet? Ich hab' auch noch was zu erledigen.«

»Mit meiner Freundin.«

»Dann viel Vergnügen«, wünschte Bonnie und kehrte um.

Eisenkreuz erwartete sie mit der Feststellung: »Hier können wir nicht bleiben.«

»Nee. Aber wohin? In den Wald geh' ich mit Ihnen nicht.«

»Haben Sie Angst vor mir?«

»Meistens jage ich den Leuten Angst ein. Der umgekehrte Fall passiert selten«, belehrte ihn Bonnie.

»Das ist schon wieder keine Antwort.«

Erstaunt musterte sie ihn. Er widersprach nicht nur, er tat es in einer Weise, die Intelligenz verriet. Zumindest faßte er recht genau auf, was sie sagte. Bonnie änderte ihren Ton: »Gegenüber einem bewaffneten Bankräuber – und seinem Komplizen, falls der in der Nähe ist – bin ich vorsichtig.«

»Sonst hätte ich gesagt, meine Maschine steht ums Eck. Sie fahren mit zu mir.«

Bonnie überlegte sich den Vorschlag. »Wo wohnen Sie?«

»Es ist ein Hochhaus am Stadtrand.«

Ein Hochhaus! Da wohnten viele Parteien, sie würde nicht allein mit ihm sein.

»Also gut, ich fahre hin. Aber nicht auf dem Motorrad. Sie müssen mir schon ein Taxi spendieren.«

»Die Pyramide«, sagte der Taxifahrer während der Fahrt, »ist um diese Zeit eigentlich kein Platz für eine nette Dame wie Sie.«

»Dankeschön«, sagte Bonnie geschmeichelt.

»Üble Kundschaft dort«, meinte der Fahrer.

»Inwiefern?«

»Vergeht selten eine Nacht, ohne daß die Funkstreife vorfährt.«

»Wer ruft sie?«

»Ehefrauen, wenn sie von ihrem Alten verdroschen werden. Deutsche, weil sie sich von Ausländern bedroht fühlen. Ausländer, weil sie vor den Deutschen Angst haben. So in der Art.«

»Muß ich um mein Leben fürchten?«

»Ich würde nicht allein reingehen«, erwiderte der Fahrer. »Nicht um viel Geld.«

Nachdenklich geworden, spähte Bonnie durch die Windschutzscheibe, als der Bau endlich auftauchte. Es handelte sich um ein Miethochhaus, das – wie der Name besagte – der altägyptischen Architektur nachempfunden war.

Sie stieg aus. Während der Fahrer den Fünfzigmarkschein wechselte, sagte Bonnie: »Würden Sie mich in genau einer Stunde wieder abholen?«

»Sicher.«

»Falls ich nicht da sein sollte, würden Sie dann bitte...« Sie zögerte.

»Ja? Nur raus mit der Sprache, junge Frau.«

Daß sie als junge Frau bezeichnet wurde, gefiel Bonnie. Sie war Mitte Dreißig. Genau gesagt, schon etwas darüber hinaus.

»Ich bin Journalistin«, flunkerte sie geschickt. Es war nicht ganz gelogen. Für eine der lokalen Zeitungen schrieb sie gelegentlich kleine Glossen, die auf der Frauenseite erschienen. Es handelte sich meist um humorvolle Betrachtungen zur Situation einer alleinerziehenden Mutter.

»Aha!« Der Taxifahrer sah sie mit vermehrtem Respekt an.

»Die Typen, die ich besuche, sind nicht ganz astrein – Rechtsradikale. Neigen zur Gewalttätigkeit.«

»Sie hätten einen Kollegen mitbringen sollen.«

»Vielleicht, aber dazu ist es jetzt zu spät. Ich will diesen Kerlen auf die Bude rücken und schreibe vielleicht demnächst eine Reportage darüber. Nun glaube ich kaum, daß die mir was tun, und direkt Angst habe ich nicht. Aber wenn ich in exakt einer Stunde nicht wieder hier vor Ihnen stehe, würden Sie dann bitte im 23. Stock bei Koenig klingeln und nach mir fragen?«

»Ich tu noch mehr. Ich bring' die Polizei mit«, versprach er grimmig. »Und nun sagen Sie den Idioten – mit einem schönen Gruß von mir – sie hätten keine Chance.«

»Wie meinen Sie das, keine Chance?«

»Wenn eine Firma so total abgewirtschaftet hat wie der Nationalsozialismus, dann investiert da kein vernünftiger Mensch mehr. Nur Narren oder Idioten. Und die sind eine Minderheit. Anderslautenden Gerüchten zum Trotz.« Er grinste.

Bonnie nahm ihr Wechselgeld entgegen. »Hoffentlich haben Sie recht.«

»Sie sind hübsch«, sagte er unvermittelt. »Passen Sie auf sich auf.«

Bonnie erwiderte sein Kompliment mit einem weit offenen Blick. »Bis nachher«, sagte sie weich.

Am Eingang begegnete sie zwei Stadtindianern mit giftgrünen Irokesenkämmen. Dann einem Türken, dem zwei Frauen folgten – es war auffällig, daß sie hinter ihm gingen, nicht neben ihm.

Nazis ins KZ

stand in roten Sprühbuchstaben neben dem Eingang.

Bonnie suchte den richtigen Knopf und klingelte.

11

Eisenkreuz öffnete die Tür und sah den Flur entlang. Am entfernten Ende, wo der Lift verlief, mußte Bonnie nun gleich auftauchen.

Wurfstern trat aus seinem Zimmer und sagte mit angestrengter Stimme: »Wenn ich ihr *damit* gute Nacht sage…«

Eisenkreuz drehte sich um und sah die Pistole in der Hand seines Kameraden. »Die ist heute schon einmal zu oft losgegangen.«

»Wenn ich ihr damit gute Nacht sage«, wiederholte Wurfstern, »dann *wissen* wir, daß sie der Polizei nichts mehr erzählt.«

»Ist bereits entladen«, sagte Eisenkreuz.

»Was?«

»Merkst du das nicht am Gewicht? Sie liegt leichter in der Hand, wenn keine Patronen drin sind.«

Wurfstern wog sie. »Was soll das, an meiner Knarre rumzufummeln?«

»Von wem hast du sie denn?«

»Von dir, spielt das 'ne Rolle?«

»Hast du sie bezahlt?«

»Kann ich ja tun.«

»Hast du sie bis jetzt bezahlt?«

»Wenn schon«, entgegnete Wurfstern brummig.

»Also nein. Das heißt, sie gehört mir, und du hast sie bloß entliehen. Ich will kein Geld dafür. Ich will sie zurück, bevor du noch mal auf jemanden schießt.«

»Ich hab' nicht geschossen«, sagte Wurfstern erregt. »Sie ist losgegangen.«

»Ja ja.«

»Der Druckpunkt ist viel zu leicht, man merkt überhaupt keinen Widerstand.«

»Du merkst keinen, ich schon. Gib her oder leg sie wieder unter dein Kopfkissen, eins von beidem.«

Da Eisenkreuz es in einem müden, überdrüssigen Ton sagte, nahm Wurfstern es nicht ernst. Er schob die Pistole unter den Gürtel. So hatte er es in zahllosen Filmen gesehen. Sein weit fallendes Sweatshirt verbarg den Griff – hoffte er.

Als Bonnie aus dem Lift trat, blickte sie in einen Flur, der so lang war, daß sie von Unbehagen befallen wurde. Die Vorstellung, auf der billigen blauen Auslegeware die vielen Wohnungstüren rechts und links passieren zu müssen, erschreckte sie. Plötzlich konnte so eine Tür aufgehen, und was dann?

Am Ende des Flurs tauchte Eisenkreuz auf und winkte ihr. Bonnie ging rascher. Obgleich unterwegs zu bewaffneten Bankräubern, fühlte sie sich schon wieder wohler.

Zum ungünstigen ersten Eindruck des 23. Stocks trug bei, daß einige der Deckenleuchten nicht eingeschaltet oder kaputt waren. Jedenfalls wirkte die Beleuchtung insgesamt ungenügend und, soweit überhaupt vorhanden, fahl.

Entsprechend blaß sah Eisenkreuz aus. Aber vielleicht hatte er auch nur Angst vor ihr – und der Aussage, die sie doch noch abgeben konnte. Oder er war einfach müde. Er hatte heute einen Banküberfall begangen. Er mußte völlig fertig sein, sagte sich Bonnie. Sie wäre es gewesen!

Sie gab ihm nicht die Hand, sondern nickte nur und betrat an ihm vorbei die Wohnung ohne Zögern. Mit festen Schritten ging sie weiter, bis sie vor Wurfstern stand. Warum sie vor den beiden Bankräubern keine Angst hatte, wußte sie nicht, aber es war so.

Sie sagte: »Du bist also der andere! Oder soll ich Sie sagen? Ich bin Bonnie Güttner.«

»Solnik, Rolf. Genannt Wurfstern.«

»Klingt wie der Name einer Comicfigur«, meinte Bonnie. »Und wo habt ihr das Geld?«

»Wollen Sie es sehen?« erkundigte sich Eisenkreuz.

»Ich will.«

»Geh voraus, Wurfstern.«

Im Gegensatz zu Eisenkreuz, der gut gewachsen war, wirkten Wurfsterns Beine zu kurz unter der mächtig gewölbten, breiten Brust.

Er trug ein Sweatshirt ohne Ärmel. Die hatte er abgeschnitten. Auf diese Weise lenkte er die Aufmerksamkeit des Betrachters auf die Tätowierungen seiner Oberarme.

Eine zeigte einen Adler, der eine Schlange zwischen den Klauen hielt.

Die andere – das fand Bonnie auffällig – eine Nixe. Ein barbusiges Mädchen mit Fischschwanz.

»Wie kommt ihr zu der großen Wohnung?« wollte Bonnie wissen. Ihr Interesse war echt, sie selbst hatte immerzu Schwierigkeiten mit Vermietern.

»Gehört meinem Bruder«, berichtete Eisenkreuz. »Schafft als Auslandsmonteur, zur Zeit baut er Bunker für den Diktator von Syrien.«

»Assad«, sagte Bonnie.

»Kennen Sie sich aus da unten?«

»Ich lese Zeitung.«

»Jedenfalls, wir hüten die Wohnung für ihn.«

»Ist nicht gut, wa, 'ne Wohnung in der Pyramide leerstehn zu lassen«, belehrte Wurfstern sie. »Kann sein, daß nichts mehr drin ist, wenn man wiederkommt – außer Scheißhaufen an den falschen Stellen«, fügte er derb hinzu und öffnete eine Tür. »Mein Zimmer«, sagte er mit Nachdruck. Es war ihm wichtig.

In einer Ecke lagen Matratzen, darauf Bettzeug. Ein Fernseher war so aufgebaut, daß er im Bett liegend das Programm verfolgen konnte.

Auf einer Ablage neben der Tür lagen zwei Stahlhelme. Daneben stand eine Waffe, die Bonnie für ein Seitengewehr hielt. Sie war keine Spezialistin in Waffen. Schließlich waren seltsame Gebilde an der Wand befestigt. Mußten wohl Wurfsterne sein.

Das stämmige Bürschchen mit den tätowierten Oberarmen und dem kriegerischen Namen ist entweder sehr unsicher oder enorm aggressiv, sagte sich Bonnie.

Wurfstern zog eine Tasche unter einem Regal hervor. Sie war mit einem Reißverschluß versehen. Wurfstern zog ihn auf und wies Bonnie das Innere der Tasche vor.

Es waren Geldbündel.

»Habt ihr das schon gezählt?«

»Wir wissen, wieviel es ist. Wurde im Radio bekanntgegeben. Vierzigtausend Mark«, erwiderte Eisenkreuz.

»Nachzählen würde ich schon«, meinte Bonnie. Sie nahm die Tasche und kippte sie auf den Boden aus.

»Muß das wirklich jetzt sein?« fragte Eisenkreuz. Er war am Ende seiner Kraft, das merkte Bonnie ihm an.

Statt einer Antwort teilte Bonnie den Geldberg in drei gleich große Teile und schob jedem ein Drittel zu, das letzte begann sie zu zählen.

»Ich versteh' Sie nicht«, sagte Eisenkreuz. »Was haben Sie mit uns vor?«

»Was habt denn ihr mit mir vor?« fragte Bonnie dagegen, ohne ihre Zählerei zu unterbrechen.

Wurfstern schien Feuer zu fangen, auch er zählte mit wachsender Begeisterung.

Da Eisenkreuz schwieg, blickte Bonnie kurz auf. Sie sagte scharf: »Ich bin aus freiem Willen hier. Und ich geh' nachher auch freiwillig wieder.«

»Klar.««

»Wenn nicht, werde ich abgeholt.«

»Von wem?« fragte Eisenkreuz, nachdem er sich vom ersten Schrecken erholt hatte.

Wurfstern fiel ein Geldbündel aus der Hand. »Sie hat die Bullen auf uns gehetzt. Und wir zählen hier die Knete!«

»Der Taxifahrer«, sagte Bonnie mit erhobener Stimme, »der mich hergebracht hat, kommt nachher und wartet auf mich. Wenn ich nicht auftauche, habt ihr ein Problem.«

»Wir tun Ihnen nichts«, versprach Eisenkreuz.

»Wenn Sie uns nichts tun«, sagte Wurfstern.

Grimmig hockte er auf seinem Matratzenlager und zählte sein Raubgut durch.

Er war primitiver und wohl gefährlicher als der hübsche, müde und traurig wirkende Eisenkreuz.

Wurfstern war auch nicht sehr helle.

»Wo bist du her?« fragte Bonnie.

»Ost-Berlin.«

»Keine Arbeit dort?«

»Keine Eltern. Sind aus dem Ungarn-Urlaub nicht wieder heimgekommen, wa. Sind über die westdeutsche Botschaft in Budapest nach Österreich und von da nach hier weggemacht.«

»Aber du wohnst nicht bei ihnen.«

»Nee.«

»Warum nicht?«

»Ich bin erst nach der Wende rüber. Als das Brandenburger Tor aufging, wa. Da lebten sie schon getrennt. Er mit Freundin, sie mit Freund.«

»Wie nahmen sie dich auf?«

»Spalier gestanden und gejubelt ham se nich.«

»Sie müssen doch eine Vorstellung davon haben, was aus dir werden soll!«

»Zu Hause hätt' ich den Opa und die vertraute Umgebung und alle die Kinderfreunde, meinen se. Ick soll zurück.«

»Und das willst du nicht?«

»Wo ick herkomme? Nee.«

Bonnie wurde auf eine Fotografie aufmerksam, die über dem Schlafplatz an die Wand gepinnt war. »Was sind das für Leute auf dem Foto, Geschwister von dir?«

»Kameraden.« Seine Miene belebte sich. »Der in der Mitte is unser Führer. Harro Senften, schon mal gehört?«

»Nee.«

»Von dem *wern* Se noch hören«, meinte er überzeugt.

Eisenkreuz war mit einer Flasche Mineralwasser und zwei Gläsern wieder eingetreten. Er schenkte für Bonnie und sich Wasser ein, Wurfstern warf er eine Dose Bier hin.

Der stämmige Kraftzwerg riß die Dose auf und setzte sie mit erleichtertem Ächzen an den Mund.

»Was bedeutet dieser Harro dir, daß du sein Bild über deinem Bett befestigst?«

»Er is unser Führer.«

»Jederzeit für uns zu sprechen«, erläuterte Eisenkreuz.

»Warum auch nicht, wenn ihr seine Gefolgschaft seid?«

»Manchmal weißte nich, wen de anrufen sollst«, sagte Wurfstern und knüllte seine Bierdose zusammen wie Papier. »Dann guck' ick das Foto an und sag' mir, Harro hat Zeit. Wenn er da is ... Manchmal is er natürlich auch unterwegs. Oft sogar. Aber wenn er da ist, dann hört er zu. Is der einzige, wa.«

»Niemand interessiert sich für dich, nicht mal deine Eltern... So versteh' ich dich.«

»Meinen Eltern geh' ick uff'n Keks, Harro nich – so is det.«

»Vielleicht interessiert sich keiner für dich, weil keiner dich kennt!«

»Wer eins von mir inne Fresse kriegt, kennt mich.« Wurfstern lachte. Das Bier hatte ihm die Zunge gelöst, so verkrampft wie zu Anfang wirkte er nicht mehr.

»Ich kann euch populär machen«, versicherte Bonnie zuversichtlich.

»Was meinen Sie?« erkundigte sich Eisenkreuz zurückhaltend.

Wurfstern gluckste. »Au ja, werd' ick 'n Star!«

»Ich bin Journalistin und will über euch schreiben. Wie findet ihr das, groß in der Zeitung stehn?«

»Ick stell mir vor«, rief Wurfstern erfreut, »daß meine Eltern es lesen! Sie müssen aber auch schreiben, wat det für Käseköppe sind! Na, die freuen sich.«

»Andere lesen es leider auch«, sagte Eisenkreuz abwehrend.

»Hör mal«, sagte Bonnie zu Wurfstern, »dieses festgefrorene Grinsen in deinem Gesicht, wenn du über deine Eltern redest... Möchtest du nicht viel lieber heulen?«

»Nutzt nichts.«

»Es nutzt vielleicht nichts«, gab Bonnie zu. »Aber es erleichtert.«

»Interessiert keinen, ob ick heule oder lache«, sagte Wurfstern. »Hau ick doch lieber einem in die Fresse, wa. Dann heult *der.*«

Nach einer Schocksekunde sagte Bonnie: »Damit kannst du Pech haben, nicht? Vielleicht holt der seine Freunde, und alle zusammen verdreschen dich. Dann bist es doch du, der heult.«

»Dann weeß ick wenigstens, warum, wa.«

»Mühsam, die Zählerei, nicht?« fragte Eisenkreuz.

»Ja, das auch. Aber es ist nicht der Grund, weshalb ich aufhöre.« Bonnie überblickte stirnrunzelnd den Haufen Geldbündel, den sie – zählend – abgetragen hatte. Die Summe belief sich auf rund 20000 Mark. Um es genau anzugeben, hätte sie genauer aufpassen müssen, doch ungefähr mußte es stimmen.

»Wieviel habt ihr?«

»Zwanzigtausend«, meldete Wurfstern triumphierend. »O Mann, wir sind reich!«

Eisenkreuz war nicht ganz fertig.

»Ick fliege nach Hawaii!« kündigte Wurfstern an. »Ick mag die Musik. Diese gezogenen Töne. Und dann die netten Mädels, wie sie sich dazu schlängeln. Sehn richtig lieb aus.«

»Ich dachte, du bist ein harter Mann.«

»Knallhart«, stimmte er geschmeichelt zu. »Wo andere 'n Herz haben, hab' ick 'nen Diamanten unterm Pulli.«

»Dann ist dein Herz härter als alles, was es sonst gibt. Übrigens auch sehr kostbar«, fiel ihr ein. »Dein Herz wäre eine Art geheimer Schatz, den du mit dir herumträgst. Wer den wohl einmal findet?«

Er glotzte sie an und wollte lachen. Aus irgendeinem Grund tat er es nicht.

Eisenkreuz blickte auf. »Zwanzigtausend bei mir. Ungefähr jedenfalls.«

»Bei mir auch«, sagte Wurfstern.

»Das sind zusammen sechzigtausend«, folgerte Bonnie, ihren eigenen Geldhaufen betrachtend.

»Mamma mia!« entfuhr es Eisenkreuz. »Das ist richtig viel Geld.«

»Bleibt für jeden genug – juhu!« rief Wurfstern. »Muß ick Sie nicht erschießen. Wir teilen einfach! Bin ick froh, Bonnie«, gestand er treuherzig. Er zog seine Pistole unterm Sweatshirt hervor und schob sie unter sein Kopfkissen. »Sie sind mir nämlich sympathisch. Echt! Sonst schließ' ick nicht leicht Freundschaft.«

»Täte ich an deiner Stelle auch nicht. Du weißt ja nie, ob der andere es nicht auf dein kostbares Herz abgesehen hat!«

12

Geschichte und Sprachen waren Jos Lieblingsfächer auf der Oberrealschule. Einerseits lag das an den Lehrern. Sie waren überwiegend »modern«. Darunter verstand Jo, daß sie auf Schwierigkeiten eines Schülers mit Verständnis reagierten. Und auf gute Leistungen mit Freude und Ermutigung. Andererseits hatte Jos Vorliebe für Geschichte und Sprachen auch etwas mit seiner Mutter zu tun.

Was Politik betraf, war Bonnie ungewöhnlich interessiert und meist besser informiert als die Erwachsenen, die Jo sonst kannte – Herr Wiebert zum Beispiel oder selbst Sonja Topp vom Jugendzentrum.

Bonnie las außerdem viel Literatur und fand es schon deshalb gut, daß auch ihr Sohn gern zu einem Buch griff.

Jo konnte also, wenn er sich für den Unterricht in Geschichte, Deutsch, Englisch und Französisch begeisterte, auf Bonnies ungeteilten Beifall rechnen.

Ganz anders war es in den naturwissenschaftlichen Fächern. Bonnie hatte ein Vorurteil gegen Menschen, die sich mit Mathematik, Physik, Chemie, Biologie befaßten.

Vielleicht nicht ganz zu Unrecht, wie Jo zugeben mußte, wenn er sich die Lehrer für diese Fächer ansah. Sie waren tatsächlich überwiegend trocken, sachlich, kühl. Nicht sehr verständnisvoll, wenn jemand Probleme hatte, und auch nicht besonders erfreut über gute Leistungen. Es schien ihnen ziemlich egal zu sein, wie einer lernte, nur ärgerten sie sich, wenn ihnen jemand ganz betont Gleichgültigkeit zeigte.

Jo tat es manchmal. Er könne es sich leisten, redete er sich ein. Seine Zensuren waren in allen Sprachen und in Geschichte gleichbleibend ausgezeichnet. Das machte Eindruck – auch bei den Lehrern, die ihn nicht mochten, weil er in ihrem Unterricht selten den Finger hob.

Sie nannten es Arroganz. Das eben bewies, wie wenig sie von einem heranwachsenden Jungen verstanden.

Tatsächlich schrieb Jo immer wieder schlecht benotete Arbeiten in Mathe, Chemie, Physik – weil er damit bei seiner Mutter den allerbesten Eindruck erzielte.

So sonderbar ging es bei ihm daheim zu, es war nun einmal so.

Da Bonnie von den Naturwissenschaften nichts verstand, belohnte sie Jo nicht, wenn er sich dafür interessierte. Es ärgerte sie. Sie meinte, er kritisiere sie auf eine schwer faßbare Art: Du magst Physik nicht? Aber Physik ist toll! Es muß an dir liegen, Bonnie.

Jedenfalls erlebte er immer wieder, daß sie sich über seine Mißerfolge in den Naturwissenschaften freute. Du schlägst mir nach, bemerkte sie dann selbstzufrieden.

Als gebe er ihr recht, wenn er öde fand, was sie nicht schätzte.

Diese Überlegungen gingen Jo durch den Kopf, während er heimwärts radelte.

Er erschrak über sich. Seit Jahren also weigerte er sich nur deshalb, Naturwissenschaften zu lernen, weil er seiner Mutter gefallen wollte! War er meschugge?

Abhängig war er.

Es fiel Bonnie leicht, Menschen zu beeinflussen. Niemand schlug ihr gern einen Wunsch ab, sie brauchte ihn nicht mal zu äußern. Man las ihr die unausgesprochenen Wünsche von den Augen ab. Es geschah immer wieder.

Ob es den Bankräubern so erging?

Jo traute es Bonnie glattweg zu, zwei Schwerverbrechern einen Teil ihrer Beute abzuschwätzen. Die Frage war nur, ob sie das wollte.

So weit geht sie nicht, dachte er.

Aber ein Zweifel blieb.

Bonnie war unberechenbar.

Mit konzentrierter Miene rührte Bonnie in einer Pfanne, aus der es nach Hammelgulasch duftete. Auf Brettchen lagen verschiedene Gemüse fertig zum Garen. In einer Schüssel türmte sich ein Berg Kuskus.

»Es ist heiß«, sagte Bonnie, als Jo seinen Stadtrucksack mit den Schulsachen abstellte. »Da dachte ich, essen wir arabisch. Kann nicht verkehrt sein.«

»Bestimmt nicht«, meinte Jo. Er war etwas erstaunt über den Aufwand.

»Deckst du bitte für drei?«

»Wir kriegen Besuch?«

»Ich hab' Charly eingeladen.«

Jos Miene hellte sich auf. »Gibt es einen Anlaß?«

»Sicher.«

Und welchen? hätte Jo gern gefragt. Doch es war klar, Bonnie wollte im Moment keine Auskunft geben. Sie wirkte nervös und beunruhigt.

Es wird besser sein, für vier zu decken, dachte Jo. Charly holte, wenn sie mittags aus dem Gymnasium kam, als erstes die Dogge Daniel von den Nachbarsleuten ab. Den Hund nachmittags allein oder bei fremden Leuten zu lassen, lehnte Charly ab, notfalls wurde Daniel bei Tschugg im Präsidium deponiert.

Das aber hatte dann verschiedene Nachteile. Der Hund mußte still liegen, was ihm nicht gut tat. Ein so großes Tier brauchte Bewegung. Andererseits holten gern Kollegen von Tschugg Daniel in ihre Büros und fütterten ihn mit allem, was ihm nicht bekam, aber um so besser schmeckte. Kuchen, Schokolade...

Sowohl Charly wie Jo achteten daher darauf, daß Daniel täglich seinen Auslauf erhielt und sich nicht überfraß.

Mittags war an sich überhaupt keine Mahlzeit für Daniel vorgesehen. Er empfing morgens seine Frühstückskekse und abends einen sehr reichhaltigen Napf, den Charly selbst zubereitete. Gekochtes Fleisch mit Gemüse und Haferflocken.

Doch wenn sich die Menschen außerplanmäßig zusammensetzten und eine feine Mahlzeit schmecken ließen, durfte man den Hund nicht darben lassen. Das war völlig klar.

Jo schüttelte deshalb aus der Packung, die für solche Fälle bereitstand, einige Kekse in den Hundeteller. Er gab in einen Napf einen Schluck Milch und verdünnte ihn mit Wasser.

Auf dem Boden breitete er eine Zeitung aus. Das war die Hundetischdecke. Keksteller und Milchnapf stellte er darauf.

Nun konnten die Gäste erscheinen.

»Es hat phantastisch geschmeckt«, versicherte Charly.

»Wirklich gut«, stimmte Jo seiner Freundin zu.

Bonnie lächelte zufrieden. Daß sie kochen konnte, wußte jeder, der mal an ihrem Tisch gesessen hatte. Es war die einzige hausfrauliche Tätigkeit, die ihr gefiel.

Sie zündete sich mit – wie Jo auffiel – übertrieben umständlichen und langwierigen Bewegungen eine Zigarette an und ließ sich im Wohnzimmer auf einem Sessel nieder.

Daniel blieb im Flur liegen. Es war dort am kühlsten. Man hörte ihn schnaufen, und er gab das typische Schmatzen von sich, das verriet, daß er am Einschlafen war.

»Ich habe dich hergebeten«, sagte Bonnie, »weil ich für einige Tage weg sein werde und dich bitten möchte, daß du dich in der Zeit um Jo kümmerst.«

Hätte Jo zu übertriebener Mimik geneigt, er hätte jetzt Mund und Augen aufgesperrt. Daß Bonnie verreiste, geschah gelegentlich. Sonst wurden nicht viele Umstände deswegen gemacht.

Auch Charly war erstaunt, lachte jedoch und sagte: »Was meinen Sie mit kümmern, Bonnie?«

»Daß ihr, du und Torsten auch, nach Jo schaut. Er soll sich nicht hängen lassen. Nicht glauben, ich ließe ihn im Stich oder so was. Ich hab' für eine Reportage zu recherchieren. Große Sache! Wichtiges, aktuelles Thema. Die Zeitung ist Feuer und Flamme. Eine ganze Seite in der Wochenendbeilage wird mir reserviert. Ihr seht, es ist wichtig. Ich will mein Leben ja nicht als ungelernte Videothekarin verbringen.«

Die Bemerkung bezog sich auf ihren Job in der Videothek.

Charly räusperte sich: »Vater ließ die Bemerkung

fallen, daß Sie als Zeugin ins Präsidium vorgeladen sind.«

»Wenn schon«, sagte Bonnie abweisend und bedeutend kühler im Ton.

»Bitte verstehen Sie mich nicht falsch. Aber soviel ich weiß, können – eh – widerspenstige Zeugen dem Ermittlungsrichter vorgeführt werden. Zwangsweise durch die Polizei. Das ist doch nicht ratsam, Bonnie!«

»Mich führt schon keiner vor. Ich erscheine ja freiwillig, nur nicht gerade in den nächsten Tagen.«

Jo schaltete sich ein. »Ich verstehe«, behauptete er. »Aber ist es nicht so, daß die Ermittlungen in Strafsachen schnell gehen müssen? Weil sonst die Spuren kalt werden?«

»Woher soll ich das wissen?« erkundigte sich Bonnie erbost. »Ich hab' mit Ermittlungen in Strafsachen – Gott sei Dank – nicht die geringste Erfahrung.«

Charly dachte darüber nach. Dann wollte sie wissen: »Bonnie – darf ich meinem Vater sagen, daß Sie aussagen wollen, nur jetzt nicht?«

»Wenn er sich dafür interessiert? Gern. Ich habe es allerdings bereits selbst dem Kommissar des Raubdezernats erklärt.«

»Ah!« Charly wurde aufmerksam. »Und was hat er dazu gemeint?«

»Er will nachher vorbeischauen, um mich umzustimmen. Da wird er Pech haben.«

Jo ahnte, der gute Kuskus war eine Art Abschiedsmahl gewesen. Bonnie wollte für einige Tage untertauchen. Sie hoffte, bis dahin habe sich der Fall abgekühlt.

»Sollen wir ihm was ausrichten?« fragte er. »Ich nehme nicht an, daß du noch da bist, wenn er kommt.«

»Richtig. Einen Gruß von mir. Es täte mir leid, und ich rufe ihn an, sobald ich zurück bin.«

Dritter Teil

Das Familienfest

13 Tina lenkte das rasende Feuerzeug in den kühlenden Schatten unterm Dach der Tankstelle. Eisenkreuz jobbte hier.

Er hatte Tina gehört. Das Knattern des rasenden Feuerzeugs war unverkennbar.

»Du holst mich ab? Du siegst im Wettbewerb um den besten Einfall des Tages!«

»Ich hab' zu Hause rumgesessen«, sagte sie niedergedrückt, »und mir überlegt, was ich schön fände.«

»Da fiel ich dir ein!« rief er zufrieden.

Sie mußte lächeln. »Ich hab' auf ein Blatt Papier geschrieben: Schön ist... Und mich gefragt, wie ich den Satz ergänzen kann.«

»Ich bin dir eingefallen«, wiederholte er selbstsicher.

»Schön ist der Blick auf den Bodensee! Als wir mit dem Motorrad an Rohrschach vorbeigefahren sind. Das war ein Blau!«

Eisenkreuz sah auf die Uhr. »Für so eine weite Fahrt ist es aber ein bißchen spät, Tina. Auf der Rückfahrt geraten wir in die Dunkelheit. Gewitter sind auch angesagt.«

»Es geht auf keinen Fall«, stimmte sie trübe zu.

»Laß nicht gleich die Ohren hängen! Ergänze den Satz: Der zweitschönste Anblick ist...«

Ihre Miene hellte sich auf: »Ist?«

»Tina auf der Caféterrasse am Speichersee. Und dort wären wir schnell.«

Das rasende Feuerzeug ließ Tina stehen, es war für die Landstraße zu langsam. Sie stieg hinter Eisenkreuz auf dessen schwere Maschine.

Die Fahrt führte in die Hügel südlich der Stadt. Es war ein schwüler Abend. Die Bauern erwarteten Regen: Gemähtes Gras war zu langen Zeilen zusammengeschoben, um erst morgen ausgebreitet zu werden.

Zwischen den Graszeilen sah man Amseln picken.

Am See herrschte bereits abendliche Aufbruchstimmung. Familien verstauten Picknickkörbe, Bastmatten, Kofferradios und Plastiktiere in Autos. Surfer zerlegten ihre Geräte.

Auf der Caféterrasse hielten einige kühne Biertrinker der abendlichen Schwermut noch stand. Eisenkreuz suchte einen abseits stehenden Tisch aus und holte die Getränke.

»Also, was ist los?« fragte er, als beide den Becher mit dem Strohhalm vor sich hatten.

»Reden wir über was anderes.« Sie seufzte.

»Wenn es wegen deines Bräutigams sein sollte – ich hab' die Lösung für dein Problem.«

»Es gibt keine. Heute abend wird der Termin für die Hochzeit festgelegt.«

»Ich habe die Lösung für dein Problem«, wiederholte er.

Sie sah ihn verwundert an.

»Wir brennen durch«, schlug er vor.

»Ausgeschlossen.«

Er war einen Moment schockiert, daß sie seinen Vorschlag zurückwies, ohne darüber nachgedacht zu haben. Dann faßte er sich und wollte ihn begründen...

»Selbst wenn wir wüßten, wohin...« begann Tina.

»Ich weiß wohin«, fiel er ihr ins Wort. »Tina, wir haben das beide vorausgesehen. Ich hab' alles vorbereitet. Wir steigen auf die Maschine und sind in drei Stunden – in zweieinhalb – an einem absolut sicheren...«

»Alessandro ist bei der Mafia!« rief sie beinah ärgerlich. »Die findet jeden, überall.«

»Wo wir hinfahren, suchen die nicht.«

»Was hast du im Auge, 'ne Höhle in einer Felswand?«

Er lachte auf. »Wir werden es sehr gemütlich haben... Ohne viel Technik, das ist wahr. Duschen müssen wir kalt. Das Geschirr waschen wir am Brunnen ab. Die Wäsche wird gekocht wie zu Omas Zeiten. Morgens gibt's keine Zeitung, und abends kannst du nicht fernsehen. Aber es ist wunderschön. Den Sommer überstehn wir leicht. Danach sehen wir weiter.«

Sie lächelte ungewiß. »Und wovon leben wir?«

»Ich hab' Geld.«

»Woher?«

»Ich hab' Geld, Tina.« Er nahm ihre Hand. »Als ich in Bozen deinen Brief erhielt, bin ich gleich gekommen. Richtig?«

Sie erwiderte seinen Händedruck dankbar.

»Du warst verzweifelt. Alessandro stand auf der Matte. Heiraten willst du ihn nicht. Wegschicken kannst du ihn auch nicht – das Eheversprechen, die Familie.«

Sie nickte.

»Seit Wochen warten wir jetzt darauf, daß es passiert. Heute abend, sagst du. Gut, sage ich. Dafür plane ich nämlich die ganze Zeit.«

»Was ist das für ein Plan?«

»Daß wir durchbrennen!«

»Man läuft nicht von zu Hause weg.«

»Zu Hause! Zu Hause sind wir, wo wir zusammen sind.«

Ein Schauer überlief sie. Etwas ging zu Ende, und etwas Neues begann.

Es gab im Untergeschoß der Pyramide eine Disko, das PHARAO. Bonnie interessierte sich dafür.

»Nix zu machen«, erwiderte Wurfstern. »Allein kannst du da nicht rein, Bonnie.«

»Du bist ja bei mir!«

»Nee! Wir müssen warten, bis mal die ganze Clique beieinander ist. Sonst ham uns die Grauen Wölfe am Wickel!«

»Sind das die türkischen Nazis?«

»Genau.«

»Das müßten doch deine besten Freunde sein!«

»Todfeinde sind das. Eines Tages machen die mich platt. Oder ich sie.«

»Dann verschwindest du im Knast und bleibst drin, bis die kleinen Kinder Onkel zu dir sagen!«

»Friß, Vogel, oder stirb. So is ehm das Leben, wa?«

Er hockte vor dem Fernseher und zog sich einen Film rein.

Es war ein Porno, sah Bonnie.

»Der Mist da gibt dir eine ganz falsche Vorstellung von dem, was dich glücklich machen könnte«, sagte sie angriffslustig.

»Ja ja, er verdirbt mich, schon recht. Ick bin bereits verdorben!« rief er trotzig.

»Er verdirbt dich ganz anders, als du meinst. Du sprichst von deinen Eltern, und daß sie dir wehgetan haben... Aber ein junger Mann wird nicht von den Eltern aus seiner Einsamkeit erlöst. Und ganz bestimmt nicht von diesem Model, das so tut, als wäre es ein Gebrauchsgegenstand. Du erwartest dein Glück aus der falschen Ecke. Und dort, wo es wirklich sein könnte, da suchst du es nicht. Das ist verrückt!«

Er blickte verwirrt zu ihr auf und drehte den Ton ab. »Wo soll ick denn suchen?«

»Auch deine Kumpels oder Führer oder wie du dazu sagst, überforderst du, wenn du hoffst, sie könnten deinem Leben Sinn geben. Junge Männer werden durch ein Mädchen, eine junge Frau glücklich gemacht.«

Wurfstern durchlief eine sonderbare Verwandlung. Seine Augen verdrehten sich. Sein Mund öffnete sich, als wolle er ausrufen: »Nein ...!« und bringe das Wort nicht heraus. Zugleich erhoben sich seine Hände, er streckte sie Bonnie abwehrend entgegen wie einem bösen Geist. Und dazu kicherte er unsinnig.

»Ich hab' nicht gewußt«, sagte Bonnie beeindruckt, »daß du derart gehemmt bist, Junge.«

Sein Kichern überwältigte ihn, er schien nicht mehr aufhören zu können.

»Ich dachte, diese krampfartigen Kicheranfälle hätten nur kleine Mädchen«, sagte Bonnie ehrlich erstaunt.

Diese Mitteilung schaffte ihn vollends. Er quietschte auf und warf sich mit dem Gesicht nach unten auf sein Bett. Der Kicheranfall schüttelte ihn von Kopf bis Fuß.

Bonnie war seltsam berührt. Sie ging in das Zimmer des großen Bruders, des Bunkerbauers, wo sie ihren Koffer abgestellt hatte, und räumte nachdenklich ihre Sachen in den Schrank ein.

Von dort ging sie in die Küche. Essen mußte man. Sie hatte französische Weißbrote mitgebracht – Baguettes –, schnitt sie auf und belegte sie mit etwas Schinken und viel Gemüse – Gurkenscheiben, Paprikaringen, Tomatenscheiben.

Den Eßtisch mußte sie abräumen – es lagen Spielkarten drauf – und abwischen, bevor sie decken konnte. Außerdem war vorher das Geschirr und Besteck abzuwaschen. Es stand alles noch so im Ausguß, wie es seit Wochen benutzt worden war. Bonnie räumte es in die Geschirrspülmaschine ein und wählte das Intensivprogramm.

Seit langem hatte sie nicht so konsequent Hausmütterchen gespielt. Sie wunderte sich über sich selbst, setzte sich an den Küchentisch, während die Spülmaschine arbeitete, und fing an zu lesen. Verklemmt war der Ärmste! Nicht in bezug auf Sex, wie frühere Generationen. Wurfstern schämte sich seiner Gefühle!

»Schmeckt hervorragend«, lobte Eisenkreuz eine Stunde später. Er blickte irritiert auf seinen Kameraden Wurfstern. Der begann jedes Mal zu kichern, wenn er Bonnie ansah oder Bonnie ihn.

Sie sagte: »Wurfstern ist ein Mensch, der ausrastet, wenn man über das Glück spricht.«

Der stämmige kleine Bursche warf sein Sandwich hin, winselte vor Verlegenheit und lief hinaus.

Eisenkreuz war verblüfft. »Was ist am Glück problematisch?«

»Ich habe gesagt, ein Mädchen wird ihn einmal glücklich machen. Von seinen Eltern oder Kumpels soll er das nicht erwarten.«

»Ach so.« Eisenkreuz kaute und dachte nach. »Ja, er geniert sich leicht.«

»Das hab' ich bemerkt. Ich möchte gern mit euch ins PHARAO gehen. Hoffentlich kriegt er sich bis dahin wieder ein.«

»Die Grauen Wölfe bringen ihn zu sich.«

»Ich schließe mit euch eine Wette. Ihr könnt meinen Anteil an der Beute unter euch aufteilen, wenn ein Grauer Wolf mich auch nur dumm anredet.«

»Ich wußte nicht, daß Sie einen Teil von dem Geld für sich wollen.«

»Will ich auch nicht, es ist ein Witz.«

Wurfstern kam wieder rein. »Ick kann nicht mehr«, sagte er zu Bonnie. »Hören Sie auf, bitte. Ick vertrag' es nicht. Ick muß so lachen, daß mir beinah schlecht ist.«

»Dann hab' ich 'ne Nachricht für dich, daß du nicht mehr lachst«, sagte sein Freund. »Wir gehn nachher mit Bonnie ins PHARAO.«

14

Einem Mädchen die Bude einzurennen, war nicht die beste Methode, um sie zur Gründung eines Wiebert-Fanclubs zu veranlassen. Das war Torsten klar. Trotzdem saß er wieder in der Trattoria DA LUIGI.

Nervös wartete er auf Tinas Auftritt.

Offenbar war es so, daß sich das Familienleben der Wirtsleute überwiegend im Gastraum abspielte.

Signor de Padova war sicher ein umgänglicher Mensch. Wirte müssen es sein.

Torsten verwickelte ihn in eine Diskussion über Pizzas und streute beiläufig ein, er selbst müsse reichlich essen, um die viele Arbeit zu schaffen.

Auf die höfliche Frage von Tinas Vater, wo Torsten

denn arbeite, antwortete er, gerade jetzt habe er zwar Urlaub, helfe aber im väterlichen Betrieb aus. Es sei eine Großschreinerei.

Signor de Padova schien zu ahnen, was Torsten im Sinn hatte. Denn er erwiderte – zwar augenzwinkernd, aber auch bestimmt –, Tina heirate bald. So gelangte Torsten zu der Information, daß an diesem Abend der Ehevertrag aufgesetzt werden sollte. Im Beisein von Anwälten.

Einige Zeit später begaben sich etliche gutgekleidete Herrschaften in einen Nebenraum.

Tina allerdings war nicht im Hinterzimmer verschwunden. Auch in der Gaststube zeigte sie sich nicht.

Torsten fieberte ihrem Protest entgegen. Irgendwie mußte sie sich doch dagegen wehren, daß sie zwischen zwei Familien verschachert wurde wie eine Milchkuh!

Doch Tina blieb unsichtbar.

Als Torsten es nicht mehr aushielt und sich entschloß, einen Kellner nach ihr zu fragen, erfuhr er, sie habe sich mit Kopfschmerzen in ihr Zimmer zurückgezogen.

Torsten überdachte, was er gehört hatte. Er bezahlte seine Pizza und die zwei Mineralwasser, die er getrunken hatte, und umkreiste das Haus.

Er gelangte in einen Hinterhof. An der Tür zu klingeln und nach Tina zu fragen, hatte wohl wenig Sinn. Aus der Erdgeschoßwohnung hörte er Frauenstimmen. Wenn Tinas Mutter oder die künftige Schwiegermutter zur Tür kam und er hätte nach der glücklichen

Braut gefragt, hätte das vielleicht ein seltsames Licht auf Tina geworfen. Als sammle sie Verehrer.

Im ersten Stock lief ein Balkon um. Torsten sagte sich, daß Schlafzimmer meist oben eingerichtet werden. Er hangelte sich hinauf, schwang sich über die Brüstung und ging erst mal in Deckung.

Es gab mehrere französische – gläserne – Türen auf dem Balkon. Eine stand offen. Musik klang heraus.

Torsten ging nah heran und sah Tina auf ihrem Bett liegen. Er räusperte sich, und sie stieß einen erschreckten Schrei aus.

»Ich bin es«, sagte er.

»Bist du verrückt? Was treibst du dich hier herum?« Sie war ernstlich böse.

Er konnte es ihr nicht verdenken und entschuldigte sich demütig. »Ich hab' das Warten auf dich nicht mehr ausgehalten«, schloß er die Kette der Argumente endlich ab.

Tina runzelte die Stirn. »Waren wir verabredet?«

»Das nicht, aber ich weiß von deinem Vater, daß der Ehevertrag aufgesetzt wird. Willst du nichts dagegen unternehmen?«

»Vielleicht brenne ich durch«, sagte sie mit dem Anflug eines Lächelns.

»Im Ernst?«

»Kann sein.«

Er fand, sie war auf einmal weit weg von ihm. »He!« sagte er leise. »Gestern durfte ich noch deine Hand halten. Und jetzt erzählst du mir nichts von dir?«

»Da gibt's nichts zu erzählen«, sagte sie in abweisendem Ton, hielt ihm aber immerhin ihre Hand wieder hin. Er griff zu.

»Was denkt sich dein Vater dabei?« fragte Torsten leise. Vom Erdgeschoß herauf hörte er die Frauen beider Familien lachen.

»Für ihn ist das, was jeder Mensch braucht und was er mir wünscht, von Bedeutung. Die Familie d'Alessandro ist bedeutend. In Kalabrien die Bauern und Handwerksmeister, auch der Advokat, der Lehrer und der Pfarrer, werden den Kopf senken, wenn sie mich begrüßen. Meine Verehrung, werden sie sagen. Das ist für meinen Vater das Wichtigste im Leben.«

»Mein Gott, dann heirate mich!« rief Torsten im Überschwang seiner Gefühle. »Ich erbe mal einen Betrieb mit zwanzig Mitarbeitern, das ist auch was, oder nicht?«

»Du bist noch nicht achtzehn«, entgegnete sie ohne zu lächeln.

»Du doch auch nicht!«

»Bei einer Frau ist das etwas anderes. Für sie entscheidet der Vater.«

Deshalb also saß sie nicht mit am Verhandlungstisch, während ihr Bräutigam sehr wohl persönlich seine Interessen vertrat. Torsten hatte den Cavaliere im Hinterzimmer verschwinden sehn.

Er sagte kopfschüttelnd: »Du kannst nicht allein durchbrennen, wo willst du denn hin?«

Sie horchte ins Haus hinein. »Wenn mein Vater kommt...! Du mußt schleunigst verschwinden.«

»Ich bin in einer Sekunde draußen. Ist ja noch alles ruhig. Die schachern lange.«

»Ich will dir nicht wehtun«, sagte sie plötzlich. »Du darfst nicht wiederkommen. Vergiß mich. Versprich es mir.«

»Das klingt ja so, als ob du es ernst meinst«, sagte er verletzt.

»Mach nicht so ein Gesicht.«

»Und daß er bei der Mafia ist, stört dich nicht?«

»Du verstehst das nicht. Keiner im Norden versteht, was die Mafia ist. Nicht mal in Norditalien!«

»Erklär es mir, ich lerne gern dazu.« Er meinte es ironisch, doch es kam patzig.

Tina bemerkte es nicht. Ihre Gedanken waren anderswo. Sie sagte obenhin: »Wir Süditaliener fühlen uns als etwas Besonderes. Als der Norden uns eroberte, haben wir uns gewehrt. Wir wehren uns bis heute gegen ihre Polizisten, Soldaten, Richter, Lehrer – und die Steuereintreiber! Wenn das Besatzungsregime brutal wird, schlagen wir zurück – die Mafia tut es für uns. Sie ist unsere geheime Miliz.«

»Und daß sie Verbrechen begeht?«

»Der Norden sagt, es sind Verbrechen. Wir sagen, es ist unser Freiheitskampf. Im Krieg und in der Liebe ist manches erlaubt, was sonst verboten ist.« Nun lächelte sie wieder.

Torsten saß ohnehin schon an ihrem Bett. Er brauchte sich nur vorzubeugen, um sie zu küssen. Und das tat er, bevor sie auf den Gedanken verfallen konnte, ihr einladendes Lächeln auszuknipsen.

Sie küßte ihn nicht ungern, das merkte er. Sein Herz klopfte mächtig, und er dachte daran, mit ihr über den Balkon zu verschwinden. Es war ganz leicht!

»Ich bin die ausgeflippteste Verlobte von ganz Italien!« stieß Tina endlich hervor und schob ihn weg. »Wir leben nicht mehr, wenn man uns hier findet.«

Torsten wies seine rechte Hand vor. Der Schnitt war noch zu sehen, doch ein Verband war nicht mehr nötig. »Alles wieder intakt. Wer will, kann's ausprobieren.«

»Mein Vater ist stärker als du«, warnte sie ihn.

»Aber ich bin flinker«, setzte er dagegen.

Eigentlich war es nicht komisch, doch Tina kriegte einen Lachkrampf.

Plötzlich packte sie seinen Arm.

Torsten hörte im Erdgeschoß die Stimme des Wirts. Schwere Schritte dröhnten die Treppe herauf. Vater de Padova nahte, um seiner Tochter Erfolg zu vermelden.

Torsten wandte sich dem Balkon zu. Von daher rief eine erschreckend nahe Frauenstimme Tinas Namen.

Über den Balkon konnte Torsten nicht verschwinden. Bleiben durfte er noch weniger, das sagte ihm Tinas schneebleiches Gesicht.

Er sank hinter einem Sessel zusammen und hoffte, daß die Lehne ihn tatsächlich verbarg.

Tina schaltete das Licht aus.

Die Frau an der Balkontür sagte einige italienische Sätze. Außer dem Wort Carina verstand Torsten nichts.

Tinas Vater trat ein und drehte sofort die Deckenbeleuchtung an. Torsten erstarrte.

Ein kurzer Wortwechsel. Es wurde wieder dunkel.

Was konnte Tina gesagt haben? Vielleicht, sie habe Kopfweh.

Im halbdunklen Raum – nur von der Straßenbeleuchtung fiel ein heller Schimmer herein – trat Signor de Padova ans Bett seiner Tochter und begann einen langen und nachdrücklichen Vortrag.

Die Frau, die vom Balkon aus Tinas Namen gerufen hatte, ließ nichts mehr hören. Ob sie verschwunden oder eingetreten war, wußte Torsten nicht.

Staub kitzelte seine Nase.

Wenn er jetzt nieste, war der Skandal perfekt.

Tina antwortete ihrem Vater endlich – in deutscher Sprache sagte sie jämmerlich: »Aber ich liebe ihn nicht.«

Der Wirt antwortete in humorvollem Ton: »Du bist zu jung. Du weißt nicht, was das ist, Liebe. Alessandro wird es dir schon beibringen. Er ist ein stattlicher junger Mann und enttäuscht dich bestimmt nicht.«

Soviel zum Thema Sex, dachte Torsten in seiner Kauerstellung mit der Nase zwischen den Knien.

Er hörte den Wirt zur Tür stampfen und mit einigen kurzen Worten – bis nachher, hieß es vielleicht – hinausgehen.

Torsten wollte sich aufrichten, als eine weibliche Stimme fast über ihm sagte: »Alle werden dich um ihn beneiden.«

Die Frau vom Balkon! Sie ließ sich in dem Sessel nieder, hinter dem Torsten in Deckung gegangen war, und begann zu reden.

Die Katastrophe rückte jede Sekunde näher. Mit

der Nase so nah am Teppich war es unvermeidlich, daß Staubflocken seine Schleimhäute reizten.

Torsten schickte ein Stoßgebet zur Madonna.

Tina, die seine Pein ahnte, sprang plötzlich auf und ging zur Tür. Die Frau schien damit einverstanden zu sein, sie plapperte Zustimmendes und folgte ihr.

Die beiden Frauen verließen das Zimmer.

Torsten nieste – endlich. Keuchend holte er Luft. Er hatte sie allzulange angehalten, wie ein Taucher unter Wasser.

Als er sich nach einigen Sekunden wieder halbwegs fit fühlte, huschte er auf den Balkon und turnte nach unten, wie er hinaufgeklettert war: an einer der Säulen.

»Das ist der Anführer, Memo«, sagte Eisenkreuz leise.

»Wenn er Bonnie angrapscht, gibt's ein Unglück«, stellte Wurfstern in Aussicht.

Ein Türke löste sich aus seiner Clique und ging auf Bonnies Tisch zu. Er streifte die zwei Faschos an Bonnies Seite mit einem Blick und fragte sehr höflich – er verbeugte sich sogar wie in der Tanzstunde –, ob er bitten dürfe.

»Setzen Sie sich einen Moment zu uns«, sagte Bonnie und deutete auf das Polster neben sich.

Er wiederholte ratlos: »Darf ich zum Tanz bitten?«

Auch Bonnie wiederholte, was sie gesagt hatte.

Verwirrt ließ er sich neben ihr nieder.

Bonnie stellte sich als Journalistin vor. »Ich schreibe über gewalttätige Jugendbanden. Sie sind doch gewalttätig?«

»Wer mich angreift, merkt es schnell.«

Bonnie zückte Block und Filzstift. »Was bezeichnen Sie als Angriff?«

»Schiefer Blick reicht schon«, sagte Memo drohend.

»Genau«, echote Wurfstern und setzte beide Ellenbogen auf den Tisch.

Aus dem Augenwinkel sah Bonnie, daß Memos Clique unruhig wurde. »Vielleicht möchten Ihre Landsleute auch etwas dazu sagen?« schlug sie vor.

Memo winkte, und seine Kameraden näherten sich argwöhnisch. Auf Bonnies einladende Geste verteilten sie sich um den Tisch.

Wurfstern und Eisenkreuz verzogen keine Miene. Sie hätten Nachbildungen aus Kunststoff sein können.

Bonnie ließ sich von jedem den Namen, Beschäftigung oder Beruf und den Herkunftsort nennen.

Dann stieg sie wieder in die Fragen ein. »Warum finden Sie es schön, anderen weh zu tun?«

»Wir tun nur weh, wemma uns weh tut!« stellte Memo erregt fest. Er schien Wert darauf zu legen.

»Und du, warum hast du es gern, wenn andere leiden?«

»Gewalt is geil«, sagte Wurfstern.

Die Türken gaben zustimmendes Gemurmel von sich. Andererseits schien ihnen Wurfsterns Offenheit nicht ganz geheuer zu sein. Sie lachten unterdrückt.

Bonnie fragte nach: »Also, ihr alle meint, Gewalt ist geil? Ja oder nein.«

Rundum wurde bejaht.

Bonnie schrieb... Nach einer Weile sagte sie, ohne

aufzublicken: »Ich hab' einen Sohn in euerm Alter. Er hat eine Freundin. Ein sehr schönes Mädchen. Mein Sohn findet seine Freundin viel geiler als jede Schlägerei.«

Jetzt sah sie auf.

Die Mienen der jungen Männer um den Tisch waren verzerrt von Verlegenheit und – wie es schien – einem geheimen Schmerz.

Bonnie lächelte. Sie stand auf und fragte Memo: »Wollen wir tanzen?«

Er ging wortlos mit. Erst auf der Tanzfläche öffnete er wieder den Mund. Doch es war eine Disko wie andere. Über der Tanzfläche dröhnten die Bässe. Viel Verständigung war kaum möglich.

Auch nicht mehr nötig, fand Bonnie.

15

Torsten rief an. »Ich soll mich um dich kümmern, hat deine Mutter gesagt.«

»Dann komm her.«

»Ich will Schuhe kaufen.«

»Kauf deine Schuhe und komm danach.«

»Du sollst nicht jeden Nachmittag zu Hause hokken und warten, ob deine Mutter anruft. Du versauerst dabei.«

Jo faßte diese Äußerung wie einen Vorwurf auf. Er schwieg betroffen.

»Triff mich in der Stadt«, sagte Torsten und nannte

die Adresse des Schuhgeschäfts. PALAZZO MILANO. Jo erinnerte sich an den Edelschuppen. Torsten hatte schon früher dort eingekauft. Seit sie vor allem in der Alten Fabrik verkehrten, weniger. Auch dort gab man an, aber nicht mit Klamotten.

Jo radelte durch die sommerlichen Straßen. Aus dem Park duftete es nach Linden, aus den Vorgärten nach Rosen. Das Leben hätte schön sein können, sagte sich Jo erbittert.

Ein tiefer Groll plagte ihn. Über die Ursachen war er sich nicht klar. Er fühlte nur, wie er mit jedem Tag und bald jeder Stunde, die Bonnie wegblieb, ohne anzurufen, mehr in Rage geriet.

Dieses Gefühl schob er jedoch in den Hintergrund – statt es genauer zu betrachten, richtete er seinen Ärger auf Torsten.

Was soll das heißen, ich versauere? Glaubt er, ich bin zu blöd, um mir die Zeit zu vertreiben?

Seine Stimmung wurde explosiv und lenkte ihn derart ab, daß er fast ein Kind über den Haufen gefahren hätte. Das Kind greinte, die Mutter zeterte ...

Jo stieg ab und schob sein Rad ein Stück weit. Er war völlig von der Rolle und hätte auf Torsten mit den Fäusten losgehen mögen. Zugleich ahnte er, daß Torsten vielleicht keine Beleidigung beabsichtigt hatte.

An einer Telefonzelle bockte er sein Rad auf und rief Charly an. Er hatte Glück, sie meldete sich gleich und war verwundert, als er sie vorsichtig fragte, ob er störe.

»Du bist der Loverman meiner Teenagerjahre. Ich dachte eben an dich. Wie kannst du fragen?«

Das besänftigte ihn ein wenig. »Ich hätte Lust, mich

mit Torsten zu prügeln. Er hat mich in einer Art beleidigt, daß ich es einfach nicht schlucken kann. Auch nicht vom besten Freund!«

»Was hat er gesagt?«

»Ich soll ihn in der Stadt treffen, zu Hause – jetzt kommt es – würde ich versauern. Der denkt, wenn er nicht bei mir ist, stiere ich bloß die Wand an. Das ist doch unerhört. Mich erklärt er für schwachsinnig, und er selber wird größenwahnsinnig. Was der nötig hat, sind zwei Wochen Liebesentzug! Dann kann er sich ja in Ruhe überlegen, wer wen braucht. Und ob ich wirklich der Typ bin, den er in die Stadt bestellen kann, um seine Modeprobleme zu diskutieren.«

Nach einer Pause, die irgendwie taktvoll wirkte und Jo ein wenig beschämte, fragte Charly: »Wo bist du denn jetzt?«

Er beschrieb die Kreuzung.

»Gegenüber ist ein Café«, sagte sie.

Es stimmte. Vorher hatte er das Lokal nie beachtet. Man sieht nur, was man sucht.

»Trink zur Beruhigung 'ne Cola, bin in fünfzehn Minuten bei dir.«

Als Jo sich auf einen Hocker an der Bar schob – die Tische im Freien waren besetzt –, hatte der Druck in seiner Brust merklich nachgelassen. Auch so eine Seltsamkeit. Gefühle auszusprechen, verschaffte Erleichterung – selbst wenn man sie durchs bloße Beschreiben noch nicht besser verstand.

Er schaute sich im Lokal um. Die großen Fenster zur Straße waren weggeräumt. Man saß auch im Innern wie im Freien.

Er wurde auf Fräulein Lehr aufmerksam. Sie saß in intensivem Gespräch mit einem Typen, der insofern auffiel, als er in einem dunklen Nadelstreifenanzug steckte.

Jos Unbehagen verstärkte sich sofort wieder. Er wandte den Blick ab. Im Spiegel sah er sich selbst. Sein Gesicht wirkte angeekelt.

Wieso ekelte es ihn an, wenn sich Fräulein Lehr mit einem Mann traf? Was ging ihn das überhaupt an? Er war am Durchdrehen!

Charly und Daniel boten einen reizenden Anblick. Wie das Mädchen in dem Märchen, das seinen in ein Reh verwandelten Bruder am Strumpfband führt. Sie hielt Daniel sonst an der 90-Zentimeter-Leine. Aber im Lokal, wo die Tische nah beieinander standen, hätte er seinen großen Kopf über diesen oder jenen Teller hängen und die Gäste erschrecken können. So hielt Charly den großen Hund am Halsband sehr kurz.

Daniel ließ sich das lammfromm gefallen. Er erkannte Jo schon von weitem und stellte die Ohren auf.

Über die Tische und Gäste hinweg lächelten Jo und Charly einander zu.

»Irgendwie kriege ich dieser Tage meine Nerven nicht unter Kontrolle, sie spielen mir Streiche«, gestand er seiner Freundin, als die Getränke vor ihnen standen.

»Berichte!«

»Da drüben«, er deutete, wo, »saß eben noch Fräulein Lehr, die Bankkassiererin von dem Überfall. Mit einem Mann in Nadelstreifen. Sie quatschten. Warum auch nicht? Es ist kurz vor fünf. Sie hat Feierabend. Warum soll sie sich nicht mit jemandem treffen?«

»Keine Ahnung.«

»Eben, und trotzdem hat mich irgend etwas so gestört, daß ich ... Mir ist eine Art Übelkeit hochgestiegen, und ich hab' ihnen den Rücken zugedreht. Jetzt sind sie weg. Ist das nicht irre?«

Charly dachte nach. »Du bist ein sensibler Junge. Du siehst diese Frau. Sie erinnert dich an den Überfall. Dir dreht sich noch nachträglich der Magen um. Bekannter Effekt! Denk an den Reiter, der übern zugefrorenen Bodensee trabt und hinterher, als er es erfährt, tot umfällt. Der Schock danach!«

»Ich weiß nicht ... Angst hatte ich während des Überfalls schon genug.«

»Du bist hinter ihnen hergerannt. Das war riskant. Sie hätten schießen können. *Das* hast du befürchtet. Und hast sie trotzdem verfolgt ... Und jetzt, sozusagen mit Verspätung, fliegen dir die Kugeln um die Ohren.«

»Hm.« Die Erklärung hatte etwas für sich.

»Ich übersetze gerade einen Text von Proust«, ergänzte Charly eifrig. »Er tunkt eine Madeleine, das ist ein Gebäck, in eine Tasse Tee – und der Geschmack erinnert ihn so stark an seine Kindheit, daß die vergangene Zeit auf einmal ganz lebendig wird. Menschen sind so. Du bist keine Ausnahme. Freu dich darüber.«

»Hm.«

»Noch unzufrieden?«

»Nadelstreifen! Dazu fällt mir wieder Torsten ein. Er hat von diesem Italiener in Nadelstreifen erzählt.«

»Don Alessandro d'Alessandro. Der Mann mit dem Messer. Damit hat er sein Monogramm in Torstens Hand geschrieben. Mein Väterchen erwartet noch immer begierig die Strafanzeige von Torstens Eltern. Bisher Fehlanzeige. Vielleicht sollten wir Sonja Topp anspitzen. Auch das IJZ kann Strafanzeige erstatten, wenn ein Erwachsener mit einem Messer in der Alten Fabrik auftaucht.«

Aufmerksam beobachtete sie den Gefährten ihrer Jugend – so nannte sie Jo manchmal.

»Dir ist schon wieder ganz beklommen, nicht wahr?« fragte sie leise.

Er zögerte eine Weile. Dann nickte er. Wenn es schon so stark war, daß sie es ihm ansah, hatte Leugnen wenig Sinn.

»Er saß bei LUIGI mit meiner Mutter zusammen, hat Torsten berichtet. Das war der Abend der Messerstecherei. Torsten hat Tina heimbegleitet. Ich war zu Hause und hörte mit, als ein Mann meine Mutter – oder vielmehr sie ihn – in die Trattoria DA LUIGI bestellte. Ich dachte, es könnte der Bankräuber sein, und ging hinter ihr her. Dort sah ich Torsten mit Tina sitzen, und meine Mutter mit ...« Er brach ab.

»Mit Alessandro, sagte Torsten?«

»Ja. Aber ich hab' ihn durchs Fenster nicht genau gesehen, er war von anderen Gästen verdeckt. Torsten kennt ihn natürlich und sagt, er täuscht sich nicht.«

»Wie sollte er? Der Mann hat ihm die Hand zerschnitten, so einen Kerl merkt man sich.«

»Ja.«

»Mir ist klar, was dir zusetzt«, behauptete Charly. »Du meinst, er ist der Bankräuber. Aber wenn er es ist, was hat er mit deiner Mutter zu tun?«

»Meine Mutter mit ihm!«

»Genau. Und jetzt siehst du ihn – oder jemanden, der angezogen ist wie er – mit der Kassiererin. Mit einem Schlag wird dir alles bewußt oder vielmehr, es fällt dir wie ein Stein auf die Seele, ohne daß du recht weißt, wie es zusammenhängt.«

»Du hast wohl recht.«

Jo ließ den Kopf hängen. Die Ereignisse bildeten ein wirres Knäuel. Er kam mit dem Aufwickeln nicht mehr zurecht.

»Ich kann schon verstehen, daß dir mies ist«, sagte Charly einfühlsam. »Es *ist* beklemmend, wenn man seine eigene Mutter unter Verdacht hat.«

»Der Verdacht ist Unsinn«, wiederholte Jo verbissen. »Dein Vater hat ihn mir in den Kopf gesetzt.«

»Na, und bei dir ist dieser Keim auf sehr fruchtbaren Boden gefallen. Das merke ich.«

Jo seufzte.

»Was hast du eigentlich erwartet, als du deine Mutter zur Trattoria verfolgt hast und Torsten sie beobachten sollte?«

»Ich wollte wissen, mit wem sie sich trifft.«

»Mit Don Alessandro!«

»Genau.«

»Also nun weißt du es – und?«

»Du hast recht. Ich weiß es und bin trotzdem nicht schlauer. Vielleicht ist er der Bankräuber, vielleicht nicht.«

»Auf jeden Fall ist er eines, nämlich verlobt mit Tina. Fragen wir Torsten, was er von dem Cavaliere hält!«

Der eine Schuh war vorn rund, wie man es sonst nicht sah – unerhört extravagant und schick. Aber bewirkte die Rundung nicht einen breiten Fuß? Torsten streckte den Fuß vor, an dem er diesen Schuh trug, damit sie es beurteilen könnten.

Der andere Schuh – Torsten trug ihn links – war vorn spitz. Also genau das Gegenteil. Die Besonderheit dieses Modells bestand darin, daß der Absatz halbhoch war. Er ließ Torsten zu einem Riesen werden. Aber wirkte der Schuh nicht vielleicht etwas affig?

Die Qual der Wahl zeichnete Schmerzlinien in die Miene des Häuptlings. Der Verkäufer stand dabei und lächelte satt. Ihm war es egal, für was der Kunde sein Geld verplemperte.

Charly prüfte mit kundigem Seitenblick ein Modell für Damen. Es bestand aus einer Sohle, so dünn wie Papier, und zwei Riemchen. Kostenpunkt 500 Mark. Sie vergaß die Sandale und wandte sich wieder ihren Freunden zu.

»Und damit wackelst du dann in die Alte Fabrik?« fragte Jo kopfschüttelnd.

»Nie im Leben! Ich will Tina damit imponieren.

Vielmehr ihrer Familie. Wenn die de Padovas meinen, nur ihr kalabresischer Mafioso kann sich elegant anziehen, dann täuschen sie sich. Auch bei uns klettern die Männer nicht aus den Bäumen!«

»Du hast Komplexe?« erkundigte sich Charly erstaunt.

»Als Rivalen muß ich ihn ernst nehmen, er ist der Wunschkandidat von Tinas Vater.«

»Und du glaubst, du stimmst Tinas Vater um und gewinnst ihn für dich, wenn du in italienischen Schuhen aufkreuzt?«

Torstens Antwort bestand in einem unzufriedenen Blick.

»Häuptling, vergiß die Schuhe«, empfahl Charly, »und geh mit uns zu *meinem* Väterchen. Vielleicht gelingt es ihm, Alessandro den Bankraub nachzuweisen! Dann bist du deinen Rivalen wirklich los – und hast eine Menge Geld gespart.«

Der Verkäufer hatte das alles mit angehört. Er lächelte nicht mehr.

»Er hat mich mit dem Messer verletzt, das ist das erste ...«, begann Torsten zuversichtlich.

Tschugg fiel ihm ins Wort: »Du könntest auch sagen, du hast nach dem Messer gegriffen und etwas zu fest angefaßt!«

»Nein.«

»Aber er wird das sagen.«

»Zweitens, Tina behauptet, er sei bei der kalabresischen Mafia.«

»Das sagt sie von dem Mann, den sie heiraten will? Reizend.«

»Nicht sie will ihn heiraten, sondern er sie.«

»Das ist ihr Problem, nicht das des Jugendkriminalkommisars.« Tschugg blickte auf seine Armbanduhr und warf dann, als traue er seinen Augen nicht, noch einen zweiten Blick darauf.

»Vergiß einmal deinen Feierabend und hör uns zu«, ermahnte ihn Charly.

»Ich höre«, sagte er milde.

»Ich...«, begann Jo und brach ab, weil er einen Frosch im Hals spürte. Er hustete sich frei. »Herr Kommissar, ich habe... na ja, ich hab' sehr empört reagiert, als Sie meine Mutter verdächtigten, sie würde vielleicht Kontakt zu den Bankräubern aufnehmen. Aber ich habe auch darüber nachgedacht und mich gefragt, ob – na ja. Als ich an dem Abend von hier weglief und heimkam, rief jemand an. Ich nahm ab. Meldete mich. Der andere legte auf. Kurz danach klingelte es wieder, und meine Mutter nahm ab. Ich war gerade in der Küche und hörte über den Apparat im Flur mit.«

»Zwei Telefone? Ich denke, ihr seid chronisch knapp?«

»Die hat uns der Vormieter hinterlassen.«

»Kostet Zusatzgebühr.«

»Väterchen...!«

»Nur weiter«, sagte er nachgiebig.

»Also – es war ein Mann. Er hat meiner Mutter gesagt, er müsse sie sprechen, und sie sagte, jawohl, sie sei auch der Meinung. Sie verabredeten sich bei

LUIGI. In der Trattoria von Tinas Eltern. Am Telefon konnte ich natürlich nicht hören, wer der Mann war! Also folgte ich meiner Mutter zu der Trattoria...«

»Sollte nicht zur Gewohnheit werden.«

»Ich ging auch nicht rein. Weil ich sah, daß Torsten drin war. Er hat alles beobachtet.«

»Was – alles?« wollte Tschugg wissen.

»Sie unterhielt sich recht lang mit dem kalabresischen Mafioso.«

»Tinas Verlobtem.«

»Ja.«

Warum nicht? Es ist die Kneipe von Tinas Eltern. Wo soll ihr Verlobter sonst abends Aufenthalt nehmen?«

»Väterchen...!«

»Schön, schön. Und sonst?«

Jo sagte: »Heute abend habe ich Fräulein Lehr mit einem Mann gesehen, der mir auffiel. Der Abend war heiß – ist es immer noch. Und trotzdem, er trug einen dunklen Nadelstreifenanzug.«

Tschugg sah so verwundert aus, als habe in seinem Büro eine Kuh gekalbt. »Was ist daran – eh...?«

»Bemerkenswert ist«, rief Torsten mit erhobener Stimme, »daß Alessandro *immer* Nadelstreifen trägt! Er war das! Kann es gewesen sein«, schränkte er ein. »Und damit erhebt sich die Frage, was hat Fräulein Lehr mit dem Verbrecher zu tun, der vielleicht die Bank ausgeraubt hat?«

Tschugg warf einen langen, waidwunden Blick auf seine Tochter. Ein drittes Mal blickte er auf seine Uhr. Dann sagte er: »Es ist ja weiter nichts als meine Freizeit. Was spielt die schon für eine Rolle! Und was wird jetzt von mir erwartet?«

»Zumindest könntest du den Computer mal befragen«, schlug Charly vor. »Vielleicht spuckt er was über den heiratslustigen Herrn aus Kalabrien aus.«

»Und ich dachte, du bist für Datenschutz.«

»Nicht, wenn die Mafia davon profitiert.«

»So so. Dann darf ich den Herrschaften vielleicht vorschlagen, daß sie sich um ihre eigenen, zweifellos hochwichtigen Probleme kümmern – und den Bankraub der Polizei überlassen!« brüllte er sie an.

»Väterchen, du bist ungerecht«, klagte Charly. »Wir haben es gut gemeint.«

»Gut gemeint ist schlecht gemacht, oder?«

»Meistens schon«, gab sie zu, »aber in diesem Fall...«

»Fall nennst du das? Dieses Geschwätz über einen ausländischen Gast, der euch nichts weiter getan hat, als daß er verlobt ist mit einer jungen Dame, auf die Herr Wiebert seine frühreife Lüsternheit richtet?«

»Ich liebe Tina«, sagte Torsten würdevoll.

»Erklären Sie das Tinas Vater, er tut mir jetzt schon leid. Aber mich – mich laßt ihr damit in Frieden, ja? Ich bin kein Heiratsvermittler!«

Jo lag mit Charly auf dem Bett in seinem Zimmer. Sie hielten Abstand, denn für Nähe war es zu heiß.

Die Tür zu Bonnies Zimmer stand offen. Sollte seine Mutter anrufen, wollte Jo das Summen des Apparats nicht überhören.

»Tut mir leid, daß ich dich anschweige«, sagte er nach einer Weile. »Ich bin immer noch sauer und weiß nicht, warum.«

»Nach dem Anpfiff von meinem Vater…«

»Das ist es nicht. Ich bin einfach – traurig. Sagen wir, deprimiert.«

»Nein, warum? Bleib doch bei traurig, es klingt viel wahrer.«

»Und warum bin ich's?«

»Du hast deine Mutter lieb, und sie haut einfach ab.«

»Was?« fuhr Jo hoch. »Nur Wahnsinnige haben Bonnie lieb. Sie hat noch jeden, der sie liebte, ausgetrickst und reingelegt. Wenn sie einen bloß anpumpt, hat man Glück gehabt. Ich und Bonnie liebhaben? Da müßte ich ja mit dem Hammer frisiert sein!«

»Sie behandelt dich nicht wie die anderen Kinder«, sagte Charly nachdenklich. »Eher wie einen Erwachsenen. Ist dir das schon mal aufgegangen?«

»Sehr bequem für sie.« Jo wurde ärgerlich. »Statt sich wie eine Mutter zu benehmen, vernachlässigt sie mich und erklärt mir lang und breit, warum sie nicht anders kann. Weil ich angeblich erwachsen bin, muß ich es einsehen. Schönen Dank.«

»Ich bin auf einer ganz anderen Spur«, sagte Charly.

»Auf welcher?«

»Du bist ihr Vorzugskind. Und du profitierst auch davon.«

»Verglichen mit dir oder Torsten, werde ich unterversorgt.«

»Ja, aber innerhalb deiner Familie, verglichen mit deinen Geschwistern, geht es dir gut.«

Jo schwieg. So hatte er die Dinge noch nie betrachtet. Er mußte zugeben, es war etwas dran.

Du hast es gut! Das war es, was ihm seine kleinen Geschwister – die Zwerge – deutlich zu verstehen gaben, wenn er sie besuchte. Deshalb geschah das selten.

Charly sagte mit Nachdruck: »Auf dich konzentriert sie das, was sie an fürsorglichen Gefühlen in sich hat, ihre Mütterlichkeit! Auf dich setzt sie, du bist es ihr wert. Warum eigentlich du und nicht die anderen? Sag bloß, das hättest du dir noch nie überlegt!«

»Weil ich... Es liegt daran, daß ich...«

»Ja?«

»Ich hab es mir wirklich noch nie überlegt. Aber ich glaube, daß Bonnie in mir...«

»Warum ist das so schwer zu sagen, Jo? Ich weiß es schon lange. Sie sieht in dir sich selber, nur jünger und mit besseren Chancen. Vielleicht auch deshalb mit besseren Chancen, weil du ein Mann bist.«

»Ach komm, Bonnie hatte noch nie einen Nachteil davon, daß sie 'ne Frau ist. Im Gegenteil. Man sieht ihr alles nach, was mir kein Mensch durchgehen ließe.«

»Sie erhofft sich, daß du die Versprechen einlöst, die sie immer gegeben, aber selbst nie gehalten hat. Du sollst beweisen, daß ihre Versprechungen gut und groß waren.«

Aus irgendeinem Grund war Jo erschüttert. Er spürte, es war so, und es brachte ihn völlig durcheinander.

»Ich staune«, sagte Charly. »Wirklich, ich staune über dich. Das ist doch oft so, daß Mütter oder Väter sich selbst in ihren Kindern sehen und uns ihre eigenen Hoffnungen aufladen. Als ob wir dazu da wären, die zu erfüllen. Bei dir ist auffällig, daß du tatsächlich dein Leben so führst, wie Bonnie ihres vielleicht hätte führen sollen, wenn sie es ernst gemeint hätte mit ihren Begabungen. Nur daß du, wie gesagt, eben ein Mann bist und keine Frau.«

»Überall werden heute die Frauen bevorzugt. Lies Stellenannoncen!«

»So hab' ich es nicht gemeint. Gott, reagierst du empfindlich auf Feminismus!«

»Dann sag, was du meinst.«

»Eine Frau will schwanger werden.«

»Auch ein Mann wünscht sich Kinder.«

»Das ist was anderes.«

»Was soll anders dran sein?«

»Ein Kind hält dich nicht von der Arbeit ab. Eine Schwangerschaft schon eher.«

»Ich soll dort Leistung bringen, wo Bonnie versagt hat? Und soll beweisen, daß Bonnie versagen mußte, weil die Schwangerschaften ihr dazwischengerieten? Daß Bonnie also nicht schuld ist an dem Fiasko und dem Mißerfolg?

»Sie will stolz auf dich sein wie auf sich selbst. Sie ist es schon«, sagte Charly. »Und das merkst du auch. Es färbt auf dich ab. Du hast was von einem Kronprinzen.«

»Ich?« Jo hätte nicht erstaunter sein können.

»Ja, und es macht dich stark. Andere erben Geld von

ihren Eltern – du erbst dieses geheime Wissen, daß du etwas Besonderes bist. Beladen mit Bonnies Erwartungen – aber auch auserwählt von ihr. Sie traut es dir zu, besser zu sein als sie selber. Die Erfüllung ihrer Träume traut sie dir zu. Das ist dein innerer Stolz!«

16

Im Gesicht von Eisenkreuz leuchtete ein Lächeln auf, als Tina die Alte Fabrik betrat. »Wo hast du deine Sachen?« fragte er, als er sie in die »Bar« führte.

Vereinbart war, sie sollte sich ausrüsten wie für einen kurzen Urlaub. Eisenkreuz hatte zwei Gepäckboxen an seine Maschine montiert. Viel Platz war allerdings nicht darin.

»Eine Cola«, bestellte Tina.

Kêko bediente. Da er eben schon eine Cola vor Eisenkreuz auf den Pappdeckel gestellt hatte, nahm er das Glas, in dem Eiswürfel klingelten, und servierte es Tina.

»Nicht Deutsche zuerst«, sagte er und grinste. »Ladies first!«

Eisenkreuz beachtete ihn nicht. Er wartete auf Tinas Antwort.

Nun gab es eines, was Kêko nicht vertrug, und das war Nichtachtung. »He, Ritterkreuzträger! Ich hab' dich angenegert.«

Eisenkreuz bemerkte irgendeine Störung, die ihn von jenseits der Theke erreichte. Er blickte auf. »War was?« fragte er.

Kêko begriff, daß der andere Wichtigeres im Kopf hatte, und sagte freundlich: »Das ist doch ein Ritterkreuz.«

»Das? Nein. Ein Ritterkreuz wird am Hals getragen, nicht auf der Brust. Laß mich in Frieden, ja?«

Er wandte sich wieder Tina zu, die ihm das Glas zuschob. »Trink nur.«

Das tat er und gab es ihr zurück. Auch sie nahm einen Schluck.

Eisenkreuz wurde von Sekunde zu Sekunde deutlicher, daß etwas nicht stimmte. Tina war tief bekümmert. Sie sah nicht aus wie ein Mädchen, das entschlossen ist, mit dem Freund durchzubrennen. Sie sah aus wie eine, die zu Hause bleibt.

»Was ist mit dir?« fragte er.

»Ich kann es nicht tun.«

»Na – auf gar keinen Fall kannst du abwarten, bis die Hochzeitsglocken läuten.«

Sie rief verzweifelt aus: »Du hast keine Ahnung, was bei mir zu Hause abläuft! Die ganze Familie – meine, die von Alessandro – reist an. Es kommen jeden Tag mehr. Viele hab' ich noch nie gesehen. Sie umarmen und küssen mich und sagen, daß sie mich als ihre Schwester ansehen. Es wird ohne Pause gegessen, gesungen, telefoniert. Es ist ein ununterbrochenes Riesenfest. Ich kann nicht mehr aussteigen! – Ich glaube, ich werd' verrückt«, fügte sie kläglich hinzu.

»Wenn du sehenden Auges in eine Ehe mit einem

Mann läufst, den du nicht liebst? Sicher. Dann bleibt dir nur die Klapsmühle.«

»Ich komme nicht mit«, sagte sie mit verzweifelter Entschlossenheit. »Es würde meinen Vater umbringen. Die Schande überlebt er nicht.«

»Und du überlebst diese Ehe nicht«, entgegnete Eisenkreuz wütend.

»Es gibt keine Lösung!«

Kêko, der mit dem andern Colaglas erschienen war, hatte aufmerksam und mitfühlend zugehört. Er sagte: »Sie hat das zu tun, was ihr Vater befiehlt. Ich kenne das. Ist bei uns auch so.«

Eisenkreuz hörte ihn, verstand aber nichts. »Was?« fragte er. »Was sagt der?«

Kêko schob ihm das Getränk hin und sagte vertraulich: »Für uns Kurden sind die Frauen scharaf – Ehre. Wenn die Frau wegläuft, wird sie bestraft. Du weißt schon, wie.«

»Nee, keine Ahnung«, sagte Eisenkreuz. »Mußt du dich eigentlich einmischen?«

»Die Frau wird hingerichtet, mit dem Messer.«

»Tina ist keine Kurdin«, sagte Eisenkreuz abweisend.

»Es gibt nur einen Weg, wie die Frau aus so einem Versprechen herauskommt.«

Tina wurde aufmerksam. »Was meinst du eigentlich? Laß ihn mal reden«, sagte sie zu ihrem Freund.

»Der quatscht doch sowieso dauernd, und es ist selten was Vernünftiges.«

Kêko sagte beleidigt: »Sei mir lieber dankbar, daß ich dir den Tip gebe. Du mußt Tina entführen.«

Nach einer Weile sagte Eisenkreuz: »Wie meinst du, sie entführen?«

»Mit Gewalt.«

»Ich entführe Tina nicht mit Gewalt, du hast Nerven. Sie kommt freiwillig mit.«

»Ist er blöd?« fragte Kêko die schöne Italienerin. »Natürlich ist er blöd«, gab er sich selbst die Antwort. »Wär' er sonst Fascho?«

Eisenkreuz musterte ihn. Allmählich wurde ihm klar, was ihm der schlaue Bursche mit der Hakennase und den Kohleaugen zu erklären versuchte. Er faßte zusammen: »Wenn ihre Familie meint, sie sei mit Gewalt entführt worden, ist das für die Familie zwar eine Katastrophe – aber keine Schande.«

»Jetzt hat es geklingelt, Jackpot«, stellte Kêko fest.

»Was soll ich tun? Sie packen und rausschleppen und auf dem Motorrad festbinden? Hier drin halten sich zur Zeit rund«, er blickte sich um, »dreißig Leute auf. Die kann ich nicht daran hindern, daß sie Tina befreien, bevor ich auch bloß die Tür erreiche. Wenn sie mit Gewalt entführt wird, schreit sie um Hilfe. Wenn sie nicht schreit, kann es keine Entführung sein. Du spinnst, es geht nicht.«

»Im Moment geht es selbstverständlich nicht«, stimmte Kêko etwas verächtlich zu. Es war kaum faßbar, daß ein Kerl wie Eisenkreuz auch nur das Brot zur Suppe verdiente. Man fragte sich, wie er das anstellte bei seinem Spatzenhirn. »Eine Entführung vortäuschen ist keine Kleinigkeit. Die Frau muß gefesselt werden. Du mußt ihr den Mund mit Klebstreifen verschließen, damit klar ist, warum sie nicht schreit.

Und natürlich, ein Motorrad ist kein geeignetes Fluchtfahrzeug. Wie willst du die Frau davon abhalten, daß sie abspringt, bevor du losfährst? Du brauchst ein Auto dazu. Hast du ein Auto?«

Eisenkreuz überlegte. »Und woher weiß ich, daß du nicht alles der Polizei verpfeifst?«

»Woher weißt du, daß der Himmel blau ist? Ein Kurde singt nicht.«

Eisenkreuz sah sich das sehnige, energische Bürschchen an. Er muße zugeben, daß er es Kêko zutraute, eisern den Mund zu halten.

Torsten saß bei LUIGI und nahm tapfer die zweite Pizza in Angriff. Er wartete auf Tina. Wo blieb sie nur?

Endlich kam sie, aber nicht zu ihm. Sie schloß sich den vielen Italienern an, die auf der Terrasse feierten, sangen, lachten.

Tina wurde begrüßt wie die Ballkönigin, Küßchen links und Küßchen rechts.

Irgendwann war sie weg, wie die Pizza. Torsten hatte nicht mitgekriegt, wohin seine Traumfrau verschwunden war.

Er wartete. Vielleicht wollte sie sich nur umziehen und kehrte dann zurück.

Er sagte sich: Sie hat mich gesehen. Sie weiß also, ich bin hier. Wenn sie trotzdem nicht erscheint, was bedeutet das?

Allmählich ging ihm die Antwort auf. Sie war ganz selbstverständlich, und er ein entsetzlicher Trottel.

Sie wartete in ihrem Zimmer auf ihn, wie neulich!

Er winkte dem Kellner, zahlte und verabschiedete sich. Er und der Kellner nannten sich inzwischen bei den Vornamen. Torsten gehörte bereits zum Inventar der Trattoria. Jeder hätte sich gewundert, wäre er *nicht* dagewesen!

Er schlenderte ums Haus herum und betrat den Hinterhof. Die Fläche war zubetoniert, wie Südländer es gern haben. Sie denken praktisch und machen sich wegen der Umwelt keine Sorgen.

Der umlaufende Balkon im ersten Stock war leer. Die französischen Türen, die auf den Balkon führten, waren nicht erleuchtet.

Das bedeutete, es war vielleicht niemand da oben, alle saßen auf der Terrasse.

Es konnte freilich auch bedeuten, daß diejenigen, die sich in den Zimmern aufhielten, bei offener Tür ausruhten und das Licht nicht anknipsten, weil sie erstens schlafen und zweitens keine Mücken anlokken wollten.

Torsten war sehr leise – noch leiser als beim erstenmal, als er hinaufturnte.

Er näherte sich Tinas Zimmer auf Katzenpfoten.

Sie benahm sich seltsam. Sie zog Schubladen aus dem Schrank und kippte sie auf den Boden aus. Aus ihrem Schreibtisch nahm sie eine Brieftasche, zog Geldscheine heraus, steckte einige ein und ließ zwei auf die Wäsche niederflattern.

Das war mehr als sonderbar.

Torsten hatte das deutliche Gefühl, im falschen Augenblick zu erscheinen. Er kam sich vor wie ein Spanner. Er schämte sich, daß er da war – ohne Tina gewarnt zu haben, daß sie nicht allein sein würde.

Zwei Motorräder brummten unten auf dem Innenhof. Sie verursachten fast kein Geräusch und glitten ganz langsam ans Haus heran.

Die Kerle, die drauf saßen, trugen Helme. Da es dunkel war, sah Torsten nicht mehr als zwei Gestalten in Overalls und Helm auf dem Kopf.

Eine Gestalt, die größere, trat an den Balkon heran. Torsten folgte einem Instinkt, als er ins nächste Zimmer huschte. Die französische Tür stand offen, und tatsächlich – es schnarchte jemand auf dem Bett. Ein Mann.

Torsten schluckte. Die Situation war unheimlich. Er wußte nicht, was er tun sollte. Da der Mann unruhig wurde, wagte Torsten nicht zu bleiben. Er schaute auf den Balkon.

Der war leer.

Torsten trat hinaus und ging zu Tinas Zimmer. Sie atmete schwer und schien sehr aufgeregt zu sein. Sie war allein.

Sie nahm eine Schere und schnitt von einer Rolle Klebeband ein Stück ab. Das warf sie zu der Wäsche am Boden und zu den Geldscheinen.

Von einer Rolle Schnur schnitt sie auch was ab und ließ es auf dem Bett liegen. Dann kam sie rasch heraus.

Torsten wich wieder ins Zimmer des Schnarchers zurück. Er fragte sich, was das alles bedeuten mochte.

Die beiden Motorradfahrer mußten im Hof sein. Er schaute auf den Balkon hinaus. Tina überkletterte das Geländer und rutschte runter.

Anscheinend warteten die Motorradfahrer auf sie!

Gleich darauf hörte Torsten, wie die Maschinen den Hof verließen. Er lief auf den Balkon und schaute den Motorrädern nach.

Eben fuhren sie durch den Lichtkegel einer Straßenlaterne. Tina schaute zum Haus zurück. Er sah ihr Gesicht deutlich. Sie ihn wohl kaum, er stand im Schatten.

Torsten hatte das ernüchternde und beängstigende Gefühl, er sei Zeuge eines Verbrechens gewesen. Aber worin bestand es? Er hatte keine Ahung.

»Paolo!« rief jemand aus dem Treppenhaus. Das mochte dem Schnarcher gelten oder einem andern.

Torsten sah zu, daß er verschwand.

Bonnie wachte auf. Das Licht brannte. Das Buch, in dem sie gelesen hatte, lag auf der Bettdecke.

Sie legte es beiseite und schaute auf die Uhr, bevor sie das Licht anknipste. Es war halb vier Uhr früh.

Die Vorhänge waren offen, und Bonnie sah, daß sich der Himmel im Osten bereits schwach erhellte.

Während sie zuversichtlich die Augen schloß, um weiterzuschlafen, wurde ihr bewußt, daß es sehr still war.

Warum, überlegte sie, sollte es nicht sill sein? Auch Wurfstern und Eisenkreuz pennten.

Wurfstern allerdings, der rabiate kleine Unglücksrabe, gab im Schlaf immer ziemlich laute Geräusche von sich. Es handelte sich nicht darum, daß er schnarchte. Er knirschte fürchterlich mit den Zähnen, während er im Tiefschlag lag. Das Geräusch war Bonnie in den vergangenen Nächten durch Mark und Bein gefahren.

Sie dachte über Wurfstern nach. Die Eltern. Sie mußte versuchen, seine Eltern zu finden. Man konnte jemanden wie Wurfstern nicht wirklich verstehen, wenn man nicht sah, aus welchem Stall er stammte. Daß er davon erzählte, war kein Ersatz, eher eine Einstimmung. Bonnie wollte seinen »Stall« riechen.

Sie wurde immer wacher und stellte fest, es war wirklich völlig still. So still war es im oberen Ende der Pyramide noch nie gewesen, wenn sie nachts aufgewacht war.

Sie stand auf, knipste das Licht wieder an, schlüpfte in ihren Hausmantel und die Sandalen und ging in den Flur.

Das Zimmer von Eisenkreuz war leer. Das Bett war benutzt, aber so sah es immer aus. Eisenkreuz fiel es selten ein, sein Bett zu machen – wofür Bonnie vollstes Verständnis hatte.

Sie ging weiter in Wurfsterns Zimmer. Auch das Matratzenlager war wie immer, nur daß nicht – wie sonst um diese Zeit – Wurfstern zähneknirschend und zusammengerollt wie eine Katze dort lag.

Die beiden unternehmen einen Zug durch die Gemeinde, dachte Bonnie. Sie hoffte, daß es nichts Schlimmeres war. Vor ihren Augen sah sie Feuer flakkern. Doch »ihre« zwei Faschos, so hoffte sie innig, zündeten keine Ausländerheime an.

Wo waren die Kerle nachts um halb vier? Während es schon wieder Tag wurde?

Bonnie gähnte. Egal wo. Sie wollte weiterschlafen.

An der Garderobe, bemerkte sie, hing eine Plastiktüte. Oben auf der Ablage sah sie die zwei Stahlhelme, die ihr beim ersten Besuch aufgefallen waren.

Auf der Plastiktüte entdeckte sie einen Zettel, er war angeheftet. Auf dem Zettel stand groß BONNIE.

Sie nahm den Zettel ab. Er ließ sich auseinanderfalten. Drinnen standen die Zeilen:

»Bonnie, das in der Tüte ist für dich, du hast es verdient. Suche uns nicht, wir verschwinden für immer. Gibt keinen Platz für uns in dieser Stadt. Außer bei dir. Aber du hast ja schon einen Sohn, he-he! Mach es gut, ich ruf' mal an, vergiß nicht deinen alten – WURFSTERN.«

Bonnie bekam Angst. Die beiden hatten sicher etwas Fürchterliches vor, daß sie ihr nichts erzählt hatten.

Der Schock hatte Bonnie hellwach werden lassen. Sie überlegte. Was für einen Grund konnte es für Eisenkreuz und Wurfstern geben, ohne Warnung abzuhauen?

Sie planen wieder ein Verbrechen und wissen, daß ich damit nicht einverstanden wäre! sagte sich Bonnie.

Verdammte Idioten! Man muß sie vor sich selber beschützen!

Sie lief zum Telefon. Den Anschluß des Hauses Tschugg kannte sie auswendig. Oft genug hatte es sich ergeben, daß sie mit Charly telefonierte, um irgendwas von Jo auszurichten oder eine Überraschung für ihn zu verabreden.

Es klingelte mehrmals, bis sich der Kommissar meldete. »Ja?«

»Hier ist Bonnie Güttner.«

»Ja?«

»Ich befinde mich in der Wohnung der beiden Bankräuber, die die Filiale überfallen haben – die in der Innenstadt, wo mein Sohn Zeuge war.«

»Ja?« fragte er zum drittenmal.

Bonnie seufzte. »An der Garderobe hängt eine Plastiktüte. Ich glaube, ein Teil der Beute ist drin.«

»Sie glauben? Sehen sie nach!«

«Moment.« Bonnie legte das Telefon nieder, nahm die Plastiktüte vom Haken und sah rein. Die Geldbündel sahen nach viel aus.

Sie ging wieder an den Apparat. »Herr Kommissar Tschugg?«

»Bin noch dran«, knurrte er. »Ist ja eine unmögliche Zeit, noch nicht vier.«

»Ich weiß. Es ist Geld in der Tüte. Gezählt hab' ich nicht. Aber ich nehme an, es sind um zwanzigtausend Mark.«

»Fast die Hälfte der Beute«, sagte er verwundert.

»Nein. Es ist ein Drittel. Erbeutet worden sind nicht vierzigtausend Mark, wie die Filiale bekannt gab, sondern sechzigtausend. Ich weiß es, wir haben zweimal gezählt.«

Tschugg grunzte verwundert.

»Auch wir können uns keinen Grund denken«, sagte Bonnie.

»Wer ist wir?«

»Ich und die beiden Bankräuber.«

»Wie heißen die?«

»Müssen wir das am Telefon besprechen?«

»Ich leite sofort telefonisch die Fahndung ein. Die Namen!«

Bonnie nannte die Namen und Spitznamen sowie die Adresse der Wohnung, in der sie sich befand.

»Kochen Sie Kaffee«, riet ihr Tschugg. »Bis er heiß ist, bin ich bei Ihnen.«

VIERTER TEIL

Hundstage

17 Das Geläut von Kuhschellen weckte Tina. Sie lief zum Fenster. Direkt davor verlief eine ungepflasterte Fahrspur. Jenseits lag eine Böschung. Auf ihr graste eine weiße Ziege. Sie sah Tina an und gab jenes Mähähähä von sich, das wie ein hohes Scheppern oder sonderbares Gelächter klingt.

Unterhalb des Muttertiers, das die Böschung abgraste, tauchte der Nachwuchs auf. Es waren zwei diesjährige Zicklein. Beide hatten zwischen den Ohren winzige Hörnchen: nicht größer als Tinas kleine Finger.

Auch sie gaben das charakteristische Geräusch zwischen Lachen und Scheppern von sich. Zutraulich liefen sie die Böschung runter und quer über den Weg, auf Tina zu.

Sie öffnete das Fenster und schaute nach rechts und links, ob auch kein Fahrzeug auftauchte.

Doch auf der Alpe – in andern Gegenden Alm genannt –, die nur im Sommer bewirtschaftet wurde, waren Fahrzeuge jeder Art rar. Kleine Zicklein konnten ungefährdet ihre Umgebung erkunden.

Das wußten sie freilich nicht. Als Tina das Fenster öffnete, erschraken sie und rannten eilig zu ihrer Mutter zurück. Zwischen ihren hohen Läufen suchten und fanden sie Schutz.

Die Mutterziege senkte auch gleich den Kopf und richtete ihre Hörner gegen Tina – lief aber nicht über die Böschung hinunter. Ein Seil, das in ihr Halsband eingehängt war, hinderte sie daran. Die Ziege war angepflockt, während ihre Kleinen frei laufen durften, sie entfernten sich ohnehin nicht weit vom Muttertier.

Tina eilte zum Waschtisch. Fließend Wasser gab es im Zimmer nicht. Wie zu den Zeiten von Uromas Sommerfrische standen Waschschüssel und Wasserkrug auf einem Tisch, unter dem sich ein Eimer fürs Schmutzwasser befand.

Tina wusch sich, zog ihre Jeans und einen Pullover über, schlüpfte in ihre Sandalen und ging über die laut knarrenden Holzdielen zur Küche.

Der Herd war ein großer, viereckiger Kasten, der mit Holzscheiten beheizt wurde. Drauf stand ein Wasserkessel, aus dem es dampfte. Auf dem Tisch sah sie die Reste des Frühstücks mit vier Gedecken. Eins war noch unbenützt und für sie bestimmt.

Mit Frühstücken mochte sie sich aber nicht aufhalten. Sie trat vors Haus.

Über ein Geländer neigte sich ein Laubbaum, in dem es mächtig rumorte. Ein rostrotes Eichhörnchen sprang aus dem schwankenden, knackenden Gezweig aufs Geländer und huschte auf dieser Rampe weg. Unmittelbar dahinter folgte ein dunkles Eichhorn. Es sah nicht ernst aus, wirkte vielmehr spielerisch.

Das rostrote Hörnchen erreichte das Ende des Geländers, setzte in langem Sprung auf den Boden und lief auf einen Obstbaum zu, in dem es verschwand. Der schwarzbraune Kamerad verlor die Lust an dem Spiel, blieb sitzen und sah sich um.

Eine Katze sprang aufs Geländer. Die Miez war grau gestromt, eine typische Bauernkatze. Alles, was sich in ihrem Revier bewegte und kleiner war als sie selbst, war Beute, auch ein Eichhorn.

Bevor sich die Katze dem Hörnchen nähern konnte, schoß aus dem Baum mit lautem Gezeter ein Vogel und flog im Steilflug die Katze an.

Die Miez hielt irritiert inne. Der Vogel, mit noch viel lauterem Geschrei, drehte eine Kurve und stieß wieder auf die Katze zu. Und noch einmal wiederholte sich das Manöver.

Die Katze – wäre sie ein Mensch gewesen, hätte sie vielleicht den Kopf geschüttelt über das Benehmen der Amsel – wich einige Schritte zurück, setzte dann auf den Boden hinunter und wartete.

Der Vogel stieß mehrfach auf sie nieder und flatterte vor ihr her. Ohne große Lust folgte die Katze ein Stück weit.

Tina begriff, was los war. In dem Baum hatte das Amselpärchen sein Nest. Während ein Elternteil die Jungen hütete, war der andere auf Futtersuche. Nun war die Katze erschienen, und der nesthütende Vogel hatte sie erst verscheucht und dann in eine andere

Richtung geführt – weg vom Nest. Es funktionierte, die Katze strich ab.

Für einen Augenblick erinnerte es Tina an ihre Eltern. Auch sie sorgten sich gewiß – vielleicht gerade jetzt, wenn sie ins Zimmer traten und die Spuren der Entführung sahen, die Tina selbst gelegt hatte.

Sie verdrängte den Gedanken an ihre Eltern so gut es ging und lief zur Frontseite des Hauses.

Von dort hatte sie metallisches Klappern gehört.

Eisenkreuz wuchtete eine von den hohen Milchkannen, wie Bauern sie bei der Molkerei anliefern, in den Wassertrog. In den Trog plätscherte der Überlauf der Wasserkammer. Sie wurde von einer Bergquelle gespeist – sehr reichlich, so daß die Kammer überlief, in diesen Trog hinein.

Es war kaltes Wasser. Die im Stall den Kühen abgemolkene Milch war noch warm. Sie wurde hier heruntergekühlt, bevor man sie zu Tal fuhr.

»He!« sagte Eisenkreuz. »Gut geschlafen? Die erste Nacht ist wichtig.«

»Wie ein Murmeltier.«

»Es gibt hier welche.«

»Murmeltiere?«

»Wir gehn demnächst los und suchen sie. Müssen ein Fernglas mitnehmen, zu nah rangehen mag ich nicht, sie erschrecken sich leicht.« Er schaute sich um. »Du hast Glück mit dem ersten Tag. Hier oben kann das Wetter 'ne Katastrophe sein. Manchmal sinken die Wolken so tief herunter, daß du die Hand nicht vor Augen siehst. Mit den Wolken sinkt auch die Schneegrenze. Ist dir aufgefallen, wie kalt es ist?«

Tina schauerte zusammen und kreuzte die Arme vor die Brust.

»Das ist der Schnee«, sagte Eisenkreuz und deutete aufwärts.

Die Berge trugen weiße Kappen, und das im Hochsommer! Tina wurde bewußt, daß sie im Gebirge war.

Ungeduldig wartete Jo im Büro von Kommissar Tschugg auf seine Mutter. Sie wurde in den Büros des Raubdezernats verhört. Es war das umfangreichste und wichtigste Dezernat der Kriminaldirektion. Das Kommissariat Eins, zuständig für Raub, bearbeitete auch Mord und Totschlag sowie Brandstiftung.

Jo konnte sich lebhaft vorstellen, daß die Kommissare dort wenig Geduld hatten mit einer Frau wie Bonnie, die sich einbildete, sie dürfe Tatsachen vor der Polizei geheimhalten, die für die Aufklärung eines schweren Verbrechens wichtig waren.

Tatsächlich war es eine derart haarsträubende Fehlleistung von Bonnie, daß Jo manchmal meinte, es müsse alles ein Alptraum sein.

Endlich trat der Kommissar ein. Er gluckste unterdrückt vor sich hin, als habe er einen guten Witz gehört. Jo war erstaunt. Er hatte erwartet, den Kommissar nicht nur, wie üblich, verdrossen und abweisend zu finden, sondern schäumend vor Wut über Bonnies Extratouren.

Tschugg ließ sich breit grinsend hinter seinem Schreibtisch nieder. »Deine Mutter gefällt mir«, verkündete er.

Jo war überrascht.

»Ist kaum zu glauben, wie sie den arroganten Schnöseln vom K 1 Zunder gibt«, führte er behaglich aus. »Die springen im Viereck da drüben. Wir sperren Sie ein, bis Sie quietschen! hat der Kriminalrat sie angeblökt. Hähähä!« Tschugg lachte, daß er sich Tränen aus den Augen wischen mußte.

Jo fand es absolut nicht komisch. Er hatte so etwas kommen sehen. Seine Mutter hinfort im Knast besuchen zu dürfen, war keine erhebende Aussicht.

»Ja«, sagte Tschugg und sah Jo beifällig an.

»Meine Mutter braucht einen Anwalt, kennen Sie einen?«

»Dutzende«, erwiderte Tschugg. »Nun beruhige dich mal. Niemand wird Bonnie einsperren.«

Bonnie? dachte Jo. Nennen wir einander beim Vornamen? Was ist passiert?

»Ja«, sagte Tschugg wieder und sah sich beifällig in seinem Büro um. Sonst haßte er den Raum.

Jo fragte: »Was will meine Mutter denn unternehmen, um *nicht* wegen Beihilfe eingesperrt zu werden?«

»Mein lieber Junge«, sagte Tschugg. »Sie freut sich aufs Gefängnis. Sie lädt die Kriminaldirektion und speziell das K 1 herzlich ein, es mit ihr als Häftling zu versuchen. Sie startet einen neuen Beruf als Journalistin, sagt sie, und freut sich schon, alle ihre Eindrücke aus dem Knast vor der staunenden Öffentlichkeit auszubreiten. Schon die Erfahrungen jetzt beim Verhör seien für sie von Wert, behauptet sie.« Er nahm eine würdige Miene an. »Von der Polizei hat sie wohl noch nie viel gehalten … Aber solche Schergen wie bei der K1, meint sie, hätte sie doch nicht erwartet. Daß sie angebrüllt wurde, wertet sie als seelische Folter. Das kann man so sehen.«

Er wartete auf Jos Reaktion.

»Ja, vermutlich«, sagte Jo und war sich bewußt, daß nicht jeder bei der Kriminalpolizei es komisch finden würde wie Tschugg.

»Die feinen Herren Kollegen!« rief der Kommissar schadenfroh. »Sie sitzen in ihren Fünfhundert-Mark-Anzügen und giften sich. Deine Mutter hätte sich instinktiv richtig verhalten, hab' ich denen erklärt.«

»Richtig?« wiederholte Jo.

»Die Täter sind Jugendliche. Der Gedanke an Bestrafung und Sühne ist zweitrangig. Er tritt zurück hinter dem Gedanken der Erziehung! Deine Mutter sah eine Möglichkeit, die Übeltäter zu bessern, und nutzte ihre Chance. Nicht *ganz* gesetzeskonform, zugegeben. Aber wer denkt ans Gesetz, an trockene Paragraphen, wenn es um junge Menschen geht, die zu Beginn ihres Lebenswegs vielleicht noch lernfähig sind?«

»Sie haben Ihre Kollegen auf den Arm genommen«, vermutete Jo.

»Absolut nicht. Die jugendlichen Täter sind positiv von deiner Mutter beeinflußt worden. Sie haben ein Drittel der Beute herausgerückt, zwanzigtausend Mark.«

»Das ist knapp die Hälfte.«

»Nein, und auch diese Nachricht hat bei der K 1, wo man sich für unfehlbar hält, eingeschlagen wie eine

Bombe. Nicht vierzigtausend Mark sind abgesahnt worden, wie die Filiale verlautbarte, sondern sechzigtausend.«

Jo merkte, daß der Kommissar ihn scharf beobachtete. »Ist mir neu«, versicherte er.

»Es hat sich beim Durchzählen der Beute erwiesen.«

»Sonderbar, daß die Bank weniger angibt.«

»Sonderbar nennst du das? Es ist unbegreiflich. Die Schadenssumme wird nämlich von der Versicherung gedeckt. Wenn nun vierzigtausend Mark als geraubt gemeldet sind, werden auch nur vierzigtausend ersetzt.«

»Dann würden der Bank ja zwanzigtausend Mark zuwenig ersetzt werden.«

»Du sagst es.«

»Man verschenkt doch nicht zwanzigtausend Mark!«

»Nicht, wenn man Herr seiner Sinne ist.«

»Ja, dann... Ich versteh' es nicht.«

»Auch dem K 1 ist es ein Rätsel«, stellte Tschugg glücklich fest. Er wuchtete sich aus dem Sessel hoch. »Du fragst gar nicht, wer die Bankräuber sind!«

»Ich nehme nicht an, daß ich sie kenne«, sagte Jo mit einer unguten Vorahnung.

»Sie verkehren oder haben verkehrt in der Alten Fabrik. Du wirst sie unter ihren Spitznamen kennen. Eisenkreuz und Wurfstern von der Gruppe ›Deutsche Zuerst‹.«

»Wer hat geschossen?« brachte Jo heraus, als der erste Schrecken abgeklungen war. Er sah Tschugg dabei zu, wie er ein Schulterholster anlegte und seine Dienstpistole aus der Schreibtischschublade darin unterbrachte.

»Eisenkreuz!«

»Klar, er ist Chef der Gruppe.« Jo war niedergeschlagen. Von den Faschos war Eisenkreuz noch derjenige, mit dem man am ehesten auskam.

»Was rede ich!« rief der Kommissar und trat auf ihn zu. »Von Eisenkreuz stammen die Pistolen. Er hat sie aus Südtirol mitgebracht. Geschossen hat Wurfstern. Aus Versehen, behauptete er deiner Mutter gegenüber.«

»Kann das sein?«

Der Kommissar zog seine Dienstpistole und wog sie in der Hand. »Das ist die P 6«, sagte er. »Die ist sicher. Aber unsere frühere Dienstwaffe, die P 5, konnte schon losgehen, wenn sie bloß auf den Boden fiel und unglücklich auftraf. Ein Kollege von mir ist auf diese Weise ums Leben gekommen!«

»Ich hätte gemeint, eine Pistole ist ein ganz einfaches und sicheres Gerät.«

»Einfach? Die Dinger sind launisch wie junge Pferde. Man muß damit umgehen können.«

»In gewisser Weise ist es dann ja sogar ein gutes Zeichen, daß Wurfstern das Malheur passierte. Es beweist, daß er sich mit Pistolen gerade *nicht* auskennt.«

»Du solltest auf Strafverteidiger studieren«, riet ihm Tschugg. »Das Argument ist gut! Ganz im Ernst... Kennst du auch die Familien unserer beiden Helden?«

Jo überlegte. »Eisenkreuz hat einen Bruder, bei dem wohnt er. Aber der ist nie da, auf Montage im Nahen Osten irgendwo. Und von Wurfstern weiß ich, daß seine Mutter in einer Videothek jobbt.«

»So. Hat er dir das erzählt?«

»Wir sprachen darüber.«

»Aus welchem Anlaß?«

»Bonnie jobbt auch in einer Videothek.«

»Aber nicht in derselben, oder?«

»Nein!«

»Hat er erwähnt, wo seine Mutter arbeitet?«

»Ich weiß es.«

»Woher?«

Jo seufzte. »Manchmal entleiht das Jugendzentrum Kassetten. Die müssen zurückgebracht werden. Dabei ergibt es sich, daß man mal die eine, mal die andere Videothek aufsucht...«

18

Unterwegs fiel Jo ein, daß Wurfsterns Mutter – Frau Solnik – vielleicht halbtags arbeitete, wie Bonnie es meistens tat. Das bedeutete, daß sie jetzt eventuell zu Hause anzutreffen war.

Der Kommissar sagte, er habe die Adresse nachschlagen lassen, und entschloß sich, zuerst dorthin zu fahren.

Sie parkten vor einem vierstöckigen Siedlungshaus in der Vorstadt. Der Flur wirkte ärmlich. Der Name

Solnik fand sich im dritten Stock. Der Kommissar klingelte.

Lange Zeit rührte sich nichts. Doch der Kommissar, statt abzudrehen, wiederholte das Klingelzeichen mehrmals hintereinander.

Nun meinte Jo, eine Art Mäuserascheln hinter der Tür zu hören.

Tschugg sagte wohlwollend: »Hier ist die Polizei, wir hätten ein paar Fragen. Es dauert nicht lange.«

Eine Kinderstimme antwortete: »Ich bin ganz allein daheim und darf nicht öffnen.«

»Deine Mutti ist wohl auf Arbeit?«

»Ich soll nicht mit Fremden sprechen.«

»Richtig. Aber vielleicht kannst du kurz durchs Schlüsselloch schauen. Ich zeig dir meine Polizeimarke.« Er griff in die Tasche und holte das metallene Abzeichen heraus, das Kriminalisten ironisch als ihre »Hundemarke« bezeichnen.

Er hielt es im Abstand von einigen Zentimetern vors Schlüsselloch.

Nun ging die Tür auf. Ein kleines Mädchen öffnete. Sechs bis sieben Jahre alt, schätzte Jo. Bekleidet war sie mit einem Bademäntelchen und Hausschuhen. Um den Hals trug sie ein Tuch. Das ganze Kind roch auffallend nach Eukalyptus.

»Bist du erkältet?« fragte Tschugg.

»Ja. Ich kann nicht lesen. Deine Marke ist wohl echt?«

»Das ist sie.« Tschugg blies die Backen auf, sah Jo an und rollte die Augen. »Du hättest nicht öffnen dürfen«, sagte er zu der Kleinen.

»Seid ihr Schwindler?«

»Ich bin wirklich von der Polizei«, versicherte Tschugg. »Aber wenn du Zweifel hast, läßt du in Zukunft deine Tür besser zu, mein Schätzchen. Wie heißt du denn?«

»Jenny.«

»Ein schöner Name. Zu mir darfst du Herr Kommissar sagen, und das ist der Jo. Ein Freund von deinem Bruder Rolf.«

Die Miene der Kleinen belebte sich. »Ich hab' Rolf lange nicht gesehen. Geht es ihm gut?«

Jo wußte nicht, was er antworten sollte. Rolf alias Wurfstern war auf der Flucht vor der Polizei.

»Dürfen wir reinkommen?« fragte Tschugg schnell.

»Ich soll niemanden reinlassen.«

»Natürlich nicht. Aber du sollst mit deiner Erkältung auch nicht in der offenen Tür stehen.«

»Wie man es macht, ist es verkehrt«, sagte Jenny abgeklärt.

Jo wunderte sich über die Verständigkeit des Winzlings. Auch er selber war als Kind erwachsenen Besuchern als besonders vernünftig aufgefallen. Bei schwierigen Familienverhältnissen müssen Kinder es sein.

Sie folgten Jenny in ein Wohnzimmer, wo das Krankenlager der Kleinen aufgeschlagen war. Ein Sessel mit vielen Kissen und einer leichten Decke vor laufendem Fernseher. Nicht das Frühstücksprogramm war eingeschaltet, sondern ein Videoband. Trickfiguren jagten einander.

»Er hat mir einen Puppenwagen versprochen«, sagte

Jenny. Sie ließ sich im Sessel nieder und zog die Decke über sich. »Warum bringt er ihn nicht?«

Jo begriff, es ging ihr nicht um den Puppenwagen, sondern darum, daß sich Rolf mal wieder bei ihr sehen ließ.

Schwer fiel ihm aufs Herz, daß auch er seine beiden kleinen Geschwister im Kinderheim viel zu selten besuchte.

»Wir erinnern ihn an den Puppenwagen«, versprach Tschugg. Er hatte sich aufmerksam in der Wohnung umgesehen.

Jo hatte nicht das Gefühl, daß es hier etwas Außergewöhnliches gab.

»Eine schöne Wohnung«, fand Tschugg.

»Es geht.«

»Groß genug!«

»Es geht«, wiederholte Jenny.

»Was ist an der Wohnung auszusetzen?«

»Zu laut.«

»Dünne Wände.« Tschugg nickte. Er hob seine Stimme: »Draußen im Schuhregal seh' ich nur Damenschuhe. Wohnt euer Pappi nicht bei euch?«

Nach einer kurzen Pause sagte sie mit erzwungener Munterkeit: »Ich hab' schon einen Pappi. Aber er wohnt woanders.«

»Seit wann denn?«

»Schon lange.«

»Aha. Und wer wohnt hier außer dir und deiner Mutti?«

»Meine Schwestern Carmen und Julia.«

»Wie alt ist Carmen?«

»Zwölf.«

»Und Julia?«

»Sechzehn.«

»Zwölf und sechzehn. Dann kommen sie sicher bald heim und leisten dir Gesellschaft?«

»Carmen bestimmt und Julia vielleicht.«

»Wieso, wo geht Julia hin, wenn sie nicht heimkommt?«

»Sie treibt sich rum, sagt meine Mutti.«

Tschugg warf einen kurzen Blick auf Jo. »Na, das wollen wir nicht hoffen. Jenny, es war sehr nett von dir, daß du mit uns gesprochen hast. Wir fahren jetzt weiter zu deiner Mutti in die Videothek, wo sie arbeitet. Hat diese Videothek einen Namen?«

»Paradiso.«

»Dahin fahren wir.«

»Warum, was wollt ihr von meiner Mutti?«

»Sie etwas fragen.«

»Warum fragt ihr mich nicht?«

»Na gut, fragen wir dich. Weißt du, wo dein Bruder Rolf sich jetzt aufhält? Hast du seine Telefonnummer oder eine Adresse, wo du ihn erreichst?«

»Hab' ich nicht.« Sie verzog das Gesicht und sah zum erstenmal weinerlich aus. »Ich sag' doch, er hat mir einen Puppenwagen versprochen. Ich möcht' ihn ja anrufen. Aber ich weiß nicht wo.«

»Falls wir es herausfinden, melden wir uns bei dir«, versprach Tschugg.

»Was guckst du so belämmert, fallen dir deine eigenen Geschwister ein?« fragte Tschugg auf dem Rückweg zum Auto.

Jo schwieg.

»Du machst es wohl wie Rolf und meldest dich lange nicht?«

Sie setzten sich nebeneinander in den Wagen. Es roch dort nach den billigen Zigarren, die der Kommissar während der Fahrt gern rauchte.

»Deine Schwester muß auch ungefähr so alt sein wie die Kleine oben«, meinte Tschugg.

»Sandra ist acht.«

»Und wie hieß dein Bruder noch?«

»Peter, zwölf.«

»Wie lange sind sie schon im Heim?«

»Fragen Sie meine Mutter.«

»Du klingst verbittert«, stellte der Kommissar fest.

»Können wir bitte über was anderes reden?«

»Als über dich, oder was meinst du?«

Da der Kommissar auf eine Antwort zu warten schien und vorerst noch nicht losfuhr, sagte Jo: »Ich versteh' einfach nicht, was im Kopf von solchen Eltern vorgeht. Jenny braucht ihren Vater. Warum ist er abgehauen?«

»Frau Solnik kann es uns sagen. Falls sie darüber spricht«, sagte Tschugg und legte den ersten Gang ein.

Herr und Frau Solnik, damals Bürger der DDR, hatten im befreundeten sozialistischen Ausland – wie man bei ihnen daheim sagte –, nämlich in Ungarn, Urlaub gemacht. Am Plattensee.

Es war in der Zeit, als der »real existierende Sozialismus« zusammenbrach.

Solniks sahen eine Möglichkeit, in den Westen zu gelangen, und nutzten sie. Ihre Kinder wollten sie später folgen lassen. Bei den beiderseitigen Großeltern waren sie vorerst gut aufgehoben. So jedenfalls trösteten sich Solniks.

Sie und ihr Mann hätten auch gleich Arbeit gefunden, berichtete Frau Solnik. Er in einer Fabrik, wo er angelernt wurde. Weil die Fabrik nicht leicht erreichbar war, kaufte er ein Auto.

Mit ihm auf der Schicht war eine Kollegin. Langes blondes Haar bis zur Hüfte, so erzählte Frau Solnik – sie selbst hatte kurz geschnittenes, dunkles Haar. Ihr bitteres Lächeln verriet, daß sie darin einen wichtigen Unterschied erblickte.

Die Kollegin hatte denselben Heimweg wie Herr Solnik. Da war es fast selbstverständlich, daß er ihr anbot, sie in seinem Wagen mitzunehmen – zumal sie ihren Anteil der Benzinkosten trug. Eine simple Fahrgemeinschaft.

»Wenn es abends spät wurde, hab' ich mir nichts dabei gedacht«, sagte Frau Solnik. »Mal hatte er Überstunden, mal seinen Sport. Bis er dann eines Tages sagte, er hätte bei der Kollegin ein Glück gefunden, wie ich es ihm nie geboten hätte. Sie sei sanfter als ich. Ich sei immer zu streng mit ihm gewesen ...«

Ein Kunde erschien an der Theke. Er legte drei Kassetten hin, die er zurückgeben wollte. Frau Solnik vergewisserte sich, daß nichts nachzuzahlen war, und verabschiedete den Kunden mit einem Nicken.

Sie sagte: »Zu streng! In all den Ehejahren hatte er nichts an mir auszusetzen. Und jetzt war ich ihm zu streng. Sehr überraschend.«

Jo stand neben dem Kommissar. Er wußte nicht, was er für ein Gesicht machen sollte. Vor kurzem hatte er noch gefragt, was den Vater dazu gebracht hatte, Jenny im Stich zu lassen. Nun wußte er, was Frau Solnik für den Grund hielt: lange, blonde Haare.

Tschuggs Mitteilung gleich zu Beginn des Gesprächs, daß ihr Sohn von der Polizei gesucht wurde, setzte der Frau schwer zu. Vielleicht versuchte sie, ihrem Mann die Schuld für alles Unglück in der Familie zuzuschieben.

»Wie haben die Kinder es aufgenommen, als ihr Vater auszog?« fragte Tschugg.

»Unsere Kleinste wird nicht damit fertig. Jenny kränkelt andauernd. Ihr Vater war ihr ein und alles.«

»Ich hab' selber eine Tochter«, murmelte Tschugg. »Und die anderen?«

»Carmen will allen beweisen, daß sie sich nicht unterkriegen läßt. Sie lernt Tag und Nacht für einen guten Abschluß. Die Lehrer sagen, sie sei schon unnatürlich fleißig. Und unsere Älteste, die Julia, ist das genaue Gegenteil. Hat ihre Lehre geschmissen und tut überhaupt nichts mehr. Ich bin nicht dagegen, daß sie mal auf eine Party geht. Sie veranstalten ja dauernd Partys, die jungen Leute. Aber ich meine, wenn sie sonntags gehn will, dann sollte sie samstags zu Hause bleiben. Aber sie läßt sich von mir nichts sagen. Ihr tut ja auch, was ihr wollt, und nicht, was ihr sollt, erklärt sie eiskalt.«

»Hart«, fand der Kommissar.

»Was soll ich ihr antworten, sie hat recht – zum Teil wenigstens.«

»Hart«, wiederholte Tschugg.

Sie schüttelte den Kopf, obgleich sie erkennbar mit dem Kommissar einer Meinung war.

»Und Rolf, wie hat der die Trennung seiner Eltern verkraftet?« tastete sich Tschugg zum eigentlichen Thema vor.

Sie seufzte. »Kurz nach seinem Vater ist er auch ausgezogen.«

»Mit welcher Begründung?«

»In einer Weiberwirtschaft könne er nicht leben. Überall die Salben, der Nagellack, das Parfum und die Lippenstifte und was nicht alles, das halte er nicht aus.«

Tschugg lächelte mitfühlend.

Frau Solnik lächelte nicht. »Er wollte zu seinem Vater. Aber der hatte mit der neuen Freundin und deren Kind – sie hat auch ein Kind – alle Hände voll zu tun. Rolf war dort nicht erwünscht. Bei uns hat er sich nicht mehr wohl gefühlt. Schließlich ist er bei einem Kerl gelandet, der einen Nazi-Orden auf der Brust trägt. Einem gewissen Koenig. Er war mal hier und sagte, er würde auf Rolf aufpassen. Eigentlich war er ganz nett. Aber wie er aufgepaßt hat, das sieht man ja jetzt. Banküberfall!«

»Ja«, sagte Tschugg. »Leider. Frau Solnik, falls ihr Sohn sich bei Ihnen meldet – je früher er seine Flucht vor der Polizei beendet, desto besser für ihn. Sogar wenn wir ihn fangen, ist er besser dran, als wenn er weiter auf freiem Fuß bleibt und wer weiß, welchen Unsinn anstellt.«

Sie nickte. Tschugg gab ihr seine Karte, sie könne ihn jederzeit erreichen.

Beiläufig fragte er, ob es Verwandte gebe, bei denen Rolf vielleicht Unterschlupf suche.

Sie nannte ihre Eltern und die ihres Mannes, Wurfsterns Großeltern. Tschugg schrieb sich die Adressen und Telefonnummern auf.

19

In der Einfahrt zur Alten Fabrik blieb Torsten stehen. Hier hatte er Tina gegen den rüden Zugriff ihres eleganten Bräutigams verteidigt. Wohler wurde ihm nicht bei der Erinnerung an den Vorfall. Seine Hand tat noch immer etwas weh, aber weit schlimmer als die Hand plagte ihn ein Gefühl der Beklommenheit in seiner Herzgegend.

Eisenkreuz und Wurfstern hatten dem Kampf zugesehen. Bankräuber. Nun wurde öffentlich nach ihnen gefahndet.

Und Tina? Sie hatte ihre eigene Entführung vorgetäuscht, um mit ihnen abhauen zu können.

Das war die Lage. Tina, um ihrem Mafia-Bräutigam zu entgehen, war mit zwei Bankräubern untergetaucht.

Hing sie mit drin in dem Bankraub? Es erschien Torsten mehr als wahrscheinlich. Er erinnerte sich an den Ablauf des Überfalls.

Wie die Bankräuber an der Buchhandlung vorbei durch die Passage geflohen waren. Wie er und Jo hinterhergelaufen waren – und im Café wen angetroffen hatten? Tina.

Ganz klar, sie hatte dort auf die Täter gewartet, die ja nicht damit rechneten, überstürzt fliehen zu müssen. Vielmehr hatten sie gehofft, sich in aller Ruhe – mit ihrer Beute – bei Tina im Lokal niederzulassen.

Hm, konnte das sein? Er überlegte.

Manches sprach dagegen und einiges dafür. Es war ihm im Grunde ganz gleich, sagte er sich. Tina brauchte Hilfe, seine Hilfe. Das war entscheidend. Darauf kam es an.

Sie brauchte ihn, und wo war er? In der Alten Fabrik, wie alle Tage.

Zum Verrücktwerden.

Er starrte die Wand der Einfahrt an. Sie war mit Kritzeleien bedeckt.

Er sah ein kroatisches Wappen im »U« für Ustascha, und darunter die Aufforderung, alle Serben zu töten: KILL ALL SERBS. *Scheiß-Serbijen* hatte jemand daneben geschrieben – eindeutig ein Kroate, denn auf deutsch wird Serbien ohne »j« buchstabiert.

Um sich abzulenken, ging er an der Wand entlang und las neben den üblichen Sprüchen einige, die ihm neu waren.

FUCK THE POLICE, ein alter Hut.

Aber dann: STOPPT TIERVERSUCHE, NEHMT

RAPPER. Sonderbare Mischung von Mitleid und Grausamkeit.

Mit Tina hatte das alles nichts zu tun, außer daß sie sich zu gewalttätigen Menschen hingezogen fühlte.

Mit einem Kerl von der Mafia ließ sie sich verloben. Um aus dem Eheversprechen auszubrechen, brannte sie mit Bankräubern durch.

Die Aufschriften setzten in Torsten einiges in Bewegung. Er wurde sich darüber klar, daß ihm Grausamkeit zuwider war. Das war der Grund, warum ihm die Aufschriften in der Einfahrt mißfielen, so daß er selten stehenblieb und sie las. Heute hatte er es getan, um sich abzulenken. Statt dessen wurde er auf sein Problem zurückverwiesen.

Es war unmöglich und keinesfalls zu rechtfertigen, daß er Tinas Eltern in dem Glauben ließ, ihre Tochter befinde sich – gegen ihren Willen – in der Hand von Verbrechern.

Die Trattoria DA LUIGI war geschlossen, die sonst so belebte Terrasse menschenleer. Ins Lokal hineinsehen konnte man nicht, die Vorhänge waren geschlossen.

Torsten ging ums Haus herum und stellte fest, daß sich die ganze Familie de Padova nebst Verwandten und Bekannten im Innenhof aufhielt.

Frauen standen jammernd beieinander wie Klageweiber. Junge Männer brüteten düster, stießen Flüche aus und betrachteten ihre Fäuste. Ältere Männer waren um den Wirt versammelt.

Zu ihm drängte Torsten sich durch, begrüßte ihn

und sagte: »Ich muß Sie kurz sprechen. Es ist wichtig.«

»Hast du eine Nachricht von Tina?« Der bedauernswerte Vater umklammerte Torstens Arm.

In gewisser Weise war es so. Deshalb antwortete Torsten vorsichtig: »Es ist eine wichtige Nachricht, Signor de Padova.«

Der Wirt hielt Ausschau nach einem Fleckchen, wo sie ungestört sein konnten, fand keines und führte Torsten durch die Küche ins Lokal.

Es war ein seltsamer Eindruck, die leeren Tische zu sehen. Die Stühle waren draufgestellt wie vor dem Großputz.

»Also?« Der Wirt ließ sich auf eine Bank nieder. Er sah Torsten durchdringend an.

»Ich hab' mit alledem nichts zu tun«, begann Torsten. Vorsichtig mußte er schon sein, unter den Umständen.

Luigi de Padova nickte.

»Sie wissen natürlich... Ich meine, Sie haben bemerkt, daß ich oft im Lokal sitze. Ich bin ein – wie soll ich sagen –, ein Freund von Tina, ein Kamerad.«

Der Wirt lächelte nachsichtig. »Ich war nie streng mit ihr. Meine Tochter ist Braut. Sie weiß, was sich gehört, und würde ihrer Familie niemals Schande bereiten.«

Hm, kein günstiger Einstieg. Torsten räusperte sich. »Herr de Padova«, begann er förmlich, »ich möchte Ihnen ein Erlebnis schildern. Es ist wichtig, daß Sie ruhig zuhören und sich nicht aufregen.«

»Ich beherrsche mich.«

Klang irgendwie drohend, fand Torsten. Aber vielleicht war es sein schlechtes Gewissen, das ihn die Drohung heraushören ließ.

Doch brauchte er kein schlechtes Gewissen zu haben, fand Torsten. Er ermannte sich. Er hatte nichts getan, das er bedauern mußte.

»Ich wollte vorgestern abend Ihre Tochter ungestört sprechen. Im Lokal war es nicht möglich. Deshalb kletterte ich auf den Balkon und ging zur offenen Tür, die in Tinas Zimmer führt.«

In Signor de Padovas Augen zuckten Blitze, deshalb fügte Torsten vorsorglich hinzu: »Ich hab' Ihre Tochter nicht angefaßt, nicht mal gesprochen... Hören Sie bitte zu! Ich beobachtete folgendes: Tina hat Schubladen auf den Boden ausgeleert. Sie hat ein breites Klebeband und eine Schnur zerschnitten. In den Hof fuhren zwei Motorräder...«

»Motorräder?« schrie der geplagte Mann auf.

»Nur die Ruhe... Tina hat also eine Entführung vorgetäuscht. Vorgetäuscht, wohlgemerkt. Dann kletterte sie über den Balkon runter. Sie setzte sich auf eines der Motorräder. Die fuhren mit ihr davon.« Er schwieg.

»Warum – warum hast du mir das nicht gleich erzählt?« fragte de Padova mit mühsam verhaltenem Grimm.

»Ich bin nicht *Ihr* Freund«, erwiderte Torsten, »sondern der Freund von Tina.«

Sprachlos stierte der Wirt ihn an.

Um sein Argument zu verstärken, fügte Torsten hinzu: »Und wenn Sie mich schon danach fragen – ich habe keinen Grund gesehen, Ihnen einen Gefallen zu tun. Väter, die ihre Tochter im Kindesalter an einen ungeliebten Bräutigam verschachern, gefallen mir nicht.«

Auch dazu fiel Signor de Padova nichts ein.

»Ich finde, Sie haben sich Tina gegenüber unmöglich benommen«, schob Torsten nach. »Sie müßten Ihre Tochter um Verzeihung bitten!«

»Wo ist sie?« röchelte er.

Nun tat er Torsten wieder leid. »Wenn ich es wüßte, würde ich es Ihnen sagen«, antwortete er ehrlich.

Das Telefon summte.

Irgendeine Verwandte, die neben dem Apparat vor sich hingedöst hatte, griff sofort zum Hörer. Sie stieß, nachdem sie kurz zugehört hatte, einen Schrei aus. »Tina!«

Der Wirt griff mit beiden Händen nach dem Hörer. Von dem, was gesprochen wurde, verstand Torsten kein Wort. Doch der arme Vater jammerte und flehte, das war deutlich zu hören. Und dann wurde er wütend. Es war nicht zu verkennen.

Tina hatte Mitleid mit ihm bekommen und ihm gestanden, daß sie durchgebrannt war, um dem Ehevertrag zu entgehen.

Nach einigen schrillen, scharfen Bemerkungen warf der Vater den Hörer hin. Er war so weiß wie seine Tischdecken.

Nachdem er einige Male tief durchgeatmet hatte, sagte er zu Torsten: »Es ist dieser Südtiroler, euer Nazi namens Eisenkreuz.«

»Wieso *euer* Nazi? Er kommt aus Italien«, wagte Torsten einzuwenden.

Der Wirt, ohne ihn zu beachten, stampfte hinaus. Gleich darauf ertönte lautes Stimmengewirr.

Torsten ging zur vorderen Tür. Der Schlüssel steckte. Durch den Hinterhof zu gehen und den versammelten Familien de Padova und d'Alessandro Rede zu stehen, reizte ihn absolut nicht.

Er schloß auf und lief über die verwaiste Terrasse zu seinem Fahrrad.

Innerlich ausgepumpt, ließ sich Torsten wenig später auf einen der Barhocker in der Alten Fabrik sinken.

Anscheinend brauchte Kêko dringend Geld, er schob bereits wieder Schankdienst. In seiner geschäftigen Art wischte er mit einem feuchten Lappen über die Theke, bevor er einen Pappdeckel vor Torsten hinlegte und fragte: »Cola? Limo? Ginger Ale?«

»Ginger Ale!« rief Torsten. »Seit wann werden hier Delikatessen ausgeschenkt?«

»Seit ich beschlossen habe, daß unsere Bar mehr Klasse braucht«, erwiderte Kêko selbstbewußt.

Als er das Getränk servierte, stellte er fest, daß Torsten blaß und mitgenommen wirkte. Nun gab es für Kêko nur eine Schwierigkeit im Leben, die er ernst nahm, und das war Ebbe im Geldbeutel. Von Torsten wußte er, daß der stets genug Taschengeld erhielt – und noch mehr dazu, falls er es brauchte.

Torsten war deshalb für Kêko ein Mensch, der im Paradies lebte, vielleicht ohne es zu wissen. Er sagte mit aufreizender Heiterkeit: »He, Häuptling, was ist los? Hat deine Lieblingsbraut einen fremden Kerl an die Bluse gelassen?«

Das kam der Wirklichkeit nahe genug, um Torsten in Wut zu versetzen. Er sagte: »Du fängst dir gleich eine ein!«

Kêko grinste niederträchtig. Als Torsten nach ihm griff, wich er gewandt zurück und brach in laut mekkerndes Lachen aus. Torsten hielt nach einem Gegenstand zum Werfen Ausschau und griff nach dem Glas.

»Halt!« jaulte Kêko auf. »Nicht das Ginger Ale! Es ist das erste Mal, daß ich es ausschenke!«

»Na und?«

»Ist ein schlimmes Vorzeichen, wenn ich es an den Kopf kriege.«

»Gott, diese Kurden und ihr Aberglaube«, sagte Torsten angewidert, stellte jedoch das Glas wieder ab. »Laß mich in Frieden, ja? Mach dich unsichtbar.«

Kêko näherte sich ihm dennoch wieder. Er ahnte nun, daß Torstens Problem ernster Art sein mußte. Seine natürliche kurdische Gutartigkeit setzte sich durch.«

»He, Häuptling! Wir sind Freunde, vergiß das nicht. Brauchst du mein Hemd? Ich geb' es dir gern.«

Torsten war gerührt. Er wußte, es war dem mageren Burschen ernst. »Mir ist nicht zu helfen. Ich hab' mich in ein Mädchen verknallt, das mit einem anderen durchgebrannt ist.«

»Wenn du dir das gefallen läßt...« sagte Kêko in einem ernsten und gemessen erstaunten Ton.

»Ich kann sie nicht zurückholen.«

»Warum nicht?«

»Mann, Kêko, ich sage doch, sie ist durchgebrannt. Woher soll ich wissen, wo sie mit dem Typen hin ist?«

»Du meinst Eisenkreuz«, wurde Kêko klar.

»Woher weißt du das?«

»Sie haben eine Entführung vorgetäuscht.«

»Woher weißt du das, frag' ich?«

»Ich selbst hab' es ihnen geraten.«

»Wie kommst du dazu, den Faschos Ratschläge zu geben?« fragte Torsten entgeistert.

»An der Theke sprech' ich mit jedem, muß ich doch.«

Das war richtig – schon wegen der Umsätze.

»Vergiß Tina, sie liebt Eisenkreuz«, sagte Kêko.

»Dann frag' ich zum drittenmal, woher du das ...?«

»Ich seh' es einer Frau an den Augen an, ob sie den Mann liebt, mit dem sie spricht.«

Torsten ächzte leise vor sich hin. Die grausame Wahrheit wurde dadurch ein wenig erträglicher.

»Ich kenne das«, sagte Kêko gewichtig. »Liebeskummer ist furchtbar.«

»Danke für die Auskunft. Ohne dich wär' ich nie draufgekommen.«

»Warum fährst du nicht nach Leuterbach zu dem blonden Mädchen? Die liebt nur dich.«

»Woher ...?« begann Torsten.

»Ich seh' es einer Frau an den Augen an!« wiederholte Kêko mit erhobener Stimme.

»Ich hab' Marion seit Wochen nicht mehr kontaktet. In der Zeit kann sie verheiratet und schon wieder geschieden sein.«

»Deutsche Mädels heiraten nicht so jung.«

Kêko hatte recht.

Doch die Aussicht, Marion zu treffen, reizte Torsten nicht. Er wollte Tina wiedersehen und von ihr hören, daß Eisenkreuz ihr völlig gleichgültig war.

Kêko beobachtete ihn und ahnte wohl, was in Torsten vorging. Er sagte: »Vielleicht triffst du Tina in Leuterbach.«

»Was soll denn Tina in dem elenden Kaff anfangen?«

»Eisenkreuz hat einen Onkel dort. Der ist Senn.«

»Hä?« fragte Torsten.

»Alphirte. Kenn' ich aus Kurdistan, haben wir dort auch. Erwachsene Männer, die im Sommer Vieh hüten. Man treibt es auf die Berge und im Herbst wieder runter in den Stall. Du verstehst, im Sommer ist es unten zu heiß, im Winter oben zu kalt.«

»Darauf wär ich alleine nie gekommen!« fuhr Torsten ihn an. »Jetzt will ich nur wissen, wieso du glaubst, daß sich Tina auf eine Alpe verschleppen läßt. Was soll sie dort, Kühe melken?«

»Dafür gibt es Maschinen.«

»Eben. Also?«

»Die Alpe heißt Bürenreuth.«

»Woher weißt du das alles? Und erzähl mir nicht wieder, du hättest es Tina von den Augen abgelesen!«

Kêko griff unter die Theke. Er brachte eine Ansichtskarte zum Vorschein.

»Kam mit der Post. Adressiert ist sie an Eisenkreuz, über Internationales Jugendzentrum Alte Fabrik. Der Absender ist ein Irenäus Koenig, und er schreibt: ›Lieber Neffe, die Alpe Bürenreuth bringt mir viel Arbeit. Hier wartet alles auf einen fleißigen Hilfssenn. Hast du es dir überlegt?‹«

»Gib her«, sagte Torsten und streckte die Hand aus.

»Auf keinen Fall. Eisenkreuz kriegt sie, sobald er mal wieder reinschaut.«

»Ich bring' sie ihm auf die Alpe.«

»Er muß nicht dort sein.«

»Was soll dann dein Gelaber?«

»Er *kann* dort sein. Muß aber nicht. Was heißt Gelaber, ist das der Dank?«

20

»Die Alpe muß leicht zu finden sein«, meinte Charly. Ihr Vater hatte in Leuterbach die Kripo geleitet. Charly war dort aufgewachsen und hatte noch mehrere Landkarten der Gegend. Die Aussicht, die alte Heimat wiederzusehen, beflügelte sie. Eifrig suchte sie die Karte mit dem günstigsten Maßstab heraus, 1:20 000, und setzte ihren Zeigefinger auf die Bergregion. »Unter tausend Metern brauchen wir nicht zu suchen. Alpen liegen hoch.«

»Genau«, stimmte Torsten zu. Auch er war mit Eifer bei der Sache. Kêko war schließlich kein Hellseher. Vielleicht hatte er Tinas Blicke mißverstanden.

Tina kann an *mich* gedacht haben, während sie Eisenkreuz ansah, sagte er sich.

Unbehagen erfüllte Jo. Ihm reichte es, daß seine

Mutter mit Bankräubern Umgang hatte. Daß auch seine Freunde nun selbst nach Schwerverbrechern suchen wollten, die bewaffnet waren, schien ihm unsinnig.

Er räusperte sich. »Charly, falls wir tatsächlich auf Eisenkreuz und Wurfstern stoßen, geraten wir in Verlegenheit.«

»Du denkst an die Pistolen?«

»Einer muß dran denken.«

»Aber nicht jetzt«, wehrte Torsten ab.

»Es ist zu gefährlich. Selbst Polizisten würden vermutlich kugelsichere Westen anlegen, bevor sie ein Nest von Bankräubern ausheben«, gab Jo zu bedenken.

»Er hat recht«, sagte Charly und sah stirnrunzelnd von der Karte auf.

»Angst hat er. Aber nicht vor den Faschos. Er hat Angst vor seinen Geschwistern. Die fragen ihn jedesmal, wenn er zu Besuch kommt, wann sie endlich heimgeholt werden.«

»Diese Italienerin hat ihn verrückt gemacht, er tickt nicht mehr richtig«, teilte Jo seiner Freundin mit.

Charly überlegte. »Das Problem ist klar. Wenn wir meinen Vater einweihen, verbietet er uns den Aufstieg. Selber wird er aber auch nicht hinfahren. Er ruft die Kriminaldirektion Leuterbach an und sagt denen, sie sollen sich auf der Alpe mal umsehen. Dort seien vielleicht – wohlgemerkt, es ist nur eine entfernte Möglichkeit – Bankräuber untergetaucht. Irgendwann, wenn jemand Zeit hat, fährt ein Streifenwagen vorbei. Den sieht man oben schon von weitem...«

Sie hielt inne und sah ihre Freunde an.

Jo sagte zögernd: »Das ist das Problem der Polizei, nicht unseres.«

Torsten sprang auf. »Weiß Tina, daß sie es mit zwei Bankräubern zu tun hat?«

»Anzunehmen! Sie hat in dem Café damals auf sie gewartet.«

»Das glaubst du, und mir ist der Gedanke auch schon gekommen. Aber können wir sicher sein? Vielleicht hat Eisenkreuz sie hinbestellt und ihr *nicht* gesagt, was er in der Bank plant!«

»Auf was willst du hinaus?«

»Sie ist in der Gewalt von Schwerverbrechern und hat davon keine Ahnung!«

Daniel lag im Schatten. Seinen mächtigen Kopf hatte er auf seine Vorderpfoten gebettet. Der Hund träumte. Er knurrte drohend vor sich hin, das Knurren steigerte sich zu einem tiefen Grollen, das aus seiner breiten Brust drang. Auf einmal kläffte er leise und hell, mehrmals hintereinander – ohne aufzuwachen. Der Atem ging schneller. Die Ohren zuckten. Der ganze Hund war in Aufregung.

»Was habt ihr denn heute erlebt?« fragte Jo.

»Begegnung mit einem Collie.«

»O! Wer blieb Sieger?«

»Zum Kampf kam es nicht. Der Feigling, der elende, hat sich uns nicht gestellt.«

Torsten und Jo grinsten. Daniel war ein überaus liebes Tier. Noch nie hatte er einen anderen Hund verletzt, war selbst jedoch zweimal gebissen worden – von einem frechen Rehpinscher und später von einem

Terrier. Beide Angreifer waren nicht größer gewesen als Daniels Kopf. Eben drum hatte der Ärmste nicht im entferntesten mit einer Attacke gerechnet. Im Gegenteil, die Winzlinge hatte er kaum beachtet!

Anders der Collie, der jedoch seine Schnelligkeit und Wendigkeit eingesetzt hatte, und an den Daniel nie herangekommen war.

»Das böse Tier hat uns kilometerweit über die Wiesen gehetzt«, berichtete Charly leise. Sie sagte meistens »wir«, wenn sie den Hund meinte.

Obwohl – oder weil – sie nun alle leiser sprachen, wurde Daniel aufmerksam, öffnete die Augen, schaute her, richtete sich auf und trottete zu ihnen.

»Na, Daniel?« Charly hielt ihn an einem Ohr fest und ruckelte seinen Kopf hin und her.

»Errrhhh!« äußerte Daniel erfreut.

»Der ist auch eine Waffe«, informierte Charly die Freunde.

»Greift er an, wenn du ihm das Kommando gibst?« fragte Torsten begierig.

»Beim Training auf dem Hundeplatz klappt das. Den Ernstfall haben wir noch nicht ausprobiert – da sind alle furchtbar aufgeregt, Schüsse knallen, der Hund ist abgelenkt...«

»Wenn wir ihn einsetzen müßten«, gab Jo zu bedenken, »wäre es eigentlich schon zu spät und die Situation außer Kontrolle. Der bloße Anblick von Daniel sollte reichen. Wenn wir ihn von der Leine lassen, ist das Abschreckung genug.«

»Ihn von der Leine lassen?« Die Idee gefiel Torsten.

Charly sah Jo fragend an.

Er nickte bekräftigend: »Bei einer Konfrontation muß sich der Hund frei bewegen können! Er wäre sonst im Nachteil. Das dürfen wir ihm nicht zumuten. Aber ihn regelrecht auf jemand hetzen, das ist etwas anderes.«

»Hörst du das, Daniel?« fragte Charly ihren Liebling. »Die Prüfungen hast du alle bestanden. Jetzt bist du ein ausgebildeter Schutzhund. Was tust du im Ernstfall, hm? Kann ich mich da auf dich verlassen? Oder bist du einer von den Trainingshelden und fängst jämmerlich an zu winseln, wenn es gefährlich wird?«

Aber mit einem Hund kann man nicht sprechen wie mit einem Menschen, auch wenn man es sich gelegentlich ganz gern einbildet.

Daniel schnürte in seine Ecke zurück und ließ sich schwer – mit dumpfem Krachen – auf den Boden fallen.

»Gewaltiges Tier!« sagte Torsten bewundernd.

»Mir reicht er bis zur Nase, wenn er vor mir steht«, bestätigte Charly stolz.

»Wenn der seine Beißerchen zeigt, wird jedem flau im Magen. Auch Eisenkreuz und seinem stämmigen Kameraden«, meinte Jo.

Seine Laune hob sich wieder. Man brauchte doch wohl keinen Polizeischutz für den Aufstieg zur Alpe Bürenreuth. Daniel reichte.

Eisenkreuz und ich gehn einen Heustadel reparieren! wollte Tina sagen. Der Satz blieb ihr vor Schreck im Hals stecken.

Sie stand an der halboffenen Tür zu Wurfsterns Zimmer. Er wußte nicht, daß sie da war, und wühlte in einem Haufen Geld.

Tina gab keinen Laut von sich. Zuerst, weil sie es nicht konnte, und dann, weil sie auch nicht wollte.

Langsam zog sie sich zurück und vermied dabei jeden Laut. Auf der Treppe achtete sie darauf, daß die Dielen nicht knarrten.

Eisenkreuz erwartete sie mit der Freude, die sie ihm immer ansah, wenn sie zu ihm kam.

Sie mußte zugeben, daß auch sie ein anderer Mensch wurde, sobald sie mit ihm zusammen war. Diesmal allerdings schlug ihr Herz Alarm, und ihre Nerven rebellierten.

Er sah es ihr sofort an, ging aber nicht darauf ein. »Ich will dir was zeigen.«

Er führte sie zum Tobel. Da es die Nacht über geregnet hatte, stürzte mehr Wasser als sonst durch die enge Felsrinne.

Auf dem noch feuchten Weg daneben hockten pechschwarze Molche. So lang wie Tinas Hand, so dick wie ihr Daumen und ähnlich den Eidechsen.

Sie hockten aufeinander und ließen sich durch den Besuch der Menschen nicht stören.

»Alpensalamander bei der Paarung«, erklärte Eisenkreuz.

»Sehen aus wie kleine Dinos!« rief Tina aus – trotz des Schocks eben war sie für einen Moment von dem Naturschauspiel gefangen.

»Vielleicht sind's die Ururureenkel der Dinosaurier«, meinte ihr Freund.

»Hab' noch nie so ein Tier gesehen.«

»Hier gibt es Hunderte. Kommst du?«

Sie stiegen zu einem Stadel auf, der weit höher lag als die Alpe. Das Dach war zu reparieren. Eisenkreuz schleppte den Werkzeugkasten und eine Rolle Dachpappe mit sich.

»Ich hab' uns bei Wurfstern abmelden wollen«, sagte sie. »Aber er zählte gerade Geld.«

Eisenkreuz blieb stehen und sah sie an.

Tina erwiderte seinen Blick. »Die ganze Zeit hab' ich mich gefragt, warum hast du mich damals in das Café bestellt und bist dann nicht erschienen. Ich war vielleicht sauer. Das passiert mir sonst nicht, daß einer mich sitzenläßt.«

»Du hättest mich fragen können.«

»Du versetzt mich, und ich frage demütig an, warum? Du träumst wohl?«

»Wie hast du es dir erklärt?« fragte er nach einer Weile und setzte den Aufstieg fort.

»Gar nicht. Sauer war ich und hab' mich schadlos gehalten.«

Diese Mitteilung hielt ihn an, als wäre eine Wand vor ihm aus dem Boden gewachsen. Er drehte sich zu ihr um. Seine Augen glühten.

»Mit Torsten«, sagte sie ihm ins Gesicht. »Ich hab' mich von ihm küssen lassen. Mehr als einmal. Er war sogar in meinem Zimmer, nachts.«

Eisenkreuz stellte den Werkzeugkasten ab und ging quer durchs Gelände davon.

Diese Reaktion verblüffte Tina. Wo er hinging, war nichts zu finden außer Krüppelholz und Fels. Sie mochte ihn so nicht gehen lassen und lief ihm nach.

»Warum habt ihr das getan? Seid ihr noch bei Verstand? Ein Bankeinbruch, das bringt euch für Jahre in den Knast!«

»Ist doch jetzt egal, oder?«

»Wieso ist das jetzt egal?«

»Ich hab' es für dich getan. Damit wir zusammen sein können. Aber wenn dieser Großschreinerssohn nachts bei dir war...« Er zuckte mit den Schultern.

»Hast du es für mich getan, oder weil du zu faul zum Arbeiten bist und eine schnelle Mark machen wolltest?«

»Das kannst du dir selber ausrechnen.« Er ging weiter.

»Wo gehst du hin, verdammt?«

»Nach Leuterbach.«

»Was willst du in Leuterbach?«

»Stelle mich und nehme die Verantwortung auf mich. Wurfstern hat mehr aus Freundschaft mitgemischt, die treibende Kraft war ich.«

Tina kam erst nicht nach, er legte einen kräftigen und gleichmäßigen Schritt vor. Schließlich gelang es ihr, ihn rennend zu überholen.

»Ich muß dir was sagen.«

»Kriegst du ein Kind von ihm?«

»Was?«

»Na – von diesem Wiebert!«

»Hör mal, er war in meinem Zimmer, aber nicht in meinem Bett.«

Er stierte sie an. »Willst du mich total aufmischen?«

»Es ist nichts zwischen mir und Torsten. Ich war nur wütend. Deshalb hab' ich es gesagt.«

Er schwieg eine Weile, dann murmelte er: »Ich weiß nicht mehr, was ich glauben soll.«

»Ich muß dir etwas sagen, ich hab' auch was falsch angepackt – nicht nur du. Ich hab' mich geschämt, damit rauszurücken!«

»Mit wem hast du noch geschlafen?«

»Mit überhaupt niemand!« schrie sie verzweifelt. »Madonna mia, hast du denn nichts anderes im Kopf?«

»Nein, nur dich.«

»Madonna!« wiederholte sie. »Also jetzt hörst du mir zu! Ich habe meinen Vater angerufen und ihm gesagt, daß ich freiwillig mit euch mitgegangen bin!«

»Warum?« fragte er fassungslos.

»Kannst du dir das nicht denken? Weil ich meiner Familie nicht zumuten will, daß sie sich um mich ängstigt, während ich mit meinem Freund – mit meinem Liebsten – die schönste Zeit meines Lebens ... Madonna mia, es ist doch ganz klar. Wir sind hier glücklich und die ängstigen sich dort halb zu Tode! Das soll ich einfach so wegstecken?«

Er versuchte sichtlich, alles zu verdauen. »Wir müssen weg«, fiel ihm als Schlußfolgerung ein.

»Wer soll uns hier finden?«

»Wenn sie wissen, daß du mit mir abgehauen bist, dann erkundigen sie sich nach meinen Verbindungen und stoßen auf meinen Onkel. Wir müssen weg!«

»Das wollte ich nicht«, sagte sie erschrocken.

»Leiderbach«, klang es in deutlichem Schwäbisch durch den Lautsprecher. »Där Zug auf Glais ains feerd weider nach ...«

Wohin er fuhr, war nicht so interessant wie die Tatsache, daß er nur etwa zwei Minuten anhalten sollte.

Sie sprinteten nach vorn zum Güterwagen und ließen sich ihre Räder herausreichen. Als sie ihre Maschinen auf den Bahnhofsplatz schoben, dampfte der Zug bereits davon.

»Die alte Heimat«, sagte Charly. »Wißt ihr was? Ich werde sentimental. Ihr müßt mir einen Wunsch erfüllen.«

»Jeden«, versprach Jo, denn er liebte sie.

»Im Rahmen des Möglichen«, schränkte Torsten ein, denn er liebte eine andere.

Daniel, von Charly an »unsichtbarer Leine« geführt – er ging auf Kommando bei Fuß und riß in der Regel nicht aus –, hockte sich auf die Keulen nieder. Er sperrte das Maul so weit auf, daß eine Honigmelone reingepaßt hätte, und gähnte, bis es quietschte.

»Du hast während der ganzen Fahrt gepennt«, redete Jo das Tier an. »Komm endlich zu dir!«

»Es ist erstaunlich«, bemerkte Torsten, »wie lange ein Tier schlafen oder dösen kann. Unglaublich.«

»Demnach bist du unseren animalischen Vorfahren noch sehr nahe«, spöttelte Jo.

Charly rief: »Ihr habt beide absolut keine Ahnung. Dieses Gähnen ist ein Laut des Entzückens!«

»Und was entzückt ihn an diesem langweiligen Platz?« erkundigte sich Torsten.

»Wir waren oft hier! Du erkennst den Bahnhofsplatz wieder, hab' ich recht, mein Hund?«

Das Riesentier blickte ihr treu in die Augen und wedelte, um nichts falsch zu machen, mit dem Schwanz.

»Er weiß, daß er wieder daheim ist«, entschied Charly. »Er riecht es. Außerdem ist er jetzt scharf auf action. Die Zugfahrt ist vorbei. Nun muß endlich was passieren. Ein großes Tier will sich bewegen. Richtig, Dany? So ist es nämlich.«

Der Hund bestätigte alles, indem er immer heftiger wedelte.

»Du wolltest dir was wünschen«, erinnerte Jo sie.

»Ja! Laß uns nicht gleich zum Haus gehn. Bis wir die Fenster aufreißen und das Bettzeug lüften, vergehen Stunden. Ich will zuerst zu Raffaele.«

»Ich nicht«, sagte Torsten sofort in einem auffälligen, ihm sonst nicht eigenen furchtsamen Ton.

Jo grinste, und Charly zog die Brauen hoch.

Torsten wurde rot. »Ich bin müde«, verteidigte er sich matt und unglaubwürdig.

Jo blickte auf seine Uhr. »Hat sie um vier schon Feierabend?« fragte er.

»Nein, erst um halb fünf«, erwiderte Charly.

Torsten sagte mit ernster Würde: »Ich will Marion Heeb heute nicht begegnen.«

»Das merken wir«, erklärten Charly und Jo im Gleichtakt.

»Jetzt redet ihr schon synchron. Wie ein altes Ehepaar. Für euch ist das vielleicht das richtige. Ich bin anders! Ich liebe viele Mädchen! Nicht gleichzeitig, wohlgemerkt! Aber so, wie ich sie hintereinander kennenlerne, so...« Er brach ab. »Ihr versteht mich«, sagte er hoffnungsvoll.

»Bestens«, versicherte Charly. »Du bist ein Häuptling, höre ich dauernd. Dann schau der blonden Maid mannhaft in die Augen, falls sie sich zeigt. Sag ihr die Wahrheit!«

Torsten schluckte. Er senkte den Kopf. »Ich kann nicht«, gestand er.

»Was fürchtest du?« fragte Jo. »Daß sie dir das Gesicht zerkratzt? Ich beschütze dich.«

»Arsch«, sagte der Häuptling.

»Wovor hast du wirklich Angst?« fragte Charly.

Torsten stieß ein dumpfes Ächzen aus. »Vielleicht kommt sie ja auch *nicht* zu Raffaele.« Er schwang das Bein über seinen Drahtesel und trat in die Pedale. Jo sah, wie er steif und lustlos der Fachwerk-Kulisse der Altstadt entgegenrollte, seinem Opa ähnlicher als seinem Vater – zumindest von hinten.

»Hast du sie angerufen?« fragte Charly leise.

»Mußte ich doch, schon wegen der Zwerge. Daß Marion ihnen ausrichtet, wir sind im Anmarsch.«

»Sie erwartet uns also.«

»Ja, aber nicht diese Minute bei Raffaele.«

»Die Konfrontation wird dem Häuptling trotzdem nicht erspart bleiben. Leuterbach ist klein. Man kann einander nicht ausweichen.«

»Wenn er dauernd Beziehungen anfängt, muß er ertragen lernen, sie zu beenden.« Jo lächelte gleichmütig. »Indianer kennen keinen Schmerz, haben wir uns früher eingeredet.«

»In den Zeiten der Maskenbande!«

»Genau.«

»Und dann habt ihr doch geplärrt, wenn es weh tat.«

»Seltener, als du vielleicht glaubst«, erwiderte Jo, der noch immer stolz war auf die Heldentaten seiner Kinderjahre.

21

Einige Stufen führten abwärts ins Lokal. Außen saß an diesem Abend niemand, die Möbel waren naß geregnet.

Jo stieg als erster in die Gaststube ab und fing sofort den Blick einer jungen Frau auf. Er hatte den unangenehmen Eindruck, sie begrüßen zu sollen – ohne daß er sie erkannte... Während er ihr unbehaglich zunickte, ging ihm auf, wer sie war: Fräulein Lehr.

Da er sie hier nicht erwartet hatte, und sie anders angezogen war als gewöhnlich – sie trug Freizeitkleidung –, hatte er nicht gleich »geschaltet«.

Bei ihr an einem kleinen Tisch saß der Mann von südländischem Typus, mit dem er sie in der Stadt einmal gesehen hatte. Wieder fiel Jo auf, daß der Mann einen dunklen Anzug trug.

Schon damals hatte sich Jo bei Torsten erkundigen wollen, ob das der Verlobte von Tina sein konnte. Und wenn ja, was ihn mit Fräulein Lehr verbinden mochte.

Jo wandte sich um und wurde weiter hinuntergedrängt von Daniel. Der Hund ließ sich von Charly kaum bändigen. Er war, wenn es irgendwohin gehen sollte, immer der erste. Das Ziel war unwichtig: sobald er spürte, action war angesagt, drängte er nach vorn und übernahm womöglich die Spitze. Als wolle er ausdrücken: An mir liegt es nicht, wenn ihr zögert und euch nicht aufraffen könnt!

Raffaele hinter der Bar stieß einen Laut der Begeisterung aus und flitzte ihnen entgegen.

»Charly! Was für eine Freude. Und dein kleines Hündchen! Daniel, kennst du den Raffaele noch?«

Daniel stieß ein Geräusch zwischen Bellen und Jaulen aus. Er ließ es zu, daß der Wirt – über Daniels Kopf hinweg – sich Charly zuneigte und sie auf beide Wangen küßte.

So intim waren sie früher gar nicht gewesen, erinnerte sich Jo. Es mußte die Wiedersehensfreude sein.

»Daniel, für dich habe ich etwas. Der gute alte Raffaele hat etwas für einen schönen Hund!« lockte der Wirt.

Daniel, wie immer, wenn er Futter witterte, war sofort ganz bei der Sache. Er zerrte Charly hinter sich her zur Theke, hinter der Raffaele verschwand.

Charly protestierte energisch: »Dany, steh! Du sollst stehn!«

Es nutzte nichts, denn der Hund hatte Raffaeles Tonfall und Art ganz richtig aufgefaßt. Mit einem Hundekeks zwischen zwei Fingern tauchte der Wirt wieder hinter der Theke auf und hielt ihn der Dogge hin.

»Und wo der herkommt, gibt es noch mehr!« rief

Raffaele in dem Ton, mit dem Säuglinge und Tiere angezirpt werden.

Mit lautem Krachen zermalmte der Hund den Keks. Die Ohren waren vorgeklappt, und die Augen quollen ihm aus den Höhlen.

Charly hatte sich bereits auf einen Barhocker geschoben und redete mit einem der drei Angestellten, die ständig Eisbecher gestalteten, Kaffee und Espresso zapften und Gebäck auf Tellerchen plazierten.

Jo wandte sich Torsten zu, der mit sorgenvoller Miene hinter ihm stand und das Lokal absuchte. Er befürchtete, Marion zu sehen, der er – wenn er sich verhalten wollte wie ein anständiger Mensch – eine Erklärung schuldete.

Jo sagte: »Links hinten, beim Zigarettenautomaten, siehst du Fräulein Lehr sitzen. Das ist die Schaltertante von der Bankfiliale in der Alten Straße. Und bei ihr sitzt ein geschniegelter Italiener. Schau dir den genau an. Ich möchte wissen, ob du ihn erkennst.«

»Ich weiß nicht, wen du meinst.«

Jo wiederholte seine Beschreibung, und Torsten erklärte: »Da sitzt niemand, der so aussieht.«

Jo drehte sich um und stellte fest, daß der Tisch neben dem Zigarettenautomaten nicht mehr besetzt war. Fräulein Lehr und ihr Begleiter mußten sehr plötzlich aufgebrochen sein. Eine qualmende Zigarette lag im Aschenbecher.

Jo fragte: »Gibt es da hinten noch einen Ausgang?«

»Weißt du das nicht mehr?«

»Torsten! Da stimmt was nicht. Es kann unmöglich ein Zufall sein, daß Fräulein Lehr hier ist.«

»Sie wird in Leuterbach die Ferien verbringen, es gibt Fremdenzimmer. Oder sie besucht Bekannte.«

»Der Italiener ist vielleicht Tinas Verlobter.«

»Wie kommst du auf die Idee?«

»Er sieht so aus.«

»Hier wimmelt es von Italianos.«

»Ja – aber nicht einer trägt einen dunklen Anzug.«

Torsten zögerte. »Was könnte Alessandro in Leuterbach wollen?«

»Spinnst du? Er sucht seine Braut.«

»Woher weiß er von der Bürenalpe?«

»Wenn wir davon wissen, kann er es genauso erfahren haben.«

»Unsinn«, meinte Torsten. »Dein Fräulein Lehr hat sich mit 'nem Italiener angefreundet und verbringt einige Urlaubstage mit ihm.«

»Ausgerechnet in Leuterbach, wo Eisenkreuz einen Onkel hat?«

»Jedenfalls fern von zu Hause, wo nicht jeder sie kennt und über sie redet.«

»Okay. Du kannst recht haben. Finden wir es heraus. Auf, Häuptling, schwingen wir uns auf die Rösser und umkreisen weiträumig den Marktplatz! Vielleicht sehn wir die beiden.«

Sie stürmten die Treppe hinauf und hinaus zum Fahrradständer.

Leuterbachs Altstadt gruppierte sich im wesentlichen um zwei Einkaufsstraßen. Sie waren mit mehreren Quergassen verbunden.

Jo schwang sich in den Sattel. »Ich nehme die obere Straße. Du suchst unten!«

Bevor Torsten anfangen konnte zu diskutieren, war Jo bereits unterwegs. Er blickte in jede Nebengasse, die – etwas abschüssig – zur anderen Straße führte.

Es waren, kurz vor Ladenschluß, etliche Passanten unterwegs, auch Paare. Doch Fräulein Lehr und ihren Italiener entdeckte Jo nicht. Er erreichte das große Möbelhaus, wo beide Straßen endeten. Jenseits des Möbelhauses verlief dann schon die Bundesstraße, die in den nächsten Ort führte.

Nichts.

Er kehrte um. Statt die andere Straße anzusteuern, die Torsten absuchte, war es besser, hier zu bleiben. Vielleicht hatten Fräulein Lehr und der Italiener ein Geschäft betreten, um etwas einzukaufen, und tauchten jeden Augenblick wieder auf.

Er stieg vom Rad ab und wartete aufmerksam.

Inzwischen erreichte Torsten das Möbelhaus. Er bremste ab und sah im selben Augenblick Alessandro d'Alessandro hinter einem großen Schaufenster. Eine Wohnküche war aufgebaut. Er zeigte sie einer jungen Frau, die Fräulein Lehr sein mochte – Torsten kannte sie nicht, nur von Jos Erzählungen.

Während er den Cavaliere anstarrte, wurde der aufmerksam und blickte hinaus. Er sagte etwas zu der Frau. Dann ging er zur Tür.

Torsten stellte das Rad ab. Sein Herz klopfte. Der Italiener trat auf ihn zu.

»Was du wollen von mir?«

»Ich will von Ihnen nichts«, sagte Torsten ärgerlich.

Er wurde sich einer unangenehmen Tatsache bewußt. Um sein Rad abzustellen, hatte er es – ohne nachzudenken – vom Schaufenster weggeschoben und an einer Stelle aufgebockt, wo es nicht störte. Allerdings war er so in einem Winkel gelandet, der von der Straße aus nicht eingesehen werden konnte.

Hier stand er mit dem Rücken zu einer Mauer.

Das Gesicht von Tinas Verlobtem spannte sich, seine Augen wurden schmal. Mit einer fast unmerklichen, sehr raschen Bewegung – eigentlich war es nur ein Ruck des Handgelenks – brachte er sein Messer zum Vorschein.

Die Situation war eine ganz andere als neulich in der Einfahrt zur Alten Fabrik. Dort hatte Torsten nicht den leisesten Anflug von Angst empfunden. Mehrere Zeugen hatten zugesehen. Tina war bei ihm gewesen.

Jetzt war er allein, und Alessandro konnte ihn attakkieren, ohne daß jemand Zeuge war.

Schweiß rieselte Torsten über Brust und Rücken. Er konzentrierte sich auf Alessandros Augen und ging, da er nach rückwärts nicht ausweichen konnte, seitlich nach vorn, um Raum zu gewinnen.

Eine endlose Sekunde lang schien Alessandro zu überlegen. Er zögerte...

Torsten dachte bereits, er sei entwischt, als die Klinge auf ihn zuschoß. Er hatte instinktiv die Grundstellung eingenommen, die Nahkämpfern empfohlen wird, auch Fechtern: die Füße stehen im rechten Winkel zueinander, und das dem Gegner zugewandte Bein wird nicht belastet.

Wer so steht, kann blitzschnell zurückweichen und wieder angreifen.

Es gelang Torsten, sich aus dem Bereich der zustoßenden Klinge zu retten, aber sein Hemd war vorn quer aufgeschlitzt.

Er begriff, daß das der Moment gewesen wäre, um zum Gegenangriff überzugehen, doch als ihm das einfiel, war es schon zu spät. Alessandros Deckung war nicht mehr offen.

Torsten stellte sich für einen neuen Zusammenstoß auf. Er hatte jetzt richtig Angst.

Eine Fahrradklingel irritierte den Angreifer, er schaute kurz über die Schulter.

»He, Torsten, was ist da los?« rief Jo und fuhr auf dem Rad die abschüssige Bahn hinunter.

Mit einer Bewegung, die von der Straße aus unbemerkt bleiben mußte, steckte Alessandro sein Messer weg und ging an dem heranfahenden Jo vorbei stadtwärts. Fräulein Lehr schwenkte neben ihm ein und nahm seinen Arm.

»Scheiße«, sagte Torsten. Um ihn schwankte der Boden. Er lehnte sich gegen die Mauer und verlor alle Farbe.

Innerhalb einer Sekunde war er so weiß wie die Mauer, die ihn stützte.

Jo erschrak, ließ sein Rad los und packte den Häuptling am Arm. »Wird dir schlecht? Was ist los?«

Dann erst sah er das aufgeschlitzte Hemd.

Der Häuptling ging in die Knie und stützte sich mit einer Hand am Boden ab. Er atmete laut und stoßweise.

Ringsum platzten mit lautem Aufschlag einige Tropfen. Sie hinterließen auf dem hellen Pflaster Flecken.

Die Berge standen in graublauem Wolkenrauch.

Jo erinnerte sich an etwas, das Charly während der Bahnfahrt gesagt hatte: Die Berge hätten ihre Wolkenmützen über die Ohren gezogen.

»Gleich schüttet es«, warnte er Torsten.

Der Häuptling nickte. »Müssen unter ein Dach kommen.« Er schwang sein Bein über die Querstange – er versuchte es. Mitten in der Bewegung brach er ab, schüttelte den Kopf und entschied sich, sein Rad zu schieben.

Das alles wirkte recht jämmerlich, und Jo war besorgt.

»Ja ... Also, das war er. Alessandro d'Alessandro«, sagte Torsten.

Damit bestätigte er, was Jo ohnehin vermutet hatte. Daß zwei verschiedene Personen kurz hintereinander mit einem Messer auf den Freund losgingen, hatte er nicht angenommen.

»Ob die Eifersucht ihn soweit treibt?« fragte er.

»In der Alten Fabrik konnte er wirklich den Eindruck haben, ich rückte seiner Braut zu nahe«, gab Torsten zu. »Ich meine, ich saß bei ihr auf dem rasenden Feuerzeug, und das ist nicht unbedingt für zwei gebaut!«

»Gut, das war neulich. Aber was bringt ihn heute in Wut? Und gleich derart, daß er wieder nach seinem Messer greift, der Blödmann?«

Torsten dachte darüber nach. Eine weitere Frage fiel ihm ein: »Wie kommt er überhaupt auf Leuterbach?«

»Er weiß, daß sich Tina und Eisenkreuz lange kennen. Er vermutet, sie ist mit ihm abgehauen ... Und er hat, wie wir, irgendwie erfahren, daß Eisenkreuz in Leuterbach einen Onkel auf einer Alm sitzen hat. Also kommt er her. Er will zur Alpe aufsteigen und nachsehen, ob er seine Braut da oben findet.«

»Das müssen wir verhindern.«

»Bist noch recht blaß um die Nase.«

»Ach was.«

»Nimm dir nicht zuviel vor, das führt zu nichts!« warnte Jo.

»Ja ja.«

»Du, Torsten«, fuhr Jo nach einigem Nachdenken fort. »Wenn der Bräutigam meint, Tina sei mit Eisenkreuz durchgegangen – und das muß er annehmen, sonst wäre er ja nicht hier ...«

»Ja?«

»Was für einen Grund hat er dann, *dich* so wüst zu attackieren?«

»Wollen mal sehen«, begann Torsten.

Jo wartete. Doch es folgte nichts. Der Häuptling konnte die Frage nicht beantworten.

Vom Lokal her eilte ihnen Charly mit dem Hund entgegen. »Ihr verschwindet ohne ein Wort«, sagte sie erbost, »und laßt mich da unten sitzen! Hätte ich vielleicht auf euch warten und schon mal allein essen sollen?« Ihr Blick fing sich an Torstens zerschlitztem Hemd. »Was ist passiert?« fragte sie bestürzt. »Hattest du einen Unfall?«

»Einen Zusammenstoß kann man es nennen«, sagte Jo. »Aber ein Unfall war's nicht!«

Sie stellten ihre Räder unter und gingen mit Charly und dem Hund ins Lokal zurück.

»Zuerst müssen wir essen«, meinte Torsten. »Mir hängt der Magen schon zwischen den Knien!«

Seufzend ließ sich Daniel unter den Tisch fallen.

Raffaele erschien. Er erwies ihnen die Ehre, seine Speisekarte selbst zu präsentieren und, als Spezialität des Tages, das Risotto zu empfehlen.

»Einfach super«, behauptete er. »Ihr werdet begeistert sein.«

Da mußten sie es wohl oder übel bestellen.

Bevor der Wirt abdrehen konnte, hielt Torsten ihn mit einer Frage fest: »Am Hintereingang saß vorhin ein Pärchen...«

»Vor dem Zigarettenautomaten«, fügte Jo hinzu.

»Eine Deutsche mit einem Italiener. Trug einen Anzug. Sehr elegante Erscheinung. Kennt ihr diesen Mann?«

»Oder seine deutsche Freundin?«

»Die kenne ich nicht. Soll ich nachfragen?«

»Das wär nett«, sagte Torsten. »Dein Landsmann ist mit dem Messer auf mich losgegangen.«

»Was?« Raffaele fuhr zurück. Dann grinste er ungläubig. »Hast du was mit seiner Freundin?« Er drohte schelmisch mit dem Finger, bevor er hinter seiner Theke verschwand und den Kopf in die Durchreiche zur Küche steckte.

»Das war dann das zweite Mal«, folgerte Charly, nachdem sie sich die Geschichte angehört hatte.

»Diesmal kann mein Väterchen nicht mehr behaupten, du hättest dem Cavaliere aus Leichtsinn in die Klinge gefaßt! Na, der wird was erleben. Du mußt natürlich Strafanzeige erstatten.«

»Angezeigt hab' ich ihn nach dem ersten Mal auch. Ich habe euch davon erzählt.«

»Strafanzeige erstatten, sag' ich. Das ist ein hochoffizieller Vorgang. Der Mann muß begreifen, daß er sich so bei uns nicht aufzuführen hat.«

»Tina behauptet, er habe Kontakte zur Mafia«, sagte Jo. »Wenn das stimmt, müßte er eigentlich darauf aus sein, der Polizei *nicht* aufzufallen.«

»Du hast recht«, sagte Charly überrascht.

»Damit sind wir wieder bei unserer Frage von vorhin, Häuptling. Warum greift er dich – praktisch grundlos – mit dem Messer an? Es ist gegen sein Interesse.«

»Einigen wir uns erst untereinander, was überhaupt passiert ist«, schlug Charly vor. »Nicht, daß wir mit einer unlogischen Aussage zur Polizei gehn.«

Jo besann sich: »Ich kam rein. Die Schalterangestellte der Bank, Fräulein Lehr, saß mit einem eleganten Italiener am Tisch vor dem Hinterausgang. Ich kenne oder kannte Alessandro nicht. Aber ich dachte mir, er könnte es sein. Ich hatte Fräulein Lehr schon mal mit ihm gesehen, in der Stadt.«

»Ich erinnere mich, als du so sauer auf Torsten warst!«

»Sauer auf mich?« fragte der Häuptling.

»Mit einem Italiener, ob Tinas Bräutigam, das wußte ich nicht. Wie gesagt, ich kenne den Mann nur von Torstens Erzählungen. Jedenfalls, Fräulein Lehr kenne ich genau, und ich sah sie heute, wieder mit diesem Italiener, hier am Tisch. Zufällig fing ich ihren Blick auf...«

»Das heißt, Fräulein Lehr sah dich auch?«

»Klar.«

»Das bedeutet etwas, Jo.«

»Ich versteh' dich nicht.«

»Sprich mal weiter.«

»Na, ich drehte mich zu Torsten um und wollte wissen, ob es Alessandro sei. Als Torsten endlich schaltete und hinsah, waren sie weg.«

»Als du dich allmählich so klar ausgedrückt hattest«, verbesserte ihn der Häuptling, »daß ich überhaupt eine Chance hatte, dich zu begreifen...«

»Jedenfalls, wir entschlossen uns...«

»Langsam«, unterbrach Charly. »Laß uns das ganz klar herausarbeiten. Du siehst Fräulein Lehr, und sie sieht dich. Ihr erkennt einander.«

»Na, in der Bank begrüßen wir uns mit Namen.«

»Genau. Du drehst dich zu Torsten um. Du sagst ihm, da sitzt ein Mann, der ist vielleicht Tinas Bräutigam. Torsten kapiert nun nicht gleich, um was es geht – warum auch immer. Egal, wie lange ihr braucht, um euch zu verständigen – länger als, sagen wir, eine halbe Minute kann es wohl nicht gedauert haben?«

»Kaum«, meinte Jo.

»Bestimmt nicht«, sagte Torsten.

»Gut. Und das bedeutet, eine halbe Minute, nachdem Fräulein Lehr von dir erkannt wurde, hat sie mit ihrem Freund das Lokal verlassen.«

»Fluchtartig, meinst du?«

»Ja, Fräulein Lehr ist vor dir geflüchtet.«

»Aus welchem Grund?« fragte Jo erstaunt.

»Erst mal weiter!« trieb Charly sie an. Sie fing Feuer. »Ihr seid den beiden auf euren Rädern gefolgt?«

»Torsten fuhr die eine Straße entlang und ich die andere. Ich verpaßte den Italie ... Ich meine, Alessandro. Torsten hat ihn gestellt und erkannt. Jetzt mußt du weitererzählen, Häuptling. Ich war nicht dabei.«

»Nach dem Vorfall bei der Alten Fabrik mußte er eine Wut auf mich haben«, meinte Torsten. »Ich hatte ihn vor seiner Braut blamiert. Und die hält ohnehin nicht viel von ihm. Außerdem ging ich von da an ziemlich oft in die Trattoria, und Tina hat sich um mich eigentlich mehr gekümmert als um ihn. Da kommt viel zusammen! In seiner Wut greift er also wieder zum Messer ...«

»Nein, das ist ausgeschlossen«, unterbrach ihn Charly. »Deshalb nicht. Du vergißt, mein Vater hat ihn bestimmt gewarnt. Bewaffneter Angriff auf einen Jugendlichen! Damit macht er sich nicht beliebt. Und jetzt wiederholt er das? Was sagt die Mafia dazu? Die hat bestimmt Aufgaben für ihn. Wie soll er denen nachgehn, wenn er dauernd der Polizei auffällt? Er hätte diesen Vorfall vorhin um jeden Preis vermeiden müssen, meine ich.«

»Wo war eigentlich Fräulein Lehr die ganze Zeit?« erkundigte sich Jo.

»Im Möbelgeschäft. Ich sah sie durchs Schaufenster.«

»*Sie* ist vor euch weggelaufen, nicht Alessandro«,

faßte Charly zusammen. »Er hatte bloß die Aufgabe, euch von ihr abzulenken. Ihr solltet sie vergessen. Über der Attacke mit dem Messer solltet ihr Fräulein Lehr überhaupt nicht mehr beachten«, wiederholte sie.

»Das verstehe ich nicht«, sagte Jo.

»Ich noch weniger«, erklärte Torsten.

»Mein Gott, ich auch nicht!« rief Charly. »Aber wenn es so ist...?«

Der Kellner servierte ihr Abendessen.

»He!« sagte Charly zu ihrem Hund. »Lieg still, Alter. Diese Näpfe sind nicht für dich, du kriegst deinen später. Lieg still!« befahl sie.

Doch der Hund drängte unterm Tisch hervor. Er ließ sich nicht halten, riß das Maul auf und gab quietschende Töne von sich. Sein Schweif wedelte heftig.

»So führt er sich auf, wenn er meinen Vater sieht«, sagte Charly stirnrunzelnd. Sie blickte vorsichtshalber zur Tür.

Dort hatte sich Kommissar Tschugg aufgebaut. Mit unheilvoller Miene überblickte er das Lokal, in dem er früher so manchen Cappuccino getrunken hatte.

22

Es grollte draußen bedrohlich, und durch die knapp über Bodenhöhe liegenden Fenster des Souterrainlokals war zu sehen, daß der Wind Papierfetzen und weggeworfene Eisbecher vor sich hertrieb.

Plötzlich wurden die Scheiben blind. Regen prasselte dagegen. Jetzt sah man nur noch, daß über der Stadt gigantische Bogenlampen an- und ausgeschaltet wurden. Das waren die Blitzgabeln.

Da es erst früher Abend war, hätte es taghell sein müssen, doch es war dunkel.

Kommissar Tschugg trocknete seine Glatze mit einem Papiertaschentuch.

Er rückte langsam näher.

Charly konnte den Hund nicht mehr halten und gab ihn frei. Mit einem hellen Laut der Freude schoß Daniel auf den Rudelchef zu und begrüßte ihn schweifwedelnd, wobei er vorn hochging und Pfötchen geben wollte. Es endete damit, daß er dem erfreuten Kommissar eine Pfote auf die Schulter legte und ihm mit seiner rauhen Zunge quer übers Gesicht wischte.

»Gutes Tier«, lobte Tschugg seinen Liebling. Er klopfte den Hund ausgiebig. »Jetzt bei Fuß!«

Daniel gehorchte hingebungsvoll.

Charly hatte gelegentlich Probleme mit ihm und war bemüht, sie durch eifriges Training im Hundeverein zu lösen. Jeden Samstag ging sie hin und verbrachte einen Teil des Nachmittags damit, die wichtigsten Unterordnungsübungen mit Daniel zu exerzieren.

Tschugg brauchte nie mit dem Hund zu üben, ihm gehorchte er aufs Wort.

Zunächst folgte er dem Kommissar zum Tresen, wo Tschugg mit Raffaele sprach. Der gestikulierte erfreut, wies zu ihnen, lachte.

Schließlich trat der Kommissar an den Tisch, ließ Daniel neben sich Platz nehmen und setzte sich selbst.

»Und ich dachte, ihr seid im Haus und lüftet die Betten«, eröffnete er die Unterhaltung.

»Wenn ich zunächst deinen freundlichen Gruß erwidern darf, liebes Väterchen, guten Abend«, sagte Charly mit einem mahnenden Unterton.

»'n Abend«, knurrte er sie an.

»Wenn ich dir meine Freunde vorstellen darf – Torsten Wiebert, Jo Güttner.«

»'n Abend«, wiederholte der Kommissar.

Die beiden nickten und murmelten einen Gruß.

»Warum bist du eigentlich schon wieder so sauer?« eröffnete Charly und trat damit zum Gegenangriff an. »Es liegt doch auf der Hand, daß wir nach der langen Eisenbahnfahrt erst mal etwas essen wollen.«

»Guten Appetit. Wie schmeckt das Zeug? Sieht ja schrecklich aus, wie Kinderpampe.«

»Es ist sehr gutes Risotto, von Raffaele besonders empfohlen, und das Gelbe ist Safran. Das Braune dürfte Curry sein. Hast du auch Hunger?«

»Auf das da? Nein. Raffaele!«

Der Wirt eilte herbei. Geschäftig wischte er vor Tschugg den Tisch ab. Ein Kellner deckte.

»Was gibt es zu essen? Ich meine, außer diesem fürchterlich aussehenden, lehmartigen Brei auf den Tellern der Kinder?«

Raffaele verdrehte tolerant die Augen. »Spezialität des Hauses, Kommissar. Topsuper wie für Engel im Himmel!«

»Ich hab' dir eine Frage gestellt.«

»Fisch ... Pasta ...«

»Das einzige, was ich bei dir immer essen konnte, war der Chefsalat. Gibt's den noch?«

»Ja freilich, der Koch isch derselbe, woisch.«

Jo grinste. Raffaele hatte sein Deutsch durch Unterhaltungen mit den Gästen gelernt. Der schwäbische Akzent war ihm selbstverständlich.

»Also Chefsalat, dazu Weißbrot – aber ausreichend – und eine Flasche Wasser.«

Charly zog die Brauen hoch. »Bist du im Dienst, Väterchen? Daß du Wasser trinkst.«

»Jawoll. Auf was wartest du?« fragte er den Wirt, der stehenblieb.

»Auf eine Pause, aber du machsch ja dein Mund nimmer zu, Kommissar.«

Tschugg grinste.

Raffaele sagte mit gesenkter Stimme zu Charly: »Also, der Italiener ist hier unbekannt.«

»Und seine deutsche Freundin?«

»Isch es eine von hier? Bei uns verkehrt die net. Woisch wenigstens den Namen?«

»Fräulein Lehr, Schalterbeamtin bei einer Bank.«

»Okay, frag' ich weiter.« Er wieselte hinter seine Theke zurück.

Der Kommissar wirkte verwundert und erbost. »Was habt ihr mit Fräulein Lehr am Hut?«

»Geht dich das etwas an, Väterchen?«

»Charly! Eben sagte ich, daß ich im Dienst bin.«

»Ich bin ein liebes Kind«, entgegnete Charly drohend, »und nehme stets Rücksicht auf deine Eigenheiten. Aber auch meine Geduld hat Grenzen. Willst du, daß ich dir hier den Marsch blase?«

Tschugg holte, seinen Brustkorb weitend, laut Luft. Er hielt sie einen Moment an. Dann blies er sie durch gespitzte Lippen langsam wieder aus und wiederholte die Prozedur.

»Der Arzt rät ihm zu Atemübungen, statt daß er sich aufregt«, erläuterte Charly den Freunden.

Tschugg brach seine Übungen ab. Er sagte: »Fräulein Lehr wird observiert. Als ich Meldung erhielt, daß sie sich nach Leuterbach bewegt, bin ich sofort hergefahren – im Auto selbstverständlich.«

»Und wo ist sie jetzt?«

»Das eben wüßte ich gern«, bellte er sie an.

»Väterchen, ich darf dich an die Regeln der Logik erinnern. Du sagtest eben, sie wird observiert. An deinem Gürtel sehe ich das praktische kleine Funktelefon. Ruf deine Beamten an und frage, wo Fräulein Lehr sich aufhält.«

Nun wandte er den Blick ab. »Na, Daniel«, sagte er zu dem Hund. »Wenigstens du verstehst mich. Mich versteht ja sonst keiner.« Zu Charly sagte er: »Wir haben Fräulein Lehr leider verloren.«

»Sie saß hier. Und lief plötzlich raus. Wir haben sie verfolgt«, berichtete Torsten.

»Bis wohin?«

»Bis zu dem Möbelgeschäft am Ende der Straße.«

»Wohin ging sie von dort aus?«

»Sie verschwand darin«, sagte Jo erstaunt. »Ich hab' sie durchs Schaufenster in der Küchenabteilung gesehen.«

»Sie wird nicht ewig Küchen angestarrt haben«, sagte Tschugg gereizt.

»Also, wohin sie danach ging, wissen wir nicht«, sagte Torsten. »Wir hatten uns um ihren Begleiter zu kümmern.«

»Um welchen Begleiter?«

»Ist dir nicht gemeldet worden, daß sie in Begleitung eines Italieners war?«

»Eines Südländers.«

»Also dann, er ist Italiener, und du kennst ihn. Alessandro d'Alessandro heißt Fräulein Lehrs Bekannter.«

Tschugg schien zu erstarren.

»Hat das irgendeine Bedeutung für dich?« fragte Charly.

»Wieso hattet ihr euch um ihn zu kümmern?« wollte der Kommissar von Torsten wissen.

»Er ist schon wieder mit dem Messer auf mich losgegangen. Das zweite Mal – nach der Attacke in der Alten Fabrik.«

»Neulich war es Eifersucht. Und heute?«

»Wissen wir nicht.«

»Aber wir haben in einem intensiven Gespräch eine Vermutung entwickelt«, verriet Charly. »Ich würde es eine begründete Hypothese nennen. Willst du sie hören?«

»Ja ... bitte«, fügte er nach einer Denkpause hinzu.

»Dann mußt du uns aber auch verraten, was dich an Fräulein Lehr interessiert.«

»Einverstanden.«

»Gut!« rief Charly erfreut. »Jo, du erzählst.«

Jo berichtete: »Wir kamen vom Bahnhof und wollten hier im Lokal etwas essen. Ich sah Fräulein Lehr und erkannte sie. Sie mich auch. Ihren Begleiter erkannte ich nicht, sah aber, daß er Italiener war. ich fragte Torsten, ob das der Bräutigam von Tina de Padova sei. Als wir gemeinsam hinsahen, waren beide verschwunden. Wir nehmen an, daß Fräulein Lehr nicht erkannt werden wollte, und daß – als wir sie verfolgten – Signor d'Alessandro sein Messer zog, um uns von ihr abzulenken.«

»Gar nicht dumm, das kann sein«, gab Tschugg zu.

Torsten meldete sich: »Er ist mit Tina verlobt und will sie heiraten. Vielleicht ist es ihm unangenehm, daß er mit ihr gesehen wird, und will uns einschüchtern, damit wir Tina und ihrer Familie nichts von seiner Liaison verraten.«

»Das ist keine Liaison, falls du darunter eine Liebschaft verstehst. Das ist eine berufliche Verbindung.«

»Was kann ein Mafioso mit einer Bankangestellten für eine berufliche Verbindung haben?« fragte Torsten perplex.

Tschugg grinste.

Charly sagte mahnend: »Väterchen, du wolltest uns etwas berichten.«

»Und wenn nicht, sollte ich daran denken, daß du ein liebes Kind bist, daß aber auch deine Geduld Grenzen hat«, sagte er gallig.

»Was soll das? Wir haben einen Handel!«

Er seufzte. »Ich empfange mein kärgliches Gehalt nicht dafür, daß ich gelangweilten Halbwüchsigen das Abendessen versüße, indem ich aus meiner ernsten Arbeit kleine Anekdoten gestalte.«

»Du brichst dein Versprechen? Das ist die Höhe!«

»Brüll mich nicht an, Kind. Also, Torsten, du hattest mir eine Frage gestellt. Was kann ein Mafioso mit einer Bankangestellten für eine Verbindung beruflicher Art haben. Richtig?«

»Richtig, ja.«

Das Telefon an Tschuggs Gürtel gab piepsende Geräusche von sich. Er nahm es ab und klappte es auf. »Tschugg.«

Er hörte kurz zu. Dann sagte er: »Bären? Gegenüber dem Möbelladen?«

Schließlich sagte er: »Gut, bin gleich da.« Er verstaute das Telefon wieder. »Ich muß weg«, sagte er. »Torsten, zu deiner Frage. Wenn der Mafioso Falschgeld vertreibt und die Bankangestellte das falsche Geld in eine echte Bank bringen und gegen gültige Scheine auswechseln kann – ist das nicht eine berufliche Verbindung, die sich lohnt? Guten Abend, Charly«, sagte er zu seiner Tochter.

Man sieht nur, was man sucht, dachte Torsten.

Er war öfters in Leuterbach gewesen. Am Goldenen Bären war er dutzende Male vorbeigekommen. Bemerkt hatte er das Lokal nie. Es hatte für ihn keinen Reiz. Der Chef aß hier, nicht der Azubi – eine Mampfe für verantwortliche Senioren, Jubilare mit Gattin, Spesenritter.

Vor dem Eingang standen rechts und links in weißen Steinguttöpfen Blumen, im Regen ließen sie die Köpfe hängen.

Hinter farbigen Butzenscheiben ahnte Torsten das geschäftige Hin und Her mehrerer Kellner – und die gutbürgerlichen, mittleren Jahrgänge, die sich einen Rehrücken mit Preiselbeeren und Kroketten einfuhren – für 39,90 DM. Die Speisekarte war handgeschrieben, und zwar auf Büttenpapier.

Mit meinem zerschlitzten Hemd falle ich unangenehm auf, dachte Torsten. Um so besser paßte der elegante Mafioso in die Umgebung.

Hier zählte nicht der Mensch, es zählte die Aufmachung. Torsten zog den Reißverschluß seines Parka unters Kinn, bevor er eintrat.

Seine Schleicher gaben einiges von dem Regen, den sie draußen aufgesogen hatten, an einen flauschigen Läufer ab. Torsten arbeitete sich bis zur Gaststube vor und warf einen Blick hinein. Alessandro oder Tschugg waren nicht zu sehen.

Das konnte bedeuten, daß sich Alessandro und seine Komplizin auf dem Zimmer versteckt hielten. Und Tschugg sie dort suchte.

Torsten ging weiter und stieß erwartungsgemäß auf die Rezeption. Der Kommissar stand davor und sprach leise mit einer Hausdame. Sie wirkte bestürzt.

Beim Kommissar stand ein jüngerer Mann. Er wirkte unterbezahlt. Als er Torsten entdeckte, sagte er etwas und ging zu ihm.

»Wohnen Sie hier?« fragte er barsch.

»Ich – ich bin ein Bekannter vom Kommissar«, stellte sich Torsten vor.

Tschugg wurde aufmerksam auf das Hin und Her. Er winkte gebieterisch, Torsten solle verschwinden.

»Gehen Sie«, befahl der junge Beamte.

Torsten wich zurück, bis er eine Reihe von Sesseln sah, wie sie in Hotelhallen stehen. Er setzte sich.

Er fühlte sich aufgestellt bis in die Haarspitzen.

Wenn Tinas Bräutigam wegen Falschgeldverbreitung kassiert wurde, löste sich die Heirat mit Tina in Luft auf.

Tina brauchte dann nicht mit Eisenkreuz durchzubrennen, nur um der Ehe zu entgehen. Sie konnte nach Hause zurück. Dort würde ihr Torsten die langen Abende in der Trattoria verkürzen. Ein Gesangslehrer namens Heuler war ihm aufgefallen. Mit kleinen, witzigen Alltagsgeschichten dieser Art würde er Tina wieder zum Lachen bringen.

Er war ziemlich sicher, daß er beste Chancen bei ihr hatte. Junger Mann aus gutem Haus, wohlgeraten, gediegener Charakter...

Torsten verschwand nicht, er blieb.

»Daniel!« fauchte Charly ihren Hund an. Er hätte sie fast umgerissen.

Jo kannte das Problem.

Daniel neigte manchmal dazu, sich in Abwesenheit des Kommissars selber als Chef des Rudels zu sehen. Dann verlangte er von Charly, dem Weibchen, daß sie ihm gehorche.

Im Moment hatte er, seinem Instinkt folgend, die Führung übernommen und zerrte Charly hinter sich her.

»Daniel!« brüllte sie ihn an.

Die Würgekette gilt bei Tierfreunden, die mit Hunden keine praktische Erfahrung haben, als besonders grausam und verwerflich. Daniel bekümmerte sie so wenig, daß er nicht mal mühsamer atmete, wenn sich die Kette, von Charly beidhändig gepackt, um seinen muskulösen Hals zusammenzog. Er merkte es einfach nicht!

Gelang es Charly nicht, sofort wieder das Kommando zu übernehmen, dann hatten sie ein Problem. Der Hund wollte zum Kommissar. Er hatte ihn in Richtung Altstadt weggehen sehen und zog machtvoll dorthin.

Fand er Tschugg, dann störte er einen Polizeieinsatz.

Dem Tier mißfiel es gelegentlich, sich Charly zu unterwerfen. Überdeutlich wurde das beim Autofahren. Es passierte schon mal, daß sich Daniel mit allen vier Pfoten dagegenstemmte, im hinteren Teil des Wagens Platz zu nehmen. Er wollte nach vorn, auf den Beifahrersitz, neben Tschugg. Als zweitem Mann des Rudels stand dieser Platz ihm zu, schien er zu glauben.

Da er ein großer Hund war und nur ausgeführt werden durfte, wenn man ihn zuverlässig unter Kontrolle brachte, ging Charly kein Risiko ein. Sie hängte sich wie ein Bleigewicht mit beiden Händen an die Würgekette und ließ sich schleppen.

»Bei Fuß, Daniel!«

Ihre Entschlossenheit ließ den Hund innehalten. Er verdrehte die Augen, um gleichzeitig nach vorn zu blicken, wo Tschugg verschwunden war, und nach rückwärts, wo Charly mit ihm kämpfte.

»Wo ist Fuß?« blaffte sie ihn an.

Im Umgang mit Daniel hatte Jo gelernt, daß ein großer Hund autoritär angesprochen werden muß. Daniel freundlich um etwas zu bitten, war sinnlos, er nahm es nicht ernst.

»Wo ist Fuß?« schrie Charly mit überkippender Stimme.

Widerwillig bequemte sich das große Tier zu einem Bogen um sie herum. Er setzte sich neben ihr linkes Knie, als sie ihm zuschrie: »Sitz!«

Jo war erleichtert.

»Er will natürlich zum Chef«, entschuldigte Charly das Fehlverhalten ihrer Dogge.

»Ist klar. Nimm es ihm nicht übel.«

»Er muß gehorchen. Was ist das für ein *böser* Hund?« fragte sie. »Ein böser Hund, böse, böse«, wiederholte sie mit dumpfer, drohender Stimme.

Der Hund legte die Ohren an. Er reichte ihr erst die eine, dann die andere Pfote. Der Schweif wedelte. Er gab ein hohes Winseln von sich.

Ich bin ein gutes Tier, hieß das.

Charly wischte sich den Schweiß von der Stirn. »Ich fürchte mich nicht vor ihm. Aber wenn er türmt und uns voraus in das Lokal rennt – und jemand kriegt einen Herzinfarkt vor Schreck ...«

»Vielleicht sollten wir gar nicht reingehen, sondern draußen bleiben«, schlug Jo vor. »Wenn er deinen Vater nicht sieht, ist er leichter ruhig zu halten.«

»Hm. Gut, gehn wir zur Rückfront.« Charly, in Leuterbach aufgewachsen, kannte sich aus. Rückwärtig verlief der Stadtbach. Ursprünglich war es der Graben jenseits der Stadtmauer gewesen. Jetzt war die Mauer weg, doch durch den Graben floß immer noch Wasser.

»Ruhig«, gebot Charly, als sich Daniel zu den Wasservögeln hingezogen fühlte.

Er folgte diesmal aufs Wort.

Sie blieben stehen und sahen zur Rückfront des Bären hinauf. Im ersten Stock wurde ein Fenster geöffnet. Ein Mann stieg auf die Fensterbank. Zu erkennen war er nicht, denn er hatte die Zimmerbeleuchtung hinter sich. Man sah nur eine dunkle Gestalt.

Es klettert nicht jeden Tag ein Mann im ersten Stock eines Gasthofes aus dem Fenster. Die Annahme, daß es Alessandro sein könnte, der seiner Verhaftung entgehen wollte, lag nahe.

Er sprang auf den Boden. Statt wegzurennen, blieb er stehen und sprach hinauf.

Eine Frauengestalt zeigte sich, sprang, wurde von ihm aufgefangen.

Das alles hatten Charly und Jo mitangesehen, ohne sich zu rühren oder etwas zu sagen. Sie standen sprachlos.

So reagierten Menschen, wenn etwas ganz und gar Unerwartetes ihre Nerven unvermutet auf die Probe stellt.

Jo fing sich. »He! Bleiben Sie stehen!« brüllte er – widersinnig, denn er hatte keine Möglichkeit, den Mafioso aufzuhalten. Körperlich war er dem drahtigen Mann nicht gewachsen. Torsten wäre es gewesen, doch der zeigte sich nicht.

Charly gebot mit belegter Stimme sehr scharf: »Daniel – Achtung!«

Die beiden Gestalten hatten bei Jos Anruf kurz innegehalten. Sie trennten sich sofort und rannten in verschiedene Richtungen davon.

Sie unterstrichen damit ihre Gefährlichkeit. Professionelle Verbrecher verhalten sich so, um Verfolger zu verwirren.

Alessandro floh den Stadtbach entlang, Fräulein Lehr hielt auf das nahe, hell erleuchtete Kurhaus zu.

»Achtung!« wiederholte Charly.

Der Hund gab einen Laut der Freude von sich. Stellte man ihm eine Aufgabe, so war er eifrig bemüht, sie zur Zufriedenheit zu lösen. Er wußte, daß er mit Hundekeksen und Liebkosungen belohnt wurde.

»Faß!« befahl Charly nun. Es war das erste Mal, daß sie es im Ernst tat.

In langen Sätzen folgte Daniel dem Flüchtling und holte rasch auf. Alessandro spürte wohl instinktiv, daß Gefahr drohte, und wandte sich um.

Die Dogge sprang ihn von vorne an und hatte keine Mühe, den kräftigen Mann auf den Rücken zu werfen.

Daß Charly Angst hatte, wie es weitergehen mochte, merkte Jo ihr an, während sie beide rasch hinstürmten.

»Daniel! Sitz! Sitz! Sitz!«

Daniel setzte sich nicht. Seine Instinkte waren aufgepeitscht. Er hatte eine Beute geschlagen. Die mächtige Schnauze näherte sich mehrfach der Kehle Alessandros. Ein tiefes, unheimliches Grollen drang aus seiner Brust.

So einen Laut hatte Jo den Hund noch nie von sich geben hören.

Charly trat von vorn an das Tier heran und nannte gebieterisch seinen Namen: »Daniel!«

Vor ihr wich er zurück und setzte sich nun endlich.

Jo wandte sich dem Mafioso zu. Der lag starr vor Schrecken und gab keinen Laut von sich. Seine Augen waren weit aufgerissen, das Kinn war fest – als müsse er seine Kehle schützen – an die Brust gepreßt.

Tschugg näherte sich. Er keuchte vor Anstrengung. Seine Dienstpistole hielt er schußbereit in der Hand.

»Bist du wahnsinnig?« fragte er seine Tochter. »Ist dir klar, was hätte passieren können?«

»Man muß ihn loben«, sagte Charly aufatmend. »Er hat seine Aufgabe hervorragend gelöst. Und ich auch!«

Während sich Torsten und ein jüngerer Mann von der Kripo schnell näherten, wandte Jo sich ab. Die eben erlebte Szene setzte ihm zu. Etwas derart Gewalttätiges und Bedrohliches hatte er selten mitangesehen.

Alessandros Leben hatte an einem Faden gehangen. Demnach war es falsch gewesen, den Hund auf ihn zu hetzen!

Und doch hatte er nicht rechtzeitig daran gedacht, Charly davor zu warnen. Er hatte es sogar im Gegenteil instinktiv richtig gefunden.

Er hatte einen Fehler begangen, und zwar einen überaus schweren und bedeutsamen. Es war reines Glück, daß nichts Schlimmes geschehen und der Hund nicht außer Kontrolle geraten war.

Um sich einigermaßen zu beruhigen, war Jo weitergegangen. Plötzlich stand er vor dem Kurhaus.

Im Café saßen noch einige Gäste. Er sah durchs Fenster Fräulein Lehr. Sie telefonierte. Mit wem?

Jo überlegte sich, daß er Tschugg herbeirufen könnte. So weit, wie die anderen entfernt waren, trug seine Stimme.

Doch er hatte nach dem, was er eben erlebt hatte, kein Bedürfnis mehr, jemanden einzufangen.

Fräulein Lehr bezahlte einen Kaffee und kam heraus. Sie sah Jo stehen. Angst verzerrte ihr Gesicht.

Er lächelte sie beruhigend an.

Sie ging an ihm vorbei zur Straße. Er folgte in wenigen Schritten Abstand.

Ein Taxi fuhr heran. Mit der Taxizentrale hatte sie also telefoniert.

Sie stieg ein und wandte sich noch mal zu Jo um. Er tat und sagte nichts. Sie hob kurz die Hand zu einem Gruß, bevor das Taxi mit ihr davonfuhr.

Der Regen wurde wieder stärker. Jo merkte, daß er sich davor schützen mußte, wenn er nicht riskieren wollte, eine Erkältung einzufangen.

Er lief rasch zu den anderen.

Geändert hatte sich wenig, nur daß Alessandro jetzt Handschellen trug und auf seinen Füßen stand.

Der Hund war lammfromm. In Gegenwart des Kommissars war er das immer.

Fünfter Teil

Der Rest der Beute

23

Jo hörte einen Wasserkessel pfeifen und wachte vollends auf.

Kurz vorher hatte ein Eichelhäher angefangen zu schreien. Wenn Eichelhäher Krach schlagen, droht den Vögeln Gefahr. Es sind die Wächter der Singvögel.

Jo schälte sich aus seinem Schlafsack. Er hatte ihn am Abend zuvor auf dem Bett ausgebreitet. Auf dem anderen Bett lag Torsten, auch im Schlafsack.

Die Betten waren lange nicht benutzt und möglicherweise klamm. Im Schlafsack riskierte man nichts.

Jo trat ans Fenster, um nach der Gefahr Ausschau zu halten. Der Himmel hatte sich nach den heftigen Regenfällen und Gewittern geklärt. Er überspannte in zartem Blau, das nur an den Rändern weißlich angehaucht war, die Voralpenlandschaft.

Der Garten wirkte verwildert. Es kümmerte sich niemand mehr drum, seit die Tschuggs in der Stadt wohnten und nur an Wochenenden und im Urlaub herkamen.

In einem Gesträuch rasselte und prasselte es laut. Der Eichelhäher auf dem Kirschbaum schrie sich heiser.

Aus dem Gesträuch trat ein Fuchs. Unwillig blickte er sich um. Wie konnte er ein Frühstück fangen, wenn der Eichelhäher ihn verriet?

Der Wasserkessel war nicht mehr zu hören. Das bedeutete, der Kommissar – Frühaufsteher wie Jo – hatte sich Kaffee aufgebrüht.

Jo kramte aus der Satteltasche, die er am Rad mitgeführt und über Nacht beim Bett deponiert hatte, seinen Toilettebeutel mit Zahnbürste und Seife und ging duschen.

Da das Wasser einigermaßen heiß aus dem Durchlauferhitzer floß, begann der Tag soweit angenehm.

Angezogen war er rasch. Bevor er wieder nach unten ging, überlegte er, ob er Charly wecken sollte. Eine Verstimmung hatte ihnen gestern den Abend verdorben. Seine Beschwerden über den Hundeeinsatz waren bei ihr auf keinerlei Verständnis gestoßen.

Wenn der Hund ihm schon einfiel, konnte er ihn auch rauslassen. Er schaute ins andere Dachgeschoßzimmer – Charlys frühere Bude – und hielt das muntere Tier von sich ab. Es wollte an ihm hochspringen.

Daniel spürte, daß seine Morgenbegrüßung in dieser stürmischen Form unerwünscht war, und polterte die Treppe hinunter. Jo hörte ihn an der Küchentür kratzen und sagte sich, daß der Kommissar seinem Tier den Durchgang zum Garten öffnen würde.

Jo wartete auf ein Lebenszeichen von Charly. Sie schlief gern ebensolange wie Torsten und rührte sich nicht. Er warf einen Blick auf ihre Aquarelle, die von früher noch über dem Bett hingen. Daß Charly sich dazu bekannte, gefiel ihm. Besonders künstlerisch waren die Blätter nicht, aber genau beobachtet.

An Büchern erkannte er die vielen Bände ihres seinerzeit geliebten Karl May. Der Kommissar hatte ihr zu jeder Gelegenheit einen geschenkt, um sie selbst alle noch mal lesen zu können.

Charly hatte sie nicht in die Stadt mitgenommen, zitierte sie aber gelegentlich. Hamdulillah! rief sie statt Gott sei Dank, und sagte Inschallah, wenn sie zum Ausdruck bringen wollte, daß man die Ereignisse nicht beeinflussen konnte: Wie Gott will.

Standen Fragen der Moral zur Debatte, so gab Charly gern zu bedenken: Winnetou stirbt als Christ!

Um seine Freundin nicht zu stören, verließ er ihr Zimmer. Als er die Küche betrat, erlebte er den Schock der Saison.

Bonnie stand vor ihm.

Ihre Aufmachung war nicht die einer Besucherin von außerhalb. Sie trug ihren feinsten Morgenrock, den sogenannten Krankenhausmantel. Sie hielt ihn für Klinikaufenthalte in Reserve – und für Reisen, Hotelübernachtungen und andere Gelegenheiten, bei denen sie einen guten Eindruck zu hinterlassen hoffte.

Jo war ein Sohn von Welt. Aber nun mußte er doch schlucken, bevor ihm ein – gekrächzt klingendes – »Guten Morgen, Mutti« gelang.

»Ich dachte mir, daß du es bist«, sagte sie zutraulich. »Niemand sonst steht so früh auf.«

»Ja – besonders du nicht.«

»Der Kommissar muß früh weg«, sagte sie, weiterhin im Ton selbstverständlicher Zutraulichkeit und Intimität. »Er soll vorher gut frühstücken, meine ich.«

»Ist ja 'ne Überraschung«, sagte Jo. In dieser wenig taktvollen Antwort ballten sich seine widersprüchlichen Empfindungen und hastigen Überlegungen zusammen. Wie Blitze schossen die Gedanken durch seinen Kopf.

Wenn Bonnie was mit dem Kommissar hatte, waren dann Charly und er plötzlich Bruder und Schwester?

Durfte er Charly nur noch auf die Wange küssen? Natürlich nicht. Aber peinlich blieb es doch, wenn er, als der älteste Sohn der Familie, ihr, als der ältesten Tochter, einen richtigen Kuß gab. Das Gesicht von Besuchern dabei mochte er sich gar nicht vorstellen.

Es war offenbar Bonnies Schicksal, Chaos um sich zu verbreiten. Selbst wenn sie sich mit dem solidesten Mann der Welt zusammentat, um nicht zu sagen, dem spießbürgerlichsten.

»Du solltest nicht überrascht sein«, widersprach Bonnie. »Setz dich, für dich und mich hab' ich eine gute Cup of... Recht so?«

Eine gute Tasse Tee konnte er wahrhaftig vertragen, auf den Schreck hin. »Sehr recht, Bonnie.« Er setzte sich.

Vor ihm stand auf dem Tisch englische Orangenmarmelade. Auch der Tee war englisch, wie er der Packung ansah.

Tschugg war ein uriger deutscher Mann. Niemals wäre er auf die Idee verfallen, britische Delikatessen fürs Frühstück einzukaufen. Er schätzte das Ausland nur in der Form von Sandstränden, an die man sich legte, um wieder Lust aufs Meer zu kriegen.

Dieses Frühstück, folgerte Jo, war von Bonnie eingekauft worden. Die Nacht im Hause des Kommissars – um nicht zu sagen: in dessen Armen – war nicht Resultat einer plötzlichen Aufwallung. Sie war geplant worden. Von Bonnie, die Leuterbachs einzigen Delikatessenladen gefunden, und von Tschugg, der die Rechnung bezahlt hatte.

Die beiden wußten, was sie wollten.

Die Situation stellte sich als ernstzunehmend heraus, und Jo fühlte sich immer beklommener.

Gebräunte Weißbrotscheiben sprangen aus dem Toaster. Jo strich Orangenmarmelade auf seinen Toast, süßte den Tee und polsterte sein Herz, so gut es ging, mit Wurstigkeit.

Bonnie würzte einem das Leben mit Überraschungen. So war sie eben. Langweilig wurde einem selten.

»Den entscheidenden Tip erhielt er nämlich von mir«, verriet ihm seine Mutter. »Deshalb hatte der Kommissar nichts dagegen, mich im letzten Stadium dabei zu haben . . .«

Warum nannte sie ihn nur immer bei seinem Dienstrang? Übrigens war er Oberkommissar, wenn schon.

»Für mich war es eine Gelegenheit, die Zwerge endlich zu besuchen.«

»Und hast du sie besucht?«

»Selbstverständlich!« Bonnie legte gekränkte Entrüstung in ihre Stimme. »Traust du mir zu, daß ich nach Leuterbach reise, ohne meine beiden Würmchen im Heim wiederzusehen? Muß schon sagen...!«

Dazu schwieg Jo diplomatisch. Bonnies letzter Besuch bei den Zwergen lag, wenn er richtig rechnete, ein Jahr zurück.

»So arm dran sind sie übrigens nicht, wie ich mich gestern wieder überzeugen konnte. Die Schwestern lieben sie. Und sie die Schwestern. Und dann Torstens Freundin – äh...«

»Marion Heeb.«

»Marion. Die versteht es. Für ein Lehrmädchen! Kaum zu glauben!«

Die unpassende Arroganz Bonnies – sie selbst hatte keine Lehre und auch sonst keine Ausbildung abgeschlossen – erboste Jo.

»Marion ist die einzige Tochter des größten Bäckers am Ort! Sie brauchte keinen Streich zu tun und könnte ihr Leben damit verbringen, Gebäck zu mampfen! Daß sie lieber die Kinder anderer Leute hütet, rechne ich ihr hoch an.«

Bonnie spielte die Erstaunte. »Habe ich nicht just dieses in meiner zweifellos ungeschickten Art auszudrücken versucht?«

»Wirklich nicht, Bonnie. Du hast gesagt, ›für ein Lehrmädchen‹. Als ob nur Leute mit Abitur zählten! Ich hab' meins übrigens auch noch nicht.«

»Du hast recht, ich überschätze den Wert der sogenannten höheren Bildung.«

Verwundert blickte Jo auf. Daß seine Mutter zugab, im Unrecht zu sein, geschah so gut wie nie. Selbstkritik war etwas, das Bonnie von anderen erwartete.

»Was war das für ein Tip von dir?« fragte er, um abzulenken.

»Daß sechzigtausend Mark erbeutet worden sind und nicht nur vierzigtausend, wie die Bank meldete. Es war also *zuviel* Geld in Fräulein Lehrs Kasse, alles klar?«

»Alles nicht«, gab Jo zu.

»Na, sonst besteht die Katastrophe für die Schalterleute doch darin, daß Geld fehlt.«

»Soweit kann ich folgen.«

»Und Fräulein Lehr hatte zuviel Geld. Sie verschwieg diese überschüssigen zwanzigtausend Mark. Es gibt nur eine Erklärung. Die liegt in der Person dieses zwielichtigen Bekannten von ihr. Er brachte ihr Blüten. Die hat sie zum echten Geld gepackt. Also bedrucktes Papier zum echten Geld. Irgendwann hätte sie, damit die Differenz nicht auffiel, so viel echtes Geld weggenommen, wie an Blüten auf ihrem Zahlbrett lag. Aber das hatte sie bis zum Zeitpunkt des Überfalls noch nicht getan. Es ist also anzunehmen, daß sie die Blüten erst kurz vorher empfangen hatte. Jedenfalls lagen beim echten Geld im Wert von vierzigtausend Mark auch Blüten im Nominalwert von zwanzigtausend.«

»Herrgott, kann man das beweisen?«

»*Ich* habe den Beweis ermöglicht«, erklärte Bonnie schlicht.

»Und wie?«

»Ich hab' meinen Anteil an der Beute«, sie lächelte über ihren Scherz, »also die zwanzigtausend, der Polizei zur Verfügung gestellt. Es waren etliche tausend Mark Falschgeld dabei.«

»Dann müssen Eisenkreuz und Wurfstern auch einen Teil Blüten haben!«

»Richtig.«

»Ob die das ahnen?«

»An so etwas denken sie nicht.«

Jo überlegte. »Der Cavaliere hat Fräulein Lehr und ihre Stellung in der Bank dazu mißbraucht, um seine Blüten in echtes Geld umzutauschen.«

»Offenbar.«

»Das hätte noch lange so weitergehen können.«

»Wer weiß.«

»Rausgekommen ist es infolge des Banküberfalls.«

»Freilich.«

»Dann haben Eisenkreuz und Wurfstern der Bank sozusagen einen Gefallen getan.«

Bonnie lachte auf. »Soweit wird außer uns kaum jemand gehen, besonders kein Richter.«

»Trotzdem, man müßte es den Jungs sagen. Bevor sie das falsche Geld mit dem echten zusammen ausgeben. Nimm an, sie stellen sich. Das wäre ein Beitrag zur Aufklärung der Blütenwäsche.«

»Tja.«

»Man müßte es ihnen sagen«, wiederholte Jo leise. Bonnies neuer Freund brauchte das nicht zu hören.

»Wenn man nur wüßte, wo sie zu erreichen sind!«

»Vielleicht ahnt man es«, sagte Jo noch leiser und lächelte vielsagend.

»Du spinnst«, lautete Wurfsterns Meinung, als Eisenkreuz seinen Rucksack aufs Bett ausleerte. Heraus purzelten Geldbündel. »Es ist dein Anteil, Mann. Du hast ihn dir verdient!«

»Gehört alles dir.«

»Du bist nicht normal.«

»Im Gegenteil, allmählich nehme ich wieder Vernunft an. Tina und ich brauchen dieses Geld nicht.«

»Bringt ihr euch um?«

Eisenkreuz lachte auf. »Wir fangen erst richtig an zu leben!«

»Also, überall auf der Welt biste mit Geld besser dran als ohne. Das weiß der Dümmste.«

»Wurfstern, hör zu. Warum meldet die Bank vierzigtausend Mark Verlust, wenn es sechzigtausend Mark sind?«

»Die irren sich eben. Jeder kann sich irren.«

»Aber am Bankschalter nicht, sonst hast du deinen Job gehabt.«

»Es muß ein Irrtum sein. Sonst wär es unmöglich, daß sie den Verlust runterspielen.«

»Auf keinen Fall wird eine Bank einen Verlust unvollständig angeben. Wenn es trotzdem passiert, ist das verdächtig.«

»Versteh' ich nicht.«

»Es stimmt mich mißtrauisch.«

»Das ist gutes, normales Geld! Von uns persönlich noch mal durchgezählt.«

»Ich will dir nichts einreden. Vielleicht hast du recht. Aber Tina und ich, wir fühlen uns ohne das Geld sicherer.«

»Dann spinnt sie genauso wie du.«

»Es gehört jetzt alles dir. Du kannst es ausgeben, wie du willst.« Wieder lachte er auf. »Viel Vergnügen auf Hawaii.«

»Klar. Und wenn ich mal Kontakt mit dir aufnehmen will?«

»Klappre in Bozen die richtigen Kneipen ab. Wenn ich nicht auftauche, sind wir anderswo. Dann vergißt du uns besser.«

Wurfstern wandte das Gesicht ab. »Immer soll ich die Leute vergessen, an denen mir was liegt.«

»So ist das Leben«, sagte Eisenkreuz.

»Für dich und Tina aber nicht.«

»Mach's gut.« Eisenkreuz umarmte seinen Kameraden und drückte ihn. Dann ging er rasch hinaus.

Wurfstern folgte ihm nicht. Er hörte, wie sein Freund das Motorrad anließ.

Der mächtige Motor dröhnte eine Weile im Leerlauf. Das klang wie ein Zuruf...

Wurfstern wollte die beiden nicht abfahren sehen. Doch seine Wünsche waren, wie immer, nicht gefragt. Also ging er nach einer Weile doch raus.

Daß er nachgab, freute die anderen wieder einmal. Eisenkreuz winkte ihm zu, auch Tina hob grüßend die Hand.

Eisenkreuz legte nun endlich den Gang ein, die Maschine rollte bergabwärts. Sie wurde kleiner und verschwand hinter Latschenbewuchs.

Den Rest der Piste verdeckte das Gelände. Wurfstern ging ins Haus zurück und horchte. Niemand war da.

Der Senn stand früh auf und war viel weg. Man sah ihn selten.

Wurfstern setzte sich ans Bett. Eine Weile kramte er in Marcos Geldbündeln. Er war sich bewußt, daß er sie in seine eigene Tasche umräumen mußte.

Lästige Plage, Lustgewinn null.

Sein Motorrad stand draußen. Aber wo sollte er hinfahren?

Er ging in die Küche und trank den kaltgewordenen Tee vollends aus. Zu »de Viecha« gehe er, hatte der Senn gebrummelt. Wurfstern beschloß, ihn zu suchen. Vielleicht konnte er dem Mann bei der Arbeit helfen.

Irgendeine nützliche und angenehme Beschäftigung mußte doch auch er finden können. In Gesellschaft womöglich, und nicht allein.

»Abgeschlossen ist nicht«, meldete Torsten. Er hatte die Klinke der Haustür niedergedrückt. Zögernd betrat er die Sennhütte auf der Alpe Bürenreuth.

Im Flur roch es intensiv nach Holz.

Nach einigen Schritten konnte Torsten die Küche einsehen. Vier Gedecke standen noch auf dem Tisch. Je eins für den Senn, Tina, die beiden Bankräuber.

»Aber zu Hause ist niemand«, sagte Charly. Sie hatte draußen einige Male kräftig »Hallo!« gerufen. Nun folgte sie Torsten zum Kücheneingang.

Es war ein seltsames Gefühl, ein fremdes Haus zu betreten, auch wenn es offenstand.

Sie gingen wieder hinaus.

Bonnie, erschöpft vom Aufstieg, ließ sich ächzend auf die Holzbank neben der Tür fallen.

Jo war zum Motorrad gegangen, das abseits abgestellt war. Nachdenklich stand er davor.

»Was ist, worüber zerbrichst du dir den Kopf?« rief Torsten hinüber.

»Wieso steht hier nur eine Maschine?« fragte Jo dagegen.

»Er hat recht«, sagte Torsten zu Charly. »Tina ist von zwei Motorradfahrern abgeholt worden.«

»Dann ist einer vielleicht schon abgehauen«, meinte Jo. Er kehrte zurück und setzte sich neben seine Mutter.

Charly sagte: »Vielleicht bloß in die Stadt runtergefahren!«

»Das wissen wir nicht.«

»Und was jetzt?« fragte Torsten. »Ich muß sagen, ich hab' nicht erwartet, ein leeres Haus vorzufinden.«

»Was würden wir tun, wenn der Kommissar hier wäre, oder vielmehr, was täte er an unserer Stelle?« erkundigte sich Bonnie.

Die Frage veranlaßte Charly zu einem scharfen Blick in Bonnies Richtung.

Die Beziehung zwischen den beiden Frauen war gespannt. Auch für Charly war es, wie für Jo, ein Schock gewesen, von der unvermuteten Annäherung zwischen ihrem Vater und Jos Mutter zu erfahren.

Selbstverständlich gönnte Charly ihrem Väterchen eine Freundin, aber mußte es diese sein?

»Mein Vater«, sagte sie betont, »würde als erstes das Haus durchsuchen. Nach dem Geld und den Waffen.«

»Vorausgesetzt«, warf Bonnie besonnen ein, »er hätte einen richterlichen Durchsuchungsbeschluß.«

»Den brauchte er nicht«, zwitscherte Charly in süßem Ton, »weil er Gefahr im Verzug annehmen dürfte, dazu Flucht- und Verdunkelungsgefahr.«

»Aha. Na gut. Dann tun wir doch, was er täte!«

»Halte ich für ungesetzlich.«

Bonnie wedelte großzügig mit der Hand: »Wer wird es uns vorwerfen?«

Darauf schwieg Charly. In der Tat war es schwer vorstellbar, daß ihnen jemand Schwierigkeiten bereitete, wenn sie unter diesen Umständen in die Sennhütte eindrangen.

»Bonnie hat recht«, sagte Torsten und trat energisch vor die Haustür, die er wieder geschlossen hatte. Eine bedrückende Möglichkeit ging ihm im Kopf herum: »Während wir hier quasseln, sitzt Tina vielleicht irgendwo gefangen, hört uns und betet, daß jemand nach ihr sieht.«

»Hast du nicht gesehen, daß sie freiwillig mit den Motorradfahrern weggefahren ist und die Entführung nur vorgetäuscht hat?« fragte Jo erstaunt.

»Vielleicht hat sie es sich anders überlegt.«

»Ein dünnes Vielleicht, Häuptling. Ich bin dafür, wir rufen den Kommissar an. Er soll die Polizei heraufschicken.«

»Das Telefon mußt du aber vorher anschließen lassen.« Charly wies zum Dach.

Jo blickte hoch und kapierte, was sie meinte: Es führten keine Kabel zum Haus. Diese Alm hatte keine Elektrizitätsversorgung.

»Ich geh' da jetzt rein und suche Tina«, verkündete Torsten. Er öffnete die Tür der Sennhütte zum zweitenmal.

»Bin dabei«, erklärte Bonnie. Sie hatte sich erholt und wirkte unternehmungslustig.

»Wir gehn alle zusammen«, schlug Jo vor.

Es war ein altes Haus. Fast ganz aus Holz. Im Erdgeschoß wurde der meiste Raum von der Küche eingenommen. Ansonsten ging eine Kammer vom Flur ab. Auf einer Schlafstelle lag blau gewürfeltes Bettzeug. Davor standen Männerschuhe. Drei in die Wand eingeschlagene Nägel waren die Garderobe. Daran hingen ein Arbeitskittel, ein Filzhut und eine Hose.

Der Senn selbst bewohnte die Kammer. Logisch, er schlief neben der Küche, um von der Wärme zu profitieren, die der Herd abstrahlte – hier oben wurde es gewiß auch im Sommer recht kühl, wenn die Sonne nicht durchkam. Und nachts ohnehin.

Eine Treppe führte unters Dach.

Zwei Türen. Torsten öffnete eine und Jo die andere.

»Alles zu mir!« rief Torsten scharf.

Nachdem sie zu ihm aufgeschlossen hatten, wurde eine Zeitlang nichts gesprochen. Das Geld auf dem ungemachten Bett verschlug ihnen den Atem.

Es ist ein Unterschied, ob man eine noch so einleuchtende Vermutung entwickelt – oder den Beweis für ihre Richtigkeit vor Augen hat.

Bonnie faßte sich als erste. Für sie war der Anblick nicht neu.

»Das ist nur etwa ein Drittel der Beute«, schätzte sie.

Jo ging zu einer Tasche neben dem Bett. Er öffnete den Reißverschluß und sah rein. Dann kippte er, ohne eine Miene zu verziehen, die Tasche um. Weitere Geldbündel fielen heraus.

Charly stieß unwillkürlich einen Laut der Ehrfurcht aus. »Wenn ich denke, daß damit mein Studium lokker finanziert wäre, wird mir ganz anders.«

»Der Unterschied zwischen arm und reich geht einem auf«, bemerkte Torsten.

»Wieso, seid ihr nicht reich?« fragte Jo. Er war etwas gereizt. Ihm fiel bei dem Anblick ein, daß er nie wieder beim Lebensmittelhändler würde borgen müssen.

»Wenn du für Geld gearbeitet hast und es in den Betrieb stecken mußt, stehst du anders dazu.«

Bonnie sagte: »Seien wir froh, daß wir dem Anblick charakterlich gewachsen sind. Uns stünden sonst schwere Prüfungen bevor.«

»Und Ärger«, fiel Charly ein. »Es sind 'ne ganze Menge Blüten dabei.«

»Kurzum, wir scheißen auf das Geld«, faßte Jo derb zusammen.

Seine Mutter ermahnte ihn mit einem knappen: »Na aber!«

Torsten und Charly lächelten verbissen.

Sie durchsuchten das Zimmer. Bonnie sagte: »Ich erkenne Wurfsterns Sachen.« Sie ging zum ungemachten Bett und nahm das Kopfkissen weg. Darunter lag eine Pistole.

»Nicht anfassen!« warnte Charly sofort, und Bonnie nahm folgsam ihre Hand zurück.

Jo ging zum anderen Bett. Da es unbenutzt wirkte –

jedenfalls gemacht war – hatte es bisher niemand beachtet. Als er das Kopfkissen anhob, fand er die zweite Pistole.

»Beide Tatwaffen sichergestellt«, verkündete er nicht ohne Stolz.

»Und die Beute!« rief Charly.

»Aber wo ist Tina?« fragte Torsten in gequältem Ton.

Durch das Geläut von Kuhschellen hörte Wurfstern eine Art Blöken. Er änderte seine Marschrichtung – auf diesen ängstlichen Laut hin. Da rief ein Jungtier um Hilfe.

Bisher war Wurfstern in gemächlichem Trott aufwärts gewandert. Die gesamte Herde, die der Senn betreute, bestand aus über hundert Tieren. Etwa dreißig davon waren auf dem Steilhang verteilt, der vor Wurfstern bis zum Waldsaum aufragte.

Es waren die einfarbig braunen Allgäu-Rinder. Sie hatten schöne Gesichter, fand er. Über ihre Stirnen fiel eine Art Lockenwuchs, und die Ohren wirkten wie nachträglich an den Köpfen festgemacht; sie saßen überraschend tief und waren kräftig. Buschiger bewachsen, als er erwartet hätte.

Freilich hatte Wurfstern, als Bewohner der Städte, bisher noch nie ein Rindvieh seiner Aufmerksamkeit für würdig erachtet. Milch war etwas, das sich in Tüten befand.

Das Tier – sah er beim Nähergehen – hatte sich verstiegen. Er erschrak.

Der Senn hatte ihnen berichtet, daß er für das Wohlergehen jedes Stücks verantwortlich und auch haftbar sei. Es sei die Ehre des Hirten, im Herbst die gesamte Herde, wie er sie im Frühsommer in Empfang genommen hatte, unversehrt abzuliefern.

Wer zum Viehscheid kein Tier verloren hatte, durfte mit blumengeschmückten Kühen abwärts ziehen und sich im Bierzelt feiern lassen. Tiere zu verlieren, wenn sie durch Aufmerksamkeit zu retten gewesen wären, brachte Schande.

Die Situation war schwierig.

Das Jungtier hatte sich zwischen gerodeten Baumstümpfen immer weiter von der Weide wegbewegt. Es war vom saftigen Gras angelockt worden, das zwischen den Stumpen zu finden war.

Bei dem Tier handelte es sich um einen – wie Wurfstern den Senn hatte sagen hören – Schumpen: Jungkühe, die noch keine Milch gaben.

Immer angstvoller klang das »Ööööhhhh...!« zu ihm herüber.

Während er die Baumstämme überkletterte, wurde ihm der Grund für die Furcht des Schumpen rasch klar.

Bis zu einer Geröllmure hatte sich das Tier vorgearbeitet. Jetzt konnte es nicht mehr weiter – aber zurück auch nicht, es hatte sich zwischen zwei Baumstumpen verkeilt.

Unter den Klauen des Schumpen gaben einzelne Felsbrocken bereits nach. Sie lösten sich aus der Geröllmasse und kollerten zu Tal. Sprangen, hüpften und gewannen zunehmend an Geschwindigkeit.

Zweihundert Meter weiter unten flachte das Gelände wieder ab. Bis dorthin gab es kein Halten.

»Ich komm ja schon, bin auf dem Weg!« rief Wurfstern beruhigend.

Der Schumpen schnaute sich ängstlich nach der menschlichen Stimme um, die Hilfe versprach, und wiederholte sein verzweifeltes »Ööööhhh!«

Der Senn regte sich auf. Bankräuber? Ja, so zwei Schlawiner. Ja, wenn er das gewußt hätte. Einzeln hätte er sie erschlagen, mit einem Knüppel. Die wären nicht mehr aufgestanden. Ja, solche Bazi, solche elendigen.

Bonnie und Charly hatten Mühe, den Mann zu beruhigen.

Torsten und Jo hielten sich weise im Hintergrund und gaben dem Mann Gelegenheit, sich vor den Frauen zu rechtfertigen. Und ein wenig aufzuspielen.

Nachdem er die Pistolen betrachtet und die Geldbündel fluchend in seinen Händen gehalten hatte, kam er zur Sache: Ja, also der eine von den Bazis, der Neffe, der sei mit der »Freindin« weg. Richtung Italien, habe man ihm erzählt. Aber könne man solchen Bazis auch nur ein Wort glauben? Er glaube gar nichts mehr.

Der andere aber, der sei noch da. Den derschlage er, den bringe er um. Mit eigener Hand ziehe er ihm das Fell vom lebendigen Leib, dem Saubär, dem greisligen.

»Können wir von hier aus die Polizei benachrichtigen?« fragte Bonnie.

»Mit meim Apparat«, erwiderte der Senn stirnrunzelnd. »Warum net?«

»Sie haben Telefon?« fragte Charly. Sie zweifelte an ihrem Verstand.

»An Kurzwellensender«, knurrte der Senn.

Nach den schweren Regenfällen sei das Gelände in Bewegung, hatte der Senn sie gewarnt. Daran erinnerte sich Wurfstern jetzt.

Für das Tier war keine Rettung denkbar, außer er selbst traute sich auf die Geröllmasse hinaus. Es mußte möglich sein, den Schumpen von vorn so zu erschrecken, daß er instinktiv zurückwich und sich so aus der Umklammerung durch die zwei Baumstumpen löste, zwischen denen er feststeckte.

Wurfstern sah sich die Mure an. Unter dem Tonnengewicht eines Rinds rutschte sie sicher sofort ab. Er selbst wog aber nur den zwanzigsten Teil einer Tonne.

Über die Steine hinauszutanzen und gleich wieder zurück, bevor sie ins Rutschen gerieten, mußte wohl möglich sein.

Er holte tief Luft. Ein Stein- oder Gamsbock hätte es ohne Zögern getan. Schwerer als ein Bock war er nicht. Also woher die Nervosität? Überängstlichkeit, nichts anderes. Sie hinderte einen am Leben, wenn man sie nicht überwand.

Nachdem er sich darauf konzentriert hatte, sich möglichst leicht zu machen, lief er auf die Mure hinaus.

Er drehte sich zu dem verschreckten Tier um, schwenkte wild seine Arme und brüllte es an: »Weg, weg! Zurück, hau ab!«

Als ein Brocken unter ihm zu rutschen begann, sprang er auf den nächsten. Der rutschte auch schon.

Die ganze Mure setzte sich unter ihm in Bewegung.

Der Schumpen befreite sich mit einem bestürzten Satz rückwärts. Erleichtert trabte das Tier zu seiner Herde zurück, geleitet vom Schellengeläut.

Wurfstern gelangte aus dem Sog der Mure nicht mehr heraus. Er versuchte noch, auf den Beinen zu bleiben.

Lawinen, ob aus Schnee oder Geröll, geben einen anhaltenden, bedrohlich dunklen Ton von sich. Er erreichte als Grollen, das nicht enden wollte, die Sennhütte.

Sie standen im Freien und blickten dem Polizeihubschrauber entgegen, der sich zur Alm herabsenkte.

Kommissar Tschugg sprang heraus. Er hörte sich an, was in der Eile zu sagen war.

Der Senn konnte kaum an sich halten. Eine Mure sei abgegangen, das sei viel wichtiger als Bankraub oder Falschgeld. Bei einer Mure gehe es um Tod und Leben. Für seine Tiere!

»Also gut«, stimmte der Kommissar zu, »checken wir erst die Mure.« Er lief mit dem Senn zum Helikopter.

Zur Überraschung der Freunde lief Bonnie hinterher und konnte tatsächlich mit einsteigen.

Die Gestalt lag, von Steinen halb verschüttet, am unteren Ende der langen Geröllhalde, in der es noch immer rumorte. Einige Steine regten sich und sprangen plötzlich meterweit abwärts.

Tschugg erreichte den Körper als erster. Von den Warnungen, die der Senn hinter ihm her brüllte, ließ er sich nicht beirren. Er legte Wurfsterns Kopf frei und preßte seinen Zeigefinger an die Halsschlagader.

Bonnie kauerte sich neben ihm nieder.

»Weg da!« fuhr Tschugg sie an.

»Ich bleibe«, antwortete sie.

»Kein Puls«, sagte er nach einer Weile.

Bonnie blickte fest in Wurfsterns Gesicht. Schließlich legte sie ihre Hand über seine halb offenen Augen und schloß die Lider.

»Das war tapfer«, sagte der Kommissar. »Ich hab' es selbst tun wollen, aber ...«

»Du warst nicht sein Freund«, sagte sie. »Das ist der Unterschied.«

Nachspiel

Am Baggersee

24 Die Zwerge konnten sich nicht an den Hund gewöhnen. Jedesmal, wenn Daniel sich bloß rührte, fielen sie schier in Ohnmacht. Sandra stieß einen Schrei aus, als das Tier gähnte. Sie suchte bei Jo Schutz und griff instinktiv nach ihm. Das tat sie so plötzlich, daß es den Hund irritierte. Er knurrte. Nun wimmerte Sandra.

Peter wußte nicht, von wem er sich beschützen lassen könnte. Er hatte einfach nur Angst. Nackte, unverhohlene Angst.

Jo bemühte sich zunächst um Verständnis, obgleich Feigheit kein angenehmer Charakterzug ist. Er erläuterte den Geschwistern, daß Daniel eine Seele habe. Oder zumindest ein Gemüt, das sich von dem der Menschen wenig unterscheide. Er brauche Liebe und freue sich über freundliche Zuwendung.

Andererseits sei er ein Tier und habe Instinkte. Laufe man vor ihm weg, werde sein Jagdinstinkt geweckt. Er sei immerhin ein Raubtier, also ein Beutegreifer und Fleischfresser von Anlage, darauf möge man Rücksicht nehmen und ihn nicht reizen.

Vielleicht war es verkehrt, den Zwergen einen Vortrag über die Caniden zu halten – die große Familie der Hunde. Daß sie als Wölfe wild leben und in Rudeln jagen. Daß sie als Schakale Aas fressen. Es beruhigte die Zwerge in keiner Weise.

»Ich kann mit diesen Kindern nichts anfangen«, gestand er seiner Freundin.

Charly hatte vollstes Verständnis für seine Vorbehalte. Ihr graute bei dem Gedanken, das Haus ihres Vaters mit fremden Menschen teilen zu müssen. Darauf liefen die Pläne des Kommissars hinaus. Er wolle Bonnie heiraten, sagte er ganz offen. Bonnie bestätigte es und erklärte sich gewillt, das Risiko einer neuerlichen, festen Bindung einzugehen.

Für Bonnie wäre es die dritte Ehe gewesen, für den Kommissar die zweite.

Für Jo und Charly eine Katastrophe, doch damit kamen sie bei ihren Altvordern schlecht an.

Der Kommissar gab sich sehr seriös und verantwortungsbewußt. »Du wirst«, sagte er zu seiner Tochter, »mit Riesenschritten erwachsen. Wenn du eines Tages ausziehst, und das kann schnell passieren, darf ich mich nicht beklagen. Sonst wirfst du mir vor, ich würde dich an deiner Entfaltung hindern, und zu recht! Was bleibt mir dann? Schon jetzt erscheint es mir oft so, als würde ich bloß noch die Jahre versitzen und auf meine Pensionierung warten. Gut, aber was dann? Danach kann ich die Jahre bis zu meinem Tod versitzen. Ist das ein Leben? Kannst du es deinem Vater wirklich verübeln, wenn er es noch einmal mit familiärem Trubel und kleinen Kindern versuchen möchte, die ihn brauchen? Du brauchst mich nicht mehr, Lotte. Und das ist ja auch gut so.«

Bonnie argumentierte, nach ihrer Art, eher spitz und aggressiv. »Du hältst mir seit Jahren vor, daß die Zwerge im Heim aufwachsen. Wenn ich auf dich gehört hätte, wäre ich von morgens bis abends mit einem schlechten Gewissen rumgelaufen. Was für eine Rabenmutter, die ihre Kinder nicht selbst großzieht! Und dann unsere – sagen wir – Unversorgtheit, die du, mein Lieber, ständig übertreibst. Du warst nicht unversorgt. Du hast nur beliebt, dir selbst leid zu tun. Jetzt biete ich dir alles, was du immer wolltest. Einen Familienvorstand mit festem Beamtengehalt und einem Haus mit Garten. Mit Hund sogar! Was hast du denn noch an mir auszusetzen? Oder muß ich glauben, daß du immer einen Grund findest, deine arme Mutter zu kritisieren? Egal, was sie tut?«

In erbaulichen Kinderfilmen versuchen die aufgeweckten, dabei liebevollen Junioren unentwegt, heiratsunwillige Elternteile aus ihrem Single-Dasein zu erlösen und miteinander zu verkuppeln.

Charly und Jo hätten viel darum gegeben, wenn sie einen Weg gewußt hätten, die drohende Verehelichung des Kriminaloberkommissars mit der praktizierenden Gammlerin zu verhindern. Es fiel ihnen keiner ein, so sehr sie sich auch den Kopf zerbrachen.

»Es läuft darauf hinaus«, prophezeite Jo düster, »daß du und ich uns demnächst als Bruder und Schwester unterm selben elterlichen Dach begrüßen können! Dabei haben wir schon einiges miteinander getan, das Geschwistern verboten ist.«

»Die machen aus meiner schönen Teenagerzeit nachträglich eine Art Blutschande!« entsetzte sich Charly.

»Genau! Du hast recht! Wo Bonnie ist, ist das Chaos. Ich sag' das schon lange. Fühlt dein Vater es denn nicht? Geht ihm nicht auf, was für eine unberechenbare Person meine Mutter ist?«

»Ich hab' den Verdacht, das mag er gerade. Die Zeit mit mir war ihm zu ruhig«, klagte Charly.

Halb widerwillig mußten sie darüber lachen.

Auch Torsten und Marion Heeb kämpften mit Beziehungsproblemen.

»Vielleicht ist es besser, einsam zu sterben wie Wurfstern«, grübelte Torsten selbstquälerisch. »Wenigstens hat er niemanden betrogen – wie ich dich. Oder wir handeln wie Tina und Eisenkreuz, brennen zusammen durch und fangen irgendwo neu an, wo wir ganz fremd sind und nur uns haben. Dort verfiele ich nicht auf die Idee, anderen Mädchen nachzuschauen.«

»Und wenn wir weitermachen wie jetzt?« fragte Marion.

»Ich bin zu schwach«, wandte Torsten ein. »Ich sage dir, ich bin leider ein zum Erschrecken schwacher Mensch. Solange du bei mir bist, und ich dich vor mir sehe, wie jetzt, klopft mir das Herz bis zum

Hals, und ich weiß, ich liebe nur dich. Aber wenn wir eine Weile getrennt sind, dann passiert es – es passiert einfach! –, daß ich eine andere sehe. Und alle Schwüre sind vergessen.«

Zwischen Mitleid und Belustigung schwankend, sah Marion ihn an.

»Geht es dir nicht auch so? Nie?« bohrte Torsten in ihrer Seele.

»Ich weiß nicht. Ich geh' schon mal mit einer Clique aus. Dann laß ich mich küssen ...«

»Du läßt dich küssen?« fuhr er hoch. Eine Stichflamme schoß – in der umgekehrten Richtung eines Blitzschlags, von den Füßen zum Kopf – senkrecht durch ihn hindurch.

»Na, hat die Tina sich nicht auch von dir küssen lassen?«

»Doch«, stammelte er. »Schon.«

»Siehst du. Und trotzdem liebt sie den Eisenkreuz und brennt sogar mit ihm durch, wer weiß, wohin. Du darfst das nicht so eng sehen, Torsten. Du nimmst alles zu ernst.«

»Meinst du?«

»Lach doch mal über dich!«

»Ich find mich nicht komisch.«

Den Nachmittag verbrachten sie zusammen auf zwei Decken am Baggersee. Sie schwammen sich lustlos müde, lagen danach beieinander und wälzten niedergeschlagen ihre Probleme hin und her.

Mal stand Torsten auf und mal Jo, um für Daniel

einen Stock zu werfen. Der Hund war der einzige, der seine Freude an dem schönen Tag hatte.

Unverdrossen platschte er ins Wasser, erschwamm den Stock und brachte ihn zurück in der Hoffnung, jemand werde ihn wieder auf den See hinausschleudern.

Während sie aber ihr Leben unübersichtlich und kompliziert fanden und darüber sprachen, daß alles schlechter zu werden schien statt besser – wußten sie die ganze Zeit, daß es nicht stimmte und daß sie froh sein durften, diese Sorgen zu haben und keine anderen.

Doch das gestand keiner der vier sich oder den Freunden ein.

VORSICHT HOCHSPANNUNG! WEITERE KRIMI-LECKERBISSEN MIT JO, CHARLY UND TORSTEN:

Jo und Torsten werden Zeugen eines Zugunglücks. Vergeblich versuchen sie, eingeschlossene Fahrgäste zu befreien. Als die Polizei endlich kommt, erleben die beiden eine böse Überraschung: Sie selbst werden verdächtigt, den Anschlag verübt zu haben, sogar von Erpressung ist die Rede. Zeugenaussagen, Spuren am Tatort und eine mißverständliche Polizeiakte belasten die beiden Freunde schwer...

Keko heißt ein 16jähriger Kurde, der in Deutschland aufwächst. Er hat einen guten Ausbildungsplatz, seine Zukunft scheint gesichert. Doch unvermutet wird er mit den uralten Gesetzen seines Volkes konfrontiert. Bei einem Eifersuchtsmord ist sein älterer Bruder mit vier Schüssen niedergestreckt worden. Der Befehl seines Vaters ist eindeutig: «Töte Mukri!» Keko soll Blutrache üben...

C. Bertelsmann CB Jugendbücher

D1932777

Gesammelte Werke

Jugend-Literaturpreis

der OVAG 2011

Die Texte der 22 Preisträgerinnen und Preisträger

Herausgegeben von
Rainer Schwarz und Rolf Gnadl

Vorwort

Wir haben wieder einmal gestaunt. Nach sieben Jahren OVAG-Jugend-Literaturpreis mit über 150 Gewinnertexten sollte man meinen, dass die Themenwelt der Jugendlichen umfassend dargelegt ist, das alles, was den Nachwuchs bewegt, verarbeitet ist. Und doch haben wir wieder gestaunt, denn erneut war so viel Neues, Spannendes, Mitreißendes dabei. Immer neue Themen und Gedanken tauchen auf, immer wieder nehmen uns die Jungautoren mit in die unterschiedlichsten, in aufregende Welten.

Ob es eine Horrorgeschichte mit Dämonenaustreibung ist oder ein Blick in das Seelenleben einer jungen Prostituierten, einer mordenden Krankenschwester und eines einsamen Gemeindepfarrers. Sicher, es gibt auch Themen, die offensichtlich niemals aus der Mode kommen, Themen, die die Jugendlichen aus ihrer eigenen Lebenswelt heraus verarbeiten und die deswegen nicht weniger gut erzählt sind; wie etwa das erste unglückliche Verliebtsein, Magersucht, Einsamkeit, das Testen der ersten großen Freiheit nach der Schule. Unendliche Spielvarianten gibt es für Geschichten darüber. Für alle in diesem Buch versammelten Texte aber gilt: Sie sind gut, weil sie Atmosphäre ausstrahlen, weil sie unverwechselbar sind, weil sie etwas erzählen, das berührt.

Es sind die Gewinnergeschichten des achten OVAG-Jugend-Literaturpreises, geschrieben von Jugendlichen zwischen 14 und 22 Jahren aus Oberhessen. Kreativität, sprachlich-erzählerisches Talent und das Vertrauen in ihren Text vereinen sie. Zu Recht sind sie ausgewählt worden von einer zehnköpfigen Jury, bestehend aus Autoren, Journalisten und Literaturkennern.

Bis die Texte es in dieses Buch geschafft haben, war es ein langer Weg. Aus über 300 Einsendungen wurden sie ausgewählt, und damit hat ihnen die Jury die Anerkennung verliehen: Dieser Text rührt uns an, daraus wird eine richtig gute Geschichte. Wie ein roher Diamant war dieser Text, bevor er im Rahmen eines viertägigen Intensiv-Workshops in Bad Kissingen im November bearbeitet wurde, um ihn zum Strahlen zu bringen. Unter Anleitung von erfahrenen Journalisten und Autoren – unter anderem Uschi Flacke, Franziska Gerstenberg und Feridun Zaimoglu – wurde sprachlicher und inhaltlicher Ballast abgeworfen, wurden schiefe Bilder und falsche Ausdrücke entfernt, Aussagen auf den Punkt gebracht, logische Fehler aufgespürt und verwandelt … Wie anstrengend, aber gleichwohl inspirierend und unterhaltend der Workshop war, können wohl nur die Jung-Autoren selbst beschreiben, wie am Ende des Buches in einem kurzen Bericht geschehen.

„Man muss mit Besessenheit geboren worden sein, um gute Literatur zu machen“, meinte im 19. Jahrhundert der französische Romancier Gustave Flaubert, und er hatte so unrecht nicht. Sicherlich braucht es ein gewisses Maß an Besessenheit, um so lange und eingehend am eigenen Text zu feilen, wie die jungen Menschen in den vier Tagen und teils noch einige Zeit danach es getan haben. Und nicht zuletzt haben sie durch das Einsprechen ihres Textes vor dem Mikrofon einen neuen Blick auf die eigene Geschichte gewonnen, haben teilweise erst hier die Figuren zum Leben erweckt und zutiefst ergründet, wer diese Charaktere in ihrem Text eigentlich sind. Das beeindruckende Ergebnis hört man auf den beiden CDs, die diesem Buch als Hörbücher beiliegen. Ein großer Vorteil für die Sprecher: Was sie beim Workshop lernen, hilft natürlich nicht nur für die schriftstellerischen Ambitionen, sondern auch im Unterricht, beim Schreiben und Vortragen. Und damit wäre das Thema Zukunftsförderung angesprochen.

Der OVAG-Jugend-Literaturpreis fordert und fördert also. Nicht nur die Gewinner, sondern auch alle Teilnehmer, die schon die Leistung erbringen, an einem Text so lange zu feilen, bis sie ihn für würdig erachten, ihn bei einem Wettbewerb einzureichen. Seit nunmehr hundert Jahren steht der Grundsatz in den Statuten der OVAG-Gruppe, die Gesellschaft, die Kultur und das soziale Leben zu fördern. Dass das schon immer so ist, soll im Jubiläumsjahr über all den Feierlichkeiten nicht vergessen werden. Die Jugendförderung ist fest in den Leitlinien verankert und dem bleibt das Unternehmen auch mit diesem Wettbewerb treu – nicht nur 2012, sondern darüber hinaus.

Bereits das achte Buch ist nun erschienen, was belegt, dass der OVAG-Jugend-Literaturpreis auf eine erfolgreiche Geschichte zurückblicken kann. Jedes Jahr beteiligen sich mittlerweile um die 300 junge Menschen an der Ausschreibung. Zur Siegerehrung und zur Präsentation des Buches geben sich Literaten und Kulturschaffende als Laudatoren die Ehre, bei der aktuellen Ausgabe der Literaturprofessor Heiner Boehncke und der Autor Prinz Asfa-Wossen Asserate, der mit seinen Büchern zur deutschen Kultur viel Aufmerksamkeit erreicht hat. Die Lesetournee, die jedes Jahr im Februar nach Erscheinen des Buches folgt, stößt auf eine unglaubliche Resonanz, führt sie doch inzwischen an rund 30 weiterführende Schulen in ganz Oberhessen und zu vielen Abendlesungen bei Kulturvereinen. Die schreibende Jugend ist gefragt, als Vorbild für Gleichaltrige, als Ideengeber, als Autoren von morgen.

Wir bedanken uns bei allen Lehrerinnen und Lehrern an Oberhessens Schulen, die den Jugend-Literaturpreis tatkräftig unterstützen, indem sie ihre Schülerinnen und Schüler zum Mitmachen animieren, Gruppenarbeiten schreiben lassen und Lesungen organisieren. Ohne sie wäre es nicht möglich, so viele junge Menschen zu erreichen, die förderungswürdig schreiben. Dank gehört auch den Lektoren, die sich mit viel Herzblut, einfühlsam und intensiv mit den Texten der Preisträger auseinandergesetzt haben, während und auch nach dem Workshop noch. Wie wichtig ihre Arbeit für ihre „Schützlinge" war, ist an den vielen Widmungen im Buch zu erahnen.

Euch Preisträger beglückwünschen wir zu eurem Gewinn, und wünschen euch, dass er euch vorwärts bringt auf eurem schriftstellerischen Weg, gleich ob ihr eure Passion zum Beruf machen möchtet oder nicht. Wir wünschen euch, dass die Lust am Schreiben euch auch in Zukunft nicht verlässt. Eurem Buch wünschen wir viele Leser, die sich an euren außergewöhnlichen Geschichten erfreuen.

Rainer Schwarz
Vorstandsvorsitzender der OVAG

Rolf Gnadl
Vorstand der OVAG

Grußwort

Liebe Leserinnen,
Liebe Leser,

als elementare Kulturtechniken bilden Lesen und Schreiben gemeinsam mit Sprache unsere Grundlage, Informationen auszudrücken und wiederum Mitteilungen anderer wahrzunehmen. Noch mehr als das leistet Sprache, wenn sie zu Literatur wird. Denn Literatur eröffnet uns neue Perspektiven und Blickwinkel, lässt uns fremde Welten entdecken: Literatur lässt uns teilhaben. Wem es dann schon in jungen Jahren gelingt, Leser mit sprachlichem Geschick, Phantasie und Dramaturgie zu packen, sollte die Chance bekommen mit seinen Geschichten an ein breites Publikum zu treten.

Als Ministerin für Wissenschaft und Kunst liegt mir die Förderung von jungen Autoren, die ihre ersten Schritte im Bereich der Literatur gehen, sehr am Herzen. Daher bin ich besonders erfreut über das Engagement der OVAG, die mit ihrem Jugend-Literaturpreis nun schon im achten Jahr junge Talente in Oberhessen fördert und uns großzügig an den Werken der Preisträger partizipieren lässt. Die beachtliche Zahl der teilnehmenden Schulen ist auch der Motivation durch engagierte Lehrerinnen und Lehrer zu danken, die kreative Köpfe zum Schreiben ermutigen.

Die von der fachkundigen Jury ausgewählten Texte nehmen den Leser nicht etwa mit in alltägliche, allzu bekannte Szenarien, sondern ziehen uns hinein in aktuelle – auch politische – Fragen, Tabus und Grenzthemen. Sie zeigen Verstecktes auf, auch ohne es direkt beim Namen zu nennen und fordern zum Mitdenken und Mitmachen auf. Ich freue mich, dass wir mit den vorliegenden „Gesammelten Werken" daran teilhaben können und danke der OVAG für die Einladung, Geschichten, Charaktere und die jungen Autorinnen und Autoren kennenzulernen.

Die Preisträger aus den Landkreisen Wetterau, Vogelsberg und Gießen beglückwünsche ich zu Ihrem Talent und Gewinn und wünsche Ihnen Mut und Inspiration, uns auch in Zukunft mit Ihren Texten neue Welten zu eröffnen.

Ihre

Eva Kühne-Hörmann
Hessische Ministerin für Wissenschaft und Kunst

Werkschau

Sebastian Adam aus Büdingen, geboren 1994,
besucht das Wolfgang-Ernst-Gymnasium in Büdingen.

"City's breaking down on a camel's back.
They just have to go 'cos they dont know wack
So all you fill the streets it's appealing to see
You wont get out the county, 'cos you're bad and free
You've got a new horizon It's ephermal style.
A melancholy town where we never smile.
And all I wanna hear is the message beep.
My dreams, they've got to kiss, because I dont get sleep, no ...
Windmill, Windmill for the land.
Turn forever hand in hand
Take it all in on your stride
It is sinking, falling down
Love forever love is free
Let's turn forever you and me
Windmill, windmill for the land
Is everybody in?"

Gorillaz – Feel Good Inc.

Sebastian Adam

Schräg gegenüber

„Für alle, die mir zuhören – ihr habt es nicht leicht!“

Schräg gegenüber

Er schrie fast jede Nacht. Ich kenne sie, den leidenden, den rufenden und den normalen Schrei. Wenn er so schreit, möchte ich am liebsten losgehen und ihm den Mund zuhalten. Bei uns im Dorf erzählte man sich, dass er taubstumm sei. Dass er auch nie schreiben gelernt habe, wie seine verschwundene Mutter.
Er schrie. So sprach er mit uns.

Vor ein paar Monaten traf ich ihn vor seinem Haus beim fahrenden Bäcker. Gerötetes Gesicht, Bartstoppeln, graue Haut. Er sah verbraucht aus, aber ich glaube, dass er nicht älter war als fünfzig.
Er trug Pantoffeln, die weichen Sohlen waren durchnässt und Salzränder am Filz.
Der Verrückte zeigte auf ein Brot in der Auslage und legte sein Geld auf die Theke. Er versuchte, etwas zu sagen, aber es blieb bei einem Krächzen.

Wenn er schrie, lag ich meist im Bett und ich stellte mir vor, die Welt sei leise. Ich stellte mir eine riesige Käseglocke vor, die sich auf unsere Welt herabsenkt.
Wir schimmeln in der Dunkelheit.

Ich aß oft bei meinem Nachbarn zu Mittag. Er war mein bester Kumpel. Einmal holte er ein Luftgewehr unter dem Bett hervor, stellte sich ans Fenster und schoss auf den Verrückten. Er traf ihn nicht, er wollte ihn nur erschrecken. Wir hörten seine Mutter die Treppen hochkommen. Er erstarrte, er war zu langsam. Ich griff zum Gewehr und versteckte es. Die Mutter stürmte ins Zimmer und schrie ihn an. Mein Freund sagte: Wir schießen doch nur auf Spatzen.

Sie wusste, dass er log. Sie wollte mit ihm schimpfen. Da flogen Münzen durch das Fenster ins Zimmer. Wir hörten ihn schreien. Jetzt warf er mit faustgroßen Brotstücken.
Mein Nachbar wollte öfter schießen.

An Silvester hat der Verrückte nicht geschrien. Er zog die Gardinen zur Seite und spähte hinaus. Wieso nannten wir ihn den Verrückten?

Ich stand am Fenster, starrte ihn an. Er starrte zurück. Ein Blickduell. Der Verrückte gab nach, schloss das Fenster und zog die Gardinen zu. Zog sie wieder auf. Schaute zu mir herüber, wandte sich ab. War er ein Kind und wollte mit mir spielen?

Wahrscheinlich nannten ihn die Leute aus dem Dorf deshalb den Verrückten, weil er wirklich verrückt war. Dieser Mann war harmlos. Er fiel keinen anderen Menschen an. Er lebte in seiner eigenen Welt. Er hatte keinen Buckel, er war kein Kinderschreck.

Ich schlich in mein Zimmer, sah noch einmal aus dem Fenster. Der Verrückte starrte herüber.
Ich fühlte mich beobachtet.

Es war Februar. Der Winter fror durch das Land. Eisesglätte, Eiseskälte, kein Schnee, schlechte Laune. Der Verrückte schrie nicht mehr so oft. Ihm war es zu kalt. Nur manchmal wehte eine zerrissene Stimme von seinem zu meinem Fenster. Es fror. Kein Tauwetter.

Der Verrückte verließ das Haus, überquerte die Straße, kaufte beim Bäcker eine Mohn'schnecke. Ging zurück. Rutschte auf halbem Wege aus. Das Auto erfasste ihn, er wurde zur Seite geschleudert.

Er schrie.

Er soll lange gelitten haben. Ich komme aus der Schule.
Ich rutsche aus.
Ich schreie.

Christine Albach aus Lauterbach, geboren 1989,
besuchte die Alexander-von-Humboldt-Schule Lauterbach,
studiert gegenwärtig in Jena.
Sie zählte bereits 2010 zu den Preisträgern.

"Sweet dreams are made of this"
Eurythmics – Sweet Dreams

Christine Albach

Amour fou

Für euch, die ich wie verrückt liebe.

Amour fou

I.

„Liebst du mich?“
„Ich weiß nicht, vielleicht, wenn du dich anders anziehen würdest.“
Sie warf ihre schwarzen Kleider weg.

„Liebst du mich?“
„Ich weiß nicht, vielleicht, wenn du andere Musik hören würdest.“
Sie warf ihre CDs weg.

„Liebst du mich?“
„Ich weiß nicht, vielleicht, wenn du blond wärst.“
Sie bleichte sich ihr schwarzes Haar.

„Liebst du mich?“
„Ich weiß nicht, vielleicht, wenn du die gleichen Hobbys hättest wie ich.“
Sie hörte auf, die Dinge zu tun, die ihr Spaß machten.

„Liebst du mich?“
„Ich weiß nicht, vielleicht, wenn du andere Freunde hättest.“
Sie traf sich nicht mehr mit ihren Freunden.

„Liebst du mich?“
„Ich weiß nicht, vielleicht, wenn du mehr lachen würdest.“
Sie lachte mehr.

„Liebst du mich?“

II.

Sie trägt eine Maske. So wie alle anderen auch. Auf einem Maskenball ist jeder ein Geheimnis. Das macht es erst spannend. Sie entdeckt einen Mann und verschwindet mit ihm.
Der Kerl, den sie vorhin auf der Terrasse geküsst hat, ist sicher Arzt. Er hatte so ruhige Hände. Der andere, der mit den schönen langen Haaren, mit dem sie Sex auf der Damentoilette hatte, schreibt ihr bestimmt ein Liebeslied. Und dieser hier, der grade seine Hand unter ihren Rock und seine Zunge in ihren Hals schiebt, ist sicher ein guter Zuhörer.

III.

Er legt seine Hand auf ihre Brust. Streicht über ihren Hals. Sein Mund ist ganz nah an ihrem Ohr, er flüstert nicht. Er haucht seine Worte.

„Wenn du fällst. Aber nimm mich mit. Bis ans Ende der Ewigkeit. Spiel mit mir Verstecken. Vergiss, mich zu finden."

Hinter blonden Locken färbt die Wimperntusche ihre Wangen schwarz. Er verbindet ihr die Augen. Der Lippenstift ist verschmiert, ihre Handgelenke sind zerkratzt. Er fährt mit den Fingerspitzen über ihre nackten Beine. Sie zittert. Fest presst sie ihre Oberschenkel zusammen.

„Immer im Kreis. Du Nachtschattengewächs. Du Nachtgeist. Tanz mit mir. Im Kreis. Einmal um die Welt. Auf unseren Gräbern. Wenn du brennst. Leg mich in Ketten."

Die Klinge schneidet in ihr Fleisch. Langsam quillt Blut aus dem Schnitt und läuft ihren Hals entlang. Sie öffnet den Mund, aber kein Laut verlässt ihre Kehle. Seine Hände liegen auf ihren Schultern. Er leckt das Blut von ihrem Hals.

„Warst du schon einmal auf dem Mars? Verstreu meine Asche im Universum. Wenn du zerbrichst. Lass mich für dich sterben. Auf einem Stern. Im Nebel. Zerstör mich."

Er nimmt ihr die Augenbinde ab. Das weiße Tuch ist schwarz verfärbt. Ihre Augen sind rot und nass. Er streichelt ihre Wange. Sie versucht zu schreien. Er küsst sie. Sanft. Ehrfurchtsvoll.

IV.

„Brüderchen! Brüderchen, lass uns Vater-Mutter-Kind spielen."

V.

Unglaublich! Die Bibliothek brennt. Das schönste Gebäude der Stadt steht in Flammen. Die Flammen fressen sich durch das Dach. Aber der kleine Turm hält noch stand. Es ist so bizarr.

„Das hast du für mich getan?"
„Ja", sagst du am Telefon.

Glaubst du wirklich, dass mir das gefällt? Jetzt! Jetzt sehe ich es! Sie fliegen durch die Luft. Der Wind trägt sie überall hin. Die kleinen brennenden Schätze. Aber wie ist das möglich? Stehst du selbst auf dem Turm und wirfst brennende Buchseiten in die Luft? Ich kann es mir vorstellen, wie du da stehst und lachst. Es regnet Weltliteratur und Asche. Doch, es ist schön. Eine Seite taumelt mir vor die Füße. Es ist nur noch die Hälfte übrig, Baudelaire:

Und liebe, grausames, herzloses Tier!
Selbst deine Kälte, sie verschönt dich mir!

„Wieso hast du das getan?"

VI.

Sie sitzt auf dem Boden.
Sie ist fest entschlossen.
Es kann nicht falsch sein.
Die Schere liegt neben ihr.

Alle sind sie da.
Die, die da sein sollen.
Die, die nicht da sein wollen.
Die, die nicht da sein sollen.
Die, die da sein wollen.

Von überall her hört man es flüstern:
Liebe.

Sie hält die Schere in der Hand.
Sie zweifelt nur kurz.

Es bleibt ihr nichts anderes übrig.
Die Schere trifft die richtige Stelle.

Sie tragen schwarze Kleider.
Sie tragen weiße Lilien.
Sie sind traurig.
Sie sind verwirrt.

Von überall her hört man es flüstern:
aus Liebe.

Sie atmet noch.
Sie spürt:
Es war richtig.
Der Mond scheint auf ihren blassen Körper.

VII.

„Nachts lässt sie die Lampe an seiner Bettseite an. Sie kocht immer noch für zwei."
„Sie ist daran gewöhnt."
„Sie wäscht und bügelt seine Sachen. Sie nimmt saubere Hemden aus dem Schrank und wäscht sie."
„Sie vermisst deinen Vater eben."
„Sie spricht mit ihm! Ich höre ständig, wie sie ihm auf Fragen antwortet, die er nie gestellt hat. Weil er einfach nicht da ist!"
„Es wird schon alles gut werden."
„Nein, wird es nicht. Meine Mutter ist verrückt geworden. Sie ist verrückt!"

Die alte Frau schaltet die Nachttischlampe auf der anderen Seite des Bettes an. Sie schläft schlechter ein, wenn das Licht brennt. Doch seit ihr Mann nicht mehr ohne Licht schlafen kann, brennt jede Nacht eine Lampe. Ihrem Mann zuliebe hat sie sich nie beklagt. Langsam geht sie um das Bett herum. Sie schüttelt ihre Kissen auf und legt sich hin. Nachdem sie sich zugedeckt hat, dreht sie sich noch einmal zur Seite, küsst ihn auf die Wange und sagt: „Gute Nacht."

VIII.

Sie steht am Rednerpult. Spricht frei und ohne Fehler. Nervös klopft sie mit der rechten Hand auf ihren Oberschenkel. Ihre Bluse sitzt etwas zu eng.

Er macht ein Foto.

Sie sitzt mit ihrer Freundin im Café. Isst einen Eisbecher und lacht. Der Wind weht ihr Haar in ihr Gesicht. Vom Lachen bekommt sie rote Wangen.

Er macht ein Foto.

Sie verlässt ihre Wohnung. Spannt den Regenschirm auf und geht los. Nach wenigen Schritten tritt sie in eine Pfütze, ihr linker Schuh wird nass.

Er macht ein Foto.

Sie ist in ihrem Schlafzimmer und zieht ihren Pullover aus. Sie stellt sich vor den Spiegel und betrachtet sich prüfend. Kneift sich in den Bauch und die Hüften. Sie dreht sich leicht zur Seite und legt ihre Hände auf ihren Po. Plötzlich schaut sie sich erschrocken um. Schaut aus dem Fenster. In die Kamera.

IX.

Aus Liebe sterben.

Er war ihr Traummann. Attraktiv wie Adonis, charmant wie Casanova.
Es gab nur ein Problem: seine Frau.
Der andere war ihr Mittel zum Zweck. Dumm, schwach und verrückt nach ihr. Er war perfekt.
Die Frau war ihr im Weg. Sie war das Problem, das es zu beseitigen galt.
Es war so einfach.

Aus Liebe töten.

X.

Seine Finger gleiten über die weißen und schwarzen Tasten. Ein weiteres Mal spielt er die toten Meister ohne Fehler. Sein alter Lehrer kann nichts anderes tun, als ihm lobend durch die blonden Locken zu streichen. Als Nächstes spielt der Junge eine seiner eigenen Kompositionen. Ein Meisterwerk, und er ist erst zwölf Jahre alt. Wieder kann sein Lehrer ihm nur lobend durchs Haar streichen. Schon lange ist der Junge besser als er. Eigentlich braucht er ihn nicht, und doch will er nicht auf ihn verzichten.

Es gibt etwas, das er noch von seinem Lehrer lernen möchte. Etwas, das ihm niemand sonst beibringen kann. Und aus diesem Grund muss sein Lehrer nun für ihn spielen. Irgendein Stück. Das Spiel des Lehrers ist gut. Nicht perfekt, aber es fasziniert, denn es ist voller Liebe.
„Herr Lehrer, ich liebe Sie."

XI.

„Ich würde für dich sterben."
„Abgemacht."

XII.

„Das Leuchten deiner Augen. Dein schwarzes Haar. Deine schmalen Handgelenke, die langen Finger. Deine vollen Lippen. Wenn deine Zungenspitze über die Oberlippe leckt. Ich könnte dich stundenlang ansehen. Zieh dich aus. Wie du atmest. Wie sich deine Brust hebt und senkt und die Rippen sich unter der Haut abzeichnen. Ich schaue dich an, bis ich es nicht mehr aushalte. Bis ich ihn berühren muss, deinen makellosen Körper. Bis meine Finger über deinen Hals streichen, über deine Schlüsselbeine, deine Schultern. Dein Blick in diesem Moment. Ich wünschte, du würdest mich für immer so ansehen."
Sanft streichelt er mit den Fingerspitzen die Wange seines Zwillingsbruders.

XIII.

Liebste, ich gebe dir alles. Mein Blut, mein Fleisch, meinen Schädel.
Lass es dir schmecken.
Ich singe dir ein Lied und töte mich im Mai.
Bitte, lass mich bei dir sein. Lass mich in dir sein. Iss mich.
Das ist ganz sicher ein Beweis unserer Liebe.
So schön wie du ist keine. Sag, wieso willst du nichts?
Liebste, ich gebe dir doch alles, also warum nimmst du nicht die Gabel?
Ich halte mich für romantisch. Du hältst mich für irre.
Es ist Liebe. Und du sagst mir, es wäre aus und vorbei.

XIV.

„Die Liebe ist verrückt."
„Die Liebe macht verrückt."
„Willst du das wirklich tun?"
„Ja."

Sophia Alt aus Schotten, geboren 1994,
besucht das Gymnasium Nidda.
Sie zählte bereits 2010 zu den Preisträgern.

„Wir haben alles, was wir brauchen, doch noch lange nicht genug, wir wollen mehr, mehr, mehr, mehr.“
Jona:S

Sophia Alt

Fremdkörper

Für meine Mama, dafür, dass sie mich nie in zu heißes Badewasser gesteckt hat.

Fremdkörper

Eine Schweißperle rinnt deinen Rücken hinunter. Du spürst, wie sie jeden einzelnen Wirbel berührt. Dein Herzschlag ist unregelmäßig, fühlt sich viel zu schnell an. Du reibst deine Hände an deiner dunklen Hose ab. Einatmen, ausatmen, lächeln.

Deine Hand legt sich auf die kühle Türklinke, langsam drückst du sie hinunter. Zwölf Augenpaare schauen dich an, als du die Tür öffnest, mustern dich von oben bis unten und du hast das Gefühl, unter ihren Blicken zu verbrennen.

Einatmen, ausatmen, lächeln.

Draußen ist es eisig. Der Schnee ist von den Fußgängern zu einer schmutzigen Masse zertreten worden. Deine Füße sind nass, es ist zu kalt für High-Heels. Erleichtert stößt du die Tür zu deinem Stammcafé auf, endlich Wärme. Es ist fünf Uhr zweiundzwanzig, dein fettfreier Caramel Macchiato steht wie jeden Morgen für dich bereit. Du hast achtzehn Minuten Zeit. Dein Blick wandert über die Brooklyn Street. Die Schaufenster sind mit bunten Lichterketten dekoriert, die ersten Weihnachtsmänner laufen durch die Straßen und drücken den Passanten Flyer in die Hände. Rabattaktionen überall, die Geschäfte laufen gut um die Weihnachtszeit.

Du hast ein Date nach dem anderen, schlitterst von einer Affäre in die nächste – nur um auch ein teures Männerparfüm oder eine seidene Krawatte kaufen zu können. Mit keinem hast du es länger als drei Wochen ausgehalten, er konnte noch so charmant, noch so kreativ und intelligent, lustig oder einfühlsam sein – irgendetwas hat dir immer gefehlt. Nie ist jemand dabei gewesen, dem du am nächsten Morgen nachgetrauert hast, wenn er die Tür hinter sich geschlossen und dein Apartment Downtown verlassen hat. Der einzige Mann, den du jemals in deinem Leben vermisst hast, war dein Vater. Als er gegangen ist, hat es sich angefühlt, als müsstest du ersticken. Der Kloß in deinem Hals ist mit jedem Tag, an dem er wegblieb, kleiner geworden. Die Schreie sind allmählich verstummt, die Tränen getrocknet.

Mit einem Nicken begrüßt du die Männer in ihren dunklen Anzügen, die im Halbkreis sitzen und schon auf dich warten. Sie wirken unecht mit den botoxglatten Gesichtern. Dein Avatar betritt die weiße Box und du tippst auf die Stelle des Displays, die dein Abbild in den riesigen Bildschirm beamen wird. Anfangs war es komisch, sich mitten in der Blaupause der eigenen Präsentation zu sehen, doch mit der Zeit hast du angefangen, die Minuten in der virtuellen Welt zu genießen, die du dir selbst erschaffen hast. Dort läuft alles nach Plan, solange du dich an die Spielregeln hältst.

Nach Hause kommen und einen vertrauten Geruch einatmen, eine Umarmung zu spüren, die die Welt wieder in Ordnung bringt, bedingungslose Liebe – Papa hat alles mitgenommen.

Möglichst lange bist du nach der Schule auf dem Spielplatz geblieben, denn das einzige, was dich zu Hause erwartet hat, war der abgestandene Geruch nach Alkohol, heruntergelassene Rollläden und leere Pizzaschachteln. Du bist älter geworden, aus dem Spielplatz wurden Einkaufszentren und schließlich fremde Zimmer von fremden Jungs.

Alles um dich herum ist dir vertraut, sicher bewegst du deinen Avatar von einer Grafik zur nächsten.

Du magst es, wenn du genau weißt, was in der nächsten Sekunde passiert. Kontrolle, das ist eine Einstellung, die dein Leben bestimmt. Selbstdisziplin. Der Schlüssel zum Erfolg. Damit kannst du dir beweisen, dass du wertvoll bist – trotz allem. Der Text der Präsentation, den du immer wieder umgeschrieben hast, hört sich für die zwölf Abteilungsleiter kompetent an, du wirkst selbstsicher. Keiner bemerkt deine Angst. Die Angst zu versagen, abgelehnt zu werden.

Sie hat deinen Vater geliebt, über alles. Der bewundernde Blick, wenn sie zu ihm aufgeschaut hat, der Stolz in ihren Augen, wenn er sie zum Essen ausführte. Die Lippen, die sie zusammengepresst hat, wenn er dir im Bett vorlas. Wenn er dich seine Prinzessin nannte und dich im Garten so lange im Kreis drehte, bis dir schwindelig wurde. Einmal hat sie deine Schulhefte zerknickt und dir die Schuld zugewiesen. Ein anderes Mal hat sie eine Lok der Modelleisenbahn zerbeult, die dein Vater bei einer Auktion erstanden hat. Ihm hat sie abends erzählt, du hättest sie mutwillig zerstört. Ein drittes Mal hat sie dich in viel zu heißes Badewasser gesteckt, dir den Mund zugehalten und gesagt, du dürfest nicht schreien. Papa würde dich ansonsten nicht mehr lieben. Ihm hat sie erzählt, du hättest einen Topf mit kochend heißem Wasser vom Herd heruntergerissen. Die Narben, die durch die Verbrennung entstanden sind, hast du weglasern lassen. Du tust dein Bestes, um perfekt zu sein. Zumindest von außen.

Der Übergang von der virtuellen in die reale Welt ist ein Moment der Schwerelosigkeit. So muss es sich anfühlen, wenn man durch den Weltraum fliegt.

Die Präsentation ist dir gelungen, die Arbeit hat sich gelohnt. Du siehst dich bereits in der Chefetage, jemand wird seinen Platz für dich räumen müssen. Immer weiter, immer mehr. Erfolg. Kontrolle. Perfektion. Macht.

Einatmen, ausatmen, lächeln

Leise hast du die Tür aufgeschlossen und bist auf Zehenspitzen in dein Zimmer geschlichen. Sie hat auf deinem Bett gesessen und dich erwartet. Die Beine hat sie übereinandergeschlagen, mit dem Fuß ungeduldig gewippt. Den Blick hat sie auf dich gerichtet, als ob sie ein Ziel anvisiert, auf das sie schießen möchte. Wo du dich rumgetrieben hättest, wollte sie wissen. Deine Lehrerin habe angerufen, du seist in letzter Zeit übermüdet und abgespannt, ob denn alles in Ordnung sei. Bevor du ihr hast antworten können, ist sie aufgestanden und hat dich geschlagen. Mitten ins Gesicht. Wieso du dich nicht einfach verpissen würdest und was dein Problem ist. Ob du Spaß daran hast, ihr Leben zu zerstören.

Und dann ist alles aus ihr heraus gebrochen, plötzlich hast du verstanden. Du bist kein Wunschkind. Du bist Mittel zum Zweck. Der einzige Grund, wieso du auf dieser Welt bist, ist dein Vater. Der Mann, dem deine Mutter keinen Wunsch abgeschlagen hätte. Mit deiner Geburt hat sie ihn an sich binden wollen. Für immer. Dass sie immer fetter geworden ist wegen dir, wegen der Schwangerschaft. Dass er Angst gehabt hat, das Ungeborene im Mutterleib zu verletzen und sie deswegen betrogen hat. Dass er dich mehr geliebt hat, als er sie jemals hätte lieben können. Dass du alles kaputt gemacht hast. Alles. Du bist vierzehn Jahre alt gewesen, als dir klar geworden ist, dass deine Mutter dich niemals würde lieben können.

In deinem Stammcafé blickst du konzentriert auf das Display deines iPads. Deine Finger zittern ein wenig. Du wirst alles anders machen. Du wirst es lieben. Du musst es lieben, denn es wird perfekt sein. Du gibst eine Internetadresse ein. Der Seitenhintergrund ist wahlweise hellblau oder rosa. Du klickst auf rosa. Braune Haare, schwarze Haare, blonde Haare … Braune Haare! Nur nicht so ein schreckliches Straßenköterblond wie du es hast. Es soll dir auf keinen Fall ähnlich sehen, du willst nicht ständig dein Spiegelbild vor Augen haben. Das Gesicht: Kantig, rund, streng, weich … Weiche Züge, runde Bäckchen. So wird es einfacher für dich. Einfacher zu lieben. Du willst ihm all das geben, was dir genommen wurde. Augen: braun, blau, grün … So blau wie der Himmel an einem heißen Tag im Juli. Augen, die dich jeden Morgen voller Liebe anschauen.

Du hast noch zwei Minuten Zeit, dann musst du ins Büro. Fröhlich, damit es dich mit seinem Lachen anstecken kann. Intelligent, damit du ihm niemals ins Gesicht schreien musst, es sei zu dumm. Einfühlsam, damit du endlich jemanden hast, der dich versteht. Temperamentvoll und doch still. Es soll singen können. Zur rechten Zeit. Es soll zärtlich sein. Wenn du es brauchst. Es soll dich trösten. Dann, wenn du weinst. Es soll dich vergöttern. Immer. Du ziehst die letzte Eigenschaft in den Warenkorb. Deine feuchten Finger hinterlassen eine Spur auf dem Display. Modell Angelina, zum Sonderpreis von 5374,99 $.

Du trinkst deinen Kaffee aus, es ist fünf Uhr vierzig und drei Sekunden. Dann drückst du auf „Jetzt bestellen“.

Einatmen, ausatmen, lächeln.

Joy Vivian Benner aus Bad Nauheim, geboren 1992, besucht die St.-Lioba-Schule in Bad Nauheim. Sie zählte bereits 2008, 2009 und 2010 zu den Preisträgern.

Und für uns Sünder – ewiges Leben.
Westminster Abbey

Joy Vivian Benner

Top lease the devil

Mein Dank gilt:
Miriam, für die Unterstützung und Inspiration,
Theresia, meiner Muse,
Feridun, für das erneut großartige Lektorat,
und dem Herrn Sonnenschein für's Warten. ♥

Gewidmet den oben Genannten und:
Anki und Christine, einfach weil ihr toll seid.
Und Sven, wie versprochen!

Ebenso danke ich der OVAG und allen anderen Preisträgern. Es war so schön!

Top lease the devil

Teil I

„Bring mich nach Etemenanki,
mein gebranntes Kind.“

Sie rutscht auf den schmutzigen Fliesen aus. In der Dunkelheit hat sich der Raum zur Ewigkeit gedehnt. Sie tastet nach dem Badewannenrand und greift ins Leere. Ihre Fingernägel kratzen über die Fliesen. Dann fühlt sie Wärme und Nässe an ihrem Knöchel und beginnt zu wimmern.

Als er aufwacht, erinnert er sich an den Sonnenaufgang über Leipzig, aber er erinnert sich nicht daran, wer er ist.
Er liegt auf einer harten, schmutzigen Matratze. Die Wände sind kahl und an einigen Stellen ist die Tapete aufgerissen wie trockene Haut. Staub flimmert im Sonnenlicht, das durch schmutzige Fenster dringt. Der junge Mann sieht sich um. Er weiß nicht, wo er ist. Langsam steht er auf, geht zum Fenster und blickt hinaus. Er schaut hinab auf eine dreispurige Straße, gegenüber stehen in den Himmel ragende Häuser. Die Straße ist ihm vertraut. Und mit einem Mal weiß er, dass er in Dresden ist. Er schließt die Augen. Ja, er ist mit dem Zug gefahren, von Leipzig nach Dresden.
Er öffnet die Augen – und er prallt zurück. In der Fensterscheibe spiegelt sich ein fremdes Gesicht. Erst einen Herzschlag später versteht er, dass es sein eigenes ist. Er tritt wieder näher und betrachtet sich. Seine Haut ist dunkel, sein Haar schwarz und reicht ihm bis zum Kinn. Langsam fährt er mit der Hand durchs Haar. Nun tastet er mit den Fingerspitzen über die vollen Lippen, die leicht gebogene Nase und die hohen Wangenknochen.

„Das bin ich", flüstert er und schaudert beim Klang seiner Stimme. Es ist die eines Fremden.
Es ist verwirrend, aber es macht ihm keine Angst. Das Fenster knarrt in den rostigen Angeln, als er es öffnet. Frische Luft strömt herein, sie ist nur ein wenig kühler als die in dem Raum.
Neben dem Kopfkissen liegen Schlüssel und ein paar Geldscheine.

Er steht vor dem mehrstöckigen Haus, das er gerade verlassen hat. Abgase haben die Fassade zerfressen. Er dreht sich um und überquert die Straße, steigt in die Straßenbahn ein, bei der Frauenkirche aus.
Menschen strömen an ihm vorbei, beachten ihn nicht und er weiß, er ist anders als sie. Aber sie wissen es nicht, und das lässt ihn lächeln. Diese Stadt ist ihm vertraut. Er muss schon oft hier gewesen sein. Ohne weiteres findet er den Weg zur Frauenkirche. Mächtig und stolz ragt der Bau empor: Neue Steinquader und Steine aus der alten Zeit.
In der Kirche ist es ruhig, nur ab und an ein geflüstertes Wort. Er sieht hinauf. Die rosa Farbe, mit der man die Wände angestrichen hat, missfällt ihm. Noch einen Moment verweilt er, betrachtet den kunstvoll gestalteten Altar, dann macht er sich auf den Weg nach oben.
„Hinauf, hinauf", murmelt er, als er den spiralförmigen Weg beschreitet. Eine letzte, steile Treppe: Er ist da.
Der Wind zerrt an seiner Kleidung, an seinem Haar. Plötzlich ist ihm kalt. Er ist alleine auf dem Dach. Langsam tritt er an die Brüstung und schaut auf Dresden. Auch dieser Anblick ist ihm vertraut. Der Wind wird stärker und er bekommt eine Gänsehaut. Er zieht sich auf die Brüstung hoch. Er lächelt.
Wenn er jetzt sterben würde, wäre es fast als hätte er nie gelebt.

Als er wieder in das Zimmer zurückkehrt, entdeckt er einen Rucksack, der am Fußende der Matratze liegt. Er zieht einige Kleidungsstücke heraus, dann ein Notizbuch. Keine Seite ist beschrieben, zwischen den Seiten steckt ein weißer Umschlag. Ihm wird heiß. Er hat nichts gefunden, das ihm verraten könnte, wer er ist. Mit zitternden Fingern entnimmt er einen gefalteten Zettel. Er holt tief Luft, entfaltet ihn langsam und liest.

Mein liebster Nicolas,
Du wusstest, dieser Tag würde kommen. In so vielen Nächten habe ich es Dir zugeflüstert, während Du schliefst. Ich werde Blut nehmen und Fleisch formen, ich werde einen Menschen formen.*
Dein Blut nehmen, Dein Fleisch formen. Es ist soweit. Du bist vollendet durch all Deine erbärmlichen Tränen, durch all Dein schwächliches Flehen. Ich habe Dich geformt und Du wirst nie vergessen, was zwischen uns geschehen ist. Mein lieber Nicolas, jemanden wie Dich hätte ich nie lieben können.
Alexander.

Sein Mund ist trocken. Seine Hände verkrallen sich in das Papier.
„Jemanden wie dich hätte ich nie lieben können", flüstert er. Der Brief gleitet aus seinen Fingern.
„Und doch habe ich es vergessen!"
Sein Fleisch formen.
Mit einem Ruck zieht er sich das Hemd über den Kopf, und er betrachtet seinen Körper. Helle, hässliche Narben auf seiner Haut. Eine Narbe verläuft von den unteren Rippen quer über den Bauch bis hin zu den Hüftknochen. Er kann den Wulst deutlich ertasten. Ihm wird schlecht. Er setzt sich, schließt die Augen, atmet schwer. Dann streift er das Hemd wieder über. Er legt sich hin. Hitze in seinem Mund. Er versucht, sich zu erinnern. Dann setzt er sich auf und schreit, bis er wieder zurücksinkt. Der Zorn hat ihn ausgebrannt. Aber die Welt brennt.

Wüstensand peitscht ihm ins Gesicht, reißt sein Fleisch auf, reißt seine Narben auf. Hitze. In der Ferne eine Stadt. Bronzene Tore und hohe Mauern. Einen Lidschlag später ist er dort. Rast auf eine gigantische Stufenpyramide zu, die Grenze zwischen Himmel und Erde. Wind und Sand. Die gleißend weiße Sonne spiegelt sich in Kacheln. Der Turm besteht aus purem Gold. Und aus dem Licht tritt eine Gestalt heraus. Wirbelndes schwarzes Haar. An dem weißen Stoff seines Gewandes zerrt und reißt der Wind. Das Gesicht der Gestalt kann er nicht erkennen, aber er weiß, dass es Alexander ist. Jetzt ist er ganz nah, er kann seinen Atem spüren. Ein räuberischer Gott, der lächelt.
Alexander hält ihn in seinen Armen. Er lässt ihn nicht gehen. In Alexanders Umarmung kann er kaum atmen. Übelkeit lässt ihn die Augen schließen. Seine heiße Zunge an der Wange.
„Willkommen in Etemenanki", haucht Alexander heiser gegen seine Lippen.

Wechselt vom Traum in die Wirklichkeit, ihm ist immer noch schlecht. Mühsam schleppt er sich in das kleine, schmutzige Bad nebenan. Mehrmals versucht er, gegen den Brechreiz anzukämpfen, dann übergibt er sich in die Toilette.

Manchmal sieht er Alexanders Spiegelbild in einem Schaufenster. Stehen bleiben, Augen schließen. Langsam atmen, wahrnehmen, was seine Sinne ihm sagen und die Illusionen vertreiben.
Sein Weg führt ihn zur Galerie der Alten Meister. Die Kunst anzusehen, eröffnet ihm den Weg in eine Welt, in der es keine Narben gibt. Prächtige Farben. Es ist kühler in den Gängen. Bei manchen Gemälden hat er das Gefühl, sie zu kennen, dann geht er schnell weiter. Die Menschen um ihn herum riechen nach Schweiß und Parfüm. Plötzlich bleibt er stehen, ihm stockt der Atem. Ein Bild, ein Bild aus seinem Traum. Eine gewaltige Stufenpyramide, die bis hinauf in den Himmel ragt.

Marten van Valckenborch, Der Turmbau zu Babel.
Und da versteht er: Er war in Babylon. Es ist Babylon, in dem Alexander jede Nacht auf ihn wartet. Die Wirklichkeit bricht auf und er sieht sein Traumbild.
Er kann es nicht fassen.
„Das ist ein schönes Bild."
Neben sich erblickt er ein kleines Mädchen. Mit großen grünen Augen schaut sie zu ihm auf und lächelt. Auch er lächelt.
„Hallo, meine Kleine", sagt er. Sie freut sich über seine Worte. Langsam beugt er sich zu ihr hinunter und breitet die Arme aus. Sie umarmt ihn. Er hebt sie hoch.
„Wo ist denn deine Mama?"
„Weiß nicht. Die ist zu langsam. Ich bin viel schneller!"
Er streichelt ihr über die Wange, wickelt eine Haarsträhne um seinen Finger. Da weiß er, was er tun wird.
„Soll ich dir was Schönes zeigen?"

Er nimmt sie mit.
In der Stadt kauft er ihr ein Eis. Im Café sitzen sie einander gegenüber, und er stützt sich mit den Ellenbogen auf den Tisch, lächelt sie an.
„Wird Mama nicht böse sein?", fragt sie.
„Nein, das wird sie nicht, meine Kleine. Ich hab deiner Mama doch versprochen, auf dich aufzupassen."
„Wirklich?", fragt sie und löffelt ihr Eis.
„Aber ja, Liebling."
„Wie heißt du denn?" Ein Schokoladenstreusel bleibt an ihrem Kinn kleben und er wischt ihn zärtlich mit dem Daumen weg.
„Ich bin … Nicolas … Und wie heißt du?"
„Melanie."

„Soll ich dir eine Geschichte erzählen, Melanie?“
„Oh ja!“, ruft sie und strahlt ihn an.
Kurz schließt er die Augen, beugt sich vor.
„Es war ein Mal ein junger Mann, der eines Tages vergaß, wer er ist. Da fand er einen Brief, der an ihn adressiert war …“

Die Zeit vergeht und er nimmt Melanie mit in das leer stehende Haus. Sie kuschelt sich in seine Decke, sieht ihn an. Er sitzt ihr gegenüber auf dem Boden.
Draußen grollt der Donner. Große, dunkle Wolken am Himmel, die Luft knistert. Der Wind peitscht Regentropfen in das kleine Zimmer und schlägt dann das Fenster zu. Melanie schreckt hoch. Er beugt sich zu ihr.
„Der Himmel spielt uns eine Symphonie“, sagt er.
„Was ist das?“ Ihre Stimme ist leise und ängstlich, aber er antwortet ihr nicht. Mit einem Mal zuckt ein grell weißer Blitz am Himmel, und kurz danach folgt ein ohrenbetäubendes Krachen. Melanie erschrickt.
„Er ist wütend“, flüstert er lächelnd Melanie ins Ohr, im selben Moment wird das Fenster vom Wind aufgestoßen und sogleich wieder zugeschlagen. Langsam erhebt er sich und schließt das Fenster richtig.
„Er ist wütend“, wiederholt er.
Er sieht Babylon.
Seine Narben brennen.
Und er beginnt, sich zu erinnern.

Teil II

Der Regen wurde immer stärker, Tropfen zerplatzten auf dem Asphalt. Der Himmel war zornig, der Himmel bestrafte ihn.
„Verdammt nochmal“, murmelte er und hielt die Hand vor die Zigarette.

Er zündete sie an der kleinen Flamme des Feuerzeugs an. Dann sog er den Rauch tief ein. Vanilleduft und Nikotin.
„Und ich dachte schon, ich sei der einzige, der bei solch einem höllischen Wetter rausgeht."
Er wandte sich um und erblickte einen jungen Mann, den er auf der Party zuvor gesehen hatte.
„Auch auf dem Heimweg?", fragte er und nickte ihm zu.
„So ähnlich." Der junge Mann lächelte.
„Komm unter den Schirm", sagte er. Nun konnte er ihn auch besser erkennen. Schwarze Haare und dunkle Haut.
„Sehr erfreut", sagte der junge Mann, „mein Name ist Alexander."
„Ich bin Nicolas. Und warum bist du von der Party abgehauen?"
„Wegen dir", sagte Alexander.
Er lachte. „Wegen mir riskierst du also eine Lungenentzündung?"
Alexander grinste, nahm ihm die Zigarette aus der Hand, tat selbst einen tiefen Zug, blies ihm dann den süßlich duftenden Rauch ins Gesicht.
„Siehst du das Gebäude da drüben?", fragte er und legte ihm den Arm um die Schulter.
„Ja."
Alexander zeigte auf ein Gebäude.
„Da oben in dem Turm, da wohnt ein Hexenkönig."
„Ein Hexenkönig …?"

Die Sonne hatte die regennassen Straßen getrocknet und brannte noch immer auf sie herab. Auch sein Körper brannte. Seine ganze Welt brannte. Alexander hatte ihn mitgenommen in den Turm, in sein Heiligtum. Das verlassene Gebäude war einmal eine Lagerhalle gewesen. Die Natur hatte sie zurückerobert. Schlingpflanzen waren durch die zerbrochenen Fensterscheiben herein gewuchert, ihre Blätter und wilden Blüten würden auch bald den mit Glasscherben übersäten Boden bedecken. Eine Stahl-

treppe führte hinauf in den ersten und in den zweiten Stock. Dort oben hatte Alexander sich eingerichtet.
Und hier, in Alexanders Heiligtum geschah es.

Lächelnd betrachtete er den jungen Mann, der im Türrahmen stand.
„Willkommen, Nicolas, willkommen im Turm zu Babel, willkommen in Etemenanki." Er saß an einem Tisch, auf dem rostige Messer lagen. An Nadeln und Skalpellen spiegelte sich das Licht der untergehenden Sonne. Hier in seinem Tempel war Alexander ein Gott.
„Weißt du, Nicolas, die meisten Menschen sind nur unschuldig, weil sie nie die Möglichkeit gehabt haben, schlecht zu sein."
Kurzes Schweigen.
„Komm her zu mir", sagte Alexander. Nicolas trat ein, sein Blick fiel auf den Tisch. Langsam näherte er sich Alexander, blieb vor ihm stehen. Alexanders Hand lag an seiner Wange.
Licht. Alexanders Lächeln.
„Dreh dich um."
Er tat es.
„Ich werde Blut nehmen und Fleisch formen, ich werde einen Menschen formen."
Alexander zog sein Hemd hoch. Fleisch, aufgeschnitten und wieder vernäht. Getrocknetes Blut an den Fäden. Sein Rücken war Alexanders Leinwand. Kühles Metall, tiefer, göttlicher Schnitt, heißes Metall. Sein Körper brannte. Risse in seiner Haut. Schmerzen. Worte. Flüche. Liebesgeflüster. Er biss sich auf die Lippe – kein Laut. Schmerz und Licht erlösten ihn. Er schrie auf.
„Bald bist du gezeichnet. Von meiner Liebe."

Er saß vor einem zerbrochenen Spiegel. Er sah nur Alexanders Gesicht.
„Ich weiß, dass du da bist."

Hinter ihm hörte er Nicolas den Raum betreten, dann erschien er im Spiegel. Tränenspuren auf den blassen Wangen.
„Warum tust du das?“, flüsterte Nicolas. Er trat näher an ihn heran. Alexander nackt und zerbrochen im Spiegel. Helle, hässliche Narben auf seiner Haut. Eine Narbe verlief von den unteren Rippen quer über den Bauch bis hin zu den Hüftknochen. Er stieß den Spiegel fort, es klirrte, als er fiel.
„Ich wurde gezeichnet“, sagte er, stand ruckartig auf. „Und so zeichne ich dich.“
Noch immer stand er mit dem Rücken zu ihm, nun schritt er weiter in den Raum hinein.

„Bitte geh nicht weg … ich brauche dich … bitte.“
„Ich muss zurück nach Leipzig, Und, Nicolas, du weißt, ich werde dich wiederfinden.“
„Ich will deine Liebe … Ich brauche deine Liebe …“ Nicolas streckte die Hand nach ihm aus.
„Fass mich nicht an.“
„Warum nicht …?“
„Ich habe dich gezeichnet, dich erschaffen … Verdiene meine Liebe. Gefalle mir.“

Teil III

Lange sitzt er nur da und lauscht dem Sturm und Melanies leisem Atem. Wie viel Zeit ist verstrichen? – er weiß er nicht. Er erinnert sich, keine Leere mehr. Sein Blick fällt auf den Briefumschlag, dann auf Melanie, die eingeschlafen ist.
Es ist, als erwache er aus einem langen, traumlosen Schlaf. Er fühlt sich

leicht und zerbrochen. Er ist verwirrt, doch nur für einen Augenblick. Draußen tobt noch immer der Sturm. Langsam erhebt er sich, nimmt Melanie vorsichtig auf die Arme, betrachtet ihr Gesicht, die halb geöffneten Kinderlippen, ihre langen, dunklen Wimpern. Er trägt sie ins Bad und legt sie dort auf den Boden, verschließt die Tür, als er wieder hinaus geht.
Es ist Zeit, den Brief aufzugeben. Alexander lächelt.

Sie rutscht auf den schmutzigen Fliesen aus. In der Dunkelheit hat sich der Raum zur Ewigkeit gedehnt. Sie tastet nach dem Badewannenrand und greift in die Leere. Ihre Fingernägel kratzen über die Fliesen. Dann fühlt sie Wärme und Nässe an ihrem Knöchel und beginnt zu wimmern. Knarrend öffnet sich die Tür, rotes Morgenlicht. Er kehrt zurück zu ihr.
„Liebling, ich bin wieder da."
Sie blickt auf.
„Ich bringe dich nach Etemenanki", flüstert er.

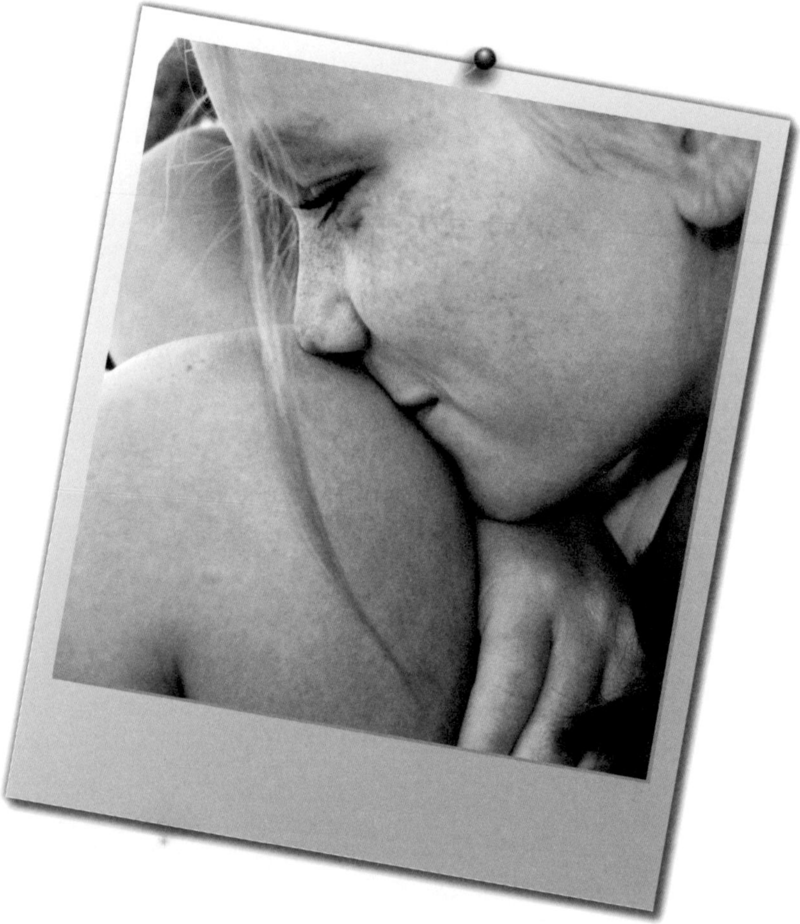

Aylin Braunewell aus Münzenberg, geboren 1996,
besucht die Weidigschule in Butzbach.
Sie zählte bereits 2010 zu den Preisträgern.

Leise rieselt der Schnee aus Frau Holles Heimat in festen Klumpen und wird auf deinem Spiegel zerkleinert.
Tapete

Aylin Braunewell

Schnee

Für meine Familie – für die ganze.

Schnee

Das Baumhaus im Garten ist mit Schnee bedeckt. Vor zwei Jahren hat er es für seine Tochter gebaut, sie liebt es.
Lächelnd schaut er auf das Schneidebrettchen vor sich. Er legt zwei Scheiben Gouda auf das Brot, den mag sie gern. Er klappt es zusammen und packt es in ihre gelbe Dose, legt noch eine Tüte Apfelstücke dazu.

Als er das Baumhaus zusammengezimmert hat, hat er sich die Schulter verletzt. Der Arzt hat ihm ein Schmerzmittel gegeben und er war überrascht, wie gut es ist.

Er schließt die Dose und beeilt sich, aus dem Haus zu kommen. Er ist froh, seiner Frau nicht begegnet zu sein. Es beginnt zu schneien. Auf der Arbeit angekommen, belädt er den Lieferwagen und studiert die Stücklisten. Es gibt viel zu tun.

Als er nach Hause kommt, schaufelt er den Schnee weg. Mittlerweile ist fast ein halber Meter gefallen. Er räumt den Bürgersteig frei, die Einfahrt und einen breiten Weg zur Haustür. Schließlich holt er sich den Plastikeimer mit Streusalz und verteilt es großzügig auf dem Pflaster. Er sieht vor sich, wie Charlotte, seine Tochter, vom Spielplatz kommt. Er will nicht, dass sie ausrutscht.

„Hast du mir den Mantel aus der Reinigung mitgebracht?“ Er stöhnt auf. Warum kümmert sich seine Frau nicht selbst darum? Und dieser vorwurfsvolle Blick. Seine Hände fangen an zu zittern, sein Sichtfeld verdunkelt sich an den Rändern.

An diesem Abend schneit es.

Im Grunde mag er Charlottes Kindergeburtstage. Ihr Lachen, ihre Freude am Geschenke auspacken. Wenn nur nicht seine Frau wäre, die ihn dazu drängt, sich als Clown zu verkleiden, dieses affige Kostüm zu tragen.
„Guck mal, Papa!“, ruft Charlotte und streckt ihre Zunge heraus, in der Hand das halb leere Tütchen mit dem Brausepulver. „Ich hab grün! Und Leonie hat rot und Sophie gelb!“
Er lacht und wuschelt ihr durch die Haare.

Er geht ins Arbeitszimmer zum Regal, er sammelt Steine. Seine Frau macht sich darüber lustig, aber das ist ihm egal. Erst heute Nachmittag, gegen Ende seiner Schicht, hat er wieder eine Unterschrift gefälscht – endlich wieder eine Lieferung für ihn, sie liegt noch in seinem Auto. Er greift nach einem besonders schweren Stein und löst das Tütchen von der Unterseite.
Sein Pulver ist weiß.

Er ist zurück im Wohnzimmer, jetzt kann sie ihm nichts mehr anhaben. Er schaut seine Frau herausfordernd an.
„Also, wo ist jetzt dein blödes Kostüm?“

Der nächste Tag ist ein Samstag und schon beim Aufwachen spürt er die Unruhe. Kalter Schweiß auf seiner Stirn, Übelkeit. Heute würde er den Tag mit seiner Familie verbringen und keine Zeit für seine Steine haben. Seufzend steht er auf.
Der Schnee ist zu Matsch geworden und es dauert lange, bis er einen schmalen Durchgang zur Straße freigeräumt hat. Rechts und links türmen sich die Schneemassen der vergangenen Tage. Zum Streuen ist er zu müde.

Die Speisekarte liegt aufgeklappt vor ihm auf dem Tisch. Mexikanisch – er konnte es noch nie leiden. Und trotzdem wollte seine Frau unbedingt hier zu Mittag essen. Die Kellnerin kommt schon zum vierten Mal an ihren Tisch und die Stimme seiner Frau klingt spitz, als sie fragt:
„Hast du dich endlich entschieden?"
„Ein kleines Wasser."
Seine Frau schnauft.
Seine Oberlippe bebt, seine Hand zuckt in Richtung der Gabel. Er muss sich beherrschen: zu Hause, sein Pulver, noch heute Nacht.

Auf dem Heimweg setzen sie Charlotte bei einer Freundin ab und jetzt beginnt der eigentliche Horror: Casting-Shows, Soaps, Magazine. Wehe, sie verpasst eine Folge. Und wehe, er ist nicht dabei. Wie er es hasst. Aber immerhin hält sie den Mund. Samstagnachmittags gilt ihre Aufmerksamkeit den 42 Zoll im Wandregal. Immer wieder schielt er über den Flur, ins Arbeitszimmer. Zu seinen Steinen.
Er ist froh, als er nach vier Stunden endlich Charlotte abholt. Es ist dunkel und der Matsch vom Vormittag ist gefroren. In der Kälte werden seine Gedanken wieder klarer.
Im Auto spielt Charlotte mit der Rückenlehne Händeklatschen und singt die Reime dazu. Er schaut in den Innenspiegel und lächelt. Seine Kleine.

Sie halten vor dem Haus und er lässt Charlotte aussteigen, bevor er den Wagen parkt. Sie geht auf die Haustür zu. In ihren gefütterten Stiefeln verliert sie den Halt auf dem glatten Eis, rudert mit den Armen und will sich am Briefkasten festhalten. Ihre Hand greift ins Leere. Ihre Beine rutschen weg. Ihr Kopf schlägt auf das Metall.

Kein Laut dringt aus seinem Mund. Sein Kopf – leer. Er sieht nur noch ihren Blick. Überrascht, entsetzt. Vorwurfsvoll. Er kennt diesen Blick, das ist seine Frau. Schatten kriechen in sein Sichtfeld.

Er fährt. Durch die Nacht, durch den Schnee. Weiß, immer mehr. Überall.

Die Reifen stecken fest. Seine Hände umklammern das Lenkrad. Charlotte. Er hat sie liegen lassen. Er muss zurück. Er tritt auf das Gaspedal. Die Reifen drehen durch. Sein Kopf sinkt auf das Lenkrad. Er sieht ihre Augen, diesen fragenden Blick. Er kann nichts tun. Seine Hand tastet unter den Rücksitz, greift nach dem Karton. Der Schnee bedeckt mittlerweile die Frontscheibe. Der Karton leert sich.

Eingeschneit.

Manon Cavagna aus Rosbach vor der Höhe, geboren 1993, besucht die Ernst-Ludwig-Schule Bad Nauheim. Sie war schon 2008, 2009 und 2010 unter den Preisträgern.

DANTON. [...] Zwischen Tür und Angel will ich euch prophezeien: Die Statue der Freiheit ist noch nicht gegossen, der Ofen glüht, wir alle können uns noch die Finger dabei verbrennen.
Georg Büchner – Dantons Tod, 1835

Manon Cavagna

Die Nacht der Hähne

Für meinen Großvater, der weiß, was Krieg ist.

Die Nacht der Hähne

Gestern noch starben wir fünf Tode, heute torkeln wir in die Freiheit und es wird nie wieder gut. Ich möchte keinen Tag mehr sehen, aber das Haus hat keine Fensterläden mehr, es hat sie sich weggeweint, jetzt liegen sie draußen, in den Trümmern.

Morgens bricht also das Licht über mich herein. Dann wache ich auf, weil ich nicht schlafen kann, wenn es hell ist, auch wenn ich meine Augen zusammenkneife, so fest, dass es weh tut.

Draußen kräht der Hahn. Heute Abend gibt es Hühnereintopf.

Ich mag es nicht, wenn Éric in der Küche Hühnereintopf macht. Mag das getrocknete Hühnerblut unter seinen Fingernägeln nicht, die Federn, die durch die Luft schweben und mit denen Michel Fangen spielt.

Ich ducke mich. Will nicht, dass die Federn mich berühren, sie widern mich an. Ich sage: Éric, mach sie weg. Aber Éric sagt, wir bewahren sie auf. Er sagt, Federn sind immer gut. Er sagt, er macht mir ein Kleid daraus, ein Kleid aus tausend Hühnerfedern. Dann gehen wir tanzen, wie früher, weißt du noch?

Wie früher …

Mein Herz scheint anzuschwellen, wie ein Brötchen im Ofen, warm und weich. Auf Érics blassen Lippen liegt ein Versprechen, von dem ich geglaubt habe, dass er es vergessen hat. Ich würde es so gerne aus ihm herausküssen … Ich umarme ihn, er nimmt mein Gesicht in die Hände, mit einer Zärtlichkeit, die ich nicht mehr gewohnt bin, ich drücke meine Lippen auf seine.

Dann streifen seine Finger meine Wangen und ich sehe aus meinem verschwommenen Blickwinkel das Rot unter seinen Fingernägeln.

In dieser Nacht träume ich, dass ich in der Haut eines Hahns gefangen bin, die Luft geht mir aus. Schwer und glitschig klebt die Haut des

Hahns an meiner, bis sie eins werden. Wie wild kratze ich purpurfarbene Hautlappen ab, aber die Haut wächst nach, es drückt und kneift von allen Seiten, ich ersticke.

Ich erwache.
Ich taste grob mein Gesicht ab, die Arme, die Schenkel. Meine Haut fühlt sich glatt an, aber die Fingerkuppen erinnern sich noch an das eklige Gefühl. Wie besessen kratze ich, ich möchte, dass das Gefühl weggeht, dass alles weggeht.
Éric erwacht. Er sagt nichts, rührt sich nicht, macht keine Bewegung, um seine Brille aufzusetzen. Ich weiß nicht mal, ob er mich sieht.

Der nächste Morgen ist wortkarg, wie alle unsere Morgen. Éric schaufelt aufgequollene Haferflocken in seinen Mund; die Zeitung klemmt zwischen seinem Teller und einer leeren Weinflasche, in der Korkenstücke liegen wie tote Fliegen in einer Falle. Die warmen Flocken und die schwarzen Worte nimmt er gleichmäßig auf, schluckt sie runter, und ich weiß, er wird weder das eine noch das andere vernünftig verdauen. Éric verbringt Stunden auf der Toilette und futtert dabei weitere Worte, als fürchte er, sie gingen ihm sonst aus. Manchmal frage ich mich, wo er sie verstaut, diese Worte, er, der so selten spricht.
Der aufgeschlagenen Zeitung gegenüber sitzt Michel und stupst zwischen zwei Marmeladenbrotbissen das Papier mit der Gabel an.
„Michel“, mahnt Éric von Zeit zu Zeit, ohne sich zu rühren, den Blick von der Zeitung zu lösen.
Mir hängt der wirre Traum nach, ich kann ihn nicht abschütteln. Die Decke mit der Blumentapete scheint mich auf meinen Stuhl zu drücken, vergilbte Hortensien blicken vorwurfsvoll auf mich herunter. Die Luft ist erstarrt, aber etwas wird doch hereingetragen vom Straßenleben, die müden Schritte der alten Frauen, die nach ihren Söhnen fragen, die

müden Schritte der Söhne, die zurückkehren. Seitdem die Menschen Gruben graben, geht das Dorf mit müden Schritten. Nur die Kinder hüpfen. Zwischen den Gruben.

So ist das Leben jetzt, unser Leben: Zwischen den Gruben, auf einem Bein, weil das andere verstümmelt ist, wackelig, zitterig, wir klammern uns aneinander, aber wir können uns nicht spüren; es sind nur unsere Ängste, die sich aneinander reiben.

„Michel", zischt Éric.

Ich stöhne, als hätte ich Blei in der Brust, und Michel schaut plötzlich zu mir auf.

„Maman!", ruft er in einem Anflug von Zärtlichkeit und stürzt sich in meine Arme wie ein Welpe. Schlaftrunken streiche ich über die pflaumenglatte Stirn, schiebe das dunkle Haar zurück, Michel quengelt, weil er es hasst, wenn man ihm die Haare zurechtmacht. Ich stopfe ihm einen Löffel Brombeermarmelade in den Mund, er lacht und prustet das Essen auf den Tisch.

Éric hebt langsam den Blick.

Ich spüre, wie Michel schwer auf meiner Brust lastet, in meinem verwaschenen Nachthemd fühle ich mich nackt und ausgeliefert, hilflos ziehe ich an den Ärmeln.

Brombeerstückchen fallen von der Zeitung, malen dabei rote Streifen zwischen die Buchstaben.

Langsam faltet Éric die Zeitung, streicht und drückt sie glatt, an einigen Stellen bohren die Brombeerkörner Löcher ins Papier. Er faltet die Zeitung noch einmal zusammen, ein drittes Mal. Dann erhebt er sich, dreht den Hahn auf, der sprüht erst Wasser, bändigt es dann aber zu einem dicken Strahl, der ins Becken trifft. Éric wäscht sich energisch die Hände, mit einem Seifenstück, das er vorsichtig aus seinem Döschen geholt hat. Als er das Wasser abgestellt hat, dreht er sich um, schaut uns an, mit Verachtung oder Mitleid, ich weiß es nicht, Michel wimmert, sein Atem ist heiß.

Es riecht nach Marmelade, nach billigem Ersatzkaffee und nach Waschmittel, draußen auf dem Hof hängen Érics Hemden an der Wäscheleine, eine Böe bläst hinein, sieben künstliche Torsos, männlich, voller Kraft, die ihre Arme zu mir recken, und plötzlich muss ich lachen, weil Érics schmaler Oberkörper sie niemals derartig ausfüllen könnte. Éric ist wie ein trockenes Stück Holz.

„Maman ist verrückt", sagt Éric und nimmt seine Brille ab, das Urteil ist gefällt. Wie Spinnenbeine tasten seine geröteten Finger über die Brillenbügel, behutsam fahren sie über das Nickel, zeichnen die Kurve des Gestells nach. Dann setzt Éric die Brille vorsichtig wieder auf und reißt Michel von meinem Bein, an das er sich geschmiegt hat.
„Maman muss sich erholen. Du wirst sie eine Zeit lang nicht sehen. Sag auf Wiedersehen, Michel. Komm schon … Auf Wiedersehen, Maman."
„Maman …", wimmert Michel.
Ich trage ein Hemd von Éric, das ich von der Wäscheleine gepflückt habe, noch steif liegt der Stoff auf meinen kantigen Schultern. Plötzlich runzele ich die Stirn.
„Siehst du das, Éric? Das Hemd ist ja gar nicht richtig sauber."
Zu oft regnet es Staub in diesem hässlichen Dorf, nichts wird mehr sauber.
„Siehst du das, Éric? Es ist ganz staubig."
Plötzlich lässt Éric Michel los und reißt mein Gesicht in seine Hände, es tut weh, er drückt, seine Finger graben sich in meine Haut. Dann blicke ich in seine Augen und bekomme Angst.
„Éric …" Ich schreie. „Ich möchte, dass alles wieder so wird wie früher!"

Früher war Éric Schneider, bis zu dem Tag, an dem er sich wehrte. Er wollte keine Uniformen schneidern. So was nähe ich nicht, hat er gesagt. Seine Lippen haben gebebt, wie ein Kind hat er sich an mich geklammert, das Gesicht in meinem Kleid vergraben. Er selbst hatte es mir genäht.

Stundenlang hatte er mit dem dunklen Stoff meine Kurven nachgezeichnet, es war seine Art, mich zu lieben. Éric sprach schon damals nicht viel und es war schwer für ihn, die richtigen Worte zu finden.
An diesem Abend hat er geweint. Seide war zur Mangelware erklärt worden, Stiefelabsätze schlugen auf das Pflaster, und auf der Kommode lag eine Uniform. „Die Nähte", sagte Éric, und seine Stimme überschlug sich, wie die eines Kindes, das sein kaputtes Spielzeug findet. „Sieh dir die Nähte an, sieh dir an, wie schlecht sie sind. Siehst du das?"
Er weinte. Ich hatte ihn nicht mehr weinen sehen, seitdem er am Grab seiner Mutter gestanden hatte. Jetzt stand er im kargen Licht einer Glühbirne, betrachtete die grünen Nähte und weinte wie ein Kind.
Vier Wochen später saßen wir in einem Bunker, wie Sprühregen rieselte der Verputz auf uns herab, und ich musste daran denken, wie die Kleinen bei unserer Hochzeit Reiskörner auf Éric und mich geworfen hatten. Zu welchem Unglück vermählten uns nun die Bomber?
Ein Treffer riss mich aus seinen Armen und warf mich auf den kalten Fußboden, mein Schädel schlug dumpf auf.
„Bring mich um, Éric! Bring mich um!"

Bring mich um ... Warum hast du mich damals nicht umgebracht, Éric? Ich wollte doch sterben. Wir wollten zusammen sterben. Er sollte nie kommen, der Tag, an dem wir füreinander Fremde sind.
Sieh uns doch an … Ich weiß gar nicht mehr, wer du bist. Weiß gar nicht mehr, wer von uns beiden verrückt ist.
Komm zurück, Éric ...

Ich schiebe mein Leben in die Kaffeemühle, umschließe den Griff und mahle es klein, dann puste ich den Staub in die Trümmer, die sich hilflos zum Morgenhimmel recken. Die Sonne geht über unserem Elend auf, gießt trügerisches Gold in das Grau, übermalt unser Haus, ein Backsteinskelett, an dem die weiße Fahne schlaff herabhängt.

Érics Hühnereintopf ist kalt. Das Totengeläut dröhnt, und ich schmatze lauter, meine Zähne knirschen, zerkleinern das Fleisch, aber es will nicht runter.

Ich gehe in den Hof und spucke alles aus.

Eine abgemagerte Straßenkatze wirft sich darauf, schleckt das Zeug bis zur letzten Faser auf. Dann fährt sie sich zufrieden mit der Zunge über das hässliche Maul und sinkt auf den Boden, streckt sich genüsslich und lässt sich von der Sonne wärmen.

Selina Hillebrand aus Hungen, geboren 1995,
besucht das Gymnasium Nidda.

I picture a slow sweet walk yet to be
When you'll take my hand and say: (Mommy) come see
Then you'll know what it felt like
You won't believe what it feels like
Edwin McCain – Walk With You

Ich danke Martina für das wunderbare Lektorat.
Und Herrn Webler, sowie der besten ehemaligen 10a, die den Wert und das Potenzial meiner Geschichte erkannten.

Selina Hillebrand

Wie Mutterherzen schlagen

Für Elli, weil sie zu spät kam und somit die Spannung nahm.
Und für euch, weil ihr immer an mich glaubt. Mama, Papa, Lolo, Charly.
Ich liebe euch.

Wie Mutterherzen schlagen

Sie hieß Jessica, eine hysterisch aufbrausende Frau, die sich vor die Kameras drängte, um sich mit ihren Lügen interessant zu machen. Dabei wollte sie ihre Tochter doch nie.

Es ist das Schlimmste für eine Mutter, ihr Kind zu verlieren. Meine Tochter Sarah starb vor zehn Jahren. Als ich erfuhr, dass ich schwanger war, hatte ich mich gerade von meinem Freund getrennt. Eine Abtreibung kam für mich nie in Frage, denn ich wusste sofort, dass ich dieses Kind um nichts in der Welt wieder hergeben würde. Ich war glücklich, dass in mir ein Mensch heranwuchs, den ich umsorgen konnte. Ich war nicht mehr allein. Ich richtete das Kinderzimmer ein. Kaufte Strampler, Jäckchen, Fläschchen, Stofftiere und einen Kinderwagen. Ich strickte Söckchen und Mützchen. An die Kühlschranktür hatte ich das erste Ultraschallbild geheftet. Mit jedem Blatt, das ich vom Kalender abriss, rückte der Geburtstermin näher.

Es geschah im siebten Monat. Ich war auf dem Weg zu meinem Frauenarzt zu einer Untersuchung. Der schwarze Mercedes nahm mir die Vorfahrt.

Als ich im Krankenhaus aufwachte, behaupteten die Ärzte, sie hätten Sarah nicht mehr helfen können. Sie sagten mir, ich habe Glück gehabt. Auch der Mercedesfahrer starb beim Unfall. Aber ich überlebte. Ich wünschte mir nur, bei Sarah zu sein.

Ich brauchte lange, um mich zu erholen und den Schmerz halbwegs zu verdrängen. Vergehen wird er wohl nie, selbst jetzt, nach so langer Zeit, tut es immer noch weh, an Sarah zu denken. Ich wünschte mir so sehr eine

Tochter. Ein kleines Mädchen, das ich lieben, beschützen und trösten konnte. Als 30-jährige alleinstehende Frau, zwar mit ein wenig Vermögen, aber ohne Job, brauchte ich mir keine Hoffnung zu machen, ein Kind adoptieren zu können.

Schließlich fing ich an, die Kinder auf dem nahe gelegenen Spielplatz zu beobachten. Anfangs versteckte ich mich gelegentlich hinter einem Baum und sah zu, wie kleine pausbäckige Jungen im Sandkasten Bauarbeiter spielten oder wie süße Mädchen Abzählverse sangen und Sandtörtchen formten.
Mittlerweile kam ich fast jeden Nachmittag. Es waren immer die gleichen Kinder, ich kannte schon alle ihre Namen. Da gab es Billie, einen stupsnasigen, rotblonden Jungen, der immer weinte. Und die Zwillingsschwestern Claire und Marie, die sich zum Verwechseln ähnlich sahen. Manchmal kamen auch ein paar Neue dazu, wie auch an diesem Tag.

Als ich das Baby sah, stockte mir der Atem. Sie war ungefähr ein halbes Jahr alt und saß zufrieden in dem Kinderwagen. Mit ihren hellbraunen Locken und der rosigen Haut wirkte sie wie ein Engel. Genauso hatte ich mir immer Sarah vorgestellt. Doch was mich am meisten faszinierte, waren ihre hellblauen Augen. Das war meine Tochter. In Gedanken nannte ich sie Lea. Ohne nachzudenken ging ich auf den Kinderwagen zu. Ich war wie hypnotisiert von diesen wachsamen Babyaugen, die mich unentwegt ansahen.
Ich sprach die Frau an, die den Kinderwagen schob und heftig mit einem Jungen schimpfte. „Entschuldigen Sie“, sagte ich, als ich etwa drei Meter vor ihr stand.
Die blonde Frau drehte sich zu mir um. Ihr Gesicht war ausdruckslos und ihre Augen klein und trüb. Ich fühlte nur Abscheu gegenüber der

Frau, die sich so selbstverständlich um meine Tochter kümmerte. Ich hielt ihr einen Schnuller hin, den Billie am vorherigen Tag auf dem Spielplatz vergessen hatte.

„Ist das ihrer? Es sah so aus, als wäre er gerade aus dem Kinderwagen gefallen." Sie sah nach, ob der Schnuller fehlte.

„Nein, das ist nicht Hannahs. Fragen sie doch einmal die anderen", antwortete die Frau. Sie wollte sich wieder umdrehen, um weiter mit ihrem Sohn zu schimpfen.

„Wer sind Sie eigentlich? Ich habe Sie hier noch nie gesehen."

„Oh, tut mir leid, ich wusste nicht, dass man sich hier vorstellen muss. Wie unhöflich von mir", antwortete sie patzig.

„Mama, wann krieg ich ein Eis?", quengelte der Sohn.

„Gleich, Kevin."

Sie wandte sich wieder zu mir um. „Entschuldigung. Ich bin Jessica Weber, wir sind vor kurzem hierher gezogen."

„Nein, kein Problem. Wie alt ist denn ihr Sohn? Geht er schon in den Kindergarten?"

Jessica ließ sich auf das Gespräch ein. „Ich muss ihn noch im Kindergarten anmelden. Wir sind noch total im Umzugsstress. Eigentlich hatte ich Kevin ja versprochen, dass er ein Eis bekommt. Haben Sie auch Kinder?" Kevin schrie und ersparte mir so eine Antwort.

„Mama … ich will jetzt ein Eis!" Sie blickte entschuldigend.

„Kevin, mein Großer. Seit der Geburt von Hannah ist er etwas zu kurz gekommen."

„Ja, das verstehe ich gut. Ich passe kurz auf die Kleine auf, wenn sie mit ihrem Sohn zum Kiosk wollen."

„Das ist wirklich sehr nett von Ihnen, dass sie bei Hannah bleiben."

Jessica lächelte, nahm ihren Sohn an die Hand und ging Richtung Kiosk.

Rund um mich herum waren Mütter mit ihren nörgelnden, nervenden und brüllenden Kindern beschäftigt, die im Gegensatz zu meiner Lea klobige, hässliche Trolle waren. Es war unwahrscheinlich, dass eine von ihnen mich beobachtete. Lea schrie nicht, als ich sie aus dem Kinderwagen nahm. Sie sah mich nur an.
Mit dem Kind auf dem Arm ging ich zu meiner Wohnung zurück. Jessica würde frühestens in einer Viertelstunde bemerken, was geschehen war. Zu Hause angekommen, brauchte ich kaum eine Stunde, um alles Notwendige zu packen und zu verschwinden. Wohin ich jetzt gehen würde, war unwichtig. Alles, was wichtig war, hielt ich nun im Arm und wollte es um keinen Preis der Welt wieder hergeben.

*

Leas Rufen aus dem Schlafzimmer riss mich aus den Erinnerungen. „Mama", ertönte es noch einmal ungeduldig. Lea machte mich so glücklich. Ich konnte mir ein Leben ohne sie nicht vorstellen.
„Ich komme ja schon, meine kleine Prinzessin", rief ich. Ich schaltete das Licht im Schlafzimmer an. „Ich kann nicht schlafen", sagte mein wunderschönes Mädchen.
Ich las Lea ihre Lieblingsgeschichte vor. Sie schlief eng an mich gekuschelt ein. Im Schlaf sah sie aus wie ein Engel.

*

Es war ein Samstag im April, als meine Lea zum ersten Mal zum Übernachten bei einer Freundin eingeladen war. Ich hatte ein ungutes Gefühl, willigte jedoch ein. Sie war schon öfters zu Besuch bei Freunden gewesen, jedoch nie über Nacht geblieben.
Ich wurde unruhig und malte mir die schrecklichsten Sachen aus, die Lea zustoßen könnten. Ohne ihr lebhaftes Geplapper war es so bedrückend

still in der Wohnung. Ich nahm mir eine Flasche Rotwein und setzte mich vor den Fernseher. Es lief irgendein Liebesfilm. Ich achtete nicht auf die Handlung, weil ich immer wieder an Lea denken musste. Beim Nachschenken fiel mir das Glas um. Der Rotweinfleck auf dem Teppich sah aus wie eine Blutlache.

Ich musste hier raus.

Ziellos lief ich eine halbe Stunde durch die Straßen. Mir war kalt. Ich sah die Straßenbahn kommen und stieg ein. Ich setzte mich auf einen freien Platz am Fenster. Ob Lea schon schlief? Ich beschloss, nach Hause zu fahren. Falls etwas mit meiner Tochter passierte, wollte ich erreichbar sein. Die anderen Fahrgäste spiegelten sich in der Fensterscheibe. Drei Jugendliche hatten Flaschenbier dabei und prosteten sich zu. Plötzlich sah ich eine Frau, die ich immer und überall erkennen würde. Eine müde und verhärmt aussehende Frau. Jessica. Ich bekam wahnsinnige Panik. Ich hatte mein Aussehen verändert und für mich und Lea falsche Papiere besorgt. Ich dachte, man würde mich nie wieder erkennen. Doch mit einem Mal beschlich mich eine schreckliche Angst, dass ich mich geirrt haben könnte. Die Wahrheit traf mich so heftig und unerwartet, dass mir fast schwindelig wurde. Denn sie sah mich an, ihre grauen Augen starrten in meine. Ich stand an einem Abgrund und war drauf und dran, alles, was mir wichtig war, zu verlieren. Jessica würde mir meine Tochter Lea wieder wegnehmen. Mir war bewusst, dass ich das nicht zulassen konnte. Vorsichtig tastete ich in meiner Tasche nach dem Klappmesser, dass ich immer dabei hatte.

An der nächsten Haltestelle stieg ich aus. Jessica folgte mir und ließ mich nicht aus den Augen. In meinem Nacken kribbelte es. Was hatte sie vor? Ich musste mich beeilen, um mein Ziel zu erreichen. Die Straßen waren so gut wie leer. Mitten auf der Brücke schrie Jessica. Ihre Stimme war hasserfüllt, dass ich Gänsehaut bekam. „Bleib stehen!“ Ich schluckte und

drehte mich langsam um, wagte jedoch nicht, Jessica direkt in die Augen zu sehen.
„Es ist vorbei. Gib mir Hannah zurück. Ich rufe jetzt die Polizei." Ich sagte nichts, sondern starrte zu Boden. In der Jackentasche schloss sich meine Faust fest um das Messer.
„Hast du auch nur eine winzige Ahnung, was du gemacht hast? Du sollst im Gefängnis verrotten." Mit jedem Wort, das sie sprach, kam Jessica näher. Sie fing meinen Blick auf und schrie: „Wo ist sie? Wo ist meine Tochter? Was hast du mit Hannah gemacht?"
Die Worte „meine Tochter" verletzten mich mehr, als wenn sie mir ins Gesicht geschlagen hätte. Tränen liefen mir über die Wangen und mein Gesicht brannte.
„Du kannst mir Lea nicht nehmen", sagte ich und schaffte es, sie anzusehen. Es durfte nicht vorbei sein, ich würde es nicht ertragen, wenn mir das Wichtigste im Leben genommen würde. Ich durfte Lea nicht verlieren. Jessica hatte Hannah nie so geliebt, wie ich meine Lea liebe.
„Lea gehört mir", sagte ich ruhig und stieß mit dem Messer zu.
Fassungslos sah sie mich an. Jessica taumelte und holte röchelnd Luft. Ein Rinnsal Blut lief ihr vom Mundwinkel bis zum Kinn. Ihre Jacke war blutgetränkt.
„Hilf mir. Hannah braucht ihre Mutter", flehte sie und versuchte, nach meiner Hand zu greifen. Ich zog sie weg, es ekelte mich, die sterbende Frau zu berühren.
„Ich bin ihre Mutter", sagte ich und stach ein weiteres Mal auf sie ein.
Regungslos sah ich auf die Frau, die nun tot am Boden lag, herab. Dann hob ich den leblosen Körper hoch und wuchtete ihn über das Brücken.geländer. Es schien mir ewig zu dauern, bis sie auf dem schwarzen Wasser aufschlug. Ich ließ das Messer wieder in die Tasche gleiten und ging nach Hause.

Dort stellte ich mich erst einmal zwanzig Minuten unter die heiße Dusche. Die schmutzige Kleidung hatte ich in die Waschmaschine gesteckt. Ich zog mir meinen Schlafanzug an und ging ins Wohnzimmer. Das Glas und die leere Flasche brachte ich in die Küche. Ich ging noch einmal zurück und streute Salz auf den Rotweinfleck. Ich legte mich ins Bett. Der Funkwecker zeigte 01.17 Uhr. Noch neun Stunden, bis ich Lea wieder sah.

Mittags gingen wir in den Zoo.

Lisa Kalmring aus Schotten, geboren 1996,
besucht die Vogelsbergschule Schotten.

„Ich verlange von den Leuten nicht, dass sie mir angenehm sind, weil es mich vor dem Problem bewahrt, sie zu mögen.“
Jane Austen

Lisa Kalmring

Unsterblich

Für meine Familie, vor allem für meine Eltern, weil sie mich alle immer so toll unterstützen.

Unsterblich

Langsam schließe ich das Fenster. Auch nach knapp einem Jahr habe ich mich noch nicht an mein neues Leben gewöhnt. Auf der Kommode links in der Ecke steht ein Bilderrahmen. Mama und meine Schwester Linda. Lange betrachte ich das Bild. Eine Aufnahme aus der Zeit, als meine Welt noch heil war. Ich fange an zu weinen. So häufig wie in den vergangenen Monaten habe ich noch nie geheult. Ich lasse mich kraftlos auf mein Bett fallen. Vielleicht sollte ich das Bild einfach nicht mehr anschauen, es verbrennen. Mit Feuer, das schon so vieles verbrannt hat. Vielleicht sollte ich auch dieses letzte Fünkchen Erinnerung vernichten. Je länger ich nachdenke, umso klarer wird mir, dass ich das nicht schaffen werde. Nicht heute. Nicht morgen. Vielleicht nie.
Ich stehe auf, gehe zum Spiegel, der in der anderen Ecke steht. Mein Gesicht ist ausdruckslos. Traurig. Leer. Ich bin mir fremd.

Ich lebe bei einem Mann. Ein fremder Mensch. Er ist mir noch nicht vertraut. Kaum vorstellbar, dass ich einen Teil von ihm in mir trage. Ich habe zuvor nie etwas mit ihm zu tun gehabt, nie mit ihm geredet. Schließlich hat er sich nicht um mich gekümmert. Früher habe ich mir gewünscht, diesen Mann kennen zu lernen. Und obwohl ich jetzt bei ihm wohne, bin ich nicht glücklich. Nicht unter diesen Umständen.
Er scheint verbittert und spricht kaum. Seine helle Haut bildet einen ungewöhnlichen Kontrast zu seinem schwarzen Haar. Er ist groß und schlank. Nur einmal zuvor habe ich ihn gesehen.

Es war vor langer Zeit: Mein neunter Geburtstag. Ich feierte mit Mama und Linda. Wir hatten Erdbeertorte gegessen und räumten den Tisch ab. Als ich in der Küche aus dem Fenster schaute, sah ich ihn im Garten stehen.

Er wirkte stolz, aber auch ein wenig traurig. Ich rannte ins Wohnzimmer, um Mama zu holen, aber als wir in die Küche kamen, war er schon verschwunden.
Ich schaue auf die Uhr. Fast zwölf. Gleich gibt es Essen. Ich ziehe rasch meinen alten Jogginganzug aus und eine rosa Bluse und einen schwarzen Rock an. Ich binde mein Haar zu einem Pferdeschwanz zusammen. Er legt Wert darauf, dass man gut gekleidet zum Essen kommt. Wie auf Kommando schallt es von unten, ich solle zum Essen kommen. Es klingt altmodisch, wenn der Mann spricht.
Als ich ins Esszimmer komme, wirft er kurz einen Blick auf seine Armbanduhr und nickt. Er schiebt mir einen Stuhl zurecht. Es gibt Lasagne. Er hat sich gemerkt, dass das mein Lieblingsessen ist. Ich fühle mich trotzdem nicht wohl. Er scheint mir nachdenklicher als sonst zu sein. Er runzelt die Stirn und mustert mich besorgt.
„Was ist?"
„Es ist nichts."
Doch ich merke, dass das nicht stimmt. Er steht auf, geht zum Fenster und schaut hinaus. Nach einer Weile dreht er sich wieder zu mir um und schaut mich an. Ich denke, er will mir etwas sagen, doch er schweigt. Als ich aus dem Zimmer gehe, spüre ich, dass er mir nachsieht.

Monate vergehen.
Ich wache auf. Der vierundzwanzigste Dezember. Diesen Tag habe ich seit Wochen gefürchtet. Ich stehe auf und schaue in den Spiegel. Wie jeden Morgen. Ich habe mich verändert. Mein Gesicht ist schmaler, meine dunklen Haare sind länger geworden. Ich bin erwachsen. Immer ähnlicher sehe ich dem Mann, bei dem ich lebe.
Acht Uhr: Ich gehe nach unten. Ich habe Angst. Was erwartet mich nun? Wie soll ich mich verhalten? Wie immer? Er wartet noch nicht auf mich. Vielleicht weil heute Heiligabend ist? Erschrocken zucke ich zusammen.

Eine Hand hat meine Schulter berührt. Schnell drehe ich mich um. Ich habe ihn nicht kommen hören. Zum ersten Mal lächelt er mich an. Das ist ein schönes Gefühl. In diesem Moment ist er mir nicht mehr fremd. Wir umarmen uns.

Die Erinnerung an Linda und Mama schmerzt nicht mehr so sehr. Die wichtigsten Personen in meinem Leben sind bei der Gasexplosion gestorben. Ich aber lebe, weil ich nach einem Streit beleidigt weggelaufen war. Die Erinnerung an die beiden wird immer bleiben. Für mich sind sie unsterblich.

Ich spüre, wie Tränen in mir aufsteigen, als ich meinen Vater noch fester umarme.

Solvejg Kassandra Kleber aus Mücke, geboren 1991, besucht die Theo-Koch-Schule Grünberg.

Mein Reich ist klein und unbeschreitbar weit.
Ich bin die Zeit.
Ich bin die Zeit, die schleicht und eilt,
die Wunden schlägt und Wunden heilt.
Hab' weder Herz noch Augenlicht.
Ich trenn' die Gut' und Bösen nicht.
Ich hasse keinen, keiner tut mir leid.
Ich bin die Zeit.
Erich Kästner

Danke an die OVAG dafür, dass sie diesen Wettbewerb ausschreibt, an Uschi für das Lektorat und auch an Sie, weil Sie sich ein wenig Ihrer kostbaren Zeit nehmen, um meine Geschichte zu lesen.

Solvejg Kassandra Kleber

Wo stumme Uhren leise schlagen

Für meine tolle Familie, die mich immer unterstützt.
Und für meine lieben, verrückten Freunde, ohne die alles nur halb so lustig wäre ;)

Wo stumme Uhren leise schlagen

„Ich habe sie beobachtet."
Ivy Holden reagierte nicht, als sie das Krankenblatt in die Halterung klemmte, die am Fußende befestigt war.
„Mein Name ist Richard Sean Fried, sehr erfreut, Sie kennen zu lernen."
Er versuchte zu lächeln und streckte ihr seine ausgemergelte Hand entgegen.
Ivy ging auf ihn zu, umfasste die zittrigen Finger und blickte in seine wässrigen Augen. Sie fuhr über die hervortretenden Adern auf seinem Handrücken und sagte zögerlich:
„Haben die Ärzte Sie schon aufgeklärt, was Ihnen bald widerfahren könnte?"
Der Alte nickte kaum merklich.
„Koma, Aussetzen der Hirnfunktionen. Hirntod heißt es. Doch lieber tot als die Kontrolle abgeben und an Schläuchen hängen."
Ivy Holden schluckte: „Sind Sie sich da ganz sicher, ich meine der Tod ist doch etwas …"
„… etwas Unbekanntes, mehr nicht. Ich bin alt und der Tod ist immerhin eine Abwechslung zum Leben."
Ivy lächelte gequält und streichelte die Hand des Mannes.
„Erzählen Sie mir aus ihrem Leben."
„Ich wurde in Texas geboren. In Valleytown. Meine Eltern hatten eine Farm. Ja, ich erinnere mich noch gut. Morgens standen wir immer früh auf. Bei Wind und Wetter. Auch die Kinder. Wir mussten beim Rindertreiben helfen. Und abends saßen wir dann auf der Veranda. Mit Mum und Dad. Und hauten Steaks auf den Grill. Größer als zwei Männerhände."
Ivy legte ihre Hand auf seine Schulter.
„Das klingt wundervoll."

„Ja, das war aber nicht von Dauer. Als ich acht war, starb mein Vater. Herzversagen. Wir mussten die Farm verkaufen und zogen in die Stadt. Ein Schicksalsschlag, ich konnte es kaum verkraften. Ich war ja noch ein Kind."
„Das kenne ich. Auch meine Mutter starb."
Der Alte richtete seinen Blick auf Ivy.
„Mein Beileid, wie lang ist es her?"
„Acht Jahre."
„Und wie alt sind Sie jetzt, Miss Holden?"
„Dreiundzwanzig."
„Sie sind noch so jung, Ihr ganzes Leben liegt noch vor Ihnen. Dreiundzwanzig ... Mein Gott. Wenn ich noch einmal so jung wäre. Ach, was würde ich nicht alles anders machen." Der Blick des Alten schweifte ab, ging ins Leere. Seine Gedanken wanderten wohl zurück in die Zeit seiner Jugend. Ivy ließ ihm die Zeit, die er brauchte.
„Wenn ich es so recht bedenke ...", sagte er. „Klar würde ich einiges ändern. Aber andererseits, die Liebe, die Kneipen, der Geruch der Pferdeställe, die Sonnenaufgänge. Richtig kitschig sah das aus. Das möchte ich um nichts in der Welt missen."
Ivy zog einen Plastikstuhl näher, setzte sich und zupfte ihren Schwesternkittel zurecht. Der Mann sah sie verwundert an.
„Müssen Sie nicht zurück zu Ihrer Arbeit?"
Ivy Holden strich sich eine blonde Strähne zurück und klemmte sie sorgfältig unter das Band, mit dem sie ihre Haare zusammen gebunden hatte.
„Lassen Sie das mal ruhig meine Sorge sein. Erzählen Sie weiter."
Der Alte freute sich und richtete sich ein wenig im Bett auf.
„Ich war Händler, wissen Sie, ich habe alles Mögliche verkauft. Möbel, Teppiche, Computer, einmal sogar ein gebrauchtes Wohnmobil. Ich will ja nicht angeben, aber ich war gut in meinem Job. Mein Slogan war ...", er lächelte verschmitzt. „Aber jetzt sind Sie erst mal dran."

„Und der Slogan?“
„Der folgt später. Erst Sie. Sie sagten etwas über den Tod ihrer Mutter.“
Einige Sekunden verstrichen, dann nickte Ivy.
„Wie ich schon sagte, es ist acht Jahre her. Ich war fünfzehn. Meine Mum und ich, wir wohnten in einem kleinen Eckhaus auf dem Land. Wir hatten einen Vorgarten mit einem Lattenzaun. Und einen weißen Schäferhund. Ich hatte ihn Tunika getauft. Ich ging zur High School in der nächsten Kleinstadt. Und meine ... meine Mum arbeitete tagsüber in einem kleinen Café. Wir waren damals sehr glücklich. Ich war damals sehr glücklich.“
Ivy schluckte, dann fuhr sie fort: „So konnte ich es damals nicht fassen, als sie, naja, als sie starb …“
Jetzt nahm der Alte ihre Hand.
„Es war ein Montag“, sagte sie leise. Wie zu sich selbst.
„Entschuldigen Sie die Frage: Aber wie kam es dazu? War sie krank oder war es ein Unfall?“
Ivy hob nachdenklich den Kopf. Dann sagte sie energisch: „Nein, jetzt sind Sie wieder dran. Wenn Sie solche Angst davor haben, die Kontrolle über ihr Leben zu verlieren, weshalb unterschreiben Sie dann keine Patientenverfügung?“
Das faltige Gesicht erstarrte. „Ach, deshalb sind Sie hier. Sie wollen nur, dass ich diesen Fetzten Papier unterschreibe.“
Ivy schüttelte den Kopf. „Nein, auf keinen Fall. Ich schwör’s Ihnen. Bei Gott.“
„Ich warne Sie. Passen Sie auf, was Sie schwören, ich bin ein gläubiger Mann“, sagte er.
Ivys Blick streifte über seinen Nachtisch und sie betrachtete kurz eine breite Armbanduhr, die neben einer aufgeschlagenen Bibel lag.
„Ein Selbstmörder kommt nicht in den Himmel“, sagte er. „Und mit meiner Unterschrift setzte ich mir selbst den Revolver an die Schläfe.“
Ivy kratzte nachdenklich einen Seifenfleck vom Nachttisch.

„Aber was wäre, wenn Gott gar nicht möchte, dass Ihr Leben in die Hand von Maschinen und Geräten übergeben wird? Dass Sie loslassen sollen, wenn Ihre Zeit gekommen ist?“
Beide schwiegen einen Moment.
Dann sagte der Alte erregt: „Sie wissen nicht, was Gott will. Sie nicht. Wenn es wirklich sein Wille ist, dass ich sterbe, dann wird er mich zu sich holen.“
Er blickte Ivy geradezu feindselig an.
„Und jetzt Sie: Wie starb ihre Mutter?!“
Ivy war ganz ruhig, als sie antwortete:“Wenn Selbstmörder nicht in den Himmel kommen, dann ... ist sie auch nicht dort.“
Richards abwehrende Haltung war wie weggewischt.
„Das tut mir sehr leid.“
„Aber ich glaube fest daran, dass sie im Himmel ist.“
Ivy schloss kurz die Augen und atmete tief durch. „Eigentlich wollte ich Sie aufheitern.“
„Doch dafür habe ich Ihnen Kummer gemacht“, sagte Richard. „Ihre Mum und Sie hatten bestimmt schöne Stunden, daran sollte man sich immer erinnern. Wie ich an die Hochzeit mit meiner Emily. Sie sah verdammt gut aus in ihrem weißen Kleid. Ich habe mir zehnmal die Hände geschrubbt, bevor ich mich getraut habe, sie anzufassen. Ich hatte ihr einen Handel vorgeschlagen: Sie sollte mich heiraten und ich würde sie lieben. Bis zum letzten Atemzug. Sie war einverstanden. Oh ja, meine Emily. Sie war wundervoll, so wundervoll.“
Er schloss die Augen. Lächelte.
„Emy und Rich. Wir sind unbezahlbar. Alles andere kann man kaufen. Das war übrigens der Slogan für unseren Laden.“
„Genießen Sie ihre Erinnerung. Ich lasse Sie nun allein, damit Sie schlafen können.“
Der Alte schien sie schon nicht mehr zu hören.

So bemerkte er nicht, wie die Krankenschwester seine Armbanduhr vom Nachttisch nahm und sie in die Kitteltasche steckte. Auch die Spritze sah er nicht.

Ivys Hand zitterte ein wenig, als sie damit in den Infusionsbeutel stach. Das Loch würde niemand bemerken, es war viel zu klein. Keiner würde seinen Körper obduzieren lassen, der Mann war alt und krank. Sein Tod eine finanzielle Erleichterung für die Verwandten.

Zum Abschied strich Ivy Holden dem Mann noch einmal über die entspannten Gesichtszüge und flüsterte: „Gehen Sie zu Ihrer Emily, sie wartet gewiss schon auf Sie."

Dann ging sie leise aus dem Zimmer. Die Tür fiel mit einem Klicken zu. Ivy lehnte sich an die kahle Wand und fuhr sich mit dem Handrücken über die erhitzte Stirn.

„Miss Holden, Sie sind noch hier? Ihre Schicht ist doch bereits seit einer halben Stunde zu Ende."

Ein Arzt hielt inne, den Kaffeebecher in der Hand, die strenge Brille auf der Nasenspitze.

„Ich beende gern, was ich angefangen habe", sagte sie.

Der Arzt zuckte mit den Schultern, schniefte und ging weiter.

„Meinetwegen", sagte er noch. „Aber denken Sie bloß nicht, dass Ihnen diese Überstunden angerechnet werden."

Ivy zog an dem Stethoskop, sodass es von ihrem Nacken glitt. Sie blickte noch einmal zur Tür, hinter der Richard Sean Fried in seinem Krankenbett lag. Dann ging sie ins Schwesternzimmer, zog den Kittel aus und hängte ihn in den leeren Spind. Die Spritze entsorgte sie im Mülleimer. Dann nahm sie die Armbanduhr aus der Tasche, zog an dem goldenen Rädchen und brachte die tickenden Zeiger zum Stillstand. Steckte die Uhr in ihre Handtasche, schloss den Spind ab und legte den Schlüssel auf eine der Bänke. Anschließend meldete sie sich ab.

„Bis morgen“, rief ihr eine Kollegin zu. Ivy winkte und stieg in den Fahrstuhl.

Morgen würde sie sich krank melden, ein paar Tage später ihre Kündigung einreichen, um sich dann irgendwo in einem anderen Krankenhaus oder Pflegeheim als Krankenschwester zu bewerben.
Ivy eilte zu ihrem Auto, einem klapprigen Volvo, und fuhr los.
Zwei Stunden Heimweg lagen vor ihr, 7200 Sekunden, die sie seit zwei Wochen jeden Morgen und jeden Abend zurück gelegt hatte. Und während sie die gewohnte Abfolge von Kupplung – Gas – Bremse – Kupplung betätigte, schweiften ihre Gedanken ab.

Der alte Mann war etwas Besonderes. Er war mit seiner Frau zweiundsechzig Jahre verheiratet gewesen. Eine lange, eine bemerkenswerte Zeit. Erst vor drei Jahren hatte er sie durch einen Schlaganfall verloren. Eine Träne rann Ivy über die Wange. Doch sie trocknete, noch ehe sie vom Kinn hinunter tropfen konnte.
Tod! Er war überall, allgegenwärtig.
Ivy versuchte, sich zusammenzureißen, sie war doch sonst nicht so sentimental. Zugegeben. Das Gerede über ihre Mutter hatte sie ziemlich aus der Bahn geworfen. Obwohl sie dieses schreckliche Ereignis ständig in sich trug, diese Sekunden und Minuten, die zu Wochen und Jahren geworden waren. Sie wünschte sich, sie hätte dem Alten alles erzählt. Einfach nur, um es mit jemandem zu teilen, um die Qual in ihrem Inneren laut werden zu lassen.

Sie hätte ihm alles erzählen sollen:
Eigentlich hatte dieser Montag schön begonnen. Es war warm, keine Wolke am Himmel. Nach sechs langweiligen Schulstunden konnte ich endlich nach draußen und lief zum Auto meiner Mutter. Als sie mich begrüßte,

spürte ich, dass etwas nicht stimmte. Ihre Augen waren gerötet, das Haar hing ihr ungekämmt ins Gesicht. Ich fragte nicht, was los war. Warum? Heute weiß ich es nicht mehr. Vielleicht wollte ich sie nicht nerven oder meine Gedanken schweiften ab. Zu meiner Clique und dem total süßen Typen. Wir fuhren über eine Landstraße, als plötzlich jemand zum Überholen ansetzte, sodass meine Mutter scharf abbremsen musste. Sie schlug auf die Hupe ein und schrie. Irgendetwas davon, dass ihr Leben allen anderen total egal wäre. Ich hätte damals sagen müssen, dass sie mir nicht egal war. Dass sie mir etwas bedeutete. Doch alles, was ich sagte war, sie solle sich doch nicht so aufregen.
Später erinnerte ich mich nur noch an das Heulen des Motors, auf ihren Wutschrei, an das Herumreißen des Lenkrads und an die Sirene des Krankenwagens.

Ivy reihte sich vor der Autobahnausfahrt hinter einem Lastwagen ein. Ihr Herz klopfte, ihre Fingernägel bohrten sich in das Lenkrad. Warum hatte sie nichts gesagt? Ihre Mum nicht gefragt? Bestimmt wäre alles anders gekommen. Bestimmt. Sie selbst war schuld. Sie war es gewesen, sie hatte ihre Mutter getötet.
Ivy versuchte sich zu beruhigen. Immerhin hatte sie heute etwas Gutes getan, das vermochte ihre Schuld zwar nicht auszulöschen, aber es rechtfertigte ihr Leben.
Vor ihrem geistigen Auge sah sie wieder diesen Arzt in Weiß, der als erster die Redewendung ausgesprochen hatte, die sich bei jeder Beteuerung wie Gift in ihre Eingeweide fraß: „Mein Beileid."

Plötzlich war Ivy, als bekäme sie keine Luft. Sie stoppte, rutschte auf den Beifahrersitz, stieß die Tür auf und atmete tief ein. Musste aber husten, weil die Abgase in ihrer Lunge brannten. Was nutzte einem das Beileid anderer? Und von wegen Engel in Weiß, sie hatte damals sterben wollen. Doch er hatte sie gegen ihren Willen am Leben erhalten. Nun war sie selbst zu einem Engel geworden, der die Erlösung bringt. Sie war die letzte Instanz vor der Befreiung. Dem Tod.

Ivy fühlte sich, als sei sie wieder fünfzehn und sei zerbrochen. Jeder Muskel, jeder Nerv schmerzte, gehorchte nicht mehr und gab schließlich nach. Die Dunkelheit rückte näher. Ivy schrie gequält auf. Sie erschrak vor sich selbst. Die Digitalanzeige im Auto zeigte bereits halb sieben. Sie rutschte wieder hinters Lenkrad, umklammerte es mit zitternden Händen und fuhr nach Hause.

Sie ließ die Handtasche fallen und ging ins Badezimmer. Zog sich aus und stellte die Dusche an. Erst als Ivy die warmen Tropfen auf ihrer Haut spürte, begann sie, sich zu entspannen. Sie drehte den Hahn weiter auf und schloss die Augen. Hob langsam den Arm, zog den Haarknoten auseinander. Das warme Wasser prasselte auf den Kopf, ihre Schultern, rann den Rücken hinunter. Lange stand sie dort, um diesen Moment der Ruhe zu genießen. Nichts weiter existierte als ihr Körper, die Wärme und das gleichmäßige Rauschen des Wassers.
Sie wusch sich gründlich, sodass der intensive Geruch nach Desinfektionsmittel von ihr abgespült wurde. Schließlich trat sie auf die kühlen, blassgrauen Fliesen und schlang ein weiches Frotteehandtuch um ihren nackten Körper.
Ivys Magen knurrte, seit heute Morgen hatte sie nichts mehr gegessen. Gerade als sie zum Kühlschrank gehen wollte, bemerkte sie, dass in ihrer Handtasche etwas aufblitzte. Die Armbanduhr von Richard. Ivy bückte sich, ihre Fingerspitzen streiften das glatte Glas über dem Zifferblatt. Sie hielt kurz inne. Nie wieder würden sich die Zeiger darunter drehen.
Ivy lächelte, ihre Finger schlossen sich um die Uhr und hoben sie auf.

Langsam und andächtig, fast wie bei einer Prozession, trug sie das Erinnerungsstück durch den Flur, an der kleinen Küche vorbei, durch das Wohnzimmer, welches unbewohnt und kahl aussah.
Weiter. Weiter bis zu einer Tür am anderen Ende des Raumes. Sie führte in das nächste Zimmer. Ein säuberlich gemachtes Einzelbett stand in der Mitte, Regale hingen an allen Wänden und jedes Regal vollgestellt mit Uhren. Große, kleine, Taschenuhren, Armbanduhren und Wecker, welche mit Quarz, andere mit Holz, eine mit Micky-Maus-Zeigern, eine andere mit wertvollem Goldrand.
Alle waren angehalten worden.
Jede zu ihrer Zeit.
Ivy Holden legte die Armbanduhr neben eine silbernen Kinderuhr, setzte sich auf die Bettkante und starrte auf die Wand vor ihr. Dort hing ein Spiegel, in dem sie sich sah, ihr nasses Haar und die fahle Haut. Dann glitt ihr Blick weiter hinauf. Über dem Spiegel hing eine Wanduhr, ihr Ticken war mechanisch. Wie das Abwaschen von Schuld, das Erlösen, ihr Leben ...
Ivy beugte sich zur Seite und riss das oberste Blatt des Kalenders ab, der auf dem Kopfkissen lag. Es war ein Montag.

Julia Krampitz aus Nieder-Mörlen, geboren 1992,
besucht die Ernst-Ludwig-Schule Bad Nauheim.

You'll ever learn
Is just to love
And be loved in return.
Moulin Rouge – The Greatest Thing

Ich danke der OVAG, dass ich diese vier wundervollen und unvergesslichen Tage in Bad Kissingen erleben durfte.
Tolle Menschen, gute Arbeit und wertvolle Erfahrungen.

Julia Krampitz

Verehre mich

Danke an alle, dich mich, bewusst oder nicht, inspiriert haben.
Danke an alle, die mir Mut gemacht haben.
Danke an alle, die dazu beigetragen haben, meinen Text so viel besser zu machen.

Verehre mich

Damals war ich noch ganz anders. Die Mädchen wussten es, denn sie ließen sich nicht blenden. Sie sahen nicht die reizende Hülle, sondern die hässliche Seele, die sich in dieser verbarg. Die jungen Männer waren es, die sich angelockt fühlten durch die makellose Odette, die junge Frau von überirdischer Schönheit und unglaublicher Intelligenz, die zu sein ich bestimmt war. Heute zieren Narben mein einst so wundervolles Gesicht. Ich konnte nicht anders, ich musste es zerstören.

Es war mein Schlüssel zu den Herzen, die ich so hatte leiden lassen. Was für eine abstoßende, arrogante Person, wird man denken, doch es war nicht leicht für mich. Jeder Mensch braucht Liebe. Jeder will geliebt werden. Deshalb war die Liebe dieser Männer das Wichtigste für mich. Mehr und mehr Verehrer zu finden, war eine Sucht, die mein Leben bestimmte. Sie alle sollten mich zum Atmen brauchen und all ihre Liebe an mich verschwenden. Denn Liebe war und ist für mich immer einseitig. Ich lebte von der unerfüllten Liebe anderer zu mir. Diese war das Einzige, das mich für kurz ein wenig aufleben ließ. So ist es noch immer. Doch nun finde ich niemanden mehr, der mich lieben könnte. Nun bin ich äußerlich genauso hässlich wie in meinem Innern.

Damals ging es mir sehr schlecht, als ich meine Verehrer um mich scharte. Dennoch war es die glücklichste Zeit meines Lebens. All die Aufmerksamkeit, die ich bekam, versetzte mich in einen Rausch. Ich wollte nie wieder anhalten, nie wieder aufhören.
Ich wollte keinen dieser Typen wirklich haben, doch ließ ich sie um mich konkurrieren. Dann machten sie mir Komplimente und kleine Geschenke und rangelten um meine Gunst. Oder sie machten einander

schlecht, schrien sich an. Manchmal wünschte ich mir, sie würden sich im Streit um mich zerfleischen, zerreißen. Ich war süchtig und ich liebte es. Liebte, dass sie mich liebten. Liebte, dass keiner mir davonlief.

Nachts lag ich im Bett und hasste mich. Die Säure namens Selbsthass ätzte sich durch meinen Körper. Wie konnten sie diesem Gesicht verfallen, hinter dem sich ein krankes Hirn verbarg, das ihre Lebenskraft aufsaugen wollte? Zu jener Zeit verstand und durchschaute ich ein Prinzip, ein ungeschriebenes Gesetz, das die ganze Welt ausmacht: Unsere größte Gabe ist es, zu lieben und unsere schlimmste Qual ist es, nicht wiedergeliebt zu werden.
Innerhalb dieses Prinzips war ich völlig nutzlos. Meine innere Taubheit quälte die Seelen, die mein Äußeres wie ein Magnet anzog.

Eines Tages kam es anders. Als Mirko absprang, brach eine Welt für mich zusammen. Er fand eine kleine Freundin. Plötzlich war alles Mirko, aus jedem Mund drang seine Stimme, ich sah sein Gesicht auf dem blassgelben Mond, der an einem Himmel voller Mirko-Sterne hing. Andy Warhols Marilyn Monroe war Mirko, in meinem Morgenkaffee schwamm er um sein Leben. Ich rührte ihn auseinander, rührte ihn zu Tode, doch er kehrte wieder. Er war das lästige Ziepen einer Perlenkette, die die zarten Nackenhaare einklemmte, er war der immer gleiche Jingle, der die Abendnachrichten ankündigte. Ich sah ihn überall. Und wenn ich die Augen schloss, um ihm zu entrinnen, klebte er an der Innenseite meiner Lider und schrie: „Beachte mich!"
Und weil er der Einzige war, der das Gefängnis meiner unerwiderten Liebe verlassen hatte, weil er der eine war, der mich nicht wollte, mich ablehnte, wurde er zu demjenigen, den ich nicht vergessen konnte.

Mirko war weg. Unsere Wege kreuzten sich nicht mehr. Es war, als hätte es seine Liebe zu mir nie gegeben. Er gab all das, was ich so dringend wollte, an dieses andere Mädchen. Ihre Beine schwabbelten beim Gehen. Ihr gab er all seine Liebe, mit ihr verbrachte er all seine Zeit. Er hätte es besser haben können. Er hätte mich haben können.

Es war ein Tag im September. Der Sommer war ausgeklungen, es war windig und nass. Ich wusste am Anfang dieses Tages noch nicht, dass mit ihm auch meine Schönheit zu Ende gehen würde. An seinem Morgen war ich frisch erblüht. Ich sah überwältigend aus.
Im Park begegnete ich Mirko. Mirko, der mich betäubte. Mirko, der meine Gedanken beherrschte.
„Odette, hallo", sagte er laut, um gegen den Wind anzukommen, blieb stehen, wirkte hilflos, nervös. „Fast hätte ich dich nicht erkannt. Du siehst so anders aus." Seine Augen leuchteten, er hatte ein Lächeln in seiner Stimme.
„Anders?", fragte ich. „Anders als deine Freundin?"
Er zog die Schultern hoch, verharrte kurz in dieser Haltung, dann lockerte er sie wieder und strich mir eine Haarsträhne hinter mein linkes Ohr.
„Meine Freundin ist nicht halb so schön wie du, Odette. Du strahlst. Du bist unglaublich. Ich weiß nicht, warum ich dir das erzähle, aber du hypnotisierst mich. Ich bin dir aus dem Weg gegangen, um dich zu vergessen."

Das war der Moment, in dem ich seine Beziehung auslöschte.
Das war der Moment, in dem Mirko mich wieder verehrte und liebte und von dem an er sich wieder um mich bemühen würde. Das war der Moment, in dem irgendwo ein Mädchen verlassen worden war, noch ohne die kleinste Ahnung davon zu haben. Das war der Moment, in dem Millionen von Menschen einatmeten und Millionen von Menschen ausatmeten und wieder Millionen von Menschen den Atem anhielten, weil sie hofften, dass ein Tor geschossen würde, oder die kranke Mutter aus der Narkose erwachte.
Das war der Moment, in dem ich Mirko schon nicht mehr wollte.

Im nächsten Moment opferte ich mich ihm. Es musste sein. Er musste denken, dass es nicht wieder umsonst wäre. Ich musste ihn halten, fester als zuvor. Seine Körperflüssigkeiten klebten an mir und sickerten durch meine Haut.

Es passierte garantiert jeden Tag, dass sich ein Mädchen mit einem Messer im Bad einschloss und den Entschluss fasste, in einem Leichensack wieder hinausgetragen zu werden, um einige Lasten leichter. Kalte Schauer liefen meinen Rücken hinunter. Das Gesicht im Spiegel soll in tausend Teile zerfallen. Zwölf Worte haben den Nebel gelichtet, der mein Gehirn umhüllte: „Wie konntest du das tun, Odette? Deiner eigenen Schwester den Freund wegnehmen?"
Mirkos Freundin, meine Schwester.

Ich erkannte das Monster, das mich blind und egoistisch gemacht hatte. Ich würde es töten. Zunächst drückte ich meine Fingernägel in das weiche Fleisch meiner Wangen, Haut, die nie auch nur einen Kratzer gekannt hatte, und krallte mich fest. Tränen schossen mir in die Augen, als ich meine Nägel über mein Gesicht zog. Es brannte fürchterlich, es reichte nicht. Ich musste es wiederholen, nur fester. Blut floss, Haut hing unter meinen Nägeln, die sich hellrot färbten. Die Kratzer würden verheilen. Ich nahm das Messer. Ich musste mehr zerstören.
Als ich mit meinem Gesicht zufrieden war, schnitt ich mir in das Fleisch unterhalb meiner Rippen. Ich wollte sterben. Die Stimmen, die mir nachts Angst machten und mir einredeten, dass ich ein nutzloses, dummes Stück Dreck war, sollten endlich verstummen. Zuletzt berührte die kühle Klinge meinen Hals, bevor es totenstill um mich wurde.
Und dunkel.

Genäht und geklammert. Gepflastert und getaped. Zusammen getackert.

Sie hatten mich vollständig recycelt. „Repariert, aber nicht geheilt", wie sie sagten.
Schattenpflanzen sind an lichtarme Standorte angepasst und ich war eine von ihnen gewesen während der vergangenen Tage. Die Sonne schien zwar jeden Tag hinein, sendete freundlich-warme Strahlen durch die Milchglas-Fensterscheiben mit den brusthohen Gittern, die Selbstmorde verhindern sollten. Sie flutete den sterilen Raum mit Licht, doch in einer Sache ließen sie mich im Dunkeln.
Keine Spiegel, keine Scheiben, nur Brandopfer, Säureopfer, Angriffsopfer. Opferopfer.

Die namenlose Kleine, die ständig an Mirkos Lippen gehangen und der ich neidische Blicke zugeworfen hatte, war meine Schwester. Und ich hatte ihre erste Beziehung zerstört. Ich hatte Mirko zurück in meinen Schatten gezogen und er mich in das Bett, in dem er auch mit meiner Schwester geschlafen hatte. Er wusste, was er tat. Ich war zu sehr auf mich fixiert, von mir besessen gewesen und konnte nicht sehen, dass es meine Schwester war.

Dann endlich durfte ich in einen Spiegel schauen. Eine Psychologin saß neben mir und riet mir, erst einzelne Partien meines neuen, geflickten Gesichtes zu betrachten, das Bild auf mich wirken zu lassen, Pausen zu machen und darüber zu reden, was ich dabei empfand. Ein grüner Plastik-Handspiegel, ekelhaft, eher khakifarben, umkrampft von so vielen Händen zuvor, Händen von Menschen, die sich im nächsten Moment ihre durch Unfälle entstellten Fressen herunterzupulen versuchten; schwitzige, klebrige Handflächen, klebrige Finger.

Die Tage im Krankenhaus sind eine Höhle mit schwülem Klima. Draußen ist es anders. Ich komme mir vor, als säße ich unter einer Glocke, halb taub, alles rauscht. Wortfetzen dringen zu mir durch.

„Neue Lederhandtasche ...“, „Hosenstall steht ja offen ...“, „… das hab ich nicht ausgefüllt ...“, „Riech mal, voll süßlich ...“, „Druckerpatronen werden teurer ...“, „Die haben keine Manieren mehr ...“ Wörter. Wörter. Wörter.

Ich komme nicht zurecht.
Alle starren mich an, weil ich ekelhaft bin. Ich war es immer. Nur konnte niemand es sehen. Jetzt sehen auch sie es. Ich liebe es, ohne die Verlockung zu leben, die mehr und mehr forderte. Sie ist noch da, aber ich kann ihrem Drängen nicht mehr folgen. Aber mein neues, normales Leben wird bald beginnen. Ich werde so sein wie alle anderen. Ich werde mit Freundinnen schöne Nachmittage verbringen. Ich werde feiern. Kein krankes Hirn wird mich mehr am Glücklichsein hindern. Ich werde fern von meinen Zwängen leben, endlich leben, endlich atmen. Vielleicht lerne ich es ja noch, mich zu verlieben. Es wird einfach passieren. Ich gehe einer Zukunft entgegen, die erfüllt sein wird von Lachen.

Ich kann nicht lachen. Es tut weh. Mein Gesicht ist voller Nähte, die reißen, wenn ich auch nur zu lächeln versuche. Ich sollte die Nähte öffnen und herausreißen und dieses eklige Fleisch daran hindern, jemals zu verheilen. Sonst könnte ich irgendwann wieder wie ein Mensch aussehen.

Ich kann einen Parkplatz sehen, wenn ich mich ans Fenster stelle, an Tagen, an denen ich es schaffe, aus dem Bett aufzustehen. Dann beobachte ich die Leute, die kommen und gehen. Mich besucht niemand. Ich verängstige sie alle, sogar die anderen Gestörten, die auf diesen Gängen ihr kleines Zimmer bewohnen und oft einfach die Stunden des Wachseins mit Atmen verbringen. Selbst die wollen sich nicht an mir anstecken.
Manchmal wünschte ich immer noch, ich hätte es nie getan.

Laura Dort aus Nidda, geboren 1992,
besucht die Gesamtschule Konradsdorf.

Gewidmet ist meine Geschichte all denjenigen, die von diesem Schicksal betroffen sind.

Laura Dort

Ein Tag

Ich bedanke mich für diesen wunderbaren Workshop mit den tollen Menschen und besonders bei jenen, die am Lektorat meiner Geschichte beteiligt waren.

Ein Tag

Sie schließt die Tür auf, kommt herein, sperrt die Tür sofort wieder zu und dreht den Schlüssel zwanghaft um, wie üblich dreimal. Mit dem Rücken an die eiserne Wohnungstür gelehnt seufzt sie. Auf dem Weg zum Ohrensessel lässt sie ihre Banana Bag von der Schulter gleiten und wirft den bauchfreien Blazer über die Garderobe. Sie sinkt in den Sessel, dessen einst kräftige Farbe seit langem verblichen ist. Im Antiquitätenladen hatte sie ihn entdeckt und gleich gekauft, weil er sie so sehr an den Sessel ihrer Großmutter erinnerte. Schließlich beginnt sie, sich auszuziehen, schnürt die Stiefel auf. Öse für Öse. Um sich aus dem Lederminirock zu pellen, muss sie aufstehen. Zentimeter für Zentimeter. Sie stellt zuerst den linken Fuß auf den Ohrensessel, löst die Strapse und rollt den pinkfarbenen Strumpf hinunter. Es folgt der rechte Fuß. Sie streift das Leo-Top über den Kopf und wirft es in die Ecke. Damals, das erste Geschenk von Michi.

Sie hat nur noch eins im Sinn: Duschen. Heiß muss es sein, sehr heiß, so heiß, dass es fast schon schmerzt. Sie greift nach ihrem Naturschwamm und nach ihrer Lavendelseife. Berührungen und Duft aus der Kindheit. Sie nimmt den Schwamm, fährt sich damit zwischen die Beine, lange, sehr lange. Sie wringt den Schwamm aus.
Ein Tag ist vorüber.

Müde geht sie auf den alten Ohrensessel zu, sammelt ihre Kleidung und zieht sich an: Leo-Top, pinkfarbene Strümpfe und Lederminirock. Im Badezimmer blendet sie zunächst das grelle Neonlicht über dem Spiegelschrank. Make-up, Lidschatten, Rouge. Das alles trägt sie routiniert auf. Kajal, Mascara. Sie stutzt. Ein Make-up-Rand, das macht sich draußen nicht gut. Noch vor einem Jahr hätte sie nur einen kurzen Blick in den

Spiegel geworfen, um gerade mal ihre Haare zurechtzulegen. Damals hatte sie noch andere Probleme gehabt.
Weg von zu Hause, nur weg hatte sie gewollt. Streit, ständig Streit. Geschrei. Schlechte Noten, sie solle an ihr Abitur denken, ewige Diskussionen wegen des Ausgehens, die Tochter von Klaus, die bei allem bevorzugt wurde. Klaus, der sich immer als Ersatzvater aufspielen musste. Und dann diese Blicke. Ihre Mutter musste ja immer zu ihm halten. Aber dann hatte sie Michi in der Disko kennen gelernt und mit ihm wurde alles anders. Du kannst zu mir ziehen, hatte Michi gesagt, das ist doch kein Problem. Sie war zu ihm gezogen. Und er wollte nicht mal gleich in der ersten Nacht mit ihr schlafen. Zärtlich war er gewesen, liebevoll. Brich die Schule doch ab, hatte Michi gesagt. Es ist doch nicht schwer, Geld zu verdienen, ich helf dir schon dabei. Verwöhnt hatte er sie, mit Geschenken überhäuft, das Leo-Top.

Die Stiefel zieht sie an, verschließt sie. Öse für Öse. Jetzt nur noch den Blazer. Leise öffnet sie die eiserne Tür, schleicht hinaus und schließt wieder ab. Auf Zehenspitzen tippelt sie die Treppe hinunter, huscht aus der Haustür. Sofort wechselt sie die Straßenseite und verschwindet in einer Seitengasse, die in den Park führt. Gerade flackert das Licht der Straßenlaternen auf.
Hier sind nicht viele Menschen unterwegs – zum Glück. Es ist Herbst und ein frischer Wind streift durch ihre roten Locken, die sie in einer Art Dutt zusammengebunden hat. Nur einige Strähnen hängen heraus und wehen um ihre kalte Nase.

Beeilen muss sie sich, beeilen. Pünktlich sein ist ihr ganz wichtig. Am Ende des Parks steht ein silberner Wagen. Die Scheiben sind getönt, man erkennt nicht, wer sich darin befindet. Zielsicher nähert sie sich dem Auto. Die Fensterscheibe wird heruntergelassen.

„Martha! Hallo, mein Schmetterling. Du gefällst mir heute Abend."
„Wie ist heute der Verkehr?"
„Die Automesse hilft uns. Heute wirst du glänzen. Dann nehme ich dich mal wieder mit ins Penthouse."
Er zwinkert. Sie nickt.
„Ich hab für dich die Pole-Position reserviert, wie immer, meine Süße."
Er grinst. Sie dreht sich weg. Er hält sie am Ellenbogen fest.
„Hey Kleine, willst du mir nicht danke sagen?"
Sie beugt sich zum Fenster hinab und gibt ihm einen Kuss auf die Lippen.

Links von ihr warten sieben Mädchen, rechts von ihr warten acht Mädchen. Alle nicht älter als 19. Aber sie steht direkt unter der Straßenlampe.

Ein Auto nach dem anderen fährt die Reihe ab. Wann wird der erste bei ihr halten? Es hat vom ersten Mal an noch nie lange gedauert. Hatte ihr Michi auch versichert. Damals, sie war in seinen Armen aufgewacht. Er hatte ihr zärtlich über die Wange gestrichen. Schmetterling, hatte er geflüstert, es ist wirklich ganz einfach, Geld zu verdienen.

Sie friert, bewahrt aber ihre Haltung.
Das Beifahrerfenster gleitet automatisch hinab. Sie bückt sich. Kurzer Kontrollblick auf die Rückbank. Alles in Ordnung, nur ein Kindersitz.
Sie sagt ihren Text auf. „Grundgebühr zwanzig ohne Extras", sagt sie. „Nur Hand und Reden zwanzig. Bei dreißig bin ich nett zu dir. Bei vierzig blas ich dich in den Himmel. Bei fünfzig Muschi halbe Stunde, bei hundert ganze Stunde Muschi. Tust du mir weh, schrei ich. Po kostet dich hundertfünfzig."
Sie halten auf dem Parkplatz einer alten Fabrik.
„Die Uhr tickt, Meister."
Banana Bag auf, Kondom raus, Rock hoch, Beine breit. Heftiges Atmen über ihr. Wenigstens riecht es nach Pfefferminze.

Pfefferminze, wie beim ersten Mal. Du schaffst das, Schmetterling, wurde sie von Michi ermuntert. Dir wird nichts passieren, dort ist es sicher. Meine Geschäftspartner, wie er die andern nannte, und ich sind immer im Hintergrund. Unsicher war sie gewesen, das erste Mal. Aber behutsam war der Mann mit ihr umgegangen. Vor lauter Aufregung konnte überhaupt kein Ekel aufkommen. Dem Kunden musste es wohl gefallen haben, denn Michi hatte danach gesagt, dass der jetzt wohl öfters mal vorbei schauen würde.

Rock zurechtziehen, Haare richten, Scheine verstauen. Zurück zur Straßenlampe.
Porsche, Minivan, Fiesta, Sprinter, BMW. Die nächsten acht Stunden gehen schnell vorüber.
Zurück zum silbernen Wagen.
„Gut gelaufen?“ Michi gähnt. Sie nickt. Wortlos drückt sie ihm die zerknitterten Scheine in die Hand.
Die Luft ist erfrischend und sie atmet einmal tief durch. Ein zweites, dann ein drittes Mal.
Ein Drittel des Geldes ist noch in ihrer Tasche. Wieder ein wenig mehr für ihr neues Leben, wieder ein wenig mehr für den Kredit.
Du musst jetzt raus, Schmetterling, hatte Michi nach wenigen Wochen gesagt. Du siehst ja, dass hier kein Platz für zwei Frauen ist und dabei hatte seine Stimme nicht mehr ganz so freundlich geklungen. Ich hab da eine Wohnung, du gibst mir jeden Monat einen Tausender und irgendwann ist sie dir. So machen wir das, hatte Michi gesagt. Noch am selben Abend hatte sie mit ihren zwei Koffern in der neuen Wohnung gestanden.

Sie geht los, wird schneller und rennt beinahe. Ihre Absätze klackern auf dem Asphalt. Links, rechts, kein Auto kommt mehr. Sie drückt die Haustür auf, verschwindet im Treppenhaus.

Sie schließt die eiserne Wohnungstür auf, tritt ein, sperrt die Tür sofort zu und dreht den Schlüssel zwanghaft um, wie üblich dreimal.

Kleidung weg, Dusche. Heiß muss es sein, sehr heiß, so heiß, dass es fast schon schmerzt. Sie greift nach ihrem Naturschwamm und nach ihrer Lavendelseife. Berührungen und Duft aus der Kindheit. Sie nimmt den Schwamm, fährt sich damit zwischen die Beine, lange, sehr lange. Sie wringt den Schwamm aus.

Ein Tag ist vorüber.

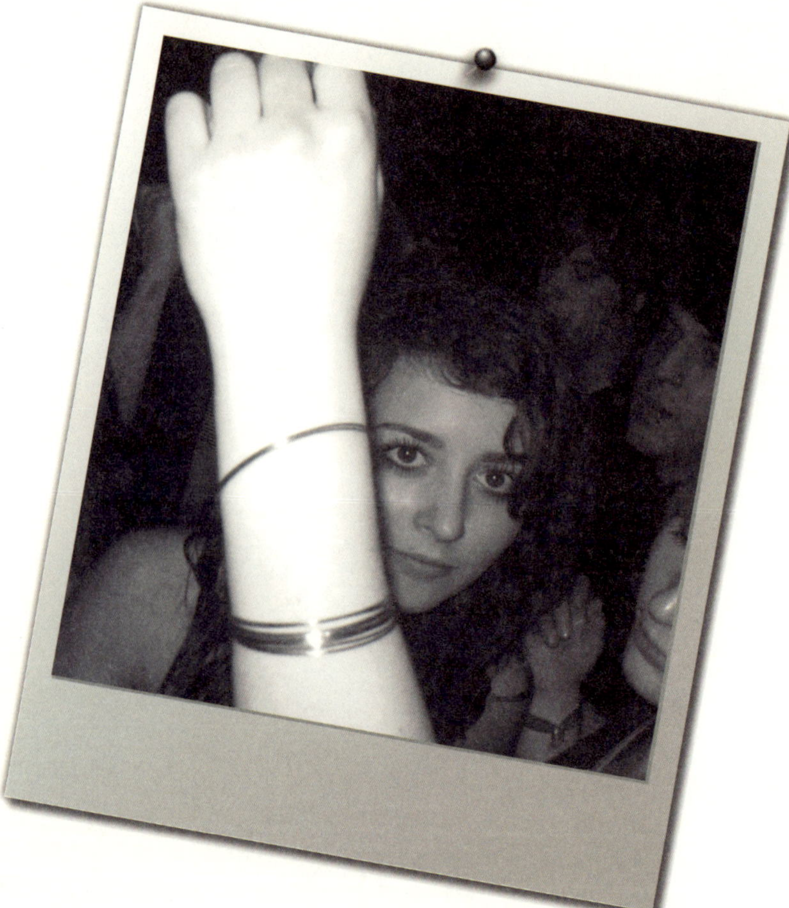

Marie-Luise Lohmeyer aus Laubach, geboren 1993,
besucht das Laubach-Kolleg in Laubach.

„Wer nicht mehr liebt und nicht mehr irrt, der lasse sich begraben.“
Johann Wolfgang von Goethe

Marie-Luise Lohmeyer

Freitags

Freitags

In der Glut der Zigarette leuchten seine Augen.
Er schaut mich an. „Und, was gibt's bei dir Neues?"
Ich bin gut drauf, es ist kalt und mein neues, schwarzes Paillettentop funkelt im Licht der Straßenlaterne. Nach einer Stunde vor dem Spiegel fühle ich mich gewappnet für den Abend, also sage ich: „Alles klar. Die Schule ist okay. Neulich lief was mit Paul auf Max' Party, nichts ernstes. Weißt ja, shake what your Mama gave ya und so."
Ich lache heiser. Es klingt künstlich in meinen Ohren. Er schaut mich an wie das exotische Mädchen, das ich in seiner Szene bin.
Er legt den Kopf schief und das Lächeln, das seine Lippen umspielt, sagt mir: „Hey Maus, du gefällst mir heute Abend."
Er zieht mein Gesicht sanft zu sich heran und kommt meinem Mund gefährlich nahe: „Komm Clara, wir gehen rein."
Fast berühren sich unsere Körper.
„Es ist kalt."
Er sagt es langsam, aufreizend, will verführerisch sein. Will, dass ich mich an ihm wärme, mich bei ihm einhake und heiser lache. Aber ich freue mich nur auf Paul.
„Stimmt schon. Aber tu mir den Gefallen – heb dir diesen Blick für eine andere auf, Matze."
Gekränkt hebt er seine linke Augenbraue.
„Für Annabel zum Beispiel", sage ich schnell und gebe ihm einen Klaps auf die Schulter.
Überrascht sieht er mich an, dann bilden sich kleine Lachfalten um seine braunen Augen: „Alte Kupplerin."
Sein Arm liegt schwer auf meiner Schulter, aber ich weiß, dass seine Gedanken schon bei der hübschen, blonden Annabel sind. Er ist nicht mein Typ, also ist es okay. Die Verhältnisse für heute Abend sind geklärt.

Wir gehen auf Hannas Haus zu. Ich schaue auf mein Handy, es ist zehn vor zehn. Hanna öffnet die Tür, sie sieht ziemlich gut aus. Sie trägt schwarze Jeans und ein weißes Top. Lockiges Haar fällt auf ihre nackten Schultern und sie hat smoky eyes.
„Clara, Matze! Schnell, kommt rein, ihr verpasst das Beste. Vicky und Ole machen auf dem Klo rum und Jan …“ Sie dreht sich herum und geht mit schnellen Schritten die Treppe hinunter, dabei trinkt sie aus der halbvollen Rotweinflasche. Ihre Worte verlieren sich im Lärm der Party.
Als ich den Flur entlang gehe, sehe ich kurz in den Spiegel. Die Stunde im Bad hat sich gelohnt. Concealer, Creme, Puder, Kajal, Mascara. Was zählt, ist das Ergebnis. Was zählt, sind die bewundernden Blicke der anderen.
Ich halte Matzes Hand. Dabei stoßen die sieben Silberreifen am Handgelenk aneinander und spielen meine Erkennungsmelodie. Es ist anstrengend, ständig zu lächeln. Dennoch schiebe ich mich mit einem gelegentlichen Ach-Hallo-Nicken durch den Gang.
Gleich sehe ich ihn, gleich sehe ich ihn, denke ich nur, und das reicht, um mein Herz schnell und schneller schlagen zu lassen. Ich öffne die Tür zum letzten Raum, am Ende des Flurs. Das Zimmer ist so verraucht, dass ich kaum etwas erkenne. Dennoch weiß ich, dass in der Mitte des Zimmers ein großes Bett steht und an der linken Wand ein Spiegel hängt. Wie viele schlaflose Nächte habe ich hier verbracht.
„Clara, Clara!“, schreit die Meute auf dem Bett. Dann rufen sie: „Matze!“ Ich weiß, dass sie auch seinen Namen rufen, weil wir zusammen durch die Tür kommen. Weil ich endlich da bin, weil es jetzt losgeht. Ich bin die Queen. Ich schaue mich lächelnd und suchend um. Bis ich nicht sehe, was ich sehen will und ich nicht mehr lächeln kann. Paul ist nicht da. So eine Scheiße. Den ganzen Tag war ich nervös, habe mich ständig umgezogen und meine Lippen unzählige Male eingecremt und jetzt ist er nicht mal da. Ich setze mich auf die Bettkante, gebe Maja und Nick einen

Kuss, sage allen hallo. Sie schauen mich an, und ich sehe in ihren Augen, was sie von mir erwarten. Sie mögen die lustige Clara, die sie zum Lachen bringt und Geschichten erzählt, die tanzt und Stimmung macht. Diese Party braucht diese Clara und diese Clara braucht diese Party.
Alles klar. Kein Platz für Wahrheit. Ich lächele, bin fröhlich, setze die Weinflasche an meinen Mund, trinke und trinke, bis ich fast nichts mehr schmecke. Jetzt brauche ich noch eine Zigarette, an der ich lässig ziehen kann, dann gebe ich die perfekte Clara ab. Da liegt Lisas Schachtel, prima.
„Hey, wer hat Feuer für ein unartiges Mädchen?“, frage ich.
Simon grinst und sagt: „Ich, und für dich sowieso immer.“ Ich muss lachen, plötzlich fühlt es sich echt an.
Hanna kreischt aus ihrer Ecke: „Nur Nutten lassen sich Feuer geben.“
Sie nervt, ich inhaliere den Rauch meiner Zigarette, bevor ich sage: „Nur Schlampen wissen das.“
Ich setze mich neben Simon auf das große Bett, auf dem eine dunkelrote Wasserpfeife steht. Als ich meine Arme bewege, stoßen die silbernen Armreifen aneinander und spielen meine Melodie. Die Kohle auf dem Tabak glimmt vor sich hin. Kurt Cobains Gesang aus den Boxen. Das Lachen der Leute, der verrauchte Raum, das offene Fenster, durch das kalte Luft herein strömt.
Hier kann ich alles vergessen. Mama, die Papa nicht mehr will. Meinen kleinen Bruder, der mich mit fragenden, tränenfeuchten Augen anschaut, als wüsste ich alles, als müsste ich machen, dass alles wieder gut wird. Wieder so wie früher. Das Bild verfolgt mich. Mama auf dem Tisch in der Küche, mit einem fremden Mann über ihr. Ihr geschockter Gesichtsausdruck, als sie mich sieht. Der Schlüsselbund, der mir aus der Hand und auf den Kachelboden fällt. Schnelle Schritte im Flur. Luft, ich brauche Luft.
Hier habe ich keine Verantwortung. Hier muss ich nur auf mich aufpassen. Hier muss ich nur darauf achten, dass meine Kotze im Klo landet und nicht daneben. Ich greife wieder nach der Flasche zu meinen Füßen. Als

ich aufstehe, dreht sich alles. Überhaupt ist alles lustig und angenehm und ich bin schön. So schön.
Wo ist eigentlich Paul? Ich laufe durch den Flur, drehe mich und tanze. Die Pailletten auf meinem Top funkeln. Max folgt mir, er ist jünger als ich und trotzdem himmelt er mich an. Gerade habe ich Lust, ihn ein bisschen zu ärgern, deshalb drehe ich mich zu ihm um. Ich zeige ihm mein schönstes Lächeln und schaue auf seine Lippen. Er starrt mich an. Ich schnappe mir die Zigarette aus seiner Hand und rufe: „Keine Kippen für Kinder." Er ist fünfzehn, mit seinem Alter kommt er nicht klar. Ich renne los, alles geht so schnell, ich will mich bewegen, will tanzen. Max rennt hinter mir her, die Treppe hoch, raus aus der Haustür. Es schneit.
„Komm mal her", sage ich zu ihm. Er steht in der Haustür und sieht mir dabei zu, wie ich mit den Schneeflocken tanze. Es ist kalt, aber ich friere nicht. Ich will mich nur anlehnen und gehalten werden. Max legt seine Hände von hinten um meine Taille. Er ist größer als ich, obwohl er so jung ist. Ich nehme seine Hand, sie ist rau und kalt und wir tanzen ein wenig zu der Musik, die nur wir hören können. Ich spüre sein Herz schlagen. Er dreht sich zu mir um und schaut in meine Augen, auf meinen Mund, in meine Augen. Ich weiß, was jetzt kommt, also schließe ich die Augen und lasse zu, dass seine Lippen sich auf meine Lippen legen. Er schmeckt nach Zigaretten und ich merke, dass er noch nicht viele Mädchen geküsst hat. Egal, alles ist schön. So schön. Nur, wo ist Paul?
Als ich mich von Max löse, küsst er für einen Moment die Luft. Das sieht dämlich aus. Von jetzt an auch keine Küsse mehr für Kinder.
Ich will nicht rein gehen, aber ich will auch nicht draußen bleiben. Es ist schwer, alles ist so schwer. Ich laufe, setze einen Fuß vor den anderen. Immer weiter entferne ich mich von Hannas Haus. Auf einmal stehe ich an der Mauer, die das Grundstück eingrenzt. Ich setze mich auf die Mauerkrone, streife die High Heels ab und stelle meine Füße auf den schneebedeckten Boden. Meine Augen füllen sich mit Tränen. Jedes

Mädchen würde gerne mit mir tauschen und ich habe nichts Besseres zu tun als freitags auf einer scheiß Mauer zu hocken und zu heulen.
Ich will keine Queen mehr sein, ich danke ab.
Langsam streife ich die Armreifen vom Handgelenk. Einer nach dem anderen fällt in den Schnee. Meine Erkennungsmelodie. Nur ein kleines bisschen Glitzer in einer kalten schwarzen Nacht.

Juliane Porter aus Hirzenhain, geboren 1996, besucht die Gesamtschule Gedern.

„Hier fängt die Geschichte an.“
Walter Moers – Die Stadt der träumenden Bücher

Juliane Porter

Scheiß-Liebe

Scheiß-Liebe

Der Flur war leer, bis auf Chris, der auf einer Treppe saß und in die Luft starrte.
Chris füllte den ganzen Raum. Ich lief zu ihm, setzte mich neben ihn. Ich schwieg, er schwieg.
Chris füllte den ganzen Raum.
Ich holte tief Luft, wollte etwas sagen, wollte erklären, wollte schweigen.
„Mann, Joe, das ist doch scheiße“, sagte er leise, lachte nervös. „Acht Jahre beste Freunde. Wegen dem Scheiß ... es macht doch keinen Unterschied, oder?“
Seine Stimme war eindringlich, seine Stimme war verzweifelt. „Wir sind doch nicht schwul.“
Ich sah auf meine Hände, lachte.
Ich war leer, wie der Raum. Chris füllte den ganzen Raum.

**

Die Sonne malte Lichtflecken auf den Teppich, die Fenster waren geöffnet, die Rollläden bis auf einige Spalten geschlossen. Chris und Joe lagen auf dem Teppich. Musik lief im Hintergrund. Joe sang manchmal leise mit. Seine Stimme klang wie immer leicht heiser.
„Joe“, sagte Chris. „Joe, meinst du, wir sind schwul?“
Joe lachte. Ein Witz. „Halt die Fresse, Mann.“
„Und wenn's ernst gemeint gewesen wäre?“ Chris hielt sich an keine Tabus. Chris war nicht befangen. Nie.

**

„Kannst's ja ausprobieren.“
Joe lachte. Nervös.
„Im Ernst?“
„Klar.“
Chris hielt sich an keine Tabus. Chris war nicht befangen. Nie.
Ich war leer, wie der Raum. Chris füllte den ganzen Raum.

Meine Hände, es war schwer den Blick von ihnen zu lösen. Sie zitterten.
Ich lachte. „Ach komm, unterdrück deine Gefühle doch nicht."
Chris' Stimme war erleichtert. „Es geht nicht. Unsere Liebe ist verboten."
Ein Witz. Er lachte, ich lachte. Es war nicht witzig. Es tat weh.
Ich war leer, wie der Raum. Chris füllte den ganzen Raum.
Es klingelte.
„Komm, wir müssen zum Unterricht." Ich sprang auf, schnell. Zu schnell.
Chris sagte nichts.
Chris war sonst nicht befangen. Nie.

**

Es war spät. Viel zu spät. Zwei der fünf Straßenlaternen waren aus. Ausgetreten. Beide von mir.
Musik wummerte gedämpft über die gemähten Vorgärten, über die gefegten Einfahrten. Ich hasste Partys. Ich hasste Betrunkene. Meine Lippe blutete nicht mehr, meine Lippe schwoll an. Mein Vater war wütend. Ich hatte mich geweigert, ihm Bier zu holen.
Ich hasste Betrunkene.
Ich würde auf diese Party gehen, würde mir Joe holen. Joe trank nicht. Nie. Aber Lynn trank. Ihre Eltern wussten es nicht. Mein Vater trank. Sie wusste es nicht. Aber Joe wusste es. Deshalb trank er nicht. Für mich.
Ich ging auf das Haus zu, die Bässe wurden lauter. Mit dem Öffnen der Tür kamen sie mir wie eine Druckwelle entgegen. Mit ihr der Geruch nach Schweiß, nach Bier, nach billigem Schnaps. So rochen Betrunkene. Mein Vater roch so. Mein Vater trank.
Ich hasste meinen Vater.

**

Der Abend war scheiße. Ich wusste nicht, was ich hier wollte. Ich hasste Partys. Chris hasste Partys. Ich war betrunken.
Chris hasste Betrunkene. Ich trank nicht, nie. Für ihn.
Außer heute. Heute trank ich, für niemanden. Um die Leere zu füllen.

Den leeren Raum. Zu dramatisch. Zu kitschig. Gelogen. Ich wollte ihm wehtun, wollte keine Rücksicht auf ihn nehmen. Wollte heute allein leben. Einmal. An diesem Abend. Der Abend war scheiße. Kichernd fiel mir ein Mädchen in die Arme, sie war betrunken.

Chris hasste Betrunkene.

Ihre Augen waren dunkel, ihre Haare waren schwarz. Ihre Haut war rot, war grün, war gelb, war blau. Woher kam das bunte Licht?

„Tanzt du mit mir?", fragte sie. Ihr Atem roch bitter, roch nach Bier. Es war Lynn, es war Chris' Freundin. Es würde keinen Unterschied machen, wenn wir miteinander tanzten.

Chris hasste uns so und so.

Chris hasste Betrunkene.

Lynn wusste es nicht. Lynn kicherte. „Willst du mit mir tanzen?"

**

Chris hatte Joe gepackt. Schrie. Er war so wütend. Auf Joe, auf Lynn. Auf die Welt. Sie hatten sich geküsst vor seinen Augen. Wieso tat Joe das? Wieso tat er ihm weh? Wieso hatte er getrunken? Chris hatte ihm nie weh getan. Er schrie, er tobte, er schlug Joe, sprengte die Party. Chris hasste Partys.

Chris hasste Betrunkene.

Joe wusste das. Joe war betrunken. Joe trank sonst nicht. Nie. Joe wehrte sich. Er war nicht nüchtern, er schlug fest, er schlug wahllos. Chris' Vater war nie nüchtern, er schlug genauso. Chris' Vater war stärker als Chris. Chris war stärker als Joe. Chris war außer Rand und Band. Lynn schrie, er solle aufhören, Joe solle aufhören. Chris hätte auf sie geschlagen, gestoßen. Aber zwei, drei Jungen hielten ihn fest, warfen ihn raus. Chris schrie, dass er sie alle hasste. Alle so sehr hasste. Chris schrie, dass Lynn eine betrunkene, dumme Schlampe sei. Chris schrie, dass er Joe hasste.

Chris hasste Betrunkene.

Sie warfen ihn raus.

**

Das Parkhaus war leer, bis auf Chris, der auf dem Boden saß und in die Luft starrte.
Chris füllte den ganzen Raum.
Ich schritt auf ihn zu. Sein Blick war voller Wut, als er mich sah. Hasste er mich?
Chris hasste Betrunkene.
„Was willst du?“, fuhr er mich an. Es war dieselbe Stimme, ‚Joe, ich hasse dich!‘.
Ich holte tief Luft, wollte etwas sagen, wollte erklären, wollte schweigen.
„Nie sagst du was, nie!“ Chris sprang auf.
‚Joe, ich hasse dich!‘
„Los sag was, du feiger Wichser!“
Wollte er mich schlagen? Wieder?
Ich war leer, wie der Raum. Chris füllte den ganzen Raum.
Chris packte mich. Sein Gesicht war so nah, so nah. Als er das letzte Mal so nah war, hatte er mich geküsst. Chris schüttelte mich. Nein. Als er das letzte Mal so nah war, hatte er mich geschlagen. In seinen Augen war Wut. Hasste er mich?
Chris hasste Betrunkene.
„Wieso sagst du denn nichts?“
Ich war leer, wie der Raum. Chris füllte den ganzen Raum.
Plötzlich ließ er mich los. Er lief an mir vorbei.
„Joe, ich hasse dich“, sagte er.
Chris ich liebe dich, dachte ich.
Chris verließ den Raum. Der Raum war leer.

Carlotta Pötter aus Freiensteinau, geboren 1994,
besucht die Vogelsbergschule in Lauterbach.

Das Dämonische ist das Verschlossene und das unfreiwillig Offenbare.
Soeren Kierkegaard

Carlotta Pötter

Felia

Danke an alle, die an mich geglaubt und mich ermutigt haben.
Und danke an Franzi S., die meine Geschichte als erstes gelesen hat.

Felia

Felia. Felia wach auf.
Felia schlug verwirrt die Augen auf. Wie konnte das sein? Hatte sie geträumt?
Felia. Wieder hörte sie die Stimme in ihrem Kopf.
Braves Mädchen, sagte die Stimme schmeichelnd und etwas strich durch ihren Verstand.
„Wer bist du?“ Ein Lachen in ihrem Kopf. Dann ein stechender Schmerz.
Keine Fragen, kleine Felia, hörte sie die Stimme erneut. *Niemals! Keine Fragen. Hörst du?* Felia hatte nur stumm genickt und abgewartet. Doch plötzlich war die Stimme verschwunden. Der Druck in ihrem Kopf ließ schlagartig nach und Felia blinzelte. Sie befand sich noch immer in ihrem Zimmer und neben ihr stand ihre Mutter. Ihr besorgtes Gesicht sah auf sie herunter.
„Alles gut, mein Schatz.“ Ihre Mutter schloss sie in ihre Arme. „Du hast nur schlecht geträumt.“

Felia hatte das Ereignis bereits vergessen, als sich nach einigen Wochen die Stimme plötzlich wieder meldete.
Du warst ein unartiges Mädchen.
Erschrocken schlug Felia die Augen auf und flüsterte: „Du bist nur ein Traum. Du bist nicht echt.“ Wieder dieses Lachen, wieder tat es weh.

Unartiges Mädchen. Wie kannst du das sagen?
„Du bist nicht echt“, flüsterte sie wie ein geheimes Mantra, „du bist nicht echt.“ Der Schmerz wurde heftiger.
Ungezogenes Ding. Du weißt genau, dass es mich gibt.
Diesmal war der Schmerz so heftig, dass Felia glaubte, ihr Kopf müsse platzen. Sie schrie auf, doch kein Laut drang aus ihrem Mund.

„Nein, nein!" Doch niemand hörte sie. Es wurde ihr schwarz vor Augen. Der Schmerz ließ nach und sie fühlte sich frei und leicht. Es war beinahe so, als schwebe sie. Sie wusste nicht, wie viel Zeit vergangen war.

Ein entsetzter Schrei drang an ihr Ohr.
„Felia! Oh Gott, Kind, was hast du getan?" Ihre Mutter starrte auf die blutverschmierten Hände ihrer Tochter.
„Das war ich nicht", sagte Felia mit abgehackter Stimme und starrte auf den leblosen Körper ihrer Katze. „Mama, das war ich nicht", sagte sie und sah in das Gesicht ihrer Mutter.
„Du …", sie brach ab. Ihr Blick wechselte zwischen ihrer Tochter und der toten Katze.
„Mama … bitte", sagte sie flehend, „du musst mir glauben."
Als Felia auf sie zuging, wich ihre Mutter vor ihr zurück.
„Mama", flüsterte sie und ihre Wangen wurden heiß.

Weine nicht, kleine Felia, sagte die Stimme, *weine doch nicht.*
„Geh weg", schrie Felia, „lass mich in Ruhe."
Fassungslos starrte ihre Mutter sie an.

„Mama", schrie sie immer wieder und schlug mit den Fäusten gegen die Tür. „Mama, lass mich nicht im Stich."
Michael schaute durch das verspiegelte Glas. Sie hatte beteuert, die Stimme in ihrem Kopf sei wirklich. Die Stimme eines Mannes. Dass er ihr Schmerzen zufüge. Der junge Pfleger wusste, was nun folgen würde: Pillen, Spritzen, Gespräche. Wieder und wieder. Er wandte sich an die Frau neben ihm.
„Die Ärzte werden alles in ihrer Macht stehende tun, um ihrer Tochter zu helfen."
Die Frau, die ihre Tochter erst am Vormittag hierher gebracht hatte, starrte angespannt durch die Scheibe. „Danke. Helfen Sie meiner Tochter."
Die Frau verließ die Psychiatrie, Michael sah ihr nachdenklich hinterher.

Michael betrat das Zimmer mit dem Tablett in der Hand. Zusammengesunken saß Felia auf ihrem Bett. Wie aus dem Nichts begann sie zu zittern. Aus dem Zittern wurde ein Zucken.

„Nein", schrie sie, „lass mich. Geh weg!"
Mit der freien Hand fasste er ihre Schulter.
„Geh weg", schrie sie erneut.
Felia kniff die Augen zusammen und fixierte Michael. Er hätte ihr nicht ausweichen können. Felia sprang ihn an, das Tablett ging zu Boden und ihre Hände schlossen sich wie ein Schraubstock um seinen Hals.
„Stirb!"
Das war nicht mehr Felias Stimme. Ihr Gesicht hatte sich zu einer Fratze verzogen. Er kam nicht gegen sie an. Die Kräfte, die Felia ausübte, schienen übermenschlich. Sterne explodierten vor Michaels Augen. Kurz vor der Ohnmacht ließ Felia ihn so plötzlich, wie sie ihn gepackt hatte, wieder los und wich mit einem entsetzten Keuchen zurück. Sie zitterte am ganzen Körper, ihre Augen waren wieder klar und sie murmelte: „Nein. Nein, das bin nicht ich."
„Wer ist es, Felia? Wer?"
„Er."
So etwas war während seiner Ausbildung noch nicht vorgekommen. Sie war bei vollem Bewusstsein. Er hätte vergessen können, dass dieses Mädchen ihn vor wenigen Minuten beinahe getötet hätte.

Felia war wieder alleine im Zimmer.
Stell dich nicht so an, Felia.
„Lass mich in Ruhe. Hau ab."
Doch er verschwand nicht. Sie spürte seine Anwesenheit, spürte den Druck, der auf ihrem Kopf lastete.
Vergiss es. Er lachte höhnisch auf. *Wer bist du schon?*

Sie ließ den Kopf hängen und schloss resigniert die Augen. In den nächsten Wochen blieb ihr Zustand unverändert.

„Felia. Felia wie geht es dir?“, fragte der Arzt. Das Mädchen wandte ihm den Blick zu, ein leises Lächeln umspielte ihre Lippen und ihre Augen klärten sich.
„Er ist wieder da“, flüsterte sie. „Er hört jedes Wort, und er wird mir wieder wehtun.“
„Ich werde dir helfen“, sagte der Arzt, „er wird verschwinden.“
Sie nickte und sah ihn hoffnungsvoll an.
„Meine Mutter?“, fragte sie, und als er den Kopf schüttelte, ließ sie die Schultern hängen.
„Sie hält mich für verrückt.“
Er wollte sie trösten, wusste aber nicht wie, und so saß er einfach eine Weile stumm da und wartete.
„Danke, dass Sie für mich da sind.“
Er lächelte und legte ihr kurz die Hand auf den Kopf.
„Immer“, sagte er und verließ den Raum.

Felia versuchte, sich an die Zeiten zu erinnern, als er noch nicht allgegenwärtig gewesen war. Glückliche Zeiten waren es gewesen, weil ihre Mutter sie nicht für verrückt gehalten hatte.
„Warum tust du mir das an“, fragte sie, „warum?“
Doch wie immer, wenn sie eine Antwort von ihm bekommen wollte, antwortete er nicht. Erleichtert darüber, dass er sie für den Augenblick in Ruhe ließ, erinnerte sie sich an glücklichere Zeiten, daran, dass sie einmal mit ihrer Mutter einen Freizeitpark besucht hatte. Den Tag über hatte ihre Mutter sich dazu überreden lassen, Karussells mit ihr zu fahren und Zuckerwatte zu kaufen. Ab und zu hatten sie eine Pause gemacht, Softeis gegessen, um sich danach sofort wieder auf die nächsten Karussells zu stürzen. Es war ein schöner Tag gewesen.

Er schien sich an ihrem Leid zu laben und sogar noch stärker zu werden. Also hatte sie beschlossen, jedes Gefühl zu unterdrücken, um ihm nicht noch mehr Kraft zu schenken. Plötzlich war er wieder da. Er war aufgebracht, denn der Druck in ihrem Kopf war noch stärker als gewöhnlich und der Kopf schien ihr zu zerspringen. Gequält schrie sie auf. So plötzlich, wie der Schmerz gekommen war, verschwand er, und nichts als der vertraute Druck blieb zurück.
Du warst sehr unartig, während ich fort war. Du Biest.
„Nein", wimmerte sie, „ich war artig. Ich war doch artig."
Nein, tobte er, *du hast mit ihm gesprochen. Du Miststück.*
„Bitte. Ich tu es nie wieder", versprach sie, „ich tue es nie wieder."
Er lachte und erneut schoss ein unsäglicher Schmerz durch ihren Kopf.
Einmal will ich dir noch verzeihen, aber wenn du es nochmal wagst, wirst du dafür büßen müssen. Verstanden?
Sie nickte, wollte einfach nur, dass der Schmerz aufhörte, und der Schmerz hörte tatsächlich auf.

Der Arzt kam früh an diesem Morgen auf die Station. Er erkundigte sich bei Michael, ob irgendetwas Ungewöhnliches passiert war, doch dieser schüttelte den Kopf und sagte: „Nein, alles wie immer."
Die beiden machten sich auf den Weg zu Felia. Wie jeden Tag erkundigte er sich nach ihrem Wohlbefinden. Er erwartete, dass sie wie gewohnt antworten würde: „Wie soll es mir schon gehen?" Doch diesmal blieb sie still, sah ihn nicht einmal an und schien in ihrer eigenen Welt zu sein. Selbst als er sie kurz berührte, sah sie ihn nicht an, sondern starrte nur ausdruckslos durch ihn hindurch.
Er fröstelte und fragte erneut: „Felia? Wie geht es dir?"
Doch noch immer antwortete sie nicht, und so setzte er sich einfach vor sie und fing an zu erzählen, was es in der Welt Neues gab. Obwohl sie nicht reagierte, redete er einfach weiter, bis hin zum Wetterbericht.

„Felia, was ist passiert?“ Noch immer keine Reaktion.
„Komm schon, Felia“, sagte er, „du kannst mir vertrauen.“
Doch sie schien ihm gar nicht zu hören zu wollen. Er ließ es sein, stand auf und verließ das Zimmer.
Endlich. Felia atmete erleichtert auf und hoffte, dass er sie für eine Weile in Ruhe lassen würde.
Doch kaum hatte sie angefangen zu hoffen, war er bereits wieder da und sagte: *Gut gemacht. Schnell gelernt ... Ansonsten, du weißt ja ...* Sie war erleichtert, dass er sie im Moment in Ruhe ließ und sie wieder einen der klaren Augenblicke erleben konnte.

Ihre Mutter hatte sie kein einziges Mal besucht, seit sie hierher gebracht worden war. Sie befürchtete, ihre Mutter vermutlich nie wieder sehen zu können. Sie fühlte sich verraten, weil ihre Mutter sie einfach als verrückt abgestempelt hatte. Sie war nicht verrückt, denn er war wirklich da, verursachte Schmerzen und ließ sie nur in Ruhe, wenn sie etwas gut gemacht hatte. Am Anfang hatte sie immer wieder versucht, herauszufinden, wer er war, aber das hatte sie bald aufgegeben, denn jedes Mal, wenn sie danach gefragt hatte, hatte er sie mit einem entsetzlichen Schmerz bestraft.
Sie richtete sich langsam auf und ging zu der Tür, weil es bald Zeit sein würde für ihr Frühstück. Sie wartete, bis Michael es ihr auf einem Tablett ins Zimmer brachte. Wie jeden Tag zwei Brötchen, Butter, eine Scheibe Käse und eine kleine Dose Marmelade. Auch der Plastikbecher und die kleine Tüte Milch fehlten an diesem Morgen nicht. Die Brötchen waren bereits geschnitten. Sowieso befand sich nichts in dem Raum, womit sie sich hätte verletzen können. Sie kam sich vor wie in einem Gefängnis. Doch es war viel schlimmer, in seinem eigenen Körper gefangen zu sein und jeden Tag die Hölle zu durchleben. Sie wollte ihn einfach nicht mehr hören, aber er flüsterte ihr jeden Tag gehässige Dinge ins Ohr, drohte, schrie, tobte. Sie hatte Gedächtnislücken, konnte sich nicht daran erinnern,

was geschehen war und hatte jedes Mal Angst davor gehabt, es herauszufinden. Zerfetzte Kleidungsstücke, herausgerissene Haarbüschel und die Kratzer auf ihrem Handrücken. Hatte sie nicht sogar ganz zu Anfang den Pfleger Michael gewürgt? Oder war das nur eine Einbildung? Doch nie waren die Erinnerungen daran zurückgekommen.

Der Arzt sah fassungslos zu, wie Felia sich auf dem Boden wälzte. Dann rührte sie sich nicht mehr, wurde ganz starr und schien in eine Art Trance zu fallen. Ihre Augen waren weit aufgerissen und sie atmete sehr flach. Er riss die Tür auf und rief dabei um Hilfe. Michael war sofort neben ihm. Noch immer rührte sich Felia nicht und ihr Blick wirkte trüb, als sei sie … nein daran wollte er nicht denken! Der Arzt kniete neben dem Mädchen nieder und griff ihre Hand und fühlte den Puls.
„Sie lebt“, sagte er erleichtert und sah zu Michael.
„Was ist bloß los mit diesem Mädchen.“
Der Arzt schüttelte den Kopf. „Ich stehe vor einem Rätsel. So etwas habe ich während meiner Laufbahn noch nicht erlebt.“
Fragend blickte er Michael an, als wüsste dieser eine Antwort. Felia schien das Bewusstsein wiederzuerlangen.
„Was … was habe ich getan?“
Der Arzt strich ihr beruhigend über den Kopf. „Keine Sorge. Du warst nur kurz bewusstlos.“
„Meine Mutter?“
Sie sah ihn hoffnungsvoll an. Er schüttelte den Kopf. Der Arzt hätte sie am liebsten in den Arm genommen, doch er wusste, dass er mit dem Streichen über den Kopf bereits fast zu weit gegangen war. Außerdem erinnerte er sich nur zu gut an den Angriff auf Michael. Er blieb also auf Abstand und redete beruhigend auf sie ein.

Draußen sagte der Arzt zu Michael: „Ich weiß nicht mehr, was wir noch tun sollen. Ich möchte ihr so gerne helfen, aber es scheint als sei etwas

in ihr, das uns zum Narren hält. Sie weist keine Anzeichen der klassischen Schizophrenie auf. So eine Verhaltensweise habe ich bis jetzt noch nicht beobachtet."
Er hielt kurz inne. „Vielleicht sollte ich Vegaro anrufen."
„Ich kann nicht mehr. Ich kann einfach nicht mehr", flüsterte sie, hielt sich den schmerzenden Kopf und rollte sich auf ihrem Bett zusammen.
Kümmerlich bist du. Erbärmlich. Armselig.
„Nein", wimmerte sie, „nein."
Er ergriff abermals Besitz von ihr, zwang sie hinab in die Dunkelheit. Sie hörte sein Lachen, spürte die Krallen, die sich in ihren Kopf bohrten. Dann nichts mehr. Nur noch diese tiefe Dunkelheit, in der er sie steuerte.
Sie riss die Augen auf, stand plötzlich vor dem Spiegel und da sah sie ihn zum ersten Mal. Sein Gesicht lag wie eine Maske über ihrem Kopf und verdeckte ihres beinahe vollkommen. Nur ihr Kinn war zu sehen. Der Rest – die Fratze von ihm.
Schau genau hin, dröhnte seine Stimme in ihrem Kopf, *sieh genau hin.*
Sie versuchte, sich abzuwenden, vergeblich. Entsetzt sah sie, wie auch noch ihr Kinn verschwand. Ihr Gesicht, wie sein Gesicht. Sein Gesicht, wie ihr Gesicht. Sein Lachen schien nun von überall zu kommen und hallte in dem kleinen Raum wider.

Vegaro lächelte und sagte: „Felia, ich kann dir helfen. Aber nur, wenn du bereit bist, mir zu vertrauen und alles genauso zu machen, wie ich es dir sage, okay?"
Sie nickte, ihr Blick fiel auf das silberne Kreuz, das um seinen Hals hing.
„Das, was ich mit dir vorhabe, geht aber nicht hier, sondern wir müssen es bei dir zu Hause versuchen."
Sie sah ihn mit großen Augen an und folgte ihm hinaus aus dem Raum. Draußen erwartete sie eine Überraschung: Ihre Mutter stand mit bereits gepackter Tasche da und schaute sie erwartungsvoll an.

Zu Hause war schon alles für die erste Sitzung vorbereitet. Es sollte nicht die letzte gewesen sein. Vegaro wurde in den kommenden Wochen ein ständiger Besucher im Hause von Felia.

Die Mutter griff zum Telefon. Der Arzt war direkt am Apparat.
„Danke, Doktor. Ich habe meine Felia wieder."

Felia hatte ihre Mutter dazu überredet, mit ihr in den Freizeitpark zu gehen. Nach der Achterbahnfahrt schmiegte sie sich in die Arme ihrer Mutter.
„Ich hab dich lieb, Mami. So lieb."
Plötzlich weiteten sich ihre Augen.
Hallo, Felia. Hast du mich vermisst?

Laura Prendota aus Niddatal, geboren 1996, besuchte die St.-Lioba-Schule in Bad Nauheim, jetzt das Burggymnasium in Friedberg.

„Nicht das Leben gibt uns den Sinn.
Wir geben dem Leben einen Sinn."
Arne Lanzendörfer

Vielen Dank an Uschi als Lektorin und an die OVAG. Die Tage in Bad Kissingen waren wunderbar. Danke auch an meine Familie und natürlich an die liebste Katha W. Kopf, die jederzeit an mich glaubt.

Laura Prendota

Kein Entkommen

Für die allerbeste Jany Schief. ♥

Kein Entkommen

Es ist fünf Uhr morgens. Ich bin immer noch wach, versuche endlich einzuschlafen. Es geht einfach nicht.

Tu es jetzt. Jetzt schlafen deine Eltern. Sie werden es nicht merken und dich nicht aufhalten können.

„Nein", flüstere ich, „nie wieder."

Doch, jetzt!

Gereizt springe ich aus dem Bett. Mir ist schwindelig, trotzdem gehe ich zur Zimmertür, schließe mich ein und lege den Schlüssel unter den Teppich. Ich muss ihn vor mir selbst verstecken. Nein, vor dieser Stimme. Vielleicht ist sie ja doch so dumm, dass sie es nicht merkt. Ich verkrieche mich wieder unter der Bettdecke.

Was war das denn eben bitteschön?

„Was denn? Ich weiß nicht, was du meinst …"

Was hältst du von mir? Los, steh auf und nimm den Schlüssel, den du vor mir verstecken wolltest. Unter einem Teppich, wie peinlich ... Und dann ab ins Bad mit dir! Wie du schon wieder aussiehst!

„Lass mich in Ruhe. Ich bin okay so. Völlig okay."

Das glaubst du ja wohl selber nicht.

„Lass mich jetzt schlafen! Ich bin müde."

Du stehst jetzt sofort auf! Es ist schon kurz nach fünf. Bald wachen sie auf. Ich weiß, dass du es willst.

„Nein. Oder? ..."

Plötzlich habe ich den Schlüssel in der Hand, schließe meine Zimmertür auf, öffne sie. Die Fliesen unter meinen Füßen fühlen sich kalt an. Das rote Licht der Alarmanlage blinkt regelmäßig. Am Ende des Ganges liegt das Badezimmer.

Super machst du das. Nur weiter so.

Noch sechs Schritte. Ich stocke, will das gar nicht.

Doch, doch … Ich weiß, dass du es willst, meine Süße.
Die Tür ist vor mir. Ich zittere, meine Hände schwitzen. Die Klinke ist kühl, ich drücke sie langsam hinunter.
Komm … schnell, schnell! Danach fühlst du dich leicht! So leicht ...
Ich stehe im Bad und erschrecke mich, dass ich hier bin. Es fühlt sich so schlecht an. Abrupt drehe ich mich um und hetze die Flurtreppe hinunter. Barfuß sprinte ich ins Freie und renne.
Spinnst du eigentlich? Du hast dein Ziel gerade fast erreicht. Wieso rennst du weg!? Zurück, schnell, nutz die Chance.
„Ich will weg von dir!", schreie ich. „Lass mich endlich in Ruhe!"

Straßenlaternen leuchten auf die Mauer des Stadtparks. Frischer Wind fegt mir ins Gesicht. Ich renne weiter, durch den Torbogen in den Park. Ich muss keuchen, bei jedem Atemzug bilden sich Wölkchen in der kalten Morgenluft. Im Park ist es nebelig, niemand scheint hier zu sein. Außer mir.
Und mir, wie konntest du mich vergessen, mein Liebling?
„Geh weg."
Mir fröstelt, ich reibe über meine Arme. Am Boden liegen von den Bäumen verstoßene Blätter, allein gelassen.
Geh nach Haus. Nicht mehr lang, dann sind sie wach. Tu es. Tu es endlich.
„Nein. Nie wieder."
Ich muss mich ablenken. Irgendwas Verrücktes tun. Dich loswerden.
„Ich hasse dich."
Ich will nur dein Bestes. Denk daran, wie gut du dich immer gefühlt hast, nachdem du es getan hast.
„Du wolltest mich schon immer töten."
Dich töten? Aber nein! Dir soll es gut gehen ... So verdammt gut gehen ... Und jetzt zurück, beeil dich.
„Nein!"

Ich sprinte los, als könne ich vor mir selbst davonlaufen. Renne. Weiter, auf die taunasse Wiese. Sinke erschöpft in einen Laubhaufen.
„Lass mich, lass mich!"
Stille. Ich höre absolut nichts. Ist sie endlich weg? Ja, es scheint so. Ich bin frei. Bin ich frei? Ich horche: Die Stimme, sie ist nicht mehr da. Ich kichere, und plötzlich, ganz plötzlich muss ich lachen. So richtig laut, die Anspannung entlädt sich, muss raus.
Lass doch das alberne Mädchengekichere!
Mein Lachen erstirbt, ich schreie auf.
„Du bist doch weg. Du musst weggehen. Ich habe dich doch … abgehängt!"
Hast du wirklich geglaubt, wenn du in einen Park rennst und dich unter Laub versteckst, wärst du mich los, du dumme Gans? Eigentlich müsstest du mich besser kennen …
Mir ist kalt.
Nein, dir ist nicht kalt. Dir geht es gut … Nur deine Figur ... Du bist fett. Total fett.
„Ich bin nicht fett und mir ist kalt."
Meine Hände sind von der Kälte gerötet, die Finger schon blau. Ich versuche, die Beine anzuwinkeln, sie zucken nur leicht. Tränen brennen in meinen Augen. Ich möchte weg von hier, aufstehen, es geht nicht.
Hallo! Aufwachen!
Ich schrecke hoch. Der Nebel hat sich aufgelöst, die Dunkelheit ist in Morgenröte übergegangen. Meine Arme fühlen sich schwer an, aber ich kann sie heben. Ich krümme die Finger, reibe sie aneinander, bis die Haut brennt. Ich knete meine Fußzehen, bis ich sie spüre
Beeil dich. Mach schon, du Memme. Du kriegst ja echt nichts auf die Reihe.
Ich versuche mich aufzurappeln, sacke aber immer wieder in mich zusammen.

Siehst du, das hast du nun davon, wenn du wie besessen durch die Gegend rennst.
„Ich hasse dich."
Plötzlich steht ein Mann vor mir. Er sieht erschrocken aus und stellt seinen Aktenkoffer ab. „Was ist passiert? Sie sehen ja schrecklich aus!"
Er meint eindeutig deinen Hüftspeck.
„Ich kann nicht mehr aufstehen", sage ich.
„Wieso? Haben Sie sich etwas gebrochen?"
Ich schaue mit verheulten Augen zu ihm auf. „Nein. Ich habe gerade keine Kraft, bitte helfen sie mir."
Der Mann greift mir unter die Arme und stellt mich auf die Beine. Er hält mich so lange, bis ich stehen kann, ohne zu wanken.
„Sie sind völlig unterkühlt. Was ist passiert?", fragt der Mann wieder und runzelt die Stirn. Er bindet mir seinen Schal um.
„Wie viel Uhr ist es? Meine Eltern werden sich fragen, wo ich bin. Ich muss nach Hause."
Der Herr packt mich an den Schultern: „Entschuldigen Sie, aber Sie müssen in eine Klinik! Ich kann Sie dahin bringen."
Zum Fettabsaugen.
„Ich bin nicht fett!" schreie ich dem Mann ins Gesicht. Verblüfft lässt er mich los.
Weg. Schnell weg.
Ich reiße mir den Schal vom Hals, laufe los. Ich kann schon bald nicht mehr, aber zwinge mich, weiter zu hetzen. Vor mir: der Ausgang des Parks. Nur weiter. Da fällt mein Blick auf ein kleines Haus rechts an der Mauer.
Ein Klohäuschen, perfekt für dich.
„Ich bin nicht fett!", brülle ich wie von Sinnen.
Nicht fett? Bist du nicht vollgestopft mit Fett? Stell dir vor, du kotzt es aus: den Frust, die Angst, den Hass. Du kotzt alles aus. Raus damit. Die zertretene Liebe, das missbrauchte Vertrauen. Los, kotz es raus, dein falsches Leben! Dann fühlst du dich gut, so gut wie noch nie.

Ich spüre mich nicht mehr, verschwinde im Toilettenhaus, schließe ab. Ich knie vor der Schüssel nieder, nehme meine Haare zurück, klappe die Klobrille hoch. Und dann tue ich es. Zum ersten Mal seit einem Monat. Ich weine, mein Magen krampft und alles schmerzt.
Mach weiter, immer weiter.
Mein Kopf dröhnt. Ich höre erst auf, als mir schwindelt. Ich sacke neben der Schüssel zusammen, winde mich. Ich habe es getan. Ich habe es tatsächlich wieder getan. Und fühle mich nicht besser.
Ich. Fühle. Mich. Nicht. Besser.
Die Stimme schweigt.
Und langsam, ganz langsam versinke ich.

Lea Rösner aus Butzbach, geboren 1995,
besucht die Weidigschule in Butzbach.

„On ne voit bien qu'avec le coeur. L'essentiel est invisible pour les yeux."
Antoine de Saint-Exupéry – Le Petit Prince

Lea Rösner

Sommerregen

Für meine Familie.

Für Malin und die Kunst des Vorlesens.
Für Amélie – ich liebe dich für den Menschen, der du bist.
Für Josephin, weil Freundschaft ein Geschenk ist.

Sommerregen

Sofia war anders, als ich sie mir vorgestellt hatte. Ich hatte lange darüber nachgedacht, wie sie wohl aussehen würde – wie ihr Leben wohl aussehen würde. In meiner Vorstellung hatte sie die gleichen hellen Haare wie mein Vater und ich. Sie würde gerne lachen, viel reden und sie hatte rot geschminkte Lippen. Die junge Frau allerdings, der ich jetzt gegenüberstand, hatte dunkle Haare und ein schmales Gesicht mit braunen Augen. Sie lächelte mich zögerlich an.

Sofia kam einen Schritt näher und sagte: „Leon."

Es war keine Frage, sondern eine Feststellung. Ich nickte bloß. Es war ein seltsames Gefühl, nur da zu stehen und sich gegenseitig anzusehen.

„Gehen wir ein bisschen?" Sofia deutete mit dem Kopf in die Richtung des Wanderweges, der um den See führte.

„Ja, gut."

Die ersten Schritte liefen wir schweigend nebeneinander her. Ich wusste nicht, was ich hätte sagen sollen. Dann begann Sofia mit leiser, warmer Stimme zu erzählen – von unserem Vater, der sie und ihre Mutter verlassen hatte, als sie gerade fünf Jahre alt gewesen war. Dass sie sich kaum an ihn erinnern konnte. Das einzige, was ihr geblieben war, waren die Bilder im Fotoalbum.

Er hatte sich später nie bei ihnen gemeldet. In Sofias Leben aber hatte er viel zu viel zurückgelassen, um vergessen zu werden. Bis heute hatte sie nicht verstanden, warum er von einem auf den anderen Tag verschwunden war, warum er sie und ihre Mutter allein gelassen hatte.

„Du siehst ihm so ähnlich. Genauso sieht unser Vater auf den Fotos aus." Sofia blickte mich an und lächelte. „Ich wusste nicht, dass ich einen Bruder habe. Bis ich dein Bild in der Zeitung gesehen und deinem Namen in der Überschrift gelesen habe. Du musst ja gut Fußball spielen, wenn du in der U21-Nationalmannschaft bist."

„Es war komisch, deinen Brief in der Hand zu halten. Zu wissen, dass mein Vater noch eine Tochter hat. Dass du meine Schwester bist", sagte ich. Sofia nickte.

Die Sonne warf unsere Schatten vor uns auf den Weg – zwei Gestalten, die nebeneinander hergingen, deren Hände sich fast berührten, die zusammen zu gehören schienen, obwohl sie sich doch gar nicht kannten. Wir gingen ans Ufer des Sees hinunter. Eine Familie mit zwei kleinen Jungen saß im Sand und baute eine große Burg. Wir setzten uns gerade so nah ans Wasser, dass kleine Wellen über unsere nackten Füße schwappten. Sofias Haare glänzten im Sonnenlicht. Wassertropfen spritzten auf ihre verwaschenen Shorts und ihr Top, als einer der Jungen einen Stein in den See warf.
„Studierst du?", fragte ich. Ich wollte mehr über sie wissen.
„Ja. Ich hatte mit Medizin angefangen, aber nach dem ersten Semester habe ich abgebrochen."
„Warum?"
Sofia zuckte mit den Schultern. „Jetzt studiere ich Meeresbiologie. Gerade haben die Semesterferien angefangen und nächste Woche fliege ich nach Bolivien. Ein Freund von mir lebt zurzeit dort und ich werde ihn besuchen."
Sie ging ein bisschen im flachen Wasser umher und versuchte, mich mit dem Fuß nass zu spritzen. Ich stand auf, krempelte die Hosenbeine hoch und lief zu ihr.
Der See glitzerte im Sonnenlicht.
„Es sieht so schön aus", flüsterte Sofia.
Ich blickte sie von der Seite an. Sie schaute mich an – und drehte sich wieder weg.
„Ich bin krank", sagte sie, „ich habe Leukämie."

Ich roch einen Hauch ihres Parfums, ein schwacher, süßer Duft. Einen Moment lang beobachtete ich einen Vogel, der hoch über unseren Köpfen seine Kreise drehte. Ich spürte die Wärme von Sofias Körper.

Ich hatte gehört, was sie gesagt hatte. Einfach so, als wäre es bedeutungslos. Ich betrachtete Sofias Gesicht – gerade erst hatte ich begonnen, meine Schwester kennen zu lernen. Und dann hatte sie mir gesagt, sie habe Leukämie.
„Ist es schlimm, ich meine, wirst du wieder gesund?", fragte ich sie.
„Ich weiß nicht, im Moment geht es mir gut, aber die Ärzte sagen, dass es sich jederzeit ändern kann."
In Gedanken versunken standen wir eine ganze Weile lang nebeneinander.
„Komm." Sofia nahm meinen Arm.
Gemeinsam gingen wir zum Parkplatz zurück und an ihrem Auto, einem kleinen, klapprigen Opel mit rostroter Lackierung, blieben wir stehen.
„Wollen wir noch in die Stadt fahren oder soll ich dich nach Hause bringen?", fragte Sofia mich.
„Lass uns noch in die Stadt fahren."
Wir stiegen ein, ich kurbelte die Fensterscheibe auf meiner Seite herunter, Sofia die auf der Fahrerseite ebenfalls, und Musik klang aus dem Lautsprecher. Gitarrenakkorde, Keyboard und irgendwann fing jemand an zu singen.

Wir fuhren an Bäumen, Feldern, Wiesen, Häusern vorbei. Ich schloss die Augen und öffnete sie erst wieder, als wir an einer roten Ampel stehen blieben. Langsam schob sich der Verkehr durch die Innenstadt, von Ampel zu Ampel. Nachdem wir über eine große Brücke gefahren waren, parkte Sofia das Auto und wir stiegen aus. Inzwischen war die Sonne tiefer gesunken, die letzten goldgelben Strahlen beleuchteten die Dächer der Stadt. Langsam gingen wir durch die Fußgängerzone, kauften uns ein Eis und setzten uns auf den Rand des Brunnens auf dem Marktplatz.

Sofia erzählte von ihrer Mutter, von ihren Freunden und davon, dass unser Vater ihr zum vierten Geburtstag eine Katze geschenkt hatte. Sie war gestorben, als Sofia achtzehn war. Ich erzählte ihr von meiner Familie, viel von meinen zwei kleinen Geschwistern, auch von meinen Freunden, der Schule und meinen Hobbys. Sie hörte mir aufmerksam zu, während ich all diese Belanglosigkeiten und kleinen Anekdoten erzählte.
Bisher hatte Sofia noch kein einziges Mal nach unserem Vater gefragt.
„Vor einem dreiviertel Jahr ist unser Vater gestorben."
Sie schaute mich nicht an, ihr Blick verlor sich in der Ferne.
„Ich hätte ihn gerne noch einmal getroffen."
Es war dunkel geworden. Wir schlenderten ziellos durch die Stadt. Als ich zum Himmel hochschaute, der sich mit Wolken zuzog, sagte ich: „Als kleiner Junge habe ich mir immer gewünscht, zum Mond zu fliegen."
Sie lachte. „Jeder braucht einen großen Traum."
„Und was ist dein Traum?", fragte ich sie.
Sofia überlegte. „Ich habe viele Träume, doch erst einmal möchte ich gesund werden."
Es begann zu regnen. Erst war es ein leichter Nieselregen, dann wurde der Regen immer stärker, bis schließlich dicke Tropfen auf uns herunter prasselten. Wir liefen zurück zum Auto. Meine Haare waren klatschnass, Wasser rann an meinen Schläfen hinunter und meine Kleider klebten am Körper. Laute Musik klang aus einem Club, an dem wir vorbeihasteten. Sofia fuhr mich nach Hause. Vor unserem Haus machte sie den Motor aus und blickte nach draußen. Eine Straßenlaterne beleuchtete unseren Vorgarten, hinter dem Küchenfenster stand meine Mutter am Spülbecken.
„Leon, ich bin froh, dich kennen gelernt zu haben."
Sofia lächelte mich an.
Ich lächelte zurück. „Und ich find's gut, eine Schwester wie dich zu haben."
Ich öffnete die Tür, stieg aus, beugte mich noch einmal runter.

„Danke fürs Heimbringen. Ich melde mich.“ Dann schlug ich die Autotür zu und ging zum Haus. Als ich mich umdrehte, um zu winken, startete Sofia schon den Motor. Ich blickte dem davonfahrenden Auto hinterher bis die Rücklichter im Regen verschwammen.

Ann-Kathrin Roth aus Lauterbach, geboren 1989,
studiert derzeit in Jena.
Sie zählte bereits 2006, 2008, 2009 und 2010 zu den Preisträgern.

So drop your map, drop your plans, drop that five step program
Because there's not an ounce of faith in this leap
It's clear you feel nothing so jump into the fog with me
Wombats

Ann-Kathrin Roth

Papiertiger

Gewidmet den GlamRock-Nächten

It's just a twist in my sobriety (Tanita Tikaram)

Papiertiger

Er sieht in das Fenster, sieht das Grinsen der grünen Katze und rennt.
Einer der schwülsten Tage des Jahres. Wenn die Luft stillsteht und der graue Himmel fast die Dächer berührt. Wenn die Hitze schwer auf den Schultern liegt. An solchen Tagen passiert nie etwas. An solchen Tagen ist zu wenig Sauerstoff in der Luft, um weit zu rennen. Durch die Gasse zwischen den zu eng stehenden Plattenbauten pfeift eigentlich immer der Wind. Heute ist es hier windstill. Menschenleer. Die Welt wartet auf den Sturm. Dann knicken Grashalme unter seinen Schuhen. Eine Grünfläche inmitten von Beton und Asphalt. Der Park. Zu klein, um das Grau aus den Augen zu verlieren.

Hinter den Bäumen weitere Plattenbauten. Alle Gebäude sehen hier gleich aus. Ein Ort, an dem man sich leicht verirrt. Aber er findet seinen Weg mit der Sicherheit derer, die ihr Leben hier verbracht haben. Hier, wo ein Blick nie weiter schweifen kann als hundert Meter. Eine Welt ohne Horizont.

Schon steht er vor der Tür mit dem kaputten Schloss. Die Tür fällt hinter ihm zu und er steigt die dreizehn Treppenstufen in völliger Dunkelheit hinunter. Am Fuß der Treppe vier tastende Schritte, dann spürt er das kalte Metall der Brandschutztür unter seinen Fingern. Sie quietscht, als er sie aufzieht.

„Hey Kio, wo bleibst du denn, mann? Wir dachten schon, du kommst nicht mehr.“

Kio kneift die Augen im Neonlicht zusammen. Vor ihm türmt sich, mehr als hüfthoch, ein Wall aus Zeitungen. Es ist wenig Platz zwischen dem Papier und der niedrigen Kellerdecke, er muss auf Händen und Knien kriechen, um zu seinen Freunden zu gelangen, die hinter dem Wall auf alten Matratzen liegen und in unterschiedlich stark vergilbten Zeitungen blättern.

„Was zur Hölle soll das?“
„Cool, oder?“ Benny schaut hinter einer Seite hervor, auf der John F. Kennedy unter dem Schriftzug Einzug ins Weiße Haus breit grinst.
„Schmittis Nachbarin ist gestorben.“
„Aha.“
Kio schiebt eine Zeitung mit der Schlagzeile „Meinhof und Müller“ verhaftet aus dem Weg, um sich zwischen seinen Freunden niederzulassen.
„Und sie hat euch ihre Sammlung vermacht, weil sie wusste, dass ihr so begeisterte Zeitungsleser seid?“
„Nö, der Vermieter hat uns zwanzig Euro dafür gegeben, dass wir den ganzen Müll aus der Wohnung schaffen, und die Zeitungen fanden wir halt cool“, sagt Schmitti.
Seine Haare sind heute grün. Schmitti zieht sich an wie der letzte Streber, Hemd, Karopullunder und Stoffhose, aber seine Haare sind immer grell. So ist er eben.
„Und was habt ihr jetzt damit vor?“
„Wir wollen den Keller tapezieren, der hat es echt nötig“, sagt Benny.
„Ja, aber nur mit den wirklich wichtigen Sachen, deshalb sortieren wir erst mal“, sagt Sasha und klopft auf einen Stapel Zeitungen, der zwischen ihm und Kai liegt.
„Bisher haben wir den Mauerbau, 9/11, den Mauerfall, das Attentat auf John Lennon, den irischen Blutsonntag, den Tod von Marilyn Monroe, die Watergate-Affäre und Ursula Andress, die den Golden Globe für ihre Rolle als Honey Rider in Dr. No gewinnt. Kai besteht drauf, sie war seine erste große Liebe.“
„Es muss ja auch mal was Schönes an der Wand hängen. Nur Krieg und Mord und Katastrophen, wir werden noch depressiv“, verteidigt sich Kai.
„Hier.“ Benny wirft ihm eine Zeitung zu. „Da ist ein Artikel über die hundertste Folge der Sesamstraße drin, vielleicht ist das eher was für ein Sensibelchen wie dich.“

„Ich finde halt, Zeitungen könnten viel optimistischer sein. Positive thinking und so“, sagt Kai.
„Und wie soll das aussehen?“, fragt Benny. „Vielleicht immer ein Smiley auf der letzten Seite und daneben steht ‚Trotz allem geht die Welt nicht unter‘? Dafür ist die Comicseite da.“
„Ist ja auch egal“, sagt Schmitti. „Kio, machst du mit? Wir müssen noch entscheiden, was wir von den ganzen Kriegen nehmen wollen, und die Mondlandung suchen wir auch noch.“
„Sorry, ich hab noch was zu erledigen. Ich schau vielleicht später wieder vorbei.“

Er kriecht zurück zur Tür. Dabei kommt ein Stapel ins Rutschen. Kio hebt die Zeitungen auf, wirft eine davon, auf der irgendwas von Apollo 11 steht, Benny zu. Draußen verharrt er im Dunkeln. Durch das dicke Eisen hört er nur leise das Lachen von drinnen.
Es ist alles wie immer.

Dreizehn Stufen nach oben, zurück in den Park, durch die Gasse zwischen den Betonblöcken, zu dem Fenster im Erdgeschoss, in dem seit einem halben Jahr die grüne Katze frech grinst. Die Katze ist weg. Es beginnt zu regnen. Dicke warme Tropfen, ein träger Regen, der den Körper nicht abkühlt, sondern wie Schweiß auf der Haut klebt. Mit nervösen Fingern drückt Kio den Klingelknopf neben dem bekannten Namen, aber die Gegensprechanlage bleibt stumm, die Tür geschlossen.
Er läuft ziellos durch die leeren Straßen, in denen nie etwas passiert, landet am Ende wieder im Park. Der Park ist schon immer der Ort gewesen, an dem man Dinge finden und verlieren kann. Dort findet er auch sie. Die Besitzerin der grünen Katze.
Sie liegt auf dem nassen Boden. Wassertropfen auf ihrem Gesicht. Er geht auf sie zu, geht in die Knie, beugt sich über sie, küsst sie. Blaue Augen

starren in den grauen Himmel. An ihm vorbei. Der Regen durchnässt ihren Lieblingspullover.
Manchmal passieren Dinge einfach.

Als er wieder in den Keller kommt, haben die anderen gerade begonnen, die Wände zu bekleben. Sie haben die Zeitungen in der Mitte des Raums aufgeschichtet, damit sie Platz haben. Benny, Kai, Schmitti, Sasha und Kio kleben die Zeitungsartikel mit Bastelkleber an die grauen Wände. Alles ist wie immer. Niemand fragt nach Niko.
Kio klebt Kohl neben Kennedy und Nixon neben Thatcher neben Schröder neben Putin neben Milošević. Er klebt Aids neben Tschernobyl und Vietnam neben Korea. Er klebt Honey Rider neben Ernie und Bert. Seine Finger kleben aneinander und am Papier und sein T-Shirt klebt an seinem Körper, denn die Hitze des schwülsten Tages ist bis in den Keller gekrochen. Und endlich, endlich klebt Schmitti den letzten Artikel, Schumacher wird Weltmeister, in die Lücke zwischen SARS und Sputnik. Der Keller ist fertig, er ist immer noch grau, aber jetzt mit Bildern und Buchstaben.
„Leute, ich verschwinde", sagt Kio.
Von seinen Freunden, die sich auf den Matratzen an der Wand ausgestreckt haben, kommt keine Reaktion. Er schließt die Tür hinter sich und geht im Dunkeln die Treppe hoch. Er ist schon halb oben, da hört er das Quietschen der Brandschutztür.
„Kio, warte."
Es ist Sasha. Kio setzt sich auf eine Treppenstufe. Sasha setzt sich neben ihn, fährt mit den Fingern nervös durch seine kinnlangen roten Haare. Sasha benutzt dieselben Haarfarben wie Schmitti, nur dass es zu ihm besser passt.
„Er ist weg, oder?" Sasha spielt mit einer Haarsträhne, während er die Kellertür fixiert.
„Ja."

„Hat er gesagt, wohin?"
„Nein."
„Hat er irgendwas gesagt?"
„Er hat einen Zettel dagelassen. Bin weg, grüß die anderen, Niko."
„Wieso hast du nichts gesagt?"
„Ich wollte sehen, ob ihr von selbst drauf kommt. Er ist jetzt drei Tage weg."
„Was hätten wir sagen sollen? Niemand hat ihn gezwungen."
„Ich weiß auch nicht. Ich bin nur irgendwie enttäuscht ... von allem."
Sasha stützt sich auf Kios Schulter, um aufzustehen, seine Hand verharrt dort einige Sekunden.
„Schon okay, ich versteh dich ja. Versuch nur, keine Dummheiten zu machen."

Draußen wartet sie, mit Matschflecken auf den nässedunklen Jeans und kajalschwarzen Augen. Ihr Make-up ist zerlaufen.
„Mir ist kalt."
Er nimmt ihre Hand und zieht den nassen Körper an sich. Hält sie, bis das Zittern aufhört. Bis das Zittern anfängt. Es ist von ihrem Körper in seinen geschlüpft. Seltsam, wie das manchmal passiert. Er streicht ihr über die Wange, schiebt sie von sich weg und geht.

Zu Hause macht er den Fernseher an und schaut Cartoons. Später klingelt es. Er drückt auf den Türöffner und wartet, bis an der Wohnungstür geklopft wird. Sie ist es. Sie sieht aus wie vorher, mit den Matschflecken auf der Kleidung und den Kajalflecken im Gesicht. Sie sieht müde aus.
„Hey", sagt sie.
„Hey", sagt er.
„Darf ich reinkommen?"
„Klar."

Sie betreten das Zimmer, er schaltet den Fernseher aus. Sie setzt sich auf den Boden und lehnt den Rücken gegen die Couch. Er setzt sich zu ihr.
„Was gibt's?"
„Ich wollte dich sehen."
Sie reibt ihr linkes Auge. Der Kajal verschmiert noch mehr. Er hebt die Hand zu ihrem Gesicht, so langsam, dass sie der Bewegung ausweichen könnte, und wischt mit dem Daumen die schlimmsten Spuren weg. Sie greift nach seiner Hand und hält sie fest.
„Er ist weg", sagt sie.
„Ja."
„Hast du es gewusst?"
„Nein."
„Ich auch nicht. Sechs Monate sind wir zusammen, und er sagt mir nicht mal, wenn er abhaut."
Die Tränen fließen wieder. Mit seiner freien Hand wischt er sie weg.
„Wieso hat er mir nichts gesagt? Ich hätte ihn ja gehen lassen. Es hatte sowieso keinen Sinn mehr."
Sie atmet tief durch. Und plötzlich streift ihr Atem sein Gesicht, berühren ihre Lippen seine, sind ihre kalten Hände unter sein T-Shirt gewandert. Er dreht den Kopf.
„Nicht."
„Warum nicht? Niko ist weg."
„Trotzdem."
Sie kniet vor ihm. Eine Hand mit fliederfarben lackierten Nägeln spielt mit dem Armband der anderen. Zieht und zerrt an grünen Plastikperlen, bis die Adern auf dem Handrücken hervortreten. Sie schluchzt einmal und es klingt wütend.
„Niko hat mich sitzen gelassen", sagt sie. „Du kannst mich ihm nicht mehr wegnehmen."
„Das ist es nicht ..."

„Ach nein? Warum willst du dann nicht? Du bist nur feige ..."
Ihre Finger sind in seinen Hosenbund gerutscht. Er hält ihre Hand fest.
„Niko ist weg", sagt er. „Du kannst ihn so nicht verletzen. Was willst du erreichen?"
Sie sieht ihn an, mit nass glänzenden Augen.
„Ich will mich besser fühlen", sagt sie.

Eine Stunde später ist er allein mit einer Flasche Tequila. Es ist dunkel, bis auf das flackernde blaue Licht des Fernsehers. Kio sitzt auf dem Boden. Sein linkes Auge ist geschlossen, vor das rechte hält er die halbleere Tequilaflasche. Durch den klaren Alkohol gesehen sind die Fernsehbilder bunte Streifen, die hin und her huschen, wenn er die Flasche bewegt. All die Geschichten, die an jedem anderen Ort auf der Welt passieren, sind nur noch Farben und Hintergrundgeräusch. Kio lacht. Er nimmt einen kräftigen Schluck aus der Flasche. Er lehnt den Kopf gegen die Armlehne der Couch. Er wartet. Dabei schläft er ein.

In Tequila-Nächten sind Träume klebrig und das Aufwachen mühsam. Halb alkohol-, halb traumtrunken öffnet er die Augen. Auf dem Fernsehbildschirm weint eine junge Frau. Sein Handy vibriert in seiner Hosentasche. Er zieht es heraus, es rutscht ihm aus der Hand, liegt vibrierend vor ihm auf dem Boden. Benny, steht im Display.
„Hey."
„Kio? Komm in den Park, das musst du sehen!"
„Was?"
„Komm einfach. Kio, ehrlich, du musst herkommen!"
Kio legt auf. Er macht den Fernseher aus, stößt sich im Dunkeln das Knie am Couchtisch, schaltet das Licht an, bekommt Kopfschmerzen davon, schaltet das Licht wieder aus, sucht im Dunkeln die Tür.

Draußen ist es immer noch drückend heiß. Auf schwüle Tage folgen stickige Nächte. In denen selbst der leichte Wind eines entfernten Gewitters den Schweißfilm auf der Haut nicht trocknen kann. In denen selbst kurze Wege endlos scheinen. Auf dem Weg zum Park kommt Kio jemand entgegen. Er hat große Füße und trägt einen seltsamen Hut. Aus der Nähe erkennt Kio, dass es ein Clown ist, mit verwischter Theaterschminke im Gesicht.
„Hast du unseren Tiger gesehen?“, fragt der Clown.
Er lallt leicht. Er trägt eine rote Plastiknase, deshalb klingt seine Stimme seltsam.
„Der Tiger ist weg.“
Kio geht an ihm vorbei.
„He, bleib stehen“, lallt der Clown. „Wir müssen den Tiger finden. Der Tiger ist weg.“
Kio dreht sich zu dem Clown um, der sich an einer Straßenlaterne festhält.
„Der Tiger ist nicht hier“, sagt er.

Er geht weiter. Vorbei an dunklen Fenstern. Nur hier und da das Licht eines Fernsehers hinter dem Glas. Niemand hat den Tod der grünen Katze beobachtet. Wenige Schritte von ihrem Fenster entfernt liegt sie auf der Straße. Ihre Eingeweide sind herausgerissen. Weiße Watteflocken um eine leere Stoffhülle verstreut. Als hätte ein Raubtier sie zerfetzt. Ein schwermütiger Tiger. Eine Füchsin mit fliederfarbenen Krallen. Ein leichter Windstoß bewegt die Watteflocken. Kio stößt mit dem Fuß gegen den Kuscheltierkadaver, dreht die Hülle um, bis er das Gesicht sieht. Der Kadaver grinst. Kio lässt das körperlose Grinsen liegen und geht weiter.

Im Park rauscht das Laub der Bäume. Etwas landet vor ihm im Gras. Es ist die Doppelseite einer Zeitung, er hebt sie auf. Auf der linken Seite ist ein Bild von einem U-Boot. Der Wind reißt an der Seite und Kio lässt

sie los. Sie verschwindet zwischen den Bäumen, das Licht der Straßenlaternen reicht nicht weit in den Park hinein. Etwas kommt aus dem Schatten der Bäume auf ihn zu.
„Hey, da bist du ja."
Es ist Sasha. Seine schwarze Kleidung macht ihn fast unsichtbar vor dem dunklen Hintergrund. Nur das Gesicht, die Hände und der rote Schimmer seiner Haare sind zu erkennen.
„Hey, wo sind denn die anderen?"
„Die bringen die Leiter zurück, die wir geklaut haben."
„Leiter? Was habt ihr angestellt?"
„Siehst du das nicht? Wenn ich das den anderen erzähle, nach der ganzen Arbeit. Mach mal die Augen auf."
Kio dreht sich langsam im Kreis. Der Baumstamm rechts von ihm sieht seltsam aus. Die Rinde bewegt sich, sie zappelt im Wind, als ob sie sich losreißen wollte. Ein leises Klicken, als Sasha eine Taschenlampe anschaltet, und Kio sieht, was da zappelt. Zeitungsseiten. Der Stamm ist beklebt wie eine Litfaßsäule.
„Ihr habt einen Baum tapeziert?"
„Einen?" Der Lichtkegel wandert weiter, überall trifft er auf Schwarzweißbilder und Schlagzeilen.
„Wie viele ...?"
„Alle."
„Ihr seid verrückt."
„Nein." Sasha lacht leise. „Wir hatten nur jede Menge Zeit und Zeitungen."
„Wenn man auf euch nicht immer aufpasst ..."
Plötzlich scheint ihm die Taschenlampe ins Gesicht.
„Was hast du denn gemacht, dass du uns nicht babysitten konntest?"
Der Lichtkegel wandert weiter, diesmal zu einer Bank zwischen den Bäumen. Selbst die Bank ist mit Zeitungen beklebt. Kio setzt sich neben

Sasha auf die unbequeme Rückenlehne, den linken Fuß auf dem Gesicht von Angela Merkel.
„Was soll ich schon gemacht haben?“, sagt er.
„Weiß ich nicht, deshalb frage ich ja. Komm schon, was sind die Schlagzeilen von morgen?“
„Die Schlagzeilen passieren woanders. Was hier passiert, landet höchstens im Polizeibericht.“
„Du weißt, wie ich das meine. Gib mir die Kio-News.“
„Meine idiotischen Freunde haben im Park Bäume verunstaltet und kommen wahrscheinlich morgen in den Knast. Dem Zirkus ist der Tiger weggelaufen. Ach ja, und die Katze ist tot.“
„Welche Katze?“
„Du weißt schon, dieses hässliche grüne Stofftier, das Niko Karin geschenkt hat, als sie zusammengekommen sind.“
Neben ihm klickt Sashas Feuerzeug. Dreimal bläst der Wind die Flamme aus.
„Die saß seitdem in ihrem Zimmerfenster und hat dämlich rausgegrinst. Jetzt liegt sie zerfetzt auf der Straße.“
„Aha.“ Die Zigarette glimmt auf, als Sasha einen Zug nimmt. „Ich nehme mal an, er hat ihr genauso wenig gesagt, was er vorhat.“
„Kein Wort.“
„Hast du sie gesehen?“
„Ja.“
„Und?“
„Was und?“
„Weiß nicht, du klingst, als ob es da ein und gäbe.“
Kio nimmt die Zigarette, die Sasha ihm anbietet. Er steckt sie zwischen die Lippen und atmet ein. Zieht die Luft durch Glut und Tabak. Die Zweige der Bäume bewegen sich im Wind. Zwischen den Baumkronen sieht man dunkel die Silhouette eines Plattenbaus vor dem roten Himmel. Am Stadthimmel gibt es keine Sterne.

„Was ist mit dir?“, fragt Sasha.
„Ich weiß nicht. Irgendwie ertrag ich das alles nicht mehr. Alles fühlt sich so secondhand an.“ Kio gibt die Zigarette zurück. „Ich will einfach mal was anderes. Ich will dahin, wo die Zeitungen ihre Geschichten herhaben. Weg.“
Sashas Hand liegt schwer auf Kios Schulter.
„Komm“, sagt Sasha. „Lass uns gehen. Die anderen warten bestimmt im Keller.“
„Geh schon mal vor, ich komm gleich nach.“

Kio sieht Sasha hinterher. Er bleibt sitzen und wartet. Der Wind reißt die Nachrichten der letzten fünfzig Jahre von den Bäumen. Ehec, Fukushima, die Beatles. Der Kalte Krieg und die erste Ausgabe der Tagesschau in Farbe. Kosovo, Irak, Iran, Afghanistan. Das Internet und Klonschafe. De Gaulle, Sarkozy, Honecker und die Comicseite. All das wirbelt um ihn herum. Es berührt ihn nicht.
Das Ende des schwülsten Tages des Jahres. An solchen Tagen verschwinden Freunde. Mädchen weinen und grüne Stofftiere sterben. An solchen Tagen ertragen selbst alte Zirkustiger den Käfig nicht mehr.

Kio bleibt auf der Bank sitzen. Sieht zu, wie die Zeitungsseiten herumgewirbelt werden. Wie der Himmel heller wird. Hört Polizeisirenen, mal lauter, mal leiser. Sieht die Zeitungen zu Boden gleiten, als der Wind nachlässt. Er sieht den neuen Tag kommen, und er ist genauso wie der letzte. Einer der schwülsten Tage des Jahres. An dem die Luft stillsteht und der graue Himmel fast die Dächer berührt. An dem die Hitze einen in die Knie zwingt. An solchen Tagen passiert nie etwas. An solchen Tagen ist zu wenig Sauerstoff in der Luft, um große Schritte zu machen. Kio steht auf und geht.

Lena Scholz aus Bad Nauheim, geboren 1994,
besucht die Ernst-Ludwig-Schule in Bad Nauheim.

You can cage the singer but not the song.
Harry Belafonte

The worst of a modern stylish mansion is that it has no place for ghosts.
Oliver Wendell Holmes

Lena Scholz

Restleuchten

Für meine Brüder. In Liebe.
Und in Dankbarkeit für eure Zuneigung, euer Lachen und eure Zeit.
Für euch bleibt diese Geschichte eine Geschichte. Das ist so schön.

Restleuchten

Er sitzt auf dem alten Sofa. Durchgestreckter, kräftiger Rücken. Musterhaft gerade. Er atmet ein und aus. Ein. Aus. Das Uhrenpendel schwingt hin und her. Tick. Tack. Tick. Tack. Er richtet seinen Blick auf das Pendel. Hin und her. Links. Rechts. Tick. Tack. Ein. Aus.

*

Sie steht in der Küche und betrachtet ihren Mann. Vor einigen Wochen hat sie bei seinem Anblick in die Faust gebissen und geweint. Jetzt weint sie nicht. Sie zieht den Küchenstuhl heran und setzt sich. Wendet den Blick ab. Es ist schon Nachmittag. Eine kurze Pause, bevor sie sich um die Steuererklärung kümmert.

*

Es muss kälter geworden sein, denn er hört Wasser durch die Rohre rauschen. Er öffnet die Augen. Es ist einer dieser Tage. Er schlägt die Decke zurück. Kalter Schweiß auf seiner Haut. Mit einem Ruck steht er auf, dann läuft er mit schiefen, langen Schritten hinüber zu der Küchenanrichte.
Kaffeepackung. Pulver. Wasser.
Er ist unruhig heute. Immer wieder zittern seine Hände, tun nicht mehr, was sie sollen. Er nimmt die Tasse aus dem Regal, fast lässt er sie fallen. Blaue Scherben. Blut. Das fehlte noch.
Er umgreift den Henkel fester. Schiebt die Tasse in die Maschine, schaltet sie ein. Immer noch zittert er. Die Kaffeemaschine gibt würgende Geräusche von sich. Er braucht den Kaffee. Er will jetzt nicht die Kontrolle verlieren.

Wenigstens ist sie schon aus dem Haus. Er kann nicht ertragen, dass sie ihn in diesem Zustand sieht. Jetzt ist sie nicht da, sieht ihn nicht. Er muss dankbar sein dafür.

Er geht zurück zum Sofa und wickelt die Decke fest um seinen abgemagerten Körper. Zahnpasta klebt an dem T-Shirt, das ihm vor einigen Wochen noch gepasst hat. Jetzt schlottert es wie ein Nachthemd. Er setzt sich und richtet den Blick auf das Pendel. Passt seine Atmung an. Hin und her. Ein und aus. Hin und her.

Als er später aufsteht und in die Küche geht, ist der Kaffee kalt. Er nimmt die Tasse aus der Maschine, schüttet den Kaffee in die Spüle. Schlieren auf weißem Porzellan, braunes Blut.

*

Cellotöne. Sie schließt die Augen. Alles zerfließt. Violine und Klavier. Dunkle Melodie. Dunkles Licht.

Wie oft hatte sie dieser Musik gelauscht? Hatte dabei in seine Augen geblickt und ihnen stumm versprochen, sie zu lieben. Bis dass der Tod sie schließt. Aber diese Tage sind vorbei. Was ihr bleibt, sind die Erinnerungen: Ausgehungerte Hyänen, sie stürzen sich auf sie, die Beute.

Es ist Sommer. Er spielt mit dem Hund auf dem Rasen. Sie holt den Gartenschlauch. Alles ist nass, der Hund bellt. Sie ringen um den Schlauch, bis sie lachend zu Boden fallen … Sie sitzt im Krankenhaus, ihr Bein ist gebrochen, er hält ihre Hand. Er sagt: Jetzt brauchst du dir keine Gedanken mehr zu machen. Ich helfe dir beim Einkaufen tragen. Sie kann nicht anders. Ihr Bein schmerzt, doch sie lacht … Sie sitzen im Wohnzimmer auf dem Sofa. Reden miteinander. Sie schüttelt immer wieder den Kopf, sie möchte nicht, dass er geht. Doch er lächelt beruhigend. Alles wird gut, sagt er, alles wird gut.

Tiefe Cellotöne. Violinenstakkato. Der Pianist greift die Melodie auf. Eigentlich liebt sie diese Stelle. Doch diesmal fühlt es sich an, als würden Schnäbel auf sie einhacken.

Nichts ist gut, denkt sie jetzt.
Nichts ist gut, verdammte Scheiße.

*

Heute ist ein guter Tag.
Nur einmal hat er geweint, sich aber wieder gefangen. Der Hund kam zu ihm. Er streichelte sein Fell, berührte kurz die nasse Schnauze. Es dauert, bis er sich beruhigt. Es hilft ihm, das Pendel anzusehen. Es schwingt hin und her. Hin und her. Er spürt, wie jemand sich neben ihn setzt. Seine Frau. Sie legt ihre Hand auf sein Bein, schaut ihn ruhig an. Er schaut zurück.
Ihre Augen. Wunderschöne Augen.
Er dreht den Kopf weg.

*

Es ist spät am Abend. Sie sitzt alleine auf dem Kaminteppich und schaut in das Feuer. Sie mag die Wärme, das Prasseln der Holzscheite beruhigt sie. Je länger sie hier sitzt, desto mehr fällt die Anspannung von ihr ab. Sie wird müde. Sie rollt sich ein wie eine Katze.

*

Er ist immer ein guter Schachspieler gewesen. An manchen Tagen war er sehr gut, in manchen, kostbaren Momenten brillant.
Jetzt sitzt er wie so oft auf dem alten Sofa, doch diesmal ruht sein Blick nicht auf dem Pendel. Vor ihm auf dem Couchtisch liegt ein aus Carbon gefertigtes Schachbrett. Limitierte Auflage. Ein vor Jahren erhaltenes Geschenk. Er spielt mit nur fünf Figuren: Springer, König, Dame, zwei Bauern. Noch stehen alle Figuren auf dem Feld. Es beginnt. Er bewegt den weißen Springer. Bewegt die schwarze Dame. Die Zeit vergeht. Schwarze Dame auf C 2. Weißer Bauer auf D 4. Springer auf D 4. Ein Bauer fällt. Er hört auf, zu spielen.

*

Vor zwei Wochen haben sie Freunde ihres Mannes besucht. Die Fahrt hat lange gedauert, immer wieder hat ihr Mann darauf bestanden, anzuhalten. Einmal fragte sie ihn nach dem Grund. Er schaute sie an. Er sagte, er mag die vielen Autos nicht, die überholen, ausscheren, ihnen auf der anderen Spur entgegen kommen. Sie hatte genickt.
Es war ein schöner Nachmittag. Sie aßen Kuchen, die Sonne schien durch das Wohnzimmerfenster auf die mitgebrachten Blumen. Die kleine Tochter ihrer Freunde spielte auf dem Teppich mit ihren Tierfiguren.
Irgendwann jedoch stand das kleine Mädchen auf. Sie lief zu ihrem Vater, ihrem Helden. Wippend ließ sie sich gegen sein Bein fallen. Zog leicht an seinem Ärmel.
„Komm mal, Papa. Ich will dir was zeigen."
Der Freund ihres Mannes sah sie nur an. Das Mädchen drehte sich um, es glaubte, er würde ihr folgen.
„Los, Papa! Komm!"
Papa blieb sitzen. Sagte nichts.

„Komm!“ Jetzt bettelte sie.
Die hellen Augen. Der rote Schmollmund. Noch einmal zog sie am Ärmel des Vaters. Der sagte nichts.
„Wo ist mein Papa? Ich will meinen Papa zurück.“
Sie ließ los, klammerte sich stattdessen an ihre Mutter. Verstand sie, dass ihr Held eine Bruchlandung hatte? Wie sollte er fliegen, wenn er nicht richtig gehen konnte?

*

Sanft berühren ihre Fingerkuppen die kalte Erde. Ihre Hände streichen über den Boden. Sie schließt die Augen und atmet die Morgenluft ein. Greift in das taunasse Gras. Sie stößt die Schaufel tief in die Erde, gräbt ein kleines, längliches Loch. Einen Moment denkt sie, dass sie ein Grab aushebt. Dann schüttelt sie den Kopf, klaubt mit der rechten Hand eine Zwiebel aus dem Korb und drückt sie in das Loch. Schüttet Erde darauf. Klopft sie fest.

*

Sanft streicht er mit dem Zeigefinger über den Buchrücken. Er schaut auf seine Finger hinab. Sie hatte ihm gesagt, er solle sie eincremen, seine schönen Hände. Solle auf sie aufpassen. Er hätte auf sie hören sollen. Jetzt sind sie trocken, die Haut spröde, die Knöchel rot.
Er öffnet das Buch. Sein Blick fällt auf die erste Seite. Sofort drückt er auf das Papier, bis die Fingerkuppen weiß werden. Irgendwann nimmt er die Hand wieder weg. Verwischte Worte, er liest: Ich halte durch.
Er klappt sein Tagebuch zu und schiebt es in die Ritze zwischen die Sofapolster.

*

Er hatte es ihr gesagt. Der alte Mann, der um die Ecke wohnt, er hatte es ihr gesagt. Es ist egal, ob sie leben oder sterben, hatte er gesagt. Es ist egal, raunte er. Es ist egal, denn tot sind sie alle. Sie hatte ihn nur angeschaut, gewartet. Verzeihen Sie, wenn ich das jetzt sage, Madame. Verzeihen Sie mir, Madame, aber vermutlich ist es besser, er kommt gar nicht zurück. Lieber ganz tot, Madame. Lieber ganz tot.

Sie hatte den alten Mann geschlagen.

*

Die Sonne geht unter. Es ist dunkel, der Fernseher ist eingeschaltet.
Er sitzt auf dem Sofa und erinnert sich. Schmale Portionen, schmale Gesichter. Die Offiziere. Die Soldaten, seine Kameraden. Asche. Staub.

Peng. Peng. „Das nenne ich schnell, weißer Adler. Auf die Pferde!"

Er wirft sich auf das dunkle Parkett und robbt vorwärts. Weitere Schüsse fallen. Plötzlich besteht er nur noch aus Instinkten.

Peng. „Hey, wo bleibst du Freddy? Schläfst du etwa ein auf deinem Pferd?"

Er verschanzt sich hinter der Couch. Er ist schnell, der Feind kriegt ihn nicht zu fassen. Er ist wachsam. Er ist bereit. Er ist nur noch Körper. Er ist nur noch stahlharter Körper. Knall. Er duckt sich. Schmeißt sich flach hin und presst sich an den Boden. Peng. Er rollt herum. Mit seinem Ellbogen stößt er an etwas Weiches. Sein Herz pocht laut in der Brust, er hört das Blut durch seine Adern rauschen.
Schüsse.
Stimmen.

Schreie.
Feuerpause.

Gestank. Gedärme. Erde, die nach Blut stinkt. Erde, die nach Fleisch stinkt. Kotze. Hitze. Staub in seinem trockenen Mund. Sein Atem stockt. Er schnappt nach Luft.

Totenstille.

*

Sie öffnet die Tür und sieht ihren Mann hinter dem Sofa kauern. Er wiegt sich vor und zurück. Sie schaltet das Licht an. Er vergräbt das Gesicht in seinen Händen. Speichel auf seinen bebenden Lippen. Er stößt wimmernde Laute aus.
Als sie sich aus ihrer Erstarrung löst, geht sie hinüber zum Fernseher und schaltet ihn aus. Stille. Sie läuft zu ihrem Mann und kniet sich neben ihn.
„Komm her“ flüstert sie, „komm her.“
Sie umarmt ihn, wiegt ihn hin und her, wie ein Kind. Und sie sagt ihm, wie er ihr damals versicherte, dass alles gut wird.

*

Es kann so nicht weitergehen.
Mit diesem Gedanken wacht er auf. In der Nacht hat er die Heizung abgestellt, die Sicherung herausgedreht, die Fenster mit Kissen vollgestopft. Selbst das Pendel hat er angehalten. Es hat ihn wahnsinnig gemacht, letzte Nacht. Jetzt ist es ruhig. Nur sein Hund atmet und er atmet.
Es kann so nicht weitergehen.

Er hustet. Der Hund schaut zu ihm auf. Er seufzt. Er muss handeln. Denn so kann es nicht weitergehen.

*

Es ist ein langer Tag gewesen. Immer wieder standen Menschen vor ihrem Schreibtisch und erwarteten Antworten und Lösungen. Erledigen sie dies bitte sofort. Jenes muss raus in den Druck. Hier fehlt die richtige Anschrift.
Als sie von ihrer Arbeit nach Hause kommt, ist sie erschöpft. Sie sucht in ihrer Tasche nach dem Schlüssel. Der Aktenordner unter ihrem linken Arm fällt herunter. Sie seufzt. Sie geht in die Hocke und sammelt die Papiere auf. Schaut ins Wohnzimmer.
Er sitzt nicht auf dem Sofa.
Sie springt auf. Schlüssel, Tasche und die Papiere fallen auf den Boden.

Sie rennt hinein.

Julie Sophia Schöttner aus Waldsolms, geboren 1996,
besucht die Weidigschule in Butzbach.

„[…] was verrät dieser Ausdruck da in euren Augen?
Es erscheint mir bedeutungsvoller als alles Gedruckte, das ich je im Leben las.“
Walt Whitman – Grashalme

Ein dickes Danke an die OVAG und alle Workshop-Menschen für die phänomenalen Tage und Nächte in Bad Kissingen! :)

Julie Sophia Schöttner

Faustkampf

Ich widme dies meinen Eltern
dem Mädchen mit den sonnengelben Haaren
und meinem Bruder, weil es keinen besseren gibt, nirgendwo.
Besonders widme ich dies Aylin – weil es noch nie so schön war, weil es hoffentlich immer so weitergehen wird
und weil das alles hier unser ganz eigenes Paradiso ist.

Faustkampf

Er verstehe mich, doch ich solle ehrlich sein. So käme ich nicht weiter. Der Polizist macht einen auf Kumpel, aber das geht eigentlich nicht klar. Ich weiß, dass es hier nicht um mich geht, es geht um seinen Job. Und sein Job ist es, von mir ein Geständnis aufs Tonband zu kriegen. Aber das kann er knicken, dieser Wichser.

„Ich war's nicht."

Ich starre ihn an. Ausdruckslos, ich blinzle nicht, fixiere seine Pupillen. Schwarze Löcher. Das ist mein Blick. Mit dem kann ich alle Probleme lösen. Ich brauche nur diese schwarzen Löcher anzustarren und die Menschen gehen mir aus dem Weg. Aber dem Polizisten geht es um seinen Job, der ist verdammt stur. Er nimmt mir meine Worte nicht ab.
Wer es sonst gewesen sein solle.
Ich starre ihn an. Meine Dreistigkeit.

„Ich war's nicht."

Er seufzt. Wiederholt sich, so käme ich nicht weiter.
„Ich oder du?"

Er weicht meinem Blick nicht aus, hält ihm stand. Aber er schüttelt den Kopf, fast unmerklich. Ich spüre, seine Geduld neigt sich dem Ende zu. Dieser Hurensohn, er hat keine Ahnung, er hat keine Ahnung von nichts. Ich solle gestehen, sagt er unverblümt.

„Ich war's nicht."

Ich bin kein Mörder. Ich bin vielleicht aggressiv. Ich bin vielleicht unkontrolliert. Ich bin vielleicht gefährlich. Aber ich bin kein Mörder. Kein Psychopath. Keiner von den Assis, die im Gefängnis sitzen. Ich bin nicht so wie mein Vater.
Ich solle ihm nochmal erzählen, was ich diese Nacht getan hätte.

„Ich hab den Mistkerl in der U-Bahn getroffen. Er hat mich dumm angemacht. Meinte, er würde mich von früher kennen. Wollte von mir Geld haben, dieser Spast."
Ob ich ihn denn gekannt hätte, will er wissen.
„Nein, nicht gut zumindest. Aber er kannte meinen Vater."

Bevor mein Vater eingebuchtet wurde, drehte er viele krumme Sachen. Sich mit irgendwelchen Arschlöchern auf behinderte Geschäfte einlassen, war nur eine seiner vielen Nebenbeschäftigungen. Hauptbeschäftigung war das Saufen. Pennen. Und Prügeln.
Woher er meinen Vater gekannt habe.

„Das fragen Sie am besten meinen Erzeuger."
Ob mein Vater ihm Geld geschuldet habe.
„Was weiß ich denn! Ich hab meinen Vater seit zwei Jahren nicht gesehen und davor war er doch auch nur da, um auf meine Mutter und mich einzuschlagen."
Ob mein Vater ihm Geld geschuldet haben könnte.
„Das ist nicht mein Problem, ich schulde dem Bastard nichts."
Bei dem Wort Bastard kneift er die Augen zusammen, dieser Wichser.
Was dann passiert sei, will er wissen.

„Ich hab dem Kerl gesagt, er soll sich verpissen."
Aber das habe er nicht getan, richtig?

„Herzlichen Glückwunsch.“
Bitte wie?
„Der Kerl hat sich nicht verpisst, richtig. Bist ein ganz Gerissener. Jetzt kriegste ‘n Goldfisch.“
Ich sei unverschämt, wie ich darauf käme, ihn zu duzen, ermahnt er mich. Aber ich sehe in seinen Augen, dass er nicht viel Wert darauf legt. Er will nur das Geständnis. Per Sie oder Du ist ihm einerlei.

„Ich war’s nicht.“

Ich solle weitererzählen, was dann geschehen sei.
„Er wollte das Geld. Meinte, er macht mich fertig, wenn ich nicht bezahle.“
Er habe mir also gedroht.
„Ändert das was?“
Ich solle weiter erzählen. Um was für eine Summe es sich gehandelt habe.
„Zehn.“
Euro?
„Tausend.“
Zehntausend Euro?
„Nein, Goldfische.“

Was ein Spast. Sein Blick macht mich aggressiv. Er starrt mich die ganze Zeit an, erwidert meinen Blick. Das bin ich nicht gewohnt. Selbst meine Jungs sehen mir so gut wie nie in die Augen.
Was dann geschehen sei.
„Ich hab wieder gesagt, dass er sich verpissen soll. Dann bin ich ausgestiegen, weil ich an der Konstabler raus musste. Er ist mir gefolgt.“
Der Arsch starrt und wartet, dass ich fortfahre.

„Er wurde richtig aufdringlich. Er würde mich fertig machen, wenn ich nicht zahle. Und wenn meine Mutter anschaffen gehen muss, ich soll zahlen. Wenn nicht, bin ich dran. Er meinte, er macht die Hure fertig, mit der ich zusammen bin. Macht meine Mutter fertig. Macht meine Jungs fertig. Und wenn er dafür ins Gefängnis kommt, macht er dann auch meinen Vater fertig – dagegen hätte ich übrigens nichts – und wenn er rauskommt, wird er dafür sorgen, dass meine Hurensöhne und Hurenenkel fertig gemacht werden.“
Ob das wahr sei.

„Nein, spontan ausgedacht.“
Das sei jetzt aber ironisch gemeint?
Arschloch, dieses Arschloch.

Ich solle ihm von meiner Freundin erzählen. Ob sie eine Prostituierte sei und woher der Mann das wissen wolle.
„Sie ist nicht meine Freundin. Nicht richtig zumindest. Das ist keine offizielle Beziehung.“
Warum?
„Hast du eine Frau?“
Seine Augen leuchten kurz auf. So sehen verliebte Arschlöcher aus.
„Wie sinnlos ...“
Ich sehe die Verwunderung in seinen Augen. Warum, fragt er.
„Meine Mutter hat meinen Vater geliebt. Sie hat ihn geliebt, egal was er getan hat.“
Man müsse in der Partnerschaft auch akzeptieren können, sagt er und klingt dabei wie Doktor Sommer für Fortgeschrittene.
„Nicht alles, was geliebte Personen tun, ist okay.“
Was zum Beispiel?

Ich merke, dass er froh ist, mit mir ein Gespräch aufzubauen, dieser Spast. Dabei hab ich echt keinen Bock auf das Palaver mit ihm. Doch trotzdem springe ich auf den Zug auf. Er soll es wissen, der Penner.
„Sie sah darüber hinweg, dass er am Wochenende betrunken die Couch blockierte. Es war ihr gleichgültig, dass er sie betrog. Wenn er mittags lallend nach Hause kam, drei Tage nachdem er sich das letzte Mal hatte blicken lassen, war das okay für sie. Er musste nur die drei Worte sagen, sie verzieh ihm alles, weil sie ihn liebte."
Er lauscht interessiert. Die drei Worte also?
„Wie oft sagst du deiner Frau, dass du sie liebst?"
Jeden Tag.
„Jeden Tag? Meinst du es ernst?"
Jeden Tag meine er es ernst, seit dreiunddreißig Jahren.
„Auch wenn sie furzt? Wenn sie sagt, sie wäre zu fett? Wenn sie dir nachts ihre kalten Füße an die Waden presst? Wenn sie während der Sportschau verlangt, dass du ihrer Mutter am Telefon zum Geburtstag gratulieren sollst?"
Auch dann.
Und selbst wenn, der Kerl ist trotzdem ein Trottel.

Ich solle erzählen, was zwischen meiner Mutter und meinem Vater passiert sei.
„Als ich vier war, da schlug er sie fast krankenhausreif, nicht zum ersten Mal. Im Gegensatz zu ihr traute ich mich, ihm zu sagen, was für ein Arschloch er ist. Siehst Du die Narbe über meinem Auge?"
Er sehe sie.
Ungefähr drei Zentimeter lang – von der Stirn zum Augenlid, schräg durch meine Augenbraue.
„Ich habe die Narbe, seit ich vier bin. Weil ich ehrlich war. Ähnlich wie jetzt. Ich war's nicht, aber du willst mich wahrscheinlich lebenslang in

den Knast stecken. Am besten noch mit anschließender Sicherheitsverwahrung, hab ich Recht? Und das, obwohl ich dir die Wahrheit sage." Er schüttelt unmerklich den Kopf. Er will meine Geschichte hören.

„Ich war's nicht."

Ich mache eine kurze Pause. Er macht sich irgendwelche Notizen, aber seine Schrift ist klein und über Kopf und ich war noch nie besonders gut im Lesen. Ich starre ihm auf die Wurstfinger.
„Meine Mutter hat ihm alles durchgehen lassen. Weil sie ihn liebte, so wie er war. So wie du deine Frau liebst, trotz ihrer kalten Füße und Furze und Übergewicht und ihrer Mutter."
Ich schweige, der Polizist wartet.

„Als es bei meinem Vater mit dem Heroin anfing, zitterten seine Finger und er traf die Ader oft nicht. Sie war es, die ihm dann die Spritze gab. Aus Liebe. Zur Belohnung log er sie an und schenkte ihr die drei Worte zurück, die sie an ihn verschwendete."
Die drei Worte also. Und die schenke ich meiner Freundin nicht zurück?
„Sie ist nicht meine Freundin. Und warum sollte ich sie anlügen?"
Aber irgendetwas müsse sie mir doch bedeuten.
Darüber denke ich nach, während ich seine Pupillen fixiere.

Wie ich sie kennengelernt habe, will er wissen.
Es fing alles ganz harmlos an. Mit meinen Jungs war ich draußen auf der Straße unterwegs. Und dann kam Nora. Hübsches Gesicht, toller Hintern, unglaublich loses Mundwerk. Sie hatte was mit einem meiner Jungs am Laufen. Aber sie wollte was von mir.
„Sie war die feste Freundin von Sebi."
Wer Sebi sei.

Ich kenne Sebi seit ich neun Jahre alt bin. Damals hassten wir uns. Er war ein kleiner Arsch und das ging nicht klar. An einem x-beliebigen Tag haben wir dann Stress miteinander bekommen und Sebi hat mich herausgefordert – wer klaut innerhalb von einer halben Stunde am meisten. Wir trafen uns also zum Stehlen. Und weil ich den Arsch unbedingt besiegen wollte, war ich ein unglaublich talentierter Dieb. Nach einer halben Stunde hatte Sebi acht Sachen, ich hatte zwölf. Mit geschwellter Brust hab ich rumgeprahlt und vergessen, dass ich den kleinen Blödmann gar nicht leiden kann. Und wir haben gewettet, geklaut, gelacht und uns dabei irgendwie verstanden.
„Mein bester Freund."

Ob die beiden verliebt gewesen seien.
„Er schon. Sie ja scheinbar nicht so, sonst hätte sie ihn nicht wegen mir verlassen."
Und das habe Sebi mir verziehen?
„Was kann ich dafür, dass sie mich liebt? Ich habe ihr keine Hoffnungen gemacht, gerade das hat sie ja dazu gebracht."
Das verstehe er nicht.
„Sie wollte mich provozieren. Wollte, dass sie mir gefiel. Ich war für sie ein Projekt, die große Liebe. Und Sebi hat das akzeptiert. Sie war sein Projekt gewesen, das er abgeschlossen hatte."
Er nickt verständnisvoll, dabei hat er von nichts eine Ahnung. Er macht seinen Job, wartet auf das Geständnis. Jetzt glaubt er, mich zu kennen, dabei kennt er nur das, was ich ihm erzähle.

Er kehrt zum Ausgangspunkt zurück: Der Mann habe also Geld gefordert und mich und meine Angehörigen bedroht. Was dann geschehen sei.
„Ich hab ihm gesagt, er soll meinen Vater im Knast besuchen.
Das Geld von ihm verlangen."

Ob ich meinen Vater im Knast besuche.
„Besuchst du die Mutter deiner Frau?"
Ja.
„Der Kerl soll verrotten."
Der Polizist kritzelt wieder irgendwas auf. Nur ein paar Worte. Dann blickt er auf. Ich solle erzählen, was dann geschehen sei.
„Er hat gesagt, dass ich ihn nicht verarschen soll. Ist immer näher an mich ran. Hat mich zur Seite gestoßen, ich soll ihm endlich das Geld geben."
Ob ich damit sagen wolle, dass es Notwehr gewesen sei.

„Ich war's nicht."

Ich solle weitererzählen.
„Ich hab ihm gesagt, er soll sich verpissen und dann meinte er, dass er mein Leben zerfickt."
Und dann?
„Ich hab ihm gesagt, mein Leben ist schon zerfickt, da könnte er nicht viel anrichten."
Und dann?
„Hat er gelacht."
Der Polizist wartet darauf, dass ich fortfahre.
„Und dann hab ich meine Faust in seiner Fresse versenkt."
Einmal, zweimal. Es ist erst ein paar Stunden her, ich weiß noch genau, wie es sich angefühlt hat. Das warme Blut an meinen Händen. Der Kerl war ein Schrank, einer dieser McFit-Schwanzlutscher. Aber ich hatte den ersten Schlag gesetzt und irgendwie behielt ich die Oberhand. Dreimal, viermal. Er riss meinen Körper zur Seite, schlug auf meine Rippen ein. Da hab ich seine Nase zertrümmert. Das warme Blut an meinen Händen. Irgendwie ging er dann zu Boden. Und ich hab getreten. Siebenmal, achtmal. Der Wichser rollte auf dem Boden herum. Neunmal, zehnmal.

Es hat niemand gesehen, wir standen allein auf dem Bahnsteig. Es war mitten in der Nacht. Vielleicht hat uns auch jemand gesehen, sicherlich die Kameras – aber als ob sich da jemand traut, einzugreifen. Die haben doch alle Angst, zu sterben. Weil die, die eingreifen, immer sterben. Im Fernsehen sind sie immer alle tot. Elfmal, zwölfmal. Ich trete noch eine Weile. Irgendwann ist mir zum Kotzen und ich lasse ihn liegen. Gehe. Laufe in die Arme der Polizisten. So eine Scheiße.
Der Polizist fixiert mich.

„Ich war's nicht."

„Er ist tot", sagt er.
Ich weiche seinem Blick aus.
„Sei ehrlich zu dir selbst!"

„Ich war's nicht."

Der Polizist fixiert mich, ich spüre seinen Blick.
„Begreif es doch, Junge. Deinem Vater wirfst du vor, dass er keine Verantwortung übernommen hat. Doch auch du hast Verantwortung zu übernehmen, für all das, was du anstellst. Sonst bist du nicht besser als dein Vater."
Der Wichser macht seinen Job gut.
Ich bin nicht wie mein Vater! Ich war das nicht. Ich bin kein Mörder. Kein Psychopath. Schon früher habe ich mich geprügelt, doch diesmal hat es sich richtig angefühlt. Bis zu der Minute, in der ich aufgehört habe. In der er aufgehört hat. Zu atmen.

Das getrocknete Blut an meinen Händen. Ich balle sie zu Fäusten. Meine Augen sind mit einem Mal voller Tränen.

„Ich war's nicht."

Christian Sedlak aus Karben, geboren 1992,
besuchte früher das Kaiserin-Friedrich-Gymnasium in Bad Homburg.
Er zählte bereits 2009 zu den Preisträgern.

"And everything was made for you and me,
All of it was made for you and me,
Cause it just belongs to you and me,
So let's take a ride and see what's mine."
Iggy Pop – The Passenger

Christian Sedlak

Nacht und Mond

Für schöne Frauen. Für schöne Nächte. Für schöne Momente. Für all diejenigen, die die Nacht zu Göttern macht. Lasst uns brennen!

Nacht und Mond

Wir sind jung. Vielleicht kann uns nichts verletzen. Vielleicht leben wir ewig. Wenn nicht, ist auch nicht schlimm. Manchmal fahren wir betrunken durch die Nacht. Dann haben wir Whiskeyflaschen zwischen den Beinen. Immer hat wer sein Mädchen dabei, macht mit der auf dem Rücksitz rum. Das Übliche eben. Zungenküsse, er spielt an ihren Titten, sie öffnet ihm die Hose und steckt die Hand rein.

Ich bin nicht gerne allein, deshalb spreche ich immer Frauen an und hänge mit ihnen ab. An manchen Abenden landen wir im Bett, an anderen sitzen wir irgendwo im Park, trinken Wein aus der Flasche, rauchen Zigarren von der Tanke und reden. Wenn ich Bock hab, nehme ich sie mit zu meinen Freunden. Wir betrinken uns und fahren mit dem Auto irgendwohin.

Heute bin ich derjenige, der geil auf dem Rücksitz mit einer heißen Tusse rummacht. Ich bin ziemlich zu – die anderen aber auch. Sie hat ihre Hände irgendwo, mal in meiner Hose, mal unter meinem Hemd. Ich spüre ihre Finger kaum, mein Körper ist ein Stück glühendes Eisen, es kribbelt und brennt unter meiner Haut. Ich bin pure Energie, eine lebende Kanonenkugel, die durch das Leben rast und alles mitnimmt, das sich ihr in den Weg stellt. Wir sind jung und das Leben ist zu kurz, um es ungenutzt verstreichen zu lassen. Keine Angst vor dem Tod, reine Selbstüberschätzung – das kann nicht gut gehen, ich weiß. Aber wir machen weiter. Trotzdem. Ohne Rücksicht. Ohne Regeln.

Die Nacht ist noch jung, irgendwas kurz nach Mitternacht. Ich muss langsamer saufen, sonst fang ich wieder an zu schwafeln.

Der am Steuer sitzt hat einen beschissenen Fahrstil drauf. Das nervt. Zur Beruhigung nehme ich einen großen Schluck. Irgend so ein Mischgesöff. Eigentlich trinke ich sowas nicht, aber es ist schon okay. Besser als nichts.

Cook kurbelt das Beifahrerfenster runter und steckt den Kopf raus. Wie so ein Kläffer. Fehlt nur noch das Hecheln. Ich grinse.
Die Tussi, die an mir rumfummelt – Sara oder so heißt sie – grunzt. Sie hat eine richtig dumme Lache. Auch das nervt mich. Trotzdem bin ich gut gelaunt. Es ist schon in Ordnung, wie es ist. Ich bin einfach gut drauf und habe meine Freude. Wir warten, dass es losgeht. Mit dem Studium. Soziologie. Cook will was Wissenschaftliches. Der Fahrer – scheiße, ich habe seinen Namen vergessen – will Lehrer werden. Na ja, wem's gefällt. Ein verdammter Idealist – studiert auf Hauptschullehramt. Nur ein Idealist kann das überleben. Ich bin auch einer. Idealist, meine ich. Nonkonformität ist mein Spitzname. Ich liebe Revolution. Umsturz. Geil. Meine Ideologie ist der Anarchismus.
„Fickt das System!", rufe ich und lache laut. Mann, bin ich besoffen.
„Ich find's richtig fett, dass du Lehrer wirst", sage ich dem Fahrer und klopfe ihm auf die Schulter. Es wird ihn kaputtmachen, aber er geht zu Grunde, indem er anderen zu helfen versucht. Das ist geil!
Hinten sitzt noch einer bei uns. Wok, ein Japse. Aber nicht einer von diesen Freaks, die nur Videogames zocken und Informatikcracks sind. Nee, der ist schon gut drauf. Echt. Der will irgendwie Musiker werden. Spielt Gitarre und wenn der anfängt zu singen, ist das einfach nur genial. Der Typ hat Stil, er ist der Coolste hier im Auto.
„Ich hab Hunger", sagt Cook. Das hat er fast immer. Wir fahren dann meistens zu einem Schnellimbiss, oder auch nicht.
„Hast du ein bestimmtes Ziel?" Das ist Wok. Er will immer alles wissen. Mir ist schlecht. Ich muss wirklich weniger trinken, sonst kotze ich das Auto voll. Sara fängt an, mich zu nerven. Sie macht ständig an meinem Schwanz rum. Erregt bin ich überhaupt nicht mehr. Wenn ich trinke, bin ich nie erregt. Wenn ich viel trinke, werde ich geil. Wenn ich richtig besoffen bin, vögel ich alles. Nachher bereue ich das manchmal. Aber es gibt Schlimmeres.

„Ich will rauf auf den Berg“, sagt der Typ am Steuer und plötzlich fällt mir wieder sein Name ein. Tom, einfach nur Tom, so ein richtiger Spießername.
„Was willst du denn auf dem Berg?“ Wok möchte es wieder mal genau wissen.
„Mach ma Musik an“, sage ich und rüttle an Toms Schulter. Er beachtet mich nicht. Idiot.
Mich interessiert nicht, wohin wir fahren. Auch wenn mich Sara und Tom nerven, bin ich gerade total glücklich. Es ist einfach schön, hier mit Freunden zu sitzen, zu trinken, gutaussehend und jung zu sein. Begehrt zu werden. Und den Kopf voll mit Visionen, Revolutionen und Ideen. Es ist gut, dieses Leben. Auch wenn ich nüchtern bin, ist es gut. Es macht Spaß, hier zu sein, auch wenn dieser Planet zu oft zu beschissen erscheint.
„Ich möchte dort in die Sterne gucken“, antwortet Tom. Uhh, Sterne, wie öde …, denke ich.
„Bist du jetzt unter die Romantiker gegangen, alte Schwuchtel?“, fragt Cook und lacht. Er lacht laut und ich muss auch lachen.
„Ssssschwuchtel!“ Ich äffe ihn nach und komme mir dumm vor.
„Nee, aber da oben ist es ganz nett. Ihr seid bis dahin sowieso vollkommen zu. Kann euch doch egal sein.“ Tom ist immer so gelassen. Durch nichts aus der Ruhe zu bringen. Die Ruhe in Person. Tom ist langweilig.
„Ich hör immer noch keine Musik!“ Diese Ruhe macht mich verrückt. Ich brauche laute Beschallung. Tom stellt endlich das Autoradio an. Ich weiß, dass er Iggy Pop hat. Er weiß, dass ich The Passenger hören will und schiebt eine CD in den Player. Kurz darauf dröhnt die Stimme des Godfather of Punk aus den Boxen. Volle Lautstärke. Ich liebe diesen Titel!
„Jetzt haltet mal die Fresse, ich will den Song hören.“ Ich schaue aus dem Fenster. Der Mond nimmt mich gefangen. Eine schmale Sichel über Bergen. Ein pinker Streifen Mond. Ich werde sentimental.

Was ist, wenn wir jetzt sterben würden? Die Frage kommt mir einfach so in den Sinn. Tod – eine morbide Faszination geht von ihm aus. Ich möchte mich losschnallen, die Autotür öffnen und herausspringen. Aber nicht auf dem kalten Asphalt aufschlagen. Nicht sterben. Sondern meine Schwingen ausbreiten und zu diesem Mond fliegen. Mit Iggy Pops Stimme in den Ohren.
Wir sind Götter. Wir alle. Gemacht, um mit unserer Macht und Kraft zu protzen. Um Steine zu verschieben und Meere auszutrinken. Wir sind allwissende Kreaturen, eingespannt zwischen Urknall und Apokalypse. Mit Messern zerstören wir Leinwände. Mit Alkohol züchten wir kleine Gedankenblitze. Alles eine Illusion. Vom Anfang bis zum Ende. Nur der Mond ist echt. Und die Nacht, die ihn umhüllt.
Aber hier, denke ich, ist eine einsame Mutter, die ihr totes Kind beweint. Hier draußen ist ein Rebell, der für eine bessere Welt kämpft.
Irgendwo da draußen setzt sich ein kleines Mädchen einen Schuss.
Und all das, während wir hier im Auto sitzen. Über Landstraßen fahren, unsere Luxusprobleme auswälzen und aus lauter Langeweile Whiskey trinken.
„Wir waren lange nicht mehr im Odd Revolution", sagt Cook und meint damit unsere Szenebar. Ein kleiner Schuppen, in dem von Blues über Psychedelic Rock bis hin zu Punk alles läuft.
„Zu teuer momentan. Hab kein Geld." Wok hat nie Geld. Wenn er Musiker wird, sollte er sich daran gewöhnen.
Ich spüre Saras Lippen auf meinen. Ihre Zunge dringt in meinen Mund. Ich bin zu sehr überrascht von dem Kuss, aber er ist nicht schlecht. Ich erwidere ihn und überlege, ihre Bluse aufzuknöpfen. Ich vergesse den Mond. Und die Idee, aus diesem Auto, dieser Welt auszubrechen. Vielleicht bleibe ich ja immer ein Gefangener dieser Blechbüchse, dieser Welt. Eigentlich ist es ja gar nicht schlecht hier. So gut oder schlecht, wie man es sich hier eben einrichtet. Es gibt genug zu essen und zu trinken, ein paar schöne

Frauen sind auch drinnen und eigentlich ist immer jemand da, der einen liebt. Ja, hier ist es wirklich nicht schlecht.

Wir sind jung. Wenn wir diese Nacht sterben, dann ist es okay. Zwanzig, fünfzig oder hundert Jahre alt – ganz egal. Wieder schaue ich aus dem Fenster. Wir sind oben auf dem Berg. Es ist ein Uhr neunundvierzig. Die anderen sind draußen. Sie rauchen. Sitzen dort auf einer Mauer. Ich möchte ein bisschen alleine sein. Sara ist nett und hübsch. Aber ich will nichts mit ihr anfangen. Meine Freunde sind okay. Man kann sich auf sie verlassen, aber ich möchte es nicht tun. So schön es jetzt auch ist, hier will ich nicht bleiben.
Wenn ich nach Hause komme, werde ich vielleicht mit Sara schlafen. Aber eigentlich lieber nicht. Ich schlafe allein. Morgen früh stehe ich auf, frühstücke gut und werde in die Stadt gehen. Unter Menschen. Dort werde ich auf den Abend warten und dann auf das höchste Gebäude gehen. Sobald die Nacht an meinen Lippen leckt, werde ich auf den ersten Strahl des Mondlichts aufspringen und von hier verschwinden.
Wir sind jung und haben nichts zu verlieren.
Dem Mond werde ich folgen.

Irgendwann fahren wir nach Hause. Sie sind jetzt richtig betrunken, bis auf Tom. Sie schweigen, lallen hin und wieder ein paar Worte. Sara schläft, den Kopf an meine Brust gelehnt. Tom schweigt und fährt. Fährt und schweigt. In Gedanken bin ich draußen. Draußen in der Nacht. Auf dem Weg zum Mond.

Sabine Theiß aus Nidderau, geboren 1993,
besucht die St.-Lioba-Schule in Bad Nauheim.
Sie zählte bereits 2009 und 2010 zu den Preisträgern.

The only excuse for making a useless thing is that one admires it intensely.
All art is quite useless.
Oscar Wilde

Sabine Theiß

Der Du bist im Himmel

Endstadium

Danke an Franziska, Christine und Ann-Kathrin für ihre Ideen und ihre Geduld.
Danke an die OVAG für einen erneut wunderbaren Workshop.

Der Du bist im Himmel

Er zittert und steckt seine Hände tiefer in die Taschen. Er blickt über die Stadt. Die Bäume sind schwarz und die Dächer schneebedeckt. Es ist Advent, die Zeit, in der er am meisten zu tun hat, die wichtigste Zeit des Jahres. Familien treffen sich, reden, kaufen Geschenke. Es ist die Zeit, in der ihm bewusst wird, was seinem Leben fehlt. Er hat alles aufgegeben, für seinen Glauben.

Er mag seinen Beruf, aber manchmal ist es einfach nicht leicht. Manchmal wünscht er sich, einer von ihnen zu sein, einer, der sonntags in den Gottesdienst geht, eine Stunde abschaltet, sich nur auf den Herrn konzentriert und danach wieder nach Hause geht, zurück in sein normales Leben. Wenn er die Kinder in der vordersten Reihe sieht, immer unruhig, aber mit weit geöffneten Augen, während er die Eucharistie durchführt, dann wird er melancholisch. Er ist noch jung, er könnte so viel erleben, und doch hat er schon so viel verpasst.

Ein Bild blitzt vor seinen Augen auf. Elise, die ihm das Geheimnis der Liebe gezeigt hat, Elise, für die er alles getan hätte. Elise, die auf dem Weg zur Universität war, als ein Autofahrer den Zebrastreifen übersah. Sie hatte oft mit ihm über Gott gesprochen, und nach ihrem Tod beschloss er, Priester zu werden. Er wollte allem einen Sinn geben. Damals wurde ihm eine große Verantwortung übertragen. Er soll den Menschen ihre Zweifel nehmen, doch das ist nicht einfach, wenn man selbst welche hat. Er ist allein. Zwar gibt es die Messdiener, die Leute im Gemeinderat und die, die ihn besuchen mit ihren Sorgen und Zuspruch von ihm erwarten. Aber keiner von ihnen ist nachts da, nimmt ihn in den Arm, hört ihm zu. Er hat gehofft, sich nie allein zu fühlen, solange Gott bei ihm ist. Aber in der letzten Zeit fühlt er sich auch von ihm verlassen.

Seine Schwester hat sich von ihm abgewandt. Von ihm und seinem Glauben. Andere Verwandte hat er nicht. Seine Schulfreunde besuchen ihn schon lange nicht mehr, haben viel um die Ohren, Arbeit und Familie, haben ihn vergessen, ihn, der anders ist als sie.
Er hat einen neuen Freund gefunden, der ihm hilft, seine Einsamkeit zu vergessen, der immer für ihn da ist, wenn er ihn braucht. Der ihm ein Gefühl von Wärme gibt. Nur lässt er ihn nicht mehr los.
Neulich hat er betrunken die Messe abgehalten. Während der Eucharistiefeier hat er geweint. Es überkam ihn, einfach so, und er konnte nicht mehr aufhören. Die alten Damen drückten seine Hand, als sie die Tränen in seinen Augen stehen sahen, nach dem Gottesdienst, vor der Kirche. Die Kinder umarmten seine Beine, flüchtig. Am nächsten Tag lag eine Schachtel Pralinen vor seiner Tür.

Er ist hingefallen, auf dem glatten Boden vor seinem Haus ausgerutscht, als er sich auf den Weg zu einer Beerdigung machen wollte. Unter Schmerzen brachte er das Begräbnis hinter sich, danach ging er zum Arzt, der ihm sagte, er habe sich den linken Arm verstaucht. Zuhause legte er sich aufs Sofa und starrte in die Flamme der ersten Kerze auf dem Adventskranz. Er hätte tagelang so liegen bleiben können, untätig, und der dicken Kerze zusehen können, wie sie immer kleiner wurde. Mit den Fingern hielt er den Rosenkranz umklammert. Zwei Stunden später klingelte das Telefon und eine Frau bat um die Krankensalbung für ihre Mutter. Es gab immer etwas zu tun.
Am nächsten Morgen ließ er den Wecker klingeln und schlief weiter. An diesem Sonntag wartete die Gemeinde lange auf ihren Pfarrer. Als jemand kam und an seiner Tür läutete, öffnete er nicht.

Es ist kalt auf der Eisenbahnbrücke. Der höchste Punkt der Stadt. „Heilige Maria, Mutter Gottes, bitte für uns Sünder, jetzt und in der Stunde unseres Todes.“ Er betet, aber er weiß, dass er keine Gnade erwarten darf.

Entschlossen klettert er über das Geländer. Noch hält er sich fest, er schwankt. Er sieht nach unten auf die Gleise. Schaut nach oben zu den tiefhängenden Wolken, in den Himmel. Er zögert. Eigentlich, denkt er, will ich doch gar nicht nach unten, sondern nach oben. Plötzlich muss er lächeln. Dann lachen.

Nein, er kann es nicht tun. Zuhause wartet eine Gemeinde auf ihn.

Endstadium

Wieder sehe ich mich im Raum um. Braune, hässliche Vorhänge, die das Zimmer verdunkeln. Ein Bild von einer Waldlichtung, das den Anblick der eierschalenfarbenen Wände auflockern soll. Es erfüllt seinen Zweck nicht. Ein Stuhl, ein Bett. Daneben zahlreiche Geräte, die in gleichmäßigem Rhythmus piepsen. Sie verbinden dich mit deinem Leben. Du hast Krebs. Zu spät haben sie den Tumor entdeckt, der in deiner Speiseröhre gewachsen ist.

Ich war immer für dich da. Auch jetzt besuche ich dich jeden Tag. Wenn du Schmerzen hast, gebe ich mir Mühe, dich abzulenken. Dann erzähle ich dir von früher.

„Lasst mich nicht langsam und hilflos sterben", hast du gesagt, als die Diagnose kam, zu mir und Pia, deiner Tochter, meiner Schwester. Du hast mich mit deinen Augen angefleht.

Angst vor dem Tod hattest du nie. Nur Angst vor dem Sterben.

Das ist jetzt zwei Monate her. Inzwischen kannst du nicht mehr sprechen. Pia hat dich nicht ernst genommen. Doch ich habe deine Worte nicht vergessen.

Vor drei Wochen wurdest du ins Krankenhaus gebracht. Tag für Tag habe ich zugesehen, wie du immer schwächer wurdest, nicht mehr zugreifen konntest, nicht mehr schlucken. Jetzt wirst du künstlich ernährt.

Die Schmerzen fressen dich auf. Und langsam beginnen deine Schmerzen, auch an mir zu zehren. Ich kann nicht mehr mit ansehen, wie du hier liegst, an die Decke starrst. Ich bin hier, um dich zu erlösen, so wie du es wolltest. Ich sehe schon die Schlagzeile vor mir: Sohn tötet Mutter. Sollen sie ruhig schreiben, was sie wollen. Wir beide kennen die Wahrheit.

„Die Familie ist das Wichtigste im Leben“, hat Papa einmal gesagt. Dann ist er mit seiner schwangeren Freundin an die Ostsee gezogen. Doch er hatte recht. Deswegen bin ich hier bei dir. Ich stehe dir bei, in den schlimmsten Minuten deines Lebens.

Die Spritze wiegt schwer in meiner Hand. Viel schwerer, als ich dachte. Lange habe ich diesem Moment voller Angst entgegengeblickt. Ich ziehe die Spritze auf, steche die Kanüle durch deine Haut. Ich halte deine Hand, während ich zusehe, wie deine Gesichtszüge weicher werden. Du lächelst.

Pieeeeep. Es ist vorbei. Du hast endlich deinen Frieden gefunden.

Ein Arzt und zwei Schwestern stürmen ins Zimmer. Sie fragen, was passiert ist, und drücken wie wild auf die Knöpfe der Maschinen. Deine Hand wird kalt.

Es klappert, als die Spritze auf den Boden fällt. Der Arzt schaut mich fragend an; ich weiß erst nicht, was er von mir will.

Dann bringen sie mich ins Schwesternzimmer. Ein Pfleger passt auf mich auf. Als ob ich weglaufen würde. Ich habe nichts Unrechtes getan.

Pia kommt ins Zimmer, schreit mich an, rüttelt an meinen Schultern. Ich stehe einfach nur da. Wieso regt sie sich so auf? Ich habe ihr doch einen Gefallen getan, jetzt muss sie sich nicht mehr mit einer kranken Mutter herumplagen. Das denkt sie doch. Wahrscheinlich freut sie sich, dass sie ihr Erbe etwas früher bekommt. Sie hat sich nie um dein Wohl geschert. Wollte nichts mit einer Mutter zu tun haben, die Kette rauchte und ihrem Mann nachhing, der sie verlassen hatte. Wegen Papa hast du auch angefangen zu trinken. Der Alkohol hat die Schmerzen betäubt, den Krebs in deinem Innern hast du nicht bemerkt.

Am meisten sorgt Pia sich wahrscheinlich um ihr Ansehen. Der Bruder kommt ins Gefängnis, weil er die Mutter getötet hat.

Ich spüre keinen Schmerz, als sie mir eine Ohrfeige gibt. Ich sehe nur ihr Gesicht, das plötzlich anders aussieht als sonst. Wut kann ich in ihrem Blick erkennen. Angst. Und … Trauer.
Während sie auf mich einredet, streckt sie ihre linke Hand von sich. Die ganze Anspannung scheint in ihren gespreizten Fingern zu stecken.
Genau das, fällt mir ein, hast du auch gemacht, wenn du wütend warst.
Pias Freund zieht sie von mir weg, nimmt sie in die Arme. Und wer nimmt mich in die Arme?

Elisa Wächtershäuser aus Butzbach, geboren 1992,
studiert derzeit in Marburg.
Sie zählte schon 2007, 2008, 2009 und 2010 zu den Preisträgern.

„Spring – und lass dir auf dem Weg nach unten Flügel wachsen."
Ray Bradbury

Für alle, die mich fliegen lassen. Und für die, die mich auffangen.

Danke, Martina, für das Lektorat.

Elisa Wächtershäuser

Lieber Emil …

Für verpasste Chancen und neue Gelegenheiten.

Lieber Emil …

Als Emil bei uns einzog, schneite es. Das war ungewöhnlich, denn es war schon Anfang März. Zusammen mit seinen Umzugskartons brachte Emil Schnee in die Wohnung. Als seine Freunde abends gegangen waren und er allein in seinem Zimmer die Möbel zusammenschraubte, wischte ich die Flecken vom Boden. Aber es war zu spät. Noch heute kann man die Ränder auf dem Laminat erkennen.

Mir ist sofort klar, warum Susa Emil ausgesucht hat. Ich öffne ihm morgens die Tür, einen Schlüssel hat er noch nicht. Susa liegt natürlich noch im Bett.
Emil grinst mich an. „Hey, ich bin Emil. Du musst Mira sein.“
Ich kann ihm nicht die Hand geben, weil er den schweren Karton mit beiden Händen halten muss, ich lächele ihn an und lasse ihn herein.
Emil hat lockige, dunkle Haare und dunkle Augen, sehr dunkel, fast schwarz. Er ist groß und das T-Shirt, das er trägt, betont seine muskulösen Oberarme. Es passt zu Susa, dass sie unseren neuen Mitbewohner nach seinem Aussehen auswählt.

Am nächsten Morgen koche ich Kaffee und decke den Tisch. Ich stelle drei Teller hin. Dann wecke ich Susa. Sie gähnt und reibt sich die Augen, steht dann aber auf und geht ins Bad. Etwas zögerlich klopfe ich an Emils Tür.
„Ja?“
„Möchtest du mit uns frühstücken?“
„Klar, einen Moment, ich komm gleich.“
Es ist ein schönes Gefühl, mit einem Mann am Tisch zu sitzen. Es ist nicht so, dass ich mich mit Susa nicht verstehe. Ganz im Gegenteil, ich habe sie gern.

„Was studierst du, Mira?“, fragt Emil.
„Islamwissenschaft.“
„Hört sich interessant an. Wie kommt man zu so was?“
„Mein Vater kommt aus Ägypten. Was studierst du?“
„Bio.“
„In welchem Semester?“
„Im zweiten.“
Ich beiße ein Stück von meinem Toast ab.
Susa kommt rein. „Scheiße, in zehn Minuten fängt mein Seminar an.“ Sie trinkt ihren Kaffee im Stehen und verschwindet im Flur.
Emil lacht. „Ist das immer so bei euch?“
Ich nicke, und wir frühstücken schweigend weiter.

Für den Rest der Woche sehe ich Emil kaum. Manchmal höre ich, wie er abends nach Hause kommt und ein paar Stunden später wieder geht. Ich verbringe viel Zeit in der Bibliothek, lerne arabische Grammatik und Islamgeschichte. Einmal koche ich für Susa und mich. Risotto mit Champignons und Salat. Ich mache eine Portion mehr, aber Emil kommt nicht. Es ist Wochenende, er ist mit seinen Freunden feiern.

Als ich am Montag von meiner Vorlesung nach Hause gehe, treffe ich ihn. „Hey Mira“, ruft er mir zu, springt vom Fahrrad und umarmt mich zur Begrüßung. „Wie geht's dir?“
„Ganz gut.“ Ich muss lachen, Emils Haar ist ganz zerzaust.
Er grinst. „Willst du mitfahren?“ Er deutet auf sein Fahrrad.
Ich sehe ihn skeptisch an. „Ich glaube, ich bin ein bisschen schwer für so was.“
„Spinnst du?“ Emil lacht wieder. „Na komm schon!“
Zögerlich setze ich mich auf den Gepäckträger.
„Halt dich gut fest.“

Er fährt los und ich kann gerade noch die Arme um ihn legen.
Wir fahren durch den Frühling. Der Schnee ist geschmolzen und am Morgen habe ich in dem schmalen Grünstreifen vor dem Haus Schneeglöckchen entdeckt. Sie lugten unter den Tannenzweigen hervor, die unsere Vermieterin im Herbst über die Beete gelegt hatte. Ich drücke mein Gesicht an Emils Rücken. Das Fahrrad schlingert, ich schließe die Augen und schmiege mich noch fester an ihn.
„Keine Angst", ruft er über die Schulter. „Ich pass schon auf dich auf!"
Ich atme tief durch und öffne wieder die Augen. Ich muss lachen und Emil lacht mit mir.

In der Nacht husche ich in Unterwäsche über den Flur. Die Tür knarrt ein wenig, als ich sie öffne. Emil sitzt auf dem Bett, hat Boxershorts an. Die Nachttischlampe brennt. Ich setze mich neben ihn. „Ich habe auf dich gewartet", sagt er. Dann küsst er mich.

Manchmal bringt Emil Mädchen mit. Er stellt sie uns nicht vor. In seinem Zimmer lernt er dann mit ihnen Botanik oder Ökologie. Abends liegt Emil mit ihnen auf seinem Bett und schaut DVDs. Wenn sie sich Actionfilme ansehen, kann ich nicht schlafen. Manchmal bleiben die Mädchen auch über Nacht. Ich weiß, dass Emil mit einigen von ihnen schläft. Ich kann es in ihren Augen sehen, wenn sie morgens mit uns frühstücken.

Es klingelt, ich lege das Vokabelheft zur Seite und gehe zur Tür. Draußen steht ein blondes Mädchen. Sie kommt mir bekannt vor, sie hat schon ein paar Mal bei ihm übernachtet.
„Ist Emil da?"
Ich schüttele den Kopf. „Möchtest du reinkommen?"
Sie zögert kurz, nickt dann und folgt mir in die Küche.

Ich mache Kakao für uns beide. Es ist wieder kälter geworden und das Mädchen trägt nur eine dünne Jacke. Sie ist enttäuscht, dass Emil nicht da ist. Ich setze mich zu ihr und betrachte sie, während sie in kleinen Schlucken trinkt. Hübsch ist sie. Klein und schlank, sie hat blaue Augen und ihre Haut ist hell mit einem Hauch Rosa. Ob sie Emil gefällt? Sie ist ganz anders als ich.

Wenn er mit mir schläft, fühle ich mich lebendig. Gleichzeitig erscheint es mir wie ein Traum, seinen Körper an meinem zu fühlen. Wenn ich zu ihm hochschaue, in seine schwarzen Augen, wenn ich mir selbst aus diesen entgegenblicke, dann weiß ich, dass ich lebe.

„Weißt du, wo Emil ist? Ich habe ihn heute schon den ganzen Tag nicht gesehen."

Susa zieht gerade ihre Schuhe aus. Kaum habe ich ihre Schritte im Flur gehört, bin ich von meinem Schreibtischstuhl aufgesprungen, um sie an der Tür abzufangen.

„Der wollte doch übers Wochenende zu seinen Eltern fahren. Ich glaube, seine Schwester hat Geburtstag. Hat er nichts zu dir gesagt?"

Susa lässt ihren Schal auf unseren Schuhschrank fallen.

„Nein", sage ich und beiße mir auf die Lippe, als ich merke, wie enttäuscht meine Stimme klingt.

Susa hält inne und sieht mich an. „Wollen wir uns einen Cappuccino machen?", fragt sie schließlich.

In der Küche ist es warm. Susa sorgt dafür, dass die Heizung immer an ist. In meinem eigenen Zimmer heize ich eigentlich nie. Ich mache den Cappuccino, während Susa am Tisch sitzt und in einem Modekatalog blättert.

„Wusstest du, dass Emil mal Deutscher Meister im Leistungsschwimmen war?", fragt sie unvermittelt und kichert.

Vermutlich würde Susa Emil gerne einmal in einer knappen Badehose sehen.
Ich deute ein Nicken an und stelle den Cappuccino auf den Tisch. Was Emil ihr wohl sonst noch erzählt hat? Hoffentlich kommt er bald wieder.

Wir liegen auf dem Teppich in seinem Zimmer und schauen einen Film. Ich drehe mich auf den Rücken. Er beginnt meine Brüste zu streicheln. Er mag es, mit mir zu schlafen, wenn der Fernseher uns dabei zusieht. Lächelnd küsse ich ihn und ziehe mein T-Shirt aus. Auf dem Bildschirm liefert sich James Bond ein Duell mit dem geheimnisvollen Schurken Graves.
„Schläfst du eigentlich gern mit mir?"
Statt zu antworten, beißt er mich sanft in den Hals.
Er steht auf, zieht sich aus. Ich schaue ihm zu. Er geht zum Schrank und nimmt ein Kondom aus der Schublade.
„Heute nicht."
Er sieht mich verwirrt an. „Bist du sicher?"
„Ja."

Emil geht gleichzeitig mit mir aus dem Haus. Er schiebt sein Fahrrad, damit ich mit ihm Schritt halten kann.
„Kommst du so nicht zu spät?"
Er sieht auf die Uhr. „Ich werde es noch schaffen. Hab nur eine Vorlesung."
Ich freue mich, dass er bei mir ist. Wir sehen uns viel zu selten.
„Warte mal kurz." Emil drückt mir den Lenker des Fahrrads in die Hand, rennt zur anderen Straßenseite und steigt über einen niedrigen Zaun in einen der Vorgärten.
„Was soll denn das jetzt? Emil, komm zurück", rufe ich ihm hinterher.
Ich kann nicht sehen, was er macht, einige Büsche versperren mir die Sicht.

„Komme sofort!“
Emil taucht wieder zwischen den Büschen auf. Er nimmt Anlauf und springt über den Zaun. Ich muss lachen. Damit beeindruckt er mich nicht.
„Was sollte das denn?“, frage ich ihn, als er vor mir steht. Grinsend sieht er mich an.
„Ich hab dir was mitgebracht.“ Er zieht einen kleinen Strauß Margeriten hinter dem Rücken hervor. Mit zitternden Händen nehme ich die Blumen entgegen. Meine Lippen beben. Ich will etwas sagen, bringe aber keinen Ton heraus. Ich drehe mich weg, fange an zu weinen.
Emil merkt es nicht, er sitzt schon auf seinem Fahrrad und fährt los.
„Bis heute Abend, Mira.“

Emil will mit mir tanzen gehen. Ich bin ein wenig nervös, denn seine Freunde werden auch da sein. In dem dünnen Kleid friere ich. Er hat es ausgesucht. Dunkelblau, gerade geschnitten, mit schmalen Trägern und Pailletten am Ausschnitt. Blass kam ich mir vor, als ich mich vorhin im Spiegel betrachtete. Ich trage die Haare zu einem Zopf gebunden und habe meine Augen mit schwarzem Kajal umrandet.
Er küsst meinen Nacken. „Du bist so schön.“
Ich schaue zu ihm hoch und zwinge mich zu einem Lächeln. Ich greife nach seiner Hand, er zieht mich an dem finster dreinblickenden Türsteher vorbei in die Disko.
Seine Freunde sind schon da. Wir treffen sie an der Theke. Mario und Tobi haben ihre Freundinnen dabei, deren Namen ich sofort wieder vergesse, die anderen sind solo.
„Möchtest du was trinken? Ich hol uns was.“ Emil verschwindet in der Menschenmenge.
Etwas verunsichert bleibe ich bei den anderen stehen.
„Hey Mira.“
Marios Freundin beugt sich nach einer Weile zu mir herüber, damit ich sie trotz der lauten Musik verstehen kann.

„Wie kommst du zurecht mit unserem Frauenschwarm?"
„Was höre ich da?"
Er ist wieder da, drückt mir ein Glas in die Hand und grinst das Mädchen an. Sie fängt an zu kichern, gibt ihm einen Kuss auf die Wange und wendet sich ihrem Freund zu.
Emil legt mir einen Arm um die Schulter. „Magst du die anderen?"
Ich nicke, probiere den Cocktail, den er für mich ausgesucht hat und schmiege mich an ihn.
„Lass uns tanzen gehen", sagt er.
Ich stelle mein Glas auf der Theke ab und folge ihm. Es ist eng auf der Tanzfläche, der Boden klebt unter meinen Schuhen, ich spüre, wie Glasscherben unter meinen Absätzen zerbröseln. Die Musik ist laut, wummernde Bässe, die Menschen um uns herum sind verschwitzt, mir wird warm. Ekstatisch tanzen sie zu den Techno-Beats. Ich drücke seine Hand fester, als jemand auf meine Zehen tritt.
„Komm näher zu mir."
Seine Worte sind kaum zu verstehen, obwohl seine Lippen mein Ohr berühren. Er zieht mich zu sich. Ich spüre seine Hände auf meinen Rücken. Bei ihm bin ich sicher.
„Und jetzt schau mich an."
Ich blicke zu ihm auf. Sein Gesicht über meinem. Bunte Lichter tanzen auf seiner Haut, Glut in seinen dunklen Augen. Heiße Glut auf meiner Haut. Ich spüre, wie sie mich erfasst, meine Finger, meine Arme, meinen ganzen Körper in Brand steckt. Wir brennen. Ein wenig löse ich mich von ihm, nicht weit, ein kleines Stück nur. Das Feuer bleibt. Mein Feuer, sein Feuer. Ich bewege mich zu der Musik, meine hohen Absätze stören mich nicht mehr. Tanzen, nur tanzen. Tanzende Flammen. Die unwirklichen Lichter auf seinem weißen Hemd. Wie Elmsfeuer zucken sie über meine nackten Arme. Rotes, blaues, gelbes Feuer. Wir tanzen. Wenn wir innehalten, werden wir zu Asche zerfallen.

Ich werde es ihm sagen, er sollte es endlich erfahren. Ich ziehe schwarze Unterwäsche an, darüber Jeans und ein Top. Vielleicht wird er mich in den Arm nehmen und dann mit mir schlafen.
„Herein", ruft Emil, als ich an seine Zimmertür klopfe. Eigentlich ist das überflüssig, ich weiß, dass ich immer zu ihm kommen darf.
„Was gibts?" Emil sitzt am Schreibtisch und grinst mich an.
Mein Herz schlägt schneller und mit einem Mal fröstele ich. Ich verschränke die Arme vor der Brust. Soll ich es ihm sagen? Wird er verstehen? Ich fange seinen Blick auf. Er wird.
Wir setzen uns auf den Teppich. Mit einer Hand zupfe ich an den Flusen.
„Emil ...".
Es fällt mir schwer, ihn anzusehen, weil ich ihn dann küssen will.
„Ich habe dich angelogen. Mein Vater kommt nicht aus Ägypten. Ich kenne ihn nicht. Meine Mutter hat einen anderen Mann geheiratet, sie haben eigene Kinder bekommen. Mich haben sie in ein Internat gesteckt. Mein Stiefvater konnte meinen Anblick nicht ertragen."
Tränen rinnen über meine Wangen.
„Ich war so oft einsam. Aber jetzt bist du ja bei mir."
Ich schaue in sein Gesicht. „Du lässt mich doch nie mehr allein?"
Emil rührt sich nicht, sieht mich nur an.
Warum tust du nichts, will ich schreien. Halt mich fest! Warum tust du nichts?
Aber ich sitze nur da, wische die Tränen weg.
Emil zögert. „Mira, ich ..."
Ich springe auf, renne raus, knalle die Tür hinter mir zu und schließe mich in meinem Zimmer ein.

In dieser Nacht kann ich nicht schlafen. Emil kommt nicht.

Ich räume den dritten Teller zurück in den Schrank. Susa hat sich gefreut, dass ich Frühstück gemacht habe, aber sie hatte es eilig und hat nur hastig ihren Toast gegessen. Ihr Teller ist voller Krümel. Meiner auch. Ich habe meinen Toast in kleine Stücke gebrochen, eins habe ich in den Mund gesteckt und lustlos darauf herum gekaut, die anderen habe ich nacheinander unter meinen Fingern zerdrückt. Emil hatte keine Zeit zum Frühstücken. Er schreibt eine Klausur und musste früh aus dem Haus. Ich konnte ihm aus dem Küchenfenster gerade noch „viel Glück" hinterher rufen. Jetzt, wo das Semester fast zu Ende ist, hat er ohnehin wenig Zeit.

Ich räume die Küche auf, spüle die Teller und Kaffeetassen, stelle die Marmelade in den Kühlschrank und stecke den Toast in einen Plastikbeutel, wische den Tisch und die Anrichte ab und mache zum Schluss das Spülbecken sauber. Heute Nachmittag steht eine Prüfung an. Ich werde noch ein bisschen lernen.

Als ich am späten Abend heimgehe, entdecke ich ein paar Sterne am Himmel. Die Luft ist noch warm. Sommer.

Die Prüfung ist gut gelaufen, der schriftliche Teil fiel mir leicht, im mündlichen hat der Prüfer meine Aussprache gelobt. Ob ich aus einem orientalischen Land käme, hat er auf Arabisch gefragt. Wegen meines Aussehens. Ich habe nicht geantwortet. Vielleicht gab es Punktabzug dafür.

Leise steige ich die Stufen im Treppenhaus hinauf. Ich weiß, wo sie knarren. Ob Emil es auch weiß? Bestimmt nicht. Er macht immer so viel Krach, wenn er nach oben kommt.

Vor unserer Tür halte ich inne und ziehe mir die Schuhe aus, ich will keinen Schmutz in die Wohnung bringen. Durch die Tür höre ich Emils und Susas Stimmen.

„Was ist denn mit Mira los in letzter Zeit?"

„Was meinst du?" Susa klingt abweisend.

„Vor zwei Wochen hat sie mir von ihrer Familie und dem Internat erzählt. Und seitdem … keine Ahnung.“ Emil klingt besorgt. „Ist alles okay mit ihr?“
„Nein, ist es nicht.“ Susa stellt geräuschvoll die Tasse ab. „Das solltest du doch am besten wissen! Was hast du dir dabei gedacht?“ Sie ist wütend.
„Was soll ich denn machen?“
Ich stelle mir vor, wie er Susa jetzt verwirrt anschaut.
Ich drehe den Schlüssel im Schloss und öffne die Tür.

Im August ist Emil gegangen. Es war ein heißer Sommertag. Er hatte sein T-Shirt ausgezogen und Schweiß stand auf seiner Stirn, als er die schweren Kisten die Treppe runterschleppte. Zum Abschied hat er Susa umarmt. Etwas zögerlich auch mich.
Ich schreibe einen Brief an ihn. Er hat vergessen, mir seine Adresse zu geben. Aber das macht nichts. Er wird meinen Brief trotzdem lesen.
Lieber Emil ...

Die Preisverleihung

Am 14. September 2011 hielt der Literaturkritiker, Germanist und Autor Prof. Heiner Boehncke die Laudatio auf die Preisträger in der OVAG-Hauptverwaltung in Friedberg. Dr. Helge Braun, Parlamentarischer Staatssekretär bei der Bundesministerin für Bildung und Forschung, hielt ein Grußwort.

3. Platz
beim Jugend-Literaturpreis der OVAG 2011

Die Laudatio des Germanisten, Literaturkritikers und Autoren Prof. Heiner Boehncke anlässlich der Preisverleihung am 14. September 2011

Man liest die 22 Gewinner-Beiträge in einem Rutsch, weil sie gut geschrieben sind und bekommt einen literarischen Schrecken.
Mord, Selbstmord, Kindesentführung, Liebesschmerzen, krumm und schief laufende Kommunikation: Ängste und Erschütterungen, Unfälle, Unglück.

Schnell begreift man aber, dass die Häufung dieser existentiellen Schadensfälle nichts, gar nichts mit der Popularität von Krimis und finsterer Fantasy zu tun hat. Es wird hier nicht auf billigen Grusel oder unterhaltsame Spannungsquickies spekuliert nach dem Motto „Mord geht immer“. Vielmehr laufen viele Texte schnurstracks auf Grenzen zu.
Einerseits auf Grenzerfahrungen in Tod und Liebe, Sex und Gewalt, andererseits auf Grenzen des literarischen Ausdrucks.

Das kann dann zu nach der Lektüre weiterbrennenden Fragen führen, zu unklaren Schlüssen, Fluchten aus dem Text. Mach dir, lieber Leser doch bitteschön selbst einen Reim aufs Ende.

Der in Liebesdingen so unzuverlässige Emil verdreht als neues Mitglied der Wohngemeinschaft ein paar Köpfe, besonders den der Erzählerin. Dann packt er sein Bündel und macht sich davon. „Als Emil bei uns einzog, schneite es“. So beginnt die Geschichte, und sie endet in einem Brief an ihn, der ins postalische Nirwana geschickt wird. Emil hat keine Adresse hinterlassen. Sie endet mit „Lieber Emil …“.

Meine Damen und Herren, ich habe selten eine kurze Geschichte gelesen mit einem so langen Fortsetzungsschluss im Kopf, in meinem Kopf. Dieses

„Lieber Emil …“ ist einer der schönsten, mir bekannten Geschichtenschlüsse.

Mit diesen großen Themen – Liebe, Tod und Nicht-mehr-weiter-wissen haben sich die Schreiberinnen und Schreiber aus dem OVAG-Gebiet mit couragierter Zielsicherheit in die Weltgeschichte der Literatur geschrieben. Worum geht es denn bei „Romeo und Julia“, beim Gilgamesch-Epos, bei GoetheSchillerGrimmelshausen, Homer und Hemingway, wenn nicht um Liebe, Tod, Gewalt und Sterben, um grausame Missverständnisse und Schicksale, die man eigentlich nicht verdient hat. Dass Ihre Texte mitten in diese Themen hineingeschrieben wurden, ist mutig, gewagt, ja verwegen. Es belegt, dass Sie es ernst meinen mit dem Schreiben, und ich kann kaum sagen, wie sehr dieser Ernst mich freut und berührt, zu Zeiten, wo man täglich 21 mal einen „schönen Tag“ gewünscht bekommt – ein guter wäre mir lieber – wo uns in einer dröhnenden Dauerbeschwörung das elfte Gebot eingehämmert wird: „Du sollst Spaß haben!“ Spaß am ‚schönen Tag noch‘, natürlich nachts erst recht, Hauptsache Spaß. Lassen Sie uns einen Verein gründen, dessen einziger Zweck es ist, das ewige „schönen Tach noch!“ zu bekämpfen und statt „viel Spaß“ zum Beispiel „viel Vergnügen“ zu wünschen oder mal gar nichts.

Beim Schreiben ist Ihnen der Spaß vergangen. Das merkt man den Texten an. Wo der Gratis-Spaß endet, beginnt beim Schreiben literarischer Texte die Arbeit. Eine merkwürdige Mischung aus Qual und Vergnügen. Nirgends werden mehr Fingernägel abgeknabbert, Haare gerauft, Schokoladenmassen eingeschoben als beim Schreiben.

Sie wissen, wovon ich rede. All diese nervösen Strategien der Ablenkung werden aber dann und wann (selten genug) aufgewogen durch ein, immer nur kurze Zeit währendes Schreib-Glück.

Genau dieses Wort habe ich gesucht und gefunden, jener Satz passt wie der Fuß in den Schuh, gerade ist es mal wie von allein gelaufen. Ganz selten rieselt es mal kurz und wohlig den Rücken runter. Keine Bange, das Schreiber-Ego im Kurz-Glück, im Sekundenflash hält nie länger als eine Wunderkerze brennt.

Dieses Lust/Frust-Gemisch lernt nur kennen, wer es ernst meint mit dem Schreiben. Wer dabei nur Spaß haben will, der soll Stadt-Land-Fluss spielen. Noch etwas eher Mühsames lernt man, wenn man so schreibt wie Sie, wie Ihr. Dass es verdammt lange dauern kann, bevor es eine Belohnung gibt. Meistens – jedenfalls viel zu oft – ist man beim Schreiben sein eigener Claquer. Eher selten wird Texten die Ehre angetan, dass jemand sie für publikationswürdig hält und sie dann auch wirklich in einem Buch erscheinen. Beides erleben Sie hier gerade. Eine Jury fand und findet Ihre Texte gut, sie wandern in ein schön und sorgfältig gemachtes Buch, so werden sie haltbar und noch nach Jahren zum Verzehr geeignet.

Es folgt jetzt mein erster Rat oder Tipp. Weniger an Sie als an die anwesenden Eltern, Großeltern, Lehrer und anderen pädagogischen Wegbegleiter.

Texte, besonders solche von Kindern und Jugendlichen, sind oft eine sehr persönliche, nicht selten nur für das eigene Versteck geschriebene Angelegenheit. Darum müssen Sie sich nicht kümmern. Tagebücher, kleine Flugzettel im Klassenraum. Das sind Geheimschriften, die Sie nicht lesen sollten.
Texte sind sehr oft aber Ausdruck von Kommunikationswünschen, sind Bitten um Aufmerksamkeit, Leseappelle, verbunden mit der Bitte um Kritik, Ermunterung, Echo.

Nirgends lässt sich das prekäre Verhältnis von eigenen, auch narzisstisch getönten Produktionen und dem Wunsch nach Wahrnehmung durch andere so gut ausbalancieren wie beim Schreiben. Beim Schreiben kommen immer eigene Wünsche und Ängste, Ansichten und Meinungen ins Spiel. Im Idealfall kann durch Texte von Kindern und Jugendlichen das geglückte Modell einer kleinen Öffentlichkeit entstehen. Ich strenge mich an, suche Worte und Sätze, finde vielleicht ein paar schöne Formulierungen, gebe mir die größte Mühe. Und ich tue all dies in der Absicht, etwas von mir preiszugeben, zu veröffentlichen. Eines der Geheimnisse des Schreibens liegt ja gerade darin, dass ich von mir für andere sprechen, schreiben kann.

Und nun der Rat. Nehmen Sie die Texte so ernst wie sie gemeint sind. Schenken Sie ihnen Aufmerksamkeit, verbringen Sie Zeit mit den Texten. Lesen Sie die Texte, sprechen Sie darüber, üben Sie – behutsam und überlegt – Kritik daran. Schaffen Sie kleine und größere Text-Öffentlichkeiten, Text-Bühnen.
Zu Hause, in der Schule, im Verein, unter Freunden. Sicher, viele künftige Autorinnen und Autoren beißen sich durch, überleben es, wenn ihre frühen Texte nur auf Fehler hin gelesen, überhaupt nicht beachtet oder gar ausgelacht werden. Aber muss auch bei der literarischen Schreibsozialisation das Marktgesetz des „survival oft he fittest“ gelten?
Jean Paul hat einmal gesagt, Bücher seien nur dickere Briefe an Freunde. Seien Sie aufmerksame Leser dieser Briefe, auch wenn sie nicht so dick ausfallen.

Ich sprach von der kleinen Öffentlichkeit, die früh für Texte geschaffen werden sollte. Unbedingt gehört dazu die Präsentation, das Vortragen des Textes. Gar nicht früh genug kann damit begonnen werden. Die Erfahrung, dass meine Stimme gehört wird, dass mein Text oder meine Erzählung immerhin so wichtig ist, dass die anderen einmal schweigen, zuhören, wenn ich lese, ist die allerbeste Schule der Demokratie. Meine Stimme wird vernommen, sie richtet vielleicht sogar etwas aus, bringt andere zum Lachen, zum Nachdenken. Meine Stimme macht, was ich mir ausgedacht habe, öffentlich. So ist der Text die stille Form meiner Stimme, die Stimme die hörbare Version meiner Gedanken und Gefühle.

Das mag Ihnen hier und heute so vorkommen, als brächte jemand Kohlen nach Nottingham, Pudding zu Oetker. Denn mit dem OVAG Jugend-Literaturpreis wird genau die Öffentlichkeit, die Schreibermunterung und -ermutigung geschaffen, von der gerade die Rede war. Es wird hier in allem Ernst und mit großer Professionalität ein Literatur-Markt geschaffen, auf dem die jungen Autorinnen und Autoren ihre ebenso ernsthaft hergestellten Produkte anbieten und sogar verkaufen können. Sie können endlich einmal den Lohn der (Schreib-)Angst kassieren; wenn wir unter Angst die Zweifel, den Frust, die Mühen und oft genug das Gefühl der Vergeblichkeit beim Schreiben verstehen. Die Preise sind sehr schön, das Schönste aus meiner Sicht aber ist die Veröffentlichung der Texte in der nächsten Ausgabe der „Gesammelten Werke“. Leider oder erfreulicherweise wartet auf Sie vor der Publikation noch ein ordentliches Stück Arbeit: Der Workshop. Dabei steht Ihnen eine schreckliche Erfahrung bevor. Einerseits wurden Ihre Texte ausgewählt, prämiert, andererseits kommen diese Texte dann noch ins Säurebad des Lektorats oder ähnlicher Verbesserungspraktiken.

Und das wäre dann mein zweiter Tipp: Ziehen Sie vorübergehend alle libidinöse Besetzung von Ihrem Text ab, tun Sie so, als sei es gar nicht Ihrer. Lektor heißt eigentlich nur Leser. Aber was für einer! Einer, der Ihren Text in die Mangel nimmt, Fehler, Nachlässigkeiten, Ungenauigkeiten, Längen, Wiederholungen, unlogische Passagen erkennt, die Ihnen entgangen sind. Und das ist vollkommen normal.

Aus dem Literaturbetrieb sind heftige Kämpfe der berühmtesten Autoren – Handke, Martin Walser, Günter Grass – mit ihren Lektoren bekannt. Gelegentlich trennt ein Autor sich wegen eines Lektors von seinem Verlag, öfter aber kommt es vor, dass ein Autor den Lektor begleitet, wenn der den Verlag wechselt.
Dem Lektor gegenüber heißt es, cool zu bleiben und den eigenen Text als ein handwerkliches Produkt, ein Werkstück anzusehen, an dem immer noch herumgefeilt , -geraspelt, -gesägt werden kann, damit es am Ende ein Meisterstück oder zumindest ein hochwertiges Gesellenstück wird.

Die Preisträgerinnen und Preisträger bekommen ihr Lektoratsfegefeuer in Form eines Work-Shops geboten, bei dem auch die besten Texte noch verbessert werden. Und hinterher werden Sie sich bei Ihren Workshop-Leitern bedanken. Man kann dort zweierlei lernen: Dass literarisches Schreiben große handwerkliche Anteile hat, Regeln und Kniffe, die man lernen kann. Wer immer noch den verstaubten Vorstellungen über den Autor als Genie unterliegt, dessen Tintenfluss durch mystische Inspirationen gesteuert wird, der weiß nicht, was ein Handwerk ist. Nicht umsonst darf man erst nach dreijähriger Lehrzeit ein Auto reparieren, und immer bleiben einem guten Handwerker genügend Spielräume für seine Kreativität.

Zum Handwerk des Schreibens gehört natürlich auch die Orthographie, gehören Kommas, Semikolons, Gedankenstriche, Doppelpunkte. Da, liebe Gewinnerinnen und Gewinner sind Sie noch nicht auf dem Niveau sagen wir eines Mechatronikers, einer Landschaftsgärtnerin. Übrigens gibt sich ein Lektor damit nicht gerne ab, das müssen Sie schon selber machen, und ein Rechtschreibprogramm weiß nichts über die unglaubliche Wirkung eines Ausrufezeichens an der richtigen Stelle.

Nun zur anderen Seite des Lernprozesses beim Lektorieren Ihrer Texte. Den Lektor interessiert kaum, was Sie beim Schreiben gedacht, gefühlt,

gehofft haben. Welch unglaubliches Potenzial Sie in Ihren Sätzen versteckt zu haben glauben. Den Lektor interessiert nur, was auf dem Papier steht, und, ob es verständlich, gut und vielleicht sogar ein bisschen elegant formuliert ist.
Mit den Augen des Lektors den eigenen Text zu lesen ist fast unmöglich. Es weist aber in die richtige Richtung. Der Text kühlt ab, macht sich auf den Weg von Ihren Emotionen, von der Wucht eigener Interpretationen zum Leser. Der soll berührt werden, soll seinerseits emotional und intellektuell von Ihrem Text gepackt werden. Er wird aber nicht von Ihren Gefühlen und Meinungen gepackt, sondern – hoffentlich – von dem, was Sie geschrieben haben.

Die Gruppenpreise für Schulen und Klassen belegen, dass sich im Schreibunterricht viel getan hat. Dass Texte von Kindern und Jugendlichen nicht mehr als Kommunikationsfallen verstanden werden, in denen ihre Geschichten verschwinden, nachdem sie einzig auf Fehler hin durchsucht wurden. Vielleicht können aber die Institutionen, in denen Schreiben unterrichtet wird, von diesem Wettbewerb immer wieder etwas lernen. Wie gut es Texten bekommt, wenn sie ernst genommen werden, wenn sie gelesen, kritisch und wohlwollend beurteilt, lektoriert, korrigiert und, wo immer möglich, auch veröffentlicht werden. Und sei es im Kurs, in der Klasse, in der Schule, in der Lokalzeitung. Das Wichtigste ist, dass die eigene Stimme – der Text kann auch die Notenschrift der Stimme sein – gehört wird.

Ich sagte es. Nicht große Gefühle und Gedanken machen Literatur, nicht gewaltige Erschütterungen, nicht Themen der Weltliteratur wie Liebe, Tod, Sprachlosigkeit und Verwirrung, sondern die Arbeit, all dies schreibend in verständliche und gute, schöne Sprache zu verwandeln. Dafür brauchen Sie Bilder, Vergleiche, Metaphern, Formulierungen, die beim

Leser wie kleine Lämpchen aufglühen, die etwas auf neue Weise so sagen, dass man bei der Lektüre angenehm stolpert.

In Ihren Texten habe ich viele solche schönen stilistischen Stolpersteine gefunden. Einige will ich vortragen:

„Alles fühlt sich so Second Hand an"

„Ich will dahin, wo die Zeitungen ihre Geschichten herhaben."

„Die schwere, tiefhängende Stille"

„Sie wendet den Blick von ihrem Mann ab und wirft ihn stattdessen aus dem Fenster".
Kurz fragt man: Den Mann? Quatsch, den Blick und schon ist man produktiv beim Lesen gestolpert. So funktioniert das.

„Ein zierlicher Moment der Erkenntnis"

„Das Cello frisst Klänge auf"

„Hurensohn, Hurenenkel"

„Zur Belohnung log er sie an und schenkte ihr die drei Worte zurück, die sie an ihn verschwendete."

„Die Kinder umarmten seine eine flüchtig."

„Das letzte was er sah, war, wie der weiße blütenreine Schnee sich rot färbte."

„Das schwarze Top funkelt im Licht der Straßenlaterne.“

„Es regnet Weltliteratur und Asche.“

„Meine Haut schien mir Tag für Tag heller. (…) Meine Lippen wirkten immer geschwungener.“

„Die nässedunklen Jeans.“

„Der Winter fror durch das Land.“

„Brombeerstückchen fallen von der Zeitung und malen rote Rillen auf die Buchstaben.“

Noch ein Tipp. In den Zitaten werden die Augen angesprochen, die Ohren, die Haut. Den Tipp haben Sie also längst befolgt: Mit allen Sinnen, für alle Sinne schreiben. Sinne mischen und neue Wörter finden – wie „nässedunkel“ oder die „tiefhängende Stille“.

„Literatur ist schön, macht aber viel Arbeit“, um ein Zitat von Karl Valentin über die Kunst abzuwandeln. Über den Schreib-Ernst, Ausdauer, Frust-Toleranz, Lektorat etc. wurde jetzt genug gesagt. Immer verbunden mit der Hochachtung vor der in Ihren Texten steckenden Arbeit. Jetzt soll noch von der Rückseite des Schreibens die Rede sein, die gelegentlich auch nach vorn kommt. Spiel, Unsinn, Zufall, Spontanpoesie, Surrealismus.

Ich möchte Ihre Neugierde auf die Spiel-Arbeit einer Literaturgruppe lenken, die seit mehr als 50 Jahren in Paris zu Hause ist. Sie heißt OULIPO, was für „Ouvroir de Littérature potentielle“ steht und ungefähr und schlecht mit „Werkstatt für eine Literatur der Möglichkeiten“ übersetzt werden kann. Viele berühmte französische, italienische, amerikanische und auch deutsche Autorinnen und Autoren gehörten und gehören dieser Gruppe an. Zum Beispiel Italo Calvino, Raymond Queneau, Jacques Roubaud oder der Büchnerpreisträger Oskar Pastior.

Bei OULIPO wurden und werden Dutzende von Schreibformen, Spielregeln, Textverfahren erfunden oder wiederbelebt, die alle ein Ziel haben: Durch strenge Regeln zu neuen, überraschenden, manchmal auch unglaublich witzigen Schreibergebnissen zu gelangen.

Ich möchte nur zwei Verfahren nennen. Das Lipogramm und sein Gegenteil, der Monovokalimus. Hört sich schrecklich an, ist aber einfach und sehr produktiv. Lipogramm also. Kommt aus dem Griechischen und bedeutet etwa „Fehlender Buchstabe". Sie schreiben einen Text und dürfen dabei zum Beispiel nicht, überhaupt nicht den Vokal „e" verwenden, zufällig der am häufigsten vorkommende Buchstabe. Das verlangt von Ihnen, dass Sie Ihren Sprachspeicher nach Synonymen durchsuchen, in denen kein „e" vorkommt. Unsinn, Sport für Verrückte? Überhaupt nicht. Sie müssen oder dürfen verstärkt tun, was Sie beim Schreiben sowieso machen: das richtige Wort finden. Dabei gerät Ihr persönliches Wortfindungs- und Erfindungsprogramm gehörig unter Strom. Ein großer französischer Autor, Georges Perec (vier mal „e" im Namen) hat einen Roman ohne „e" geschrieben, der von dem, leider gestorbenen deutschen OULIPO-Mitglied Eugen Helmlé (ebenfalls vier mal „e") übersetzt wurde: „Anton Voyls Fortgang". Hier ein ganz kurzer Ausschnitt:

„Anton Voyl hat Schlaf nötig, doch Anton kommt nicht zum Schlaf und macht Licht. Auf Antons Uhr ist's null Uhr zwanzig. Anton ächzt laut, wälzt sich mal so rum und mal so rum – Antons Schlafcouch ist hart – stützt sich dann auf, griff sich 'n Roman, schlug ihn auf und las …"

So beginnt dieser e-lose Roman. Nach drei Seiten hat man sich an diese merkwürdig schöne Sprache gewöhnt und vermisst das „e“ nicht mehr. Das Gegenteil sind Texte, die nur einen Vokal enthalten dürfen – Monovokalismus. Zum Beispiel „a“. „Anna aß Ananas am Ararat. Als Abraham dann kam, trank Anna Schnaps. Ach Anna, ach Abraham …“
Ich empfehle Ihnen nachdrücklich einen Workshop mit solchen Schreibspielen. Sie lernen dort, Anagramme und Palindrome zu schreiben, Sonette und Schneebälle. Und Sie erfahren dort, worum es sich dabei handelt. Hinterher werden Sie flüssiger, synonymreicher, unterhaltsamer schreiben. Vielleicht. Als ernst gemeinter Vorschlag könnten OULIPO-Verfahren dazu führen, dass als Gegengewicht zur Schwere, Mühsal, zur Arbeit am Text etwas mehr Leichtigkeit, Eleganz ins Schreiben kommt.

Am Ende noch ein letzter Vorschlag. Mit Ihren Texten sind Sie jetzt Kolleginnen und Kollegen geworden oder waren es vorher schon. Schriftsteller-Kolleginnen und -Kollegen. Schriftsteller schreiben Texte, die veröffentlicht werden. Siehe „Gesammelte Werke. Jugend-Literaturpreis 2011“.

Wenn Sie das bleiben wollen, legen Sie sich bitte unbedingt ein Schreib-Journal zu. Ein schönes Heft oder Buch mit zunächst leeren Seiten. Das haben Sie immer bei sich. Da hinein schreiben Sie Ihre Einfälle, Ideen, Formulierungen, die plötzlich großartig gelingen. Aber auch Textfunde aller Art. Gute Sätze von Schriftsteller-Kollegen, merkwürdige Schilder wie zum Beispiel „Achtung Astabfall“ (hab ich letzte Woche am Main gefunden), pfiffige Werbesprüche, Literaturangaben, mitgehörte Dialoge im Zug, Handy-Dramen, die uns überall zu unfreiwilligen Mithörern machen, Graffitis, Fremdwörter und was nicht noch alles…

Ich freue mich darauf, wieder von Ihnen zu hören, zu lesen.

8. Jugend-Literaturpreis der OVAG 2011

Die Preisträger

1. Platz **Ann-Kathrin Roth**
2. Platz **Manon Cavagna**
3. Platz **Julie Sophia Schöttner**

Weitere Preisträger:

Sebastian Adam
Sophia Alt
Aylin Braunewell
Selina Hillebrand
Solvejg Kassandra Kleber
Marie-Luise Lohmeyer
Juliane Porter
Lea Rösner
Christian Sedlak
Elisa Wächtershäuser
Christine Albach
Joy Vivian Benner
Laura Dort
Lisa Kalmring
Julia Krampitz
Carlotta Pötter
Laura Prendota
Lena Scholz
Sabine Theiß

Gruppenpreise

Den Karlhans-Frank-Gedächtnispreis erhielt der Deutschkurs der 9. Klasse des Gymnasiums Nidda unter der Leitung von Vanessa Dippel für selbst geschriebene und auf DVD eingespielte Poetry Slam-Texte.

Weitere Sonderpreise:

Deutsch-Leistungskurs der Kurt-Schumacher-Schule Karben unter Leitung von Berenike Wenzl für ein selbstgeschriebenes Theaterstück „Titanic".

Für Schülerinnen und Schüler der Vogelsbergschule Schotten unter Leitung von Carola Klippert für die Fortführung des Textes „Kapuzenmann".

Für die meisten Einzelsendungen jeweils an die St.-Lioba-Schule (Bad Nauheim) und das Gymnasium Nidda.

Der Workshop

vom 10. bis 13. November 2011 in Bad Kissingen

Club
urban country

Der Workshop vom 10. bis 13. November in Bad Kissingen

Von Christian Sedlak

Donnerstagnachmittag. Treffpunkt ist die OVAG-Hauptverwaltung. Viele bekannte Gesichter aus den Jahren zuvor. Aber auch neue Gesichter. Sie alle blicken erwartungsvoll. Eine lange Busfahrt nach Bad Kissingen. Nach zwei Stunden: endlich angekommen. Ein letztes Mal frische Luft atmen – bevor man sich für die nächsten vier Tage freiwillig einsperren lässt …

Die Zimmer werden bezogen. Der Hunger treibt einen wieder nach unten – Tortellini. Zusammenkommen in einer großen Runde. Kennenlernen. Dann ein wenig Wein. Besseres Kennenlernen.

Für manche war schon die erste Nacht zu kurz. Egal. Aufstehen. Freitagmorgen. Um acht Uhr Frühstück. Um neun Uhr wieder große Runde. Texte vorlesen. Texte kritisieren. Manchmal auch loben. Männer werden aus dem Fenster geworfen und linke Füße stehen auf dem Bild der Kanzlerin. Unterbrochen wird dieser Lesemarathon durch Essen. Viel Essen.

Später Abend und der letzte Text ist zerpflückt. Uschi Flacke packt die Gitarre aus. Sie singt. Die Arbeit ist beendet. Abermals Wein. Nostalgie. Erinnerungen an den Workshop vor zwei Jahren.

Irgendwann nach Mitternacht Recherchearbeit. Ein Dutzend Literaten, ein Bett und eine „Wasserpfeife“. Es funktioniert wirklich!

Noch weniger Schlaf als in der Nacht zuvor. Geht schon irgendwie. Wieder ist es Freitag – für manche zumindest. Um acht Uhr Frühstück, ab neun Uhr Lektorat in Kleingruppen. Ein langer Tag steht bevor. Wörter werden ausgetauscht, ganze Sätze gestrichen. Eine Diskussion pro Absatz – mindestens.

Dazwischen: Mittagessen. Kaffee und Kuchen. Abendessen. Mitternacht. Noch immer ist kein Ende in Sicht. Macht nichts, morgen ist auch noch ein Tag. Heute kein Wein. Dafür Bad Kissinger Nachtleben. Der Schlaf entfällt für die meisten von uns. Das macht nichts. Wir sind jung.

Sonntagmorgen. Scheiße, letzter Tag. Die Motivation ist im Keller. Bald heißt es Abschied nehmen. Um acht Uhr Frühstück. Schweigen. Kleine Augen. Müdigkeit. Wehmut liegt in der Luft – müssen wir wirklich schon bald gehen? Es war doch so schön hier …

Zuvor aber noch einmal Kleingruppen. Lektorat. Einige wenige sprechen bereits ihre Texte ein. Für das Hörbuch. Dann die letzte Mahlzeit. Eine letzte große Runde. Kurze Statements von jedem.

Zusammengefasst: Das Wochenende war geil.

Und nächstes Jahr? Natürlich alles versuchen, um wieder dabei zu sein. Um vier Uhr Nachmittag kommt der Bus. Zurück nach Friedberg. Abschied nehmen. Neue Freunde sind gewonnen. Schöne Erinnerungen werden bleiben.

Wieder zurück zu Hause – in der öden Realität.
Danke an euch alle für diesen Workshop.

Die bisherigen Laudatoren beim Jugend-Literaturpreis der OVAG

Hellmuth Karasek

Gert Scobel

Alexa Hennig
von Lange

Franziska Gerstenberg

Juli Zeh

Burkhard
Spinnen

Tanja Kinkel

Feridun Zaimoglu

Zsuza Bánk

Felicitas von Lovenberg

Susanne Fröhlich

Andreas
Maier

Prof. Heiner Boehncke

Jugend-Literaturpreis der OVAG 2011 – Gesammelte Werke

Herausgeber
Rainer Schwarz
Rolf Gnadl

Lektorat
Uschi Flacke
Franziska Gerstenberg
Andreas Matlé
Martina Walenta
Feridun Zaimoglu

Korrektorat
Monika Platzdasch
Silke Rodemerk

Fotos
Günter Hamich
OVAG-Archiv

Hörbuch-Produktion
Stefan Erbe
Silke Rodemerk

Layout
Ines Walenta

Druck
Druckhaus Waitkewitsch, Alsfeld

Copyright für alle Texte bei der Oberhessische Versorgungsbetriebe AG

Ein Projekt der

ovag

Januar 2012

Informationen zum Jugend-Literaturpreis: 0 60 31 / 82-12 22 und www.ovag.de.

ISBN 978-9812122-9-7